« PAVILLONS »
Collection dirigée par Claire Do Sêrro

DE LA MÊME AUTRICE

La Parade des anges, Belfond, 1996
L'Envers du miroir, Belfond, 2003
Qu'avons-nous fait de nos rêves ?, Stock, 2012
Le Donjon, Stock, 2015
Manhattan Beach, Robert Laffont, 2018
Ville émeraude et autres nouvelles, Robert Laffont, 2020

JENNIFER EGAN

LA MAISON EN PAIN D'ÉPICES

roman

Traduit de l'anglais (États-Unis)
par Sylvie Schneiter

Robert Laffont

Titre original : THE CANDY HOUSE

ISBN : 978-2-221-26109-5
(édition originale : Scribner, ISBN 9781476716763)
Dépôt légal : septembre 2022
Éditions Robert Laffont – 92, avenue de France 75013 Paris

Aux membres de mon atelier d'écriture,
collaborateurs et compatriotes :

Ruth Danon
Lisa Fugard
Melissa Maxwell
David Rosenstock
Elisabeth Tippens

« Le cerveau – est plus vaste que le ciel –
Car – mettez-les côte à côte –
L'un contient l'autre
Et vous aisément à côté. »

Emily Dickinson[1]

« Car rien n'est plus insoutenable
que la liberté une fois que nous l'avons. »

James Baldwin, *La Chambre de Giovanni*[2]

---

1. Poème 632, traduction française de Katia Wallisky, portail Persée, 1988. (*Toutes les notes sont de la traductrice.*)
2. Traduction française du roman, Elisabeth Guinsbourg, Éditions Rivages, 1998.

CONSTRUCTION

Le Charme de l'Affinité

1

— Une envie me tenaille, déclara Bix, qui s'étirait les épaules et le dos à côté du lit, un rituel du soir avant de se coucher. Celle de parler, tout simplement.

Lizzie croisa son regard au-dessus des boucles sombres de Gregory, leur dernier-né, en train de téter.

— Je t'écoute, murmura-t-elle.

Il prit une profonde inspiration.

— C'est… je ne sais pas. Compliqué.

Lizzie se redressa. Bix se rendit compte qu'il l'avait inquiétée. Délogé, Gregory brailla :

— Mama ! J'arrive pas à l'attraper.

Il venait d'avoir trois ans.

— Il faut sevrer ce gamin, marmonna Bix.

— Non, protesta vivement Gregory, lançant un coup d'œil réprobateur à Bix. Je veux pas.

Lizzie céda aux tiraillements de son fils, se rallongea. Bix se demanda si le benjamin de leurs quatre enfants ne risquait pas, avec la complicité de Lizzie, de proroger sa petite enfance jusqu'à l'âge adulte. Il s'étendit à côté d'eux et, angoissé, regarda sa femme au fond des yeux.

— Qu'est-ce qui ne va pas, mon amour ?

— Rien, mentit-il.

Le problème était trop omniprésent, trop informe pour être expliqué. Il le chassa avec une vérité :

— Je n'arrête pas de penser à la 7e Rue Est. À ces conversations.

— Encore, souffla-t-elle.

— Encore.

— Pourquoi ?

Bix n'en savait rien – d'autant qu'il n'avait prêté qu'une oreille distraite 7e Rue Est, alors que Lizzie et ses copines s'interpellaient dans un cumulus de fumée de cannabis, telles des randonneuses désorientées au cœur d'une vallée brumeuse : *En quoi l'amour est-il différent de la lubricité ? Le mal existe-t-il ?* Bix était à mi-parcours de son doctorat quand Lizzie s'était installée chez lui, et il avait déjà eu ces conversations au lycée et pendant ses deux premières années à l'université de Pennsylvanie. Pour l'heure, il était nostalgique de ce qu'il avait éprouvé en entendant par hasard Lizzie et ses amies depuis son perchoir devant l'ordinateur de SPARCstation, relié par un modem au Viola World Wide Web, la conviction secrète, jubilatoire, que le monde que ces étudiantes cherchaient tant à définir en 1992 serait bientôt obsolète.

Gregory pompait. Lizzie somnolait. Bix s'enferra.

— Est-ce qu'on pourrait avoir ce genre de conversation ?

— Quoi, maintenant ?

Elle semblait vidée – était vidée sous ses yeux ! Bix savait qu'elle se lèverait à 6 heures pour s'occuper des enfants, tandis qu'il méditerait avant de passer des coups de fil en Asie. Une vague de désespoir l'envahit. Avec qui discuter sur le mode informel, ouvert, estudiantin propre à la fac ? Tous ceux qui travaillaient à Mandala chercheraient à lui plaire d'une manière ou d'une autre. Ceux qui n'y travaillaient pas s'imagineraient qu'il avait une idée en tête, que c'était peut-être un test – probablement un test – dont la récompense serait un emploi à Mandala. Ses parents, ses sœurs ? Malgré tout l'amour qu'il leur vouait, il ne s'adressait jamais à eux de la sorte.

Une fois Lizzie et Gregory profondément endormis, Bix se leva et alla déposer son fils dans son lit de bébé. Il décida de se rhabiller et de sortir. Il était plus de 23 heures. Marcher seul dans les rues de New York à n'importe quelle heure, davantage encore à la nuit tombée, enfreignait les consignes de sécurité de son conseil d'administration, aussi renonça-t-il à la contrefaçon d'un costume de zazou qu'il venait d'ôter (inspiré par les groupes ska qu'il adorait au lycée) et au petit fédora qu'il portait depuis sa sortie de l'université de New York quinze ans plus tôt, un étrange moyen pour se sentir moins exposé après qu'il avait coupé ses dreadlocks. Il exhuma de son placard une veste militaire de camouflage, une paire de chaussures éculées et, tête nue, s'enfonça dans la nuit de Chelsea, irrité par l'air froid sur son crâne – certes dégarni à présent. Il s'apprêtait à faire signe à la caméra pour que les agents de sécurité le laissent rentrer et récupérer son chapeau quand il avisa un marchand ambulant au coin de la Septième Avenue. Il parcourut la 21e Rue jusqu'à l'étal, essaya un bonnet en laine noire, s'inspecta dans une petite glace ronde fixée sur le côté du stand. Il paraissait normal, fût-ce à ses yeux. Le camelot accepta son billet de cinq dollars comme il l'aurait fait avec n'importe qui d'autre ; Bix en conçut une joie malicieuse. Lui qui s'attendait à être reconnu où qu'il aille, l'anonymat lui faisait l'effet d'une nouveauté.

En ce début octobre, le vent était d'un froid mordant. Bix prit la direction d'Uptown dans la Septième Avenue, comptant rebrousser chemin au bout de quelques pâtés de maisons. Mais quel plaisir de marcher dans l'obscurité ! Cela le ramenait aux années de la 7e Rue Est, aux soirées du début où les parents de Lizzie venaient la voir de San Antonio. Ils croyaient qu'elle partageait un appartement avec son amie Sasha, également en deuxième année à l'université de New York, une fable que celle-ci corroborait en faisant la lessive dans la salle de bains à l'arrivée des parents les premiers jours du semestre de l'automne. Lizzie avait grandi dans un monde où les Noirs n'existaient qu'en tant que domestiques ou caddies du country club de ses parents. Elle redoutait tellement leur réaction horrifiée, prévisible, s'ils découvraient sa vie commune avec un Noir, que Bix était chassé du lit au cours de leurs premières visites, même s'ils séjournaient dans un hôtel de Midtown ! Il n'y aurait pas de conséquences s'ils ne faisaient que s'en douter. Aussi Bix marchait-il, s'écroulant parfois dans le laboratoire technique sous prétexte de passer une nuit blanche. Autant de déambulations qui s'étaient gravées dans son corps : une obstination à continuer d'avancer quels que soient son ressentiment et son épuisement. Penser qu'il avait supporté cela l'écœurait – même si la gestion actuelle de tous les domaines de leur vie familiale par Lizzie le justifiait, dans une sorte de bilan cosmique : il pouvait désormais travailler et voyager à sa guise. La profusion de bonnes choses qui lui étaient arrivées depuis pouvait être considérée comme un dédommagement pour ces marches forcées. Il n'empêche, pourquoi ? Les rapports charnels étaient-ils à ce point géniaux ? (Eh bien, oui.) Manquait-il à ce point d'amour-propre qu'il tolérait les pensées magiques de sa petite amie blanche sans protester ? Avait-il aimé être son secret illicite ?

Non. La complaisance de Bix, son endurance étaient dues à l'emprise de sa Vision, qui le consumait avec une clarté hypnotique par ces soirs de pénible exil. En 1992, Lizzie et ses amis n'avaient qu'une très vague idée de ce qu'était Internet, tandis que Bix percevait la vibration d'un réseau invisible de connexions se forçant un passage dans le monde familier à la manière de fêlures fissurant un pare-brise. La vie qu'ils connaissaient ne tarderait pas à être éradiquée, éliminée ; à ce moment-là, tout le monde se lèverait à l'unisson dans une nouvelle sphère métaphysique. Bix l'imaginait semblable aux peintures du Jugement dernier dont il collectionnait les reproductions, mais sans l'enfer. L'inverse : désincarnés, les Noirs seraient délivrés de la haine qui les cernait et les emprisonnait dans le monde physique. Ils pourraient enfin se déplacer et se réunir à volonté, libérés des entraves imposées par des gens comme les parents de Lizzie – ces Texans anonymes qui s'opposaient à lui bien qu'ils ignorent son existence. Le terme de « réseau social » ne serait employé pour décrire l'activité de Mandala qu'une dizaine d'années plus tard, pourtant Bix l'avait conçu longtemps avant sa concrétisation.

Dieu merci, il avait gardé ce fantasme utopique par-devers lui – vu de 2010, cela semblait naïf. Sauf que l'architecture élémentaire de la Vision – tant mondiale que personnelle s'était révélée. En 1996, les parents de Lizzie avaient assisté (avec raideur) à leur mariage à Tompkins Square Park – au demeurant sans plus de raideur que les parents de Bix pour qui des noces convenables n'incluaient ni magicien, ni jongleurs, ni farandoles. À la naissance des enfants, tout le monde s'était détendu. Depuis la mort du père de Lizzie l'année précédente, la mère de Lizzie appelait Bix tard le soir quand elle savait que sa fille serait endormie pour parler de la famille : Richard, l'aîné, aimerait-il apprendre l'équitation ? Les filles apprécieraient-elles une comédie musicale de Broadway ? L'accent nasillard texan de sa belle-mère avait beau lui taper sur les nerfs lorsqu'elle était présente, cette même voix désincarnée lui procurait une indéniable satisfaction. Chaque parole qu'ils échangeaient sur les ondes lui rappelait qu'il avait eu raison.

Il avait suffi d'un matin pour que les conversations de la 7e Rue Est se terminent. Après une nuit passée à faire la fête, deux des plus proches amis de Lizzie étaient allés nager dans l'East River et l'un, embarqué par le courant, s'était noyé. Les parents de Lizzie étaient là, une circonstance qui avait propulsé par hasard Bix à proximité de la tragédie. Il était tombé sur Rob et Drew aux petites heures du matin dans l'East Village, avait pris de l'ecstasy avec eux, puis, au lever du soleil, ils avaient tous les trois traversé la passerelle menant à la rivière. Bix était rentré chez lui au moment de la nage irrationnelle, qui s'était passée plus loin. Bien qu'il ait précisé chaque détail lors de l'enquête de police, tout était vague désormais. Dix-sept ans s'étaient écoulés. Il arrivait à peine à se représenter les garçons.

Il tourna à gauche dans Broadway, continua jusqu'à la 110e Rue – c'était la première fois qu'il se baladait de la sorte depuis qu'il était devenu célèbre plus d'une décennie auparavant. Il ne s'était jamais attardé longtemps dans le quartier de Columbia, or les rues vallonnées et les imposants immeubles d'avant guerre accrochèrent son regard. Levant les yeux sur les fenêtres éclairées de l'un d'entre eux, Bix eut l'impression de capter une puissante effervescence d'idées.

En route pour le métro (encore une première en dix ans), il s'arrêta devant un lampadaire festonné de dépliants signalant la perte d'animaux domestiques ou vantant des meubles d'occasion. Une affiche accrocha son regard : une conférence donnée sur le campus par l'anthropologue Miranda Kline. Ils se connaissaient parfaitement. Un an après la fondation de Mandala, Bix avait découvert le livre de l'anthropologue, *Structures des Affinités*, dont les concepts avaient jailli dans son esprit à la manière de l'encre d'un calamar et l'avaient rendue très riche. Que MK (le surnom affectueux qu'on attribuait à Kline) ait déploré l'usage que Bix et sa clique avaient fait de sa théorie n'avait qu'affûté la fascination qu'elle exerçait sur lui.

Des papillons manuscrits étaient agrafés sur l'affiche : *Parlons-en ! Interrogations interdisciplinaires en langage simple.* Une réunion de présentation était prévue dans la foulée d'une conférence de Kline programmée trois semaines plus tard. Il photographia le poster et, rien que pour s'amuser, arracha un des papillons de *Parlons-en !* qu'il fourra dans sa poche, sidéré que des gens continuent de coller des feuilles en papier dans le nouveau monde qu'il avait contribué à créer.

2

Au jour annoncé sur le papillon, Bix se retrouva au septième étage d'un de ces immeubles aussi désuets que majestueux situés à proximité de Columbia – peut-être s'agissait-il de celui qu'il avait admiré de la rue. L'appartement ressemblait agréablement à ce qu'il avait imaginé : parquet patiné, moulures blanches tachées, gravures encadrées et petites sculptures (les hôtes étaient des professeurs d'histoire de l'art), fixées aux murs et aux portes, coincées entre des rayonnages de livres.

Hormis les hôtes et un autre couple, les huit participants à *Parlons-en !* ne se connaissaient pas. Bix avait décidé de renoncer à la conférence (à supposer qu'il soit parvenu à resquiller une entrée) ; même déguisé, cela lui semblait incorrect en raison de l'antipathie de MK à son égard. Son camouflage consistait à se faire passer pour « Walter Wade », étudiant de troisième cycle en génie électrique – en d'autres termes Bix dix-sept ans auparavant. Sa conviction de paraître bien plus jeune, à quarante et un ans, que la plupart des Blancs, lui avait insufflé le culot de prétendre être étudiant. Il avait toutefois eu tort de croire que les autres membres du groupe de discussion seraient blancs : Portia, la femme de l'hôte, était asiatique, sans oublier la professeure d'éthologie originaire du Brésil. La plus jeune, Rebecca Amari, une doctorante en sociologie (la seule autre étudiante, en dehors de « Walter Wade »), était ambiguë ethniquement, noire, subodorait-il – il y avait eu un éclair de reconnaissance entre eux. Rebecca était en outre d'une beauté désarmante, rehaussée et non atténuée par ses lunettes à la Dick Tracy.

Heureusement, Bix avait, pour passer inaperçu, rassemblé également d'autres accessoires. Il avait acheté en ligne un foulard d'où des dreadlocks sortaient à l'arrière. Le prix était exorbitant, mais elles semblaient naturelles et leur poids entre ses omoplates était comparable au toucher d'un fantôme. Bix, qui avait senti celui-ci des années durant, se réjouissait de le retrouver.

Dès qu'ils furent installés dans des canapés et des fauteuils et qu'ils se furent présentés, Bix, incapable de réprimer sa curiosité, demanda :

— Alors, elle était comment, Miranda Kline ?

— Incroyablement amusante, répondit Ted Hollander, le mari de Portia.

Il semblait avoir une bonne cinquantaine d'années, une génération de plus que sa femme. Leur petite fille s'était déjà précipitée dans le séjour, poursuivie par une baby-sitter étudiante.

— Je l'imaginais renfrognée, mais elle était presque espiègle, ajouta-t-il.

— Ce sont les gens qui volent ses idées qui l'aigrissent, commenta Fern, directrice du département des études sur les femmes et le genre, plutôt amère elle-même, estima Bix.

— On a beau avoir utilisé ses idées d'une façon qu'elle ne prévoyait pas, il ne me semble pas qu'elle ait qualifié cela de vol, objecta Ted.

— Elle appelle ça de la perversion, non ? suggéra timidement Rebecca.

— Elle est d'une beauté surprenante, dit Tessa, une jeune professeure de danse dont le mari, Cyril (philosophe et mathématicien) était également présent. Même à soixante ans.

— Hum, la reprit gentiment Ted. Ce n'est pas si vieux.

— En quoi son physique est-il pertinent ?

C'était une question provocatrice de Fern à Tessa. Cyril, qui prenait toujours le parti de son épouse, se rebiffa.

— Miranda Kline dirait que ça l'est. Plus de la moitié des Caractéristiques pour Affinités de son livre ont un rapport avec l'apparence physique.

— On trouve sans doute l'explication à chacune des réactions que Miranda Kline suscite en nous dans *Structures des Affinités,* affirma Tessa.

Malgré les murmures d'assentiment, Bix était certain qu'à part lui (et il se gardait de le préciser), Cyril et Tessa étaient les seuls à avoir lu le chef-d'œuvre de Kline, une mince monographie où des algorithmes décrivaient la confiance et l'influence mutuelles des membres d'une tribu brésilienne. *Le Génome des Attirances*, comme on l'intitulait souvent.

— On connaît davantage Kline – parce que les réseaux sociaux ont coopté son ouvrage – qu'on ne connaît son œuvre, c'est triste, constata Portia.

Sans cooptation, il n'y aurait pas eu cinq cents personnes dans l'auditorium, fit observer Eamon.

En visite, historien de la culture à l'université d'Édimbourg, il écrivait un livre sur les critiques de produits. Son visage long et impassible semblait masquer une fébrilité illicite, telle une maison banale qui abriterait un laboratoire de méthamphétamine, pensa Bix.

— Peut-être que se battre pour le dessein initial de son travail est un moyen de garder un lien avec lui – d'en rester propriétaire, suggéra Kacia, la professeure d'éthologie brésilienne.

— Peut-être qu'elle aurait développé de nouvelles théories si elle n'était pas tellement occupée à défendre l'ancienne, objecta Eamon.

— Combien de théories majeures un ou une universitaire peuvent-ils produire au cours d'une vie ? demanda Cyril.

— En effet, murmura Bix, étreint par une appréhension familière.

— Surtout si elle a commencé tard, ajouta Fern.

— Ou qu'elle a eu des enfants, renchérit Portia, jetant un regard anxieux à la petite cuisinière de sa fille, au coin du séjour.

— C'est la raison pour laquelle Miranda Kline ne s'y est pas mise plus tôt, expliqua Fern. Après avoir eu deux filles l'une après l'autre, elle a été abandonnée quand ses bébés portaient encore des couches. Kline est le nom de famille du mari, pas le sien. Un genre de producteur de disques.

— C'est dégueulasse !

Bix s'était obligé à proférer ce gros mot comme élément de son déguisement. Il avait la réputation de ne pas jurer ; sa mère, une professeure de sixième au collège, avait proféré un mépris tellement cinglant sur le côté pénible, répétitif et infantile de la grossièreté qu'elle en avait supprimé le côté transgressif. De sorte que Bix, adulte, adorait se distinguer ainsi des autres précurseurs en matière de technologie dont les crises de colère obscènes étaient tristement célèbres.

— De toute façon, le mari est mort. Qu'il aille au diable, conclut Fern.

— Oh là là, il y a une rétributiviste parmi nous ! s'exclama Eamon, avec un haussement de sourcils suggestif.

Malgré l'objectif affiché du recours à un « langage simple », les professeurs étaient irrésistiblement portés au jargon universitaire. Bix imagina les confidences sur l'oreiller entre Cyril et Teresa, truffées de termes tels que « desideratum » et « purement conceptuel ».

Rebecca croisa son regard et il sourit – une sensation aussi grisante que celle de se mettre torse nu. L'année précédente, à l'occasion de ses quarante ans, on lui avait offert un superbe opuscule intitulé *Bixpressions*, un glossaire explicatif des mouvements à peine perceptibles de ses yeux, de ses mains, de son corps. À l'époque où il était l'unique doctorant noir du laboratoire d'ingénierie de l'université de New York, Bix riait beaucoup des plaisanteries des autres et s'efforçait de les amuser, une dynamique qui le laissait vide, le déprimait. Une fois son doctorat obtenu, il cessa de rire au travail, puis de sourire, cultivant à la place un air d'extrême attention. Il écoutait, il participait, mais presque sans réaction visible. Cette discipline avait accru sa concentration à un point qui, il en était rétrospectivement convaincu, l'avait aidé à se montrer plus astucieux et à déjouer les plans de forces prêtes à l'absorber, le coopter, l'écarter et à le remplacer par un Blanc, comme tout le monde s'y attendait. Bien sûr, on ne s'en était pas privé – d'au-dessus, d'en dessous, de l'intérieur, de tous côtés. Tantôt il s'agissait d'amis ; tantôt il faisait confiance ; jamais trop. Bix prévoyait, longtemps avant qu'elle ne s'organise, la moindre campagne destinée à le saper, et il était toujours prêt à répondre. Les gens ne pouvaient le devancer. Bix finissait par donner un emploi à quelques-uns, exploitant leur énergie pour faire progresser son travail.

Son père avait considéré son ascension avec méfiance. Employé zélé arborant la montre en argent reçue lorsqu'il avait pris sa retraite d'une fonction de gestion dans une entreprise de chauffage et de refroidissement près de Philadelphie, il avait défendu la décision du maire Goode de bombarder les « canailles » du mouvement écologique MOVE qui « mettaient le maire dans une position intenable » (les mots de son père) en 1985. Bix avait seize ans, les disputes qui l'avaient opposé à ce dernier au sujet de ce largage d'explosifs et de ses conséquences, la destruction de deux pâtés de maisons avait creusé un gouffre entre eux qui ne s'était jamais vraiment comblé. Encore maintenant, Bix sentait l'effluve de sa désapprobation – parce qu'il avait été trop entreprenant, ou qu'il était devenu une célébrité (donc une cible) ou qu'il n'avait pas tenu compte des sermons paternels (prononcés généreusement à la barre du bateau d'où il péchait le long du littoral de Floride) dont le refrain se résumait pour lui à : *Ne vise pas trop haut ou prépare-toi à prendre des coups.*

— Je me demande, dit Rebecca, songeuse, un peu timidement, si ce qui est arrivé à la théorie de Miranda fait d'elle un personnage tragique. Au sens des Grecs de l'Antiquité s'entend.

— Voilà qui est intéressant, commenta Tessa.

— On doit avoir la *Poétique,* répondit Portia.

Stupéfait, Bix regarda Ted se lever pour chercher un exemplaire de l'œuvre d'Aristote. Aucun de ces universitaires ne semblait avoir ne serait-ce qu'un BlackBerry, encore moins un iPhone – en 2010 ! Cela revenait à infiltrer un groupe clandestin de luddites ! Bix se mit aussi debout, ostensiblement pour aider Ted, en fait un prétexte pour parcourir des yeux l'appartement. Des étagères tapissaient le moindre mur, même dans le vestibule. Bix examina le dos d'ouvrages d'art d'une taille démesurée et de vieux livres de poche jaunis. Des photos pâlies dans de petits cadres étaient disséminées parmi les volumes : garçonnets souriants devant une immense maison au milieu de tas de feuilles ratissées, de congères ou d'une dense flore estivale. Des garçons avec des battes de base-ball, des ballons de foot. Qui étaient-ils ? La réponse fut donnée par une photo où un Ted Hollander infiniment plus jeune portait l'un d'eux afin qu'il accroche une étoile sur un sapin de Noël. Ainsi, le professeur avait eu une vie antérieure – en banlieue ou peut-être à la campagne, où il avait élevé des fils avant la photographie numérique. Portia avait-elle été son étudiante ? La différence d'âge était éloquente. Mais pourquoi supposer que Ted avait largué son ancienne vie ? Peut-être était-ce l'inverse.

Pouvait-on repartir de zéro sans tout plaquer ?

Cette question ne fit que redoubler la peur que Bix avait éprouvée quelques minutes plus tôt, si bien qu'il battit en retraite dans les toilettes. Il évita de se regarder dans le miroir piqué au-dessus d'un lavabo en porcelaine ventru et s'assit sur l'abattant du cabinet. Il ferma les yeux pour se concentrer sur sa respiration. Sa Vision originelle – cette lumineuse sphère d'interconnexions qu'il avait conçue pendant ses années de la 7e Rue Est – était devenue l'activité de Mandala : sa mise en œuvre, son développement, son parachèvement, sa monétisation, sa vente, sa viabilité, son amélioration, son actualisation, son omniprésence, sa standardisation, sa mondialisation. Un travail qui serait bientôt achevé. Et puis quoi ? Il avait depuis longtemps conscience d'une digue suggestive au milieu de son paysage mental, de l'autre côté de laquelle sa prochaine vision se tenait à l'affût. Sauf que chaque fois qu'il tentait de jeter un œil derrière, il avait un blanc. Une étendue décolorée qu'il avait d'abord abordée avec curiosité : s'agissait-il d'un iceberg ? D'une vision liée au climat ? Du rideau vierge d'une vision théâtrale ou de l'écran vide d'une vision filmique ? Peu à peu, toutefois, il avait senti que loin d'être une substance, la blancheur était une absence. Un néant. Bix n'avait d'autre vision que celle qu'il avait presque tarie.

Il s'en était rendu compte d'une façon déterminante un dimanche matin, quelques mois après ses quarante ans, tandis qu'il se prélassait au lit avec Lizzie et les enfants, et son épouvante l'avait précipité aux toilettes, où il avait vomi en cachette. L'absence d'une nouvelle vision déstabilisait son sentiment d'accomplissement ; quelle valeur avait ce qu'il avait fait si cela ne menait à rien – si, à quarante ans, il était réduit à acheter ou voler ce qui restait de ses idées ? Il en devenait obsédé, se sentait traqué. Avait-il dépassé les bornes ? Au cours de l'année qui avait succédé à cet atroce matin, l'Anti-Vision l'avait poursuivi, parfois à peine perceptible, sans jamais s'évaporer complètement, qu'il accompagne les enfants à l'école ou dîne à la Maison-Blanche, ce qu'il avait fait à quatre reprises depuis l'arrivée au pouvoir de Barack et de Michelle. Il était capable de prononcer un discours devant un public de milliers de personnes, ou d'aider Lizzie au lit à atteindre un orgasme fuyant, lorsque la vacuité inquiétante se mettait à bourdonner en lui, présage d'un vide qui le ravageait et le révulsait. Il avait plus d'une fois imaginé qu'il se cramponnait à Lizzie et gémissait : « Au secours, je suis fini. » Mais c'était au-dessous de Bix Bouton de dire à qui que ce soit une chose pareille. Il fallait avant tout qu'il tienne le coup. Qu'il remplisse ses rôles de mari, de père, de patron, d'icône de la technologie, de fils obéissant, de contributeur politique important, de partenaire sexuel infatigable. L'homme qui désirait reprendre des études dans l'espoir que cela susciterait une nouvelle révélation qui façonnerait le restant de sa vie devait être un autre.

À son retour dans le séjour, Bix découvrit Cyril et Tessa plongés dans un livre avec un plaisir sensuel, comme s'ils dégustaient un pot de glace.

— Vous l'avez trouvé, lança-t-il.

Sourire aux lèvres, Tessa brandit un tome d'Aristote, de la même collection que le volume des *Grandes Œuvres* que ses parents avaient acheté en même temps que leur *Encyclopædia Britannica* qu'ils aimaient tant. Enfant, Bix l'avait consultée avec vénération, la citant dans ses devoirs sur les cannibales, sur la ciguë et sur Pluton, lisant les entrées sur les animaux uniquement par plaisir. Quatre ans auparavant, lors de l'emménagement de ses parents dans leur modeste appartement en copropriété de Floride – ils avaient refusé sa proposition de leur en acheter un plus grand, par orgueil (son père), par humilité (sa mère) – Bix avait mis les volumes dans des cartons qu'il avait laissés sur le trottoir devant la maison de West Philadelphia où il avait grandi. Dans le nouveau monde qu'il avait contribué à créer, personne n'aurait besoin d'ouvrir une encyclopédie sous sa forme matérielle.

— D'après ce que je comprends d'Aristote, commença Tessa – remarquez, je suis professeure de danse, il existe sans doute un million de pages érudites là-dessus –, Miranda Kline n'est pas un personnage tragique. D'après elle, ceux qui se sont approprié sa théorie auraient dû lui être apparentés pour qu'elle soit profondément tragique. Une manière d'accroître la trahison et l'ironie dramatique.

— N'a-t-elle pas vendu la théorie ? Ou les algorithmes ? demanda Kacia.

— Je crois qu'un mystère plane à ce sujet, répondit Portia. Quelqu'un les a vendus, mais pas Kline.

— C'était sa propriété intellectuelle, comment un autre a-t-il osé faire ça ? intervint Fern.

Un des acquéreurs des algorithmes de Kline – Bix – se tortilla, dégoûté par sa duplicité. À son grand soulagement, Ted lança :

— J'ai une autre question : grâce aux algorithmes de Kline, les plates-formes de réseaux sociaux ont pu prédire confiance et influence, ce qui leur a permis de faire fortune. Est-ce forcément mal ?

Stupéfaits, ils se tournèrent tous vers lui.

— En fait, je n'en sais rien mais ne prenons pas ça comme allant de soi, réfléchissons-y. Si vous regardez un match de base-ball, chaque action est mesurable : la vitesse et la technique du lancer, quel joueur se place sur la base et comment. Le jeu a beau être une interaction dynamique entre êtres humains, il est aussi possible de le décrire quantitativement, en employant des chiffres et des symboles destinés à ceux susceptibles de les décrypter.

— Tu es ce genre de personne ? lança Cyril, incrédule.

— Oui, il l'est, affirma en riant Portia, enlaçant son mari.

— Mes trois fils étaient membres de la Little League[1], on peut considérer qu'il s'agit du syndrome de Stockholm, ironisa Ted.

— Trois ? s'étonna Bix. Je croyais qu'ils étaient deux. Sur les photos.

— La malédiction du cadet, tout le monde oublie Ames. Quoi qu'il en soit, je soutiens que la quantification en tant que telle ne sape pas le base-ball. Au contraire, elle approfondit la compréhension que nous en avons. Alors pourquoi répugnons-nous tant à ce qu'on nous quantifie ?

Une recherche superficielle en ligne avait appris à Bix que Ted Hollander avait connu une réussite universitaire en 1998, l'année où Bix avait créé Mandala. Déjà au milieu de sa carrière, Ted avait publié *Van Gogh, le peintre du son*, un texte où il démontrait les corrélations entre la technique des coups de pinceau et la proximité de créatures bruyantes tels les cigales, les abeilles, les grillons, les pics – traces microscopiques dont Ted avait détecté l'ADN dans la peinture.

— Ted et moi sommes en désaccord à ce sujet, dit Portia. J'estime que si l'objectif de quantifier les êtres humains est de tirer avantage de leurs actes, c'est déshumanisant – voire orwellien.

1. Fédération sportive gérant la pratique du base-ball des jeunes Américains de l'âge de cinq à dix-huit ans.

— Mais la science est quantification, objecta Kacia. Nous résolvons des mystères et faisons des découvertes ainsi. À chaque nouvelle étape, nous craignons toujours de « franchir la ligne de démarcation ». Ce qu'on appelait blasphème autrefois est devenu une notion plus vague qui revient *à en savoir trop*. Dans mon labo, nous avons commencé, entre autres choses, à externaliser la conscience animale…

— Pardon, l'interrompit Bix, croyant avoir mal entendu. Qu'est-ce que vous faites ?

— Nous sommes capables de télécharger les perceptions d'un animal, précisa Kacia, en nous servant de capteurs cérébraux. Je peux, ainsi, capter une partie de la conscience d'un chat et la visionner avec un casque exactement comme si j'étais ce chat. En fin de compte, cela nous aidera à comprendre la différence de perception des animaux, ce dont ils se souviennent – leur mode de pensée.

Bix fut soudain extrêmement attentif.

— Aussi rudimentaire que soit encore la technologie, une controverse sévit déjà : franchissons-nous une ligne en violant l'esprit d'un autre être sensible ? Ouvrons-nous la boîte de Pandore ?

— Cela nous ramène au problème du libre arbitre, déclara Eamon. Si Dieu est omnipotent, sommes-nous des marionnettes ? Dans ce cas, vaut-il mieux le savoir ou l'ignorer ?

— Que Dieu aille au diable, c'est Internet qui m'inquiète, dit Fern.

— Une entité omnisciente en mesure de prédire et de contrôler ton comportement, même si tu crois être à l'origine de tes choix, c'est ça, pour toi ? demanda Eamon.

Il lança un regard complice à Rebecca, il avait flirté avec elle toute la soirée.

Tessa s'empara de la main de Cyril et s'exclama :

— Ah ! Voilà qui devient intéressant.

3

Bix sortit de chez Ted et Portia sous l'emprise d'un espoir incandescent. À certains moments de la discussion, il avait senti un changement en lui, un réveil de la pensée pareil à ceux d'un lointain passé. Il descendit en ascenseur avec Eamon, Cyril et Tessa, tandis que les autres s'attardaient pour regarder quelques bas-reliefs en plâtre que Ted avait achetés à Naples des décennies plus tôt. Devant l'immeuble, Bix traîna, énonçant des banalités, ne sachant trop comment se séparer d'eux poliment. Il n'avait pas envie qu'ils sachent qu'il se rendait Downtown : un étudiant de Columbia pouvait-il y habiter ?

Il s'avéra qu'Eamon allait à l'ouest et que Cyril et Tessa prenaient le métro pour Inwood : chassés du quartier de Columbia à cause des prix de l'immobilier, ils n'avaient pas eu droit en tant que chargés de cours à un logement de la faculté. Bix songea avec un sentiment de culpabilité à sa maison de ville de quatre étages. Les professeurs avaient indiqué qu'ils n'avaient pas d'enfants, et une branche de la monture métallique des lunettes de Cyril était fixée avec un trombone. En revanche, le courant passait entre cet homme et cette femme ; apparemment, les idées leur suffisaient.

Galvanisé par la liberté de mouvement que lui procurait son déguisement, Bix marcha vers Central Park. Mais les arbres désolés à moitié dépouillés qui se détachaient sur un ciel blafard le rebutèrent avant qu'il n'y soit parvenu. Il aurait aimé qu'il neige ; il adorait les nuits de neige à New York. Il aspirait à se retrouver dans le lit océanique, à côté de Lizzie et de ceux des enfants qui y avaient été drossés par un cauchemar ou le besoin de téter. Il était 23 heures passées. Il revint sur ses pas jusqu'à Broadway et monta dans une rame de la Ligne 1, puis, à la 96e Rue, il repéra un Express train et changea, espérant aller plus vite qu'en Local train[1]. Du sac à dos de Walter Wade, il exhuma un autre accessoire : l'exemplaire d'*Ulysse* qu'il avait lu en troisième cycle aux fins explicites d'acquérir de la profondeur en littérature. Ce que l'ouvrage lui avait concrètement apporté, c'était Lizzie, en qui (par un calcul que Miranda Kline aurait sûrement pu expliquer) l'association de James Joyce et des dreads arrivant à la taille déclenchèrent un irrésistible désir sexuel. Chez Bix, une paire de bottes en cuir verni marron dépassant les genoux de Lizzie avait fait partie du calcul. Il avait gardé *Ulysse* comme fétiche, même si son aspect écorné provenait davantage du passage du temps que de relectures. Il l'ouvrit au hasard.

— « *Eurêka !* s'écria Buck Mulligan. *Eurêka !* »

Bix, qui lisait, perçut qu'on le regardait. Une sensation tellement habituelle dans sa vie normale qu'il mit un moment à réagir. Il finit par lever les yeux. Assise à l'autre bout de la rame, Rebecca Amari l'observait. Il lui sourit et lui adressa un signe de la main. Elle fit de même. Il fut soulagé de découvrir que rester séparé après s'être salué ne semblait pas poser de problème. Vraiment ? Peut-être que se borner à un salut silencieux après des heures d'une discussion animée avec un groupe était asocial. Bix avait oublié les règles tant il était rarement confronté à des questions de codes sociaux. *Dans le doute, sois toujours courtois*. Une maxime de sa mère d'une politesse exemplaire qu'il avait trop intériorisée pour ne pas se la rappeler. Rangeant à contrecœur *Ulysse*, il traversa la rame pour rejoindre Rebecca, s'installa sur le siège près d'elle. Une erreur, en eut-il aussitôt l'impression – ils se touchaient du genou à l'épaule ! À moins qu'un contact physique ne soit désormais la norme pour les usagers du métro ? Le sang lui monta au visage, il en eut le vertige. Il se fustigea : quand un banal échange social pouvait pro-

1. Un Express train ne s'arrête qu'aux stations principales, un Local train s'arrête à toutes les stations.

voquer un infarctus, ça n'allait plus du tout. La célébrité l'avait rendu débile.

— Tu habites le sud de Manhattan ? réussit-il à formuler.

— Je vais retrouver des amis, et toi ?

— Pareil.

À cet instant, par la fenêtre, Bix vit défiler sa station – 23e Rue. Il était dans un Express train, ça lui était sorti de l'esprit. Rebecca descendrait-elle au prochain arrêt, celui de la 14e Rue, pour se rendre dans le quartier baptisé « MANDALA » – pour Mandala-land ? Un an après les attentats du 11-Septembre, Bix y avait inauguré son nouveau campus, lequel s'était agrandi, englobant bâtiments industriels, entrepôts et rangées de maisons, jusqu'à ce que cela devienne un sujet de plaisanterie : quand on ouvrait des robinets plus bas que la 20e Rue Ouest, c'était de l'eau Mandala qui coulait. À l'approche de la 14e Rue, Bix songea à descendre et à rentrer chez lui à pied, mais l'idée de traverser son campus déguisé lui parut de l'ordre d'une bizarre provocation. Un Downtown Local train s'arrêtait justement ; il décida de le prendre pour un arrêt supplémentaire avant de rebrousser chemin dans un Uptown Local train.

— Tu descends là ? demanda Rebecca, tandis qu'ils sortaient du train.

— Non, je change.

— Tiens, moi aussi.

Ils restèrent debout dans la rame de la Ligne 1 en direction du sud. Bix eut un léger soupçon : Rebecca l'avait-elle reconnu et le suivait-elle ? Loin d'avoir l'air impressionnée, elle était détendue, aussi céda-t-il au plaisir de ce trajet de métro à côté d'une jolie fille. Une lubie le saisit soudain : pourquoi ne pas profiter d'être Downtown pour aller jusqu'au vieil appartement de la 7e Rue Est et regarder leurs fenêtres, une première depuis une décennie ?

Comme il s'apprêtait à descendre à Christopher Street, Bix s'aperçut que l'attitude de Rebecca suggérait le départ. Effectivement.

— On va au même endroit ? lança-t-elle en riant, alors qu'ils montaient l'escalier.

— C'est peu probable.

Mais Rebecca tourna elle aussi dans la 4e Rue Ouest. De quoi réveiller les soupçons de Bix.

— Tes amis sont à l'université de New York ?

— Certains d'entre eux.

— Cachottière.

— C'est ma nature.

— Paranoïaque.

— Prudente.

Bix fut content que les bruits de la ville comblent le silence. Rebecca marchait en regardant droit devant elle, ce qui lui permettait d'admirer, par des coups d'œil en coin, la délicatesse de ses traits réguliers, ses pommettes piquetées de taches de rousseur évoquant des ailes de papillon. Peut-être que sa grande beauté la rendait prudente. Peut-être que ses lunettes à la Dick Tracy servaient à la masquer.

Elle lui jeta un regard et surprit celui qu'il portait sur elle.

— C'est fou à quel point tu ressembles à Bix. Vous pourriez être frères.

— Nous sommes noirs l'un et l'autre, expliqua Bix, un sourire aux lèvres.

C'était sa réponse toute prête destinée à un interlocuteur blanc. Rebecca se mit à rire.

— Ma mère est noire. En fait, à moitié noire, à moitié indonésienne. Mon père, lui, est mi-suédois, mi-juif syrien. On m'a élevée en tant que juive.

— Ça ne te rapporte pas un prix dans la loterie du métissage ?

— Eh bien, si. Chacun me considère comme sa semblable.

Bix la scruta et, émerveillé, souffla :

— Tu as le Charme de l'Affinité.

Une formule glanée dans les *Structures des Affinités*. Selon Miranda Kline, le Charme de l'Affinité était un atout majeur octroyant à ses rares bénéficiaires le statut pérenne, enviable, d'Allié Universel.

— Tu n'étais même pas à la conférence, s'étonna Rebecca.

— J'ai… fait des recherches.

Ils avaient attendu que le feu passe au vert à Bowery ; ils avancèrent en silence jusqu'au prochain pâté de maisons. À l'angle de la Deuxième Avenue, Rebecca pivota brusquement vers lui.

— Il y a trois ans, j'étais en dernière année à l'université Smith, dit-elle avec une sorte de précipitation. Et la Sécurité intérieure a interrogé tous les meilleurs étudiants de « race indéterminée ». Surtout ceux qui étudiaient les langues.

— Waouh.

— Ils étaient plus qu'insistants. Impossible de leur dire non.

— J'imagine. Grâce au Charme de l'Affinité, tu pouvais travailler pour n'importe qui.

À l'approche de la Première Avenue, Bix se remémora ses points de repère préférés : Benny's Burritos ; Polonia avec ses soupes extraordinaires ; le kiosque à journaux qui vendait des *egg creams*[1]. Lesquels existaient toujours ? Une fois sur la Première Avenue, il s'arrêta pour saluer Rebecca avant de tourner à gauche – mais elle se dirigeait aussi vers le nord. Impossibles à ignorer, les soupçons revinrent. Pressant le pas, il parcourut l'interminable artère grise en se demandant comment la confronter.

Rebecca fit volte-face.

— Promets-moi que tu ne travailles pas pour eux.

— Moi ? lança-t-il, pris au dépourvu. Qu'est-ce que tu racontes ! Travailler pour qui ?

Conscient de son déguisement, il lui sembla que sa duplicité était palpable. Rebecca s'immobilisa. Ils se trou-

1. Littéralement « crème d'œufs », boisson new-yorkaise composée de sirop au chocolat, de lait et d'eau gazeuse.

vaient presque au coin de la 6ᵉ Rue. Elle le dévisagea avant de poursuivre :

— Tu peux jurer que tu es vraiment Walter Machin-Chose, étudiant en ingénierie électrique à Columbia ?

Le cœur cognant dans sa poitrine, Bix plongea les yeux dans ceux de Rebecca.

— Merde ! s'exclama-t-elle.

Elle se dépêcha de bifurquer dans la 6ᵉ Rue Est, mais Bix la rattrapa. Il devait régler ce problème.

— Écoute, tu as raison. Je suis… celui à qui je ressemble.

— Bix Bouton ? s'écria-t-elle, scandalisée. N'importe quoi ! Tu as des dreadlocks, bordel.

Elle accéléra comme pour lui échapper sans prendre ses jambes à son cou.

— C'est pourtant vrai, insista Bix, d'une voix douce.

Sauf que l'affirmer tout en poursuivant plus ou moins une belle inconnue dans l'East Village après minuit le fit douter de lui-même. Était-il Bix Bouton ? L'avait-il jamais été ?

— C'est moi qui t'en ai donné l'idée, tu te rappelles ?

— Tu as remarqué la ressemblance.

— C'est classique en un sens.

Rebecca avait beau sourire, Bix sentit sa peur. La situation était embarrassante. À son grand soulagement, elle cessa sa marche rapide pour le scruter à la faveur de la lumière crue du lampadaire. Ils s'étaient presque frayé un chemin jusqu'à l'Avenue C.

— Tu ne lui ressembles pas tant que ça, conclut-elle. Tu n'as pas le même visage.

— C'est parce que je souris alors qu'il ne sourit jamais.

— Tu parles de lui à la troisième personne.

— Merde.

Un rire méprisant lui échappa.

— Bix ne jure jamais, tout le monde le sait.

— Bordel de merde ! s'exclama Bix, tandis que sa suspicion revenait au premier plan. Attends un peu. (Quelque chose dans son ton poussa Rebecca à s'arrêter et à l'écouter.) C'est toi qui as surgi de nulle part. Je crois que tu m'as suivi depuis l'appartement de Ted et Portia. Comment puis-je être sûr que tu n'as pas cédé à la Sécurité intérieure ?

— C'est psychotique, s'indigna-t-elle non sans s'esclaffer, mais il perçut l'anxiété qui vibrait dans son démenti, reflet de la sienne. Mon mémoire de master portait sur Nella Larsen. Interroge-moi sur elle.

— Je n'ai jamais entendu parler d'elle.

Ils se dévisagèrent avec méfiance. La frayeur qu'éprouvait Bix le ramena à un bad trip aux champignons hallucinogènes de son adolescence quand, après un concert des Uptones, ses potes et lui s'étaient un bref instant dispersés sous l'effet de la peur. Il prit trois profondes inspirations, la base de sa pratique de la pleine conscience, et sentit que tout rentrait dans l'ordre. Qui que puisse être Rebecca, c'était une gamine. Il avait au moins quinze ans de plus qu'elle.

— Écoute, lui dit-il, se tenant à une distance respectueuse. Nous ne sommes dangereux ni l'un ni l'autre.

— Je suis d'accord, acquiesça-t-elle après avoir dégluti.

— J'accepte de croire que tu es Rebecca Amari, étudiante de troisième cycle en linguistique et sciences de la culture.

— Et moi que tu sois Walter Machin-Chose, étudiant en ingénierie électrique à Columbia.

— Entendu. Nous avons un accord.

4

Il s'avéra que Rebecca s'était éloignée de sa destination, un bar sur l'Avenue B, vers lequel elle retourna une fois qu'ils eurent conclu leur fragile accord. Bix déclina son invitation de l'accompagner. Il voulait réfléchir à leur accrochage, évaluer les dégâts. Existait-il un moyen de participer de nouveau au groupe de discussion ? Rebecca reviendrait-elle ?

Bix, qui avait dépassé l'appartement de la 7e Rue Est de plusieurs pâtés de maisons, était à présent près de la passerelle de la 6e Rue menant à l'East River Park. Il monta l'escalier, traversa la voie rapide Franklin D. Roosevelt et découvrit le jardin public transformé depuis sa dernière visite : des buissons taillés, un petit pont pittoresque, des joggers toujours dehors malgré l'heure.

Il s'approcha de la rambarde, se pencha vers la rivière, contempla la surface où basculaient les lumières colorées de la ville. Ses promenades nocturnes s'étaient souvent terminées ici, tandis que le lever du soleil surgissait de l'eau grasse et l'éblouissait. Qui aurait l'idée de s'y baigner ? La question lui fit prendre conscience qu'il se trouvait à l'endroit précis où il s'était tenu avec Rob et Drew le matin où le premier s'était noyé. « Bien le bonjour, messieurs », se souvint-il subitement leur avoir lancé, un bras autour de chacun d'eux. Une image de Rob lui revint en mémoire : un gamin blanc athlétique au sourire prétentieux, au regard fuyant ombré de souffrance. Où s'était éclipsé le souvenir jusqu'à présent ? Et le reste : les voix de Rob et de Drew, leurs mots et leurs actes de ce dernier matin de la vie de Rob ? Quand il les avait salués, un indice du drame lui avait-il échappé ? Bix sentit le mystère de son inconscient se profiler, invisible, à la manière d'une baleine sous un minuscule nageur. S'il ne pouvait le sonder, le recouvrer, le visualiser, son passé ne lui appartenait pas. Il était perdu.

Il se redressa comme s'il avait entendu qu'on l'appelait. Une connexion vibra dans son esprit. Il balaya la rivière du regard. Deux femmes blanches qui couraient vers lui parurent changer de direction quand il se retourna. À moins qu'il ne l'ait imaginé ? Il repassa le moment dans sa tête – une ancienne énigme inquiétante brouillant la moindre pensée susceptible de se former. Il fut soudain épuisé, comme s'il marchait depuis des jours, comme s'il s'était trop éloigné de sa vie pour la réintégrer.

Il tapa le numéro de Lizzie, mû par l'envie de réduire la distance entre eux, mais raccrocha avant la sonnerie. Elle devait être endormie, sans doute avec Gregory au sein, son téléphone hors de portée, en train de charger. Elle le chercherait précipitamment, sous le coup de l'affolement. Comment pourrait-il lui expliquer sa bizarre errance à une heure pareille ?

Ses parents ? Ils croiraient que quelqu'un était mort.

Il composa le numéro de sa belle-mère. Il ne le faisait presque jamais, aussi doutait-il qu'elle décroche. C'était, en réalité, ce qu'il espérait.

— Beresford, répondit-elle.

— Joan.

Elle donnait du « chéri » aux autres qui, en retour, la surnommaient « Joanie ». Bix et sa belle-mère étaient les seuls à s'appeler par leur prénom.

— Tout le monde va bien ? demanda-t-elle, laconique, avec son intonation traînante.

— Oh oui, très bien.

Il y eut une pause.

— Et toi ?

— Moi… aussi.

— Ne te fous pas de ma gueule.

Il l'entendit allumer une cigarette malgré un bruit de tondeuse. On tondait manifestement sa pelouse la nuit à San Antonio.

— Qu'est-ce que tu as en tête ? insista-t-elle, expirant.

— Pas grand-chose. Je m'interroge simplement… qu'est-ce qui doit se passer après ?

— N'est-ce pas notre cas à tous ?

— Sauf que moi, je suis censé le savoir. C'est mon boulot.

— C'est beaucoup demander.

Bix regarda la mouvance et la dislocation des couleurs sur la rivière. La cigarette de Joan crépita à son oreille tandis qu'elle tirait une longue bouffée.

— J'entends de l'inquiétude, constata-t-elle de sa voix rauque.

— J'ai peur d'être incapable de remettre ça.

C'était la première fois que Bix prononçait ces mots, ou d'autres comparables, à quelqu'un. Dans le silence qui succéda, il rejeta cet aveu.

— Quelle connerie, s'énerva Joan, et il sentit presque la fumée brûlante sur sa joue. Tu le peux et tu le feras. Je suis sûre que tu en es bien plus proche que tu ne le crois.

Ces paroles lancées avec désinvolture le rassérénèrent d'une façon inexplicable. Peut-être parce qu'elle avait employé son prénom, qu'il entendait rarement, ou parce qu'elle n'était, d'ordinaire, pas du genre enthousiaste. Peut-être que s'entendre dire *Tu le peux et tu le feras* à ce moment-là lui avait donné l'impression que c'était vrai.

— Beresford, je vais te donner un conseil, continua Joan. Avec tout l'amour que j'ai dans le cœur. Tu es prêt ?

Fermant les yeux, Bix sentit le vent sur ses paupières. Des vaguelettes léchèrent le parapet sous ses pieds. Une odeur d'océan flottait dans l'air : oiseaux, sel, poisson, autant d'effluves se mélangeant d'une façon incongrue à la respiration sifflante de Joan.

— Prêt.

— Va te coucher. Et embrasse ma fille, cette cinglée.

Il n'y manqua pas.

Étude de cas : Personne n'a souffert

1

Personne, Alfred Hollander pas davantage que les autres, n'est en mesure de retrouver le moment où il a commencé à réagir avec violence – à être allergique pour reprendre sa formule – aux artifices de la télé. D'abord aux informations : ces sourires contraints ? Cette coiffure ! S'agissait-il de robots ? De figurines à tête branlante ? De ces poupées animées qu'il avait vues sur des affiches de films d'horreur ? Il devint impossible de regarder le journal télévisé avec Alfred. Il devint difficile de regarder la série *Cheers* avec Alfred, capable de hurler depuis le canapé, toujours avec un petit cheveu sur la langue : « On la paye combien ? » ou « Il se moque de qui ?! ». Ça cassait l'ambiance.

Éteindre la télé ne suffisait pas ; vers l'âge de neuf ans, l'intolérance envers l'imposture d'Alfred passa outre la frontière vie/art et entra dans sa vie quotidienne. Il avait jeté un regard dans les coulisses et vu la façon dont les gens se mettaient en scène – ou plus insidieusement des versions d'eux-mêmes inspirées par la télé : Mère Tourmentée. Père Penaud. Prof Sévère. Coach Encourageant. Autant d'appropriations qu'Alfred ne voulait – ne pouvait – supporter. « Arrête de faire semblant et je te répondrai », informait-il son interlocuteur stupéfait ou, encore plus brutalement : « C'est bidon. » Vincent et Theo, le chat et le chien de sa famille, passaient leurs journées sans simuler. De même que les écureuils, les cerfs, les gauphres et les poissons qui peuplaient l'État de New York, riche en lacs, où Alfred grandissait et où son père, Ted Hollander, enseignait l'histoire de l'art dans une université locale. Pourquoi les gens feignaient-ils d'être ce qu'ils étaient déjà ?

Manifestement, il y avait un problème : Alfred était difficile – « un putain de cauchemar », pour citer plusieurs témoins. Et un autre encore plus grave : il gangrenait son environnement. Beaucoup d'entre nous, accusés, par exemple, à tort d'espionner pour le compte du département de la Sécurité intérieure ou de traquer une célébrité que nous n'avons en fait pas identifiée, réagirions d'un air coupable, avec anxiété, ou nous donnerions du mal pour communiquer notre innocence. En d'autres termes, nous nous conduisons exactement comme le feraient un agent de la Sécurité intérieure en filature ou un harceleur. De même, les adultes qu'Alfred incriminait – « Cesse de prendre cette voix surfaite » – s'efforçaient d'être plus naturels et ne réussissaient qu'à l'être moins : les parents jouaient le rôle de parents, les professeurs celui de professeurs, les coachs de base-ball celui de coachs de base-ball. Et ils s'éclipsaient le plus vite possible.

La vie familiale était l'épicentre de l'insatisfaction d'Alfred. Au dîner, il se sentait « asphyxié » par la calme suprématie de Miles, son frère aîné, organisé et talentueux, et par la prétendue nullité d'Ames, le cadet, transparent dans ses allées et venues, aux pensées insaisissables. En réponse aux simples questions de ses parents sur sa journée à l'école, Alfred vociférait souvent : « Je refuse d'avoir cette conversation », désolant sa mère, Susan, pour qui les moments en famille étaient précieux.

À onze ans, Alfred mit en place une nouvelle habitude, celle de porter, sur sa tête, un sac en papier comportant des trous pour les yeux, chaque fois qu'il se trouvait en vacances avec la famille élargie. Il le gardait pendant tout le repas, glissant des fourchetées de dinde ou de tarte aux noix de pécan dans une fente rectangulaire découpée au niveau de la bouche. Son objectif était de créer un désarroi si extrême qu'il bloquait les réactions sincères – bien que négatives – de son entourage.

— Qu'est-ce que fait Alfred ? demandait un grand-parent.

— J'ai un sac sur la tête, répondait celui-ci sans l'enlever.

— Son apparence le rend malheureux ?

— Je suis là, grand-maman, tu peux me poser la question directement.

— Mais je ne le vois pas…

Quelques rares individus qui avaient le don d'inciter les autres à être naturels avaient droit à la considération d'Alfred. Au premier rang desquels, Jack Stevens, le meilleur ami de son frère, Miles. « Mets le sac, Alf », suppliait-il en rigolant à l'avance, un artifice inutile en sa présence – grâce à lui, toute la famille se détendait. Jack passait souvent ses soirées chez les Hollander – il avait perdu sa mère d'un cancer dans son enfance. Alfred décrit Jack comme fougueux, spontané, avide de stimulations, un type qui apporte des fûts de bière à la « plage », une bande sableuse de galets située à l'endroit d'un ancien camp de vacances, devenu un lieu de fêtes populaire pour les ados du coin. On savait que Jack dépucelait des pom-pom girls dans les cabanes de ce camp, mais les cœurs brisés étaient consolés (dans l'esprit d'Alfred) par la bonne volonté de Jack, sa vivacité, ses accès de tristesse épisodiques d'orphelin de mère, perceptibles (une fois de plus pour Alfred) dans sa tendance à contempler le lac, profond et gelé, formé par des glaciers, peuplé à l'automne de milliers de bernaches du Canada.

Si Miles et Jack Stevens restèrent proches pendant leurs études supérieures, ils rompirent brutalement peu après. Son frère et son idole ne s'adressant plus la parole, Alfred perdit de vue ce repère de son enfance.

Lors de ses années d'études à l'université d'État SUNY New Paltz, Alfred se constitua une petite cohorte de copains qui partageaient son mépris pour la « connerie » de leur environnement. En 2004 toutefois, son diplôme en poche, la prétendue « entrée dans l'âge adulte » de ces mêmes copains le déçut. Après avoir terminé leurs études de droit, ils se mirent à feindre d'être avocats ou de travailler dans des entreprises de marketing ou d'ingénierie ou des plates-formes Internet retombant à peine sur leurs pieds après l'explosion de la bulle technologique. Chaque fois qu'un copain de fac maigrissait, se faisait faire une rhinoplastie ou arborait des lentilles de contact de couleur, Alfred le remettait à sa place en lui posant des questions telles que : « Est-ce que tu te considères comme un gros mince en ce moment ? » ou « Tu te demandes quelquefois si tu as choisi le bon nez ? » ou « Quand tu mets ces lentilles, ma peau paraît verte ? ». Il n'accordait aucune importance au changement de nom. Anastasia restait la bonne vieille Amy pour lui, bien qu'elle l'ait menacé de ne pas l'inviter à son mariage s'il persistait, menace qu'elle mit à exécution après plusieurs avertissements.

Les amis de fac ne tardèrent pas à se volatiliser, ce qui soulagea et désespéra Alfred. En échange d'une chambre chez un couple de personnes âgées 28e Rue Ouest, il préparait les piluliers, lisait à voix haute leurs e-mails, tapait les réponses qu'ils lui dictaient. Il travaillait dans un atelier de réparation de vélos et investissait toutes ses ressources dans la création d'un documentaire de trois heures sur le comportement des oies d'Amérique du Nord. Intitulé *Les Schémas migratoires des oies d'Amérique du Nord* – la voix off, sans le moindre artifice, était monocorde. Le film se révéla du genre à plonger dans le coma tous ceux qui assistèrent à la projection privée financée et organisée par Alfred à Manhattan. À la fin de celle-ci, il fallut tirer du sommeil Miles, un insomniaque notoire. Miles supplia Alfred de lui filer un DVD qu'il rapporterait chez lui à Chicago pour le regarder au moment de s'endormir. Furieux et vexé, Alfred refusa.

2

J'entendis parler d'Alfred Hollander pour la première fois en 2010, un an après qu'il eut terminé *Les Schémas migratoires des oies d'Amérique du Nord*. Ted Hollander, le père d'Alfred, animait un groupe de discussion avec sa deuxième épouse, Portia (les parents d'Alfred avaient divorcé l'année de son départ pour l'université), auquel je participais, alors que je faisais des études à Columbia. J'envoyai plusieurs e-mails à Alfred, lui demandant une interview pour ma thèse, une évaluation de l'authenticité à l'ère numérique. Faute d'avoir une réponse, j'allai le chercher à son atelier. Je tombai sur un type aimable, aux cheveux d'un blond vénitien dont la jovialité n'était pas dénuée d'hostilité.

— Avec tout le respect que je te dois, Rebecca Amari, décréta-t-il, prononçant mon nom sur un tel ton que je me demandai si je l'avais inventé, pourquoi te laisserais-je récupérer mes idées dans une foutaise universitaire bidon, simplement pour que tu puisses être titularisée ?

Je lui expliquai que je n'en étais pas à ce stade, mais juste à celui d'obtenir mon doctorat ainsi que, l'espérais-je, un poste d'enseignante quelque part ; je lui assurai que je comptais bien lui attribuer son histoire ne serait-ce qu'en travaillant à codifier et à contextualiser le phénomène qu'il décrivait.

— Sans vouloir t'offenser, je n'ai pas vraiment besoin de toi pour ça.

— Ne t'en déplaise, je pense que si.

— Pourquoi ?

— Parce que, ne le prends pas mal, mais tu n'as jusqu'à présent produit qu'un film terriblement nul sur les oies.

Posant l'outil qu'il tenait, Alfred pencha la tête vers moi.

— On s'est déjà rencontrés ? J'en ai l'impression.

— Nous avons l'un et l'autre des taches de rousseur, lui répondis-je, ce qui me valut son premier sourire sincère.

C'est à toi que je te fais penser. En plus, je suis la seule au monde à être aussi obsédée que toi par l'authenticité.

Une année s'écoula avant qu'il ne revienne vers moi.

Je savais déjà par le père d'Alfred qu'il s'était embarqué dans une entreprise encore plus excessive et aliénante que n'avait été le sac en papier sur sa tête de l'époque du collège. Par une matinée de la fin de l'été, Alfred emmena son chien, un teckel adopté répondant au nom de Maple Tree, le jour de la rentrée d'une école du quartier. Il déclara à deux fonctionnaires du ministère de l'Éducation qu'il souhaitait inscrire Maple Tree en maternelle, puis se prépara à se délecter de leur perplexité.

— Elle est vraiment astucieuse, leur affirma-t-il. Elle apprend autrement, voilà tout.

— Elle n'a pas la parole, mais elle comprend tout.

— Il suffira de lui lancer souvent une de ces croquettes pour qu'elle reste tranquillement assise, tout ouïe.

Les dames, dont les ongles courbés étaient laqués d'une peinture aux nuances d'ordinaire réservées à des planches de surf susceptibles d'être des pièces de musée, l'écoutèrent en réprimant difficilement leur hilarité.

— Vous voulez inscrire votre chien à l'école, psalmodia l'une d'elles, la bouche tordue.

— Que se passera-t-il quand les autres enfants voudront emmener leurs animaux domestiques à l'école ? ajouta l'autre.

— Elle est propre ? On ne peut pas accepter ceux qui font pipi par terre…

— Elle sait lire et compter ?

Remarquant les coups d'œil complices qu'échangeaient les dames, Alfred sentit qu'il y avait anguille sous roche. Après s'être appliqué du rouge à lèvres en catimini, l'une poursuivit :

— Bon, mon chou, une file de gens attend dehors. Il est temps de briser le quatrième mur.

— De quoi parlez-vous ? lança Alfred, serrant Maple Tree contre lui.

— C'est sur toi, dans le sac, sur le chien ?

— Sur le chien, j'espère, reprit la première. Je lui ai montré mon meilleur profil.

Dès qu'elles eurent découvert qu'Alfred n'avait pas de caméra cachée avec lui pour enregistrer l'absurde échange – qu'elles venaient juste de perdre vingt minutes pour faire plaisir à un imbécile sans la moindre chance de célébrité sur YouTube –, les dames le virèrent.

Ce fut ainsi qu'Alfred prit conscience de notre Ère d'Autosurveillance.

Une fois rentré dans sa chambre de la 28e Rue Ouest, il plongea un regard désespéré dans les yeux d'ambre de Maple Tree. Dans ce nouveau monde, les tours pendables ne suffisaient plus à provoquer des réactions authentiques ; l'authenticité exigeait d'être démasquée avec violence, ainsi que cela se produit chez les vers de terre qui gigotent quand on enlève tout à coup leur pierre. Il lui fallait pousser les gens à bout. Même M. le Suprématiste Serein avait un point de rupture, comme Alfred l'avait appris lorsque son frère aîné, en état d'ivresse, l'avait appelé à SUNY New Platz, alors qu'il était en dernière année – la première fois qu'il avait entendu Miles soûl.

En deuxième année de fac de droit de l'université de Chicago à l'époque, Miles habitait avec Jack Stevens, qui travaillait dans une banque. La mère de Miles venait souvent les voir – elle avait un amant à Chicago, avait-elle raconté à son fils plutôt satisfait qu'elle bourre le réfrigérateur de fruits frais. Sauf que l'homme avec qui elle couchait s'était révélé être Jack Stevens.

— Tu es sûr ? demanda Alfred, le jour où Miles lâcha son coup de tonnerre au téléphone depuis un Holiday Inn où il avait décampé aussitôt après avoir découvert la vérité.

— Plus jamais je ne pourrai penser au lycée. Ni à la maison, bafouilla-t-il. Un véritable désastre… C'est fini. Parce que tout a mené à ça.

— Écoute, lui dit Alfred, propulsé dans le rôle inhabituel d'agent apaisant. Il n'y a pas mort d'homme.

— C'est… Cent. Pour. Cent. Comme s'il y avait mort d'homme, scanda Miles. Comme si nous étions tous morts. Toi. Moi. Maman. Papa.

— Et Ames alors ? intervint Alfred, essayant la légèreté.

Ils avaient tous tendance à oublier Ames.

Le hurlement furieux de Miles obligea Alfred à écarter le téléphone.

— Tu ne peux pas comprendre ! Tu es trop bizarre, tu es comme maman. Rien n'a d'importance pour toi. (Et Miles de fondre en larmes, une première dans les souvenirs d'Alfred.) Ils ont tout fichu en l'air. Il ne reste plus rien.

Alfred reçut un e-mail de son frère le lendemain : *Salut, Alf, désolé de mon émotivité au téléphone. Qui aurait pu croire que j'étais un nostalgique ? La vie continue. À toi, Miles.*

Miles n'adressa pas la parole à leur mère pendant un an ; à ce moment-là, la liaison de celle-ci avec Jack était terminée. Huit ans s'étaient écoulés depuis, sans qu'Alfred entende prononcer le nom de Jack Stevens. En revanche, il avait entendu Miles pleurer, un souvenir qu'il chérissait.

Au collège, il y avait eu un cours de science et vie sur la douleur. Des scientifiques étudiant la douleur avaient dû l'infliger sans provoquer de lésions corporelles, ce qu'ils avaient fait en se servant du froid ; des mains plongées dans de l'eau glacée font mal à un point insupportable sans pour autant être abîmées. Ce détail avait tellement fasciné Alfred qu'il avait rempli un seau d'eau et de glaçons dans le sous-sol et laissé ses avant-bras sous la surface jusqu'à ce que le mal soit tellement violent qu'il avait failli en vomir. Pourtant, cela n'avait pas laissé la moindre marque.

Peu de temps après la débâcle de Maple Tree à la maternelle, Alfred entendit un cri sous la fenêtre de l'appartement de la 28e Rue Ouest – non, un appel, un hurlement poussé à pleins poumons qui suscita en lui une frayeur propre à le faire frissonner. Il se rua dehors et trouva une femme en train de bercer un bébé labrador marron qui s'était libéré de sa laisse et avait couru sous les roues d'un camion avant de parvenir à s'en sortir indemne. Alfred regarda le chiot et sa propriétaire. Malgré le bruit, l'urgence, la terreur, personne, fût-ce le chiot, n'avait eu mal.

3

De temps à autre, Alfred se mit à brailler en public : dans une rame de la ligne L ; à Times Square ; à l'hypermarché Whole Foods ; au Whitney Museum of American Art. Il se rappelle avec une incroyable netteté (pour quelqu'un en train de hurler) les scènes de réactions chaotiques qui s'ensuivaient, autant de descriptions aussi monotones pour un auditeur que les récits de rêves. À une exception près : Duane Reade à Union Square, à cause de ce qui s'est passé ensuite. Alors que deux agents de sécurité le flanquaient brutalement à la porte de la pharmacie, Alfred remarqua une fille qui se distinguait des clients affolés par son expression de curiosité fascinée. Adossée à un mur, elle semblait l'attendre.

— Qu'est-ce que tu faisais à l'intérieur ?

La question qu'il fallait pour enchanter Alfred. La plupart des gens auraient dit qu'il avait crié, mais Kristen avait été plus perspicace.

Devant des galettes de pommes de terre et une infusion à la pomme bien chaude, Alfred expliqua son projet de cris. Kristen l'écoutait en clignant de ses immenses yeux bleus, on eût dit des becs d'oisillons grands ouverts. À vingt-quatre ans, elle était encore à l'étape où s'installer à New York pour travailler dans une boîte de graphisme était une aventure. Alfred avait presque vingt-neuf ans.

— À quelle fréquence cela arrive ? voulut-elle savoir. Les hurlements. En moyenne.

— Je préfère cris. Tantôt deux fois par semaine, tantôt rien pendant deux mois. L'un dans l'autre… peut-être vingt fois par an ?

— Tu le fais avec des amis ?

— La plupart des gens ne le supportent pas.

— Les membres de ta famille ?

— Tolérance zéro. Mot pour mot.

— Genre quelqu'un a réagi par « tolérance zéro » à la question de tes cris.

— Genre ils ont tous employé l'expression quand ils ont abordé le problème de mes cris.

— Waouh ! Qu'est-ce qui s'est passé ?

— Je les vois moins.

— Parce que tu ne peux pas crier ?

— Parce que cela me déprime qu'ils emploient des expressions telles que « sa quête d'attention négative » pour expliquer mon projet.

— La famille, commenta Kristen, levant ses beaux yeux au ciel, avant d'enchaîner : c'est le cas, tu es en quête d'attention négative ?

Le café était presque vide, l'infusion à la pomme avait refroidi. Alfred sentit l'importance de sa réponse. Il avait vaguement conscience d'avoir passé sous silence le besoin qui le saisissait parfois de crier, comparable à une puissante envie de bâiller ou d'éternuer. Il espéra que cela tombait sous le sens.

— C'est l'inverse en fait. Je supporte l'attention négative en échange de quelque chose d'infiniment plus important.

Kristen l'observa attentivement.

— L'authenticité, précisa-t-il, déployant le mot comme s'il s'agissait d'un rouleau ancien et délicat. (Il ne le prononçait presque jamais, de crainte qu'un usage intensif n'en réduise le pouvoir.) Des réactions authentiques plutôt que les conneries factices qu'on se sert du matin au soir. J'ai tout sacrifié pour ça. Je crois que ça en vaut la peine.

L'expression fascinée de Kristen l'encouragea.

— Tu le fais pendant les rapports sexuels ? demanda-t-elle.

— Jamais, affirma-t-il, ajoutant avec une audace balourde : C'est une promesse.

Huit mois plus tard, Alfred et Kristen étaient montés dans un autocar Avis à l'aéroport O'Hare de Chicago pour aller récupérer leur voiture de location. Le car était bondé de gens qui s'efforçaient de ne pas basculer les uns sur les autres quand le véhicule tanguait dans les coudes de l'autoroute ou faisait une embardée avant de s'arrêter pour prendre d'autres voyageurs. Alfred et Kristen étaient debout, presque au fond.

Un picotement familier titilla Alfred. Il tenta de s'en débarrasser ; après tout, il emmenait une jeune fille avec qui il avait peut-être une relation sérieuse (c'était son espoir) à une réunion chez Miles pour fêter le baptême de son deuxième enfant. Leur mère les y rejoindrait en avion. Alfred et Kristen projetaient de passer le week-end chez Miles et de visiter Chicago ainsi qu'une exposition d'animes japonais à l'Art Institute que Kristen mourait d'envie de voir. Sauf que l'évocation de Miles rendit le picotement irrépressible.

Alfred lâcha un son saccadé, bref et ambigu, entre le gémissement et le jappement. Pourtant habituée à ses cris qu'elle ne trouvait plus charmants depuis des lustres, Kristen douta qu'il en soit à l'origine. Ce ne fut que lorsqu'elle remarqua son visage – dépourvu de curiosité, contrairement aux autres – que ses yeux bleus s'étrécirent et devinrent menaçants. Mais Alfred se réjouissait déjà des deux forces contraires à l'œuvre chez ses compagnons de voyage : un désir collectif de ne pas s'appesantir sur le bruit inexplicable opposé aux prémices de l'effroi. La Phase de Suspension où tout le monde flottait de conserve à la crête d'une vague de mystère dont seul Alfred détenait la solution. Il aurait pu en rester là – il l'avait déjà fait quand le mystère et le pouvoir l'avaient plus ou moins comblé. Aujourd'hui, il n'en était rien. Le mystère se dissolvait dans un regain de mécontentement au milieu de ce car bondé, si bien qu'il poussa un second gémissement-aboiement : plus long, plus fort, impossible à ignorer.

Cette fois, ce fut la Phase d'Interrogation : tous ceux proches de lui (hormis Kristen, qui fixait un point devant elle) essayèrent discrètement de déterminer la nature de sa plainte. Le bruit avait-il été émis par inadvertance ? Dans ce cas, mieux valait l'oublier. Ou était-ce un cri de détresse ? En proie à cette préoccupation, les passagers étaient d'une réceptivité puérile, époustouflante à regarder. Ils ne se rendaient pas compte qu'on pouvait les observer. Alfred se délecta de leur étonnement inconscient en retenant sa respiration jusqu'au bord de l'explosion ; après quoi, il déchargea le contenu de ses poumons en une éruption stridente, entre le glapissement et le rugissement qu'il dirigea comme si c'était un pieu vers les visages vulnérables autour de lui. Il cria à la manière d'un loup hurlant à la lune, sauf qu'il ne levait pas les yeux, il les rivait sur ses compagnons de voyage, dont la panique, la répugnance et les tentatives d'y échapper évoquaient l'hystérie de passagers d'un avion plongeant le nez dans la mer.

Observer de pareilles outrances en l'absence de la moindre menace réelle n'était pas une joie. Ni un plaisir. C'était une révélation. Une fois que quelqu'un avait eu une telle révélation, il reprenait le cours normal de sa vie, conscient du tumulte qui bouillonnait sous la surface lisse. À peine cette conscience s'atténuait-elle que le chercheur aspirait avec une ardeur croissante à assister de nouveau à cette cataracte torrentielle. Pour quelle autre raison les peintres de la Renaissance peignaient-ils tout le temps le Christ en croix (pour citer un exemple d'Alfred) et n'ajoutaient-ils de minuscules personnages ployant sous le poids de pierres ou de balles de foin que dans un lointain arrière-plan ? Parce que les gens veulent voir la mort transcendée – non le transport de lourds fardeaux ! Alfred avait trouvé un moyen de revivre cette révélation quand bon lui semblait sans être obligé de mourir ou de tuer qui que ce soit.

Rien ne valait le premier cri, à en croire Alfred, qui le comparait à la première gorgée de vin en bouche sur le palais d'un expert. Mais le moment ultime avait aussi de l'importance et, pour y parvenir, il lui fallait continuer de crier. Il n'avait qu'une règle : Ne pas interagir. Son boulot consistait simplement et seulement à brailler en attendant la Phase où Quelque Chose se produit – le « quelque chose » prenait d'ordinaire la forme d'une intrusion physique. On avait giflé Alfred, on l'avait tabassé, on l'avait jeté dehors ; on lui avait balancé un tapis à la figure, fourré une orange dans la bouche, administré sans son consentement une piqûre d'anesthésique. Il avait reçu des coups de taser, de matraque, et été arrêté pour trouble à l'ordre public. À huit reprises, il avait passé la nuit en prison.

Environ trente secondes après le premier cri d'Alfred, le car Avis se gara le long du trottoir ; le chauffeur, un grand Afro-Américain, écarta la foule agitée et s'avança vers l'arrière. Alfred rassembla ses forces pour une confrontation physique, mû par le préjugé sur la violence des Noirs, dont il était pourtant sûr d'être débarrassé. Mais le chauffeur, Kinghorn – son nom était écrit sur son badge –, transperça Alfred du regard laparoscopique d'un chirurgien ôtant le muscle de l'os en tant que prélude à l'excision d'une tumeur. Face à cet examen insistant, Alfred découvrit qu'être scruté pendant qu'il criait était plus désagréable qu'être jeté à terre, tabassé ou roué de coups de pied. Cette première découverte déboucha sur une deuxième : les attaques physiques, bien que douloureuses, lui donnaient un moyen de mettre un terme à ses hurlements ininterrompus. Ce qui le mena à une troisième découverte : crier nécessite de s'interrompre. Pour crier, il faut respirer ; pour respirer, il faut inhaler ; pour inhaler, il faut s'arrêter de crier.

— On a fait du mal à cet homme ? s'enquit M. Kinghorn d'un ton sec lors de la première interruption de ce genre.

Comme il avait perçu une dénégation collective et un visage livide, désemparé, à proximité – celui de Kristen – il lui adressa calmement la parole :

— Vous voyagez avec cet homme ?

— Je voyageais, murmura-t-elle.

— A-t-il des problèmes psychologiques ?

— Je ne sais pas, répondit Kristen avec lassitude. Je crois qu'il aime crier, voilà tout.

M. Kinghorn s'interposa entre les prochaines inspirations d'Alfred.

— Monsieur, vous faites votre vacarme depuis deux minutes maintenant... Je vous autorise trente secondes de plus... ensuite vous devrez soit arrêter de hurler, soit sortir de mon bus... Me suis-je bien fait comprendre ?

Alfred se surprit en train d'opiner, une infraction détestable à sa règle de ne pas interagir. M. Kinghorn consulta sa montre – une énorme montre de plongeur, ou de parachutiste, du genre à vous faire une omelette ou à vous téléporter dans un autre millénaire –, puis il attendit. Alfred fut incapable de continuer de crier de la même façon ; l'autorité de M. Kinghorn apaisa les passagers anéantis, neutralisant les effets du braillement. Alfred eut la sensation d'être sous une tente qui s'effondrait ; immergé dans du tissu, il se tut.

M. Kinghorn lui adressa un bref signe de tête.

— Très bien, monsieur. Je vous remercie pour votre empressement à la boucler. À présent, remettons-nous en route.

Ces derniers mots, il les prononça d'une voix plus forte, un puissant baryton qui remplit l'autocar et apparemment le cœur des gens, car il y eut une salve d'applaudissements. Le véhicule s'éloigna du trottoir et roula bientôt en trombe vers le parking Avis, galvanisé par la liesse collective dont seules trois personnes étaient exclues : Alfred, qui avait lâché la barre où il s'agrippait, épuisé et mortifié ; Kristen, qui jetait des regards noirs au terrain glauque de l'aéroport ; M. Kinghorn, dont l'habileté à mettre des trublions au pas démontrait que celui-ci n'avait rien d'extraordinaire.

Je me demande comment est M. Kinghorn dans la vraie vie, fit Kristen, songeuse.

Assis dans leur voiture de location, ils étaient coincés dans les bouchons d'O'Hare.

— Pourquoi n'appelles-tu pas le bureau Avis pour te renseigner sur lui ? commenta Alfred, avec aigreur.

— Tu n'es pas de très bonne humeur. Tu viens pourtant de te livrer à ton activité fétichiste ; n'est-ce pas censé t'exciter et te griser ?

— Oublions que c'est arrivé.

— Si seulement !

— Il fut un temps où tu aimais mes cris, dit Alfred en soupirant.

— Aimer n'est pas vraiment le bon terme.

— Tu y croyais.

— C'est vrai.

— Qu'est-ce qui a changé ?

Après réflexion, Kristen finit par répondre :

— C'est devenu lassant.

4

La galère du trajet jusque chez Miles à Winnetka, dans la banlieue de Chicago, ne fut dépassée que par celle de s'y retrouver : manger des sandwichs sur la terrasse de son frère qui surplombait le lac Michigan où des feuilles voltigeant des arbres se posaient, comme autant de nénuphars jaunissant. Sa mère l'avait étouffé dans son étreinte aux effluves de jasmin. Les présentations avaient été faites (suivies par des regards insistants et interrogateurs qui semblaient dire : « Elle est ravissante ; c'est un miracle ; elle doit mal le connaître ; à moins qu'elle ne soit anormale d'une façon qu'on ne perçoit pas… ? »). Les réponses (vagues) aux questions sur le voyage depuis New York avaient été fournies. Sans compter le nouveau-né, bien sûr, minuscule, bien sûr, que tout le monde voulait prendre dans ses bras, bien sûr. Malgré l'appréhension qu'avait ressentie Kristen à l'idée de rencontrer la famille d'Alfred, celle-ci semblait contente d'être loin des brailleurs. Alfred avait oublié qu'Ames serait présent. Or, il était là, et avec lui l'habituelle tension inconsistante due au mystère indéfini de sa carrière, lequel avait grossi proportionnellement à sa masse musculaire. Cela avait commencé deux ans après les attentats du 11-Septembre, lors de sa promotion de soldat enrôlé à agent des forces spéciales. À trente et un ans, il était soi-disant à la retraite ; loin d'avoir perdu son côté costaud cependant, il passait le plus clair de son temps à l'étranger ; à l'allusion du récent assassinat de Ben Laden, il eut l'air, l'espace d'un instant, de ne pas savoir de qui il s'agissait.

Au fil des années, la calme suprématie de Miles s'était durcie en exosquelette, se rigidifiant à chaque honneur jusqu'à ce qu'il semble à peine capable de mouvement, encore moins de spontanéité. Alfred avait l'impression que chacun de ses gestes était un faux-semblant, voire une dissimulation – sinon, pourquoi Miles ne souriait-il avec sincérité que lorsque Trudy prenait des photos avec son iPhone ? Accro à Facebook, Trudy postait beaucoup, vantant les vacances familiales et les œuvres d'art des petits, créait des hashtags tels que #amourmèrefille et #heureusementquilyalesgrandsparents qu'Alfred postait sur Facebook expressément pour fulminer. Le souvenir de cris récents lui servait d'ordinaire d'antidote à de telles bouffonneries, sauf que, aujourd'hui, ça le ramenait à sa défaite publique dans l'autocar Avis. L'entreprise avait fait long feu sans crier gare, laissant… quoi ? Qu'est-ce qu'Alfred pouvait bien faire, dire ou même penser afin de lui permettre de rester sur la terrasse de Miles une putain de minute de plus ?

Il eut une idée : poser une question.

— Hé, Miles. Tu as des nouvelles de Jack Stevens ?

Son frère marqua une pause infime au milieu de sa bouchée, pareille à un saut d'image dans une vidéo, puis assena :

— Non, aucune.

Un silence lourd succéda à la réponse, que Kristen tenta de rompre en demandant d'un ton enjoué :

— Qui est Jack Stevens ?

Les lèvres de Miles s'étirèrent en un trait implacable. Trudy fixa la terrasse. Alfred sentit la panique de Kristen, consciente de sa bourde.

— Franchement, Miles, lança sa mère. Est-ce qu'on pourrait s'il te plaît en finir avec ces histoires ?

À cinquante-sept ans, Susan (ainsi que Miles et Alfred s'étaient mis à appeler leur mère) était svelte, arborait des cheveux d'un blond cendré et, dans sa robe portefeuille bleue et son pull blanc douillet, elle paraissait plus jeune que du temps de leur enfance. Elle était alors la Mère Tourmentée, le genre à se précipiter sur le terrain de base-ball entre deux tours de batte pour appliquer de la crème solaire sur votre nez. Des mères toujours un peu comiques dans leurs vêtements aux couleurs éclatantes qui, d'énormes bananes autour de la taille, découpaient des pastèques pour l'équipe. Dans la foulée du divorce, elle était devenue silencieuse, vigilante, comme si elle ne savait plus trop quel rôle endosser. Au fil du temps, toutefois, ayant acquis expérience et lucidité, elle se mit à agir à sa guise. Elle n'avait plus rien de comique.

— Jack Stevens était l'ami d'enfance de Miles, expliqua-t-elle à Kristen. Ils étaient inséparables à la fac et même après.

— Je comprends, déclara Kristen, non sans gravité. Il lui est… arrivé quelque chose ?

— On pourrait dire ça, lâcha Miles avec un rire forcé.

Susan posa brutalement son verre sur la table de pique-nique.

— Désolée, mais ta formule est ridicule.

— Ah bon, tu es désolée ? fit Miles, feignant l'étonnement.

— À t'entendre, on dirait que Jack et moi, nous avons assassiné quelqu'un !

— Je me suis trompé, tu n'es pas désolée.

— Ne parle pas à maman sur ce ton, intervint Ames, très calmement.

Blotti dans ses gros bras aux veines saillantes, le nourrisson ressemblait à une souris engloutie par un python.

— Oh, c'est moi le vilain à présent, ironisa Miles.

Alfred se sentit soudain libéré de toute douleur, comme une rage de dent qui s'arrête.

— Il habite toujours Chicago ? Jack ?

Miles consulta sa montre.

— Tu es arrivé il y a combien de temps ? Quarante minutes ? Quarante-cinq ?

— Trente-sept, précisa Trudy.

— Tu as chronométré notre arrivée ? demanda Alfred.

Miles et Trudy échangèrent un regard.

— On se demandait au bout de combien de temps tu ferais quelque chose de provocant, répondit Miles.

— Trente-sept minutes, c'est un progrès, constata Ames.

Ils rirent de concert, à part Miles.

— Je ne trouve pas qu'il soit drôle.

— C'est moi qui l'ai été, assura Ames.

Susan s'adressa alors à Miles :

— Portia a presque trente ans de moins que ton père. Ta demi-sœur, Beatrice, a le même âge que ta fille. Rien de tout ça ne te pose le moindre problème. Bon sang, en quoi est-ce différent ?

— On ne connaissait pas Portia avant que papa ne l'épouse.

— Tu as de la chance que je n'ai pas épousé Jack.

— C'est toi qui as de la chance, sinon tu ne connaîtrais pas tes petits-enfants.

Ames se leva avec une promptitude martiale et souffla d'une voix à peine audible :

— Ne. Parle. Pas. À. Maman. Sur. Ce. Ton.

Trudy lui enleva le bébé des bras tandis que Miles le mettait en garde :

— Gaffe, la prochaine marotte d'Alfred risque d'être ce que tu fais dans la vie.

— Qui fait de la provocation maintenant ? lança leur mère.

— Je suis à la retraite, affirma Ames en souriant. Et je ne demande pas mieux que d'en parler.

Miles jeta son sandwich par-dessus la balustrade de la terrasse avant de répéter :

— Trente-sept minutes.

Les yeux cernés de noir, il avait l'air crevé comme si la bêtise des autres le sapait de sa force vitale.

— Tu n'as pas répondu à ma question, insista Alfred. À propos de Jack.

— Autant que je sache, il vit toujours à Chicago, répondit Miles avec aigreur. Pourquoi, tu comptes aller le voir ?

— Oui, je crois. (Alfred se mit debout.) J'y vais de ce pas.

Le tour était joué : un étonnement sans fard sur les visages autour de lui, vulnérables et inaltérés – c'était comme ouvrir une porte d'un coup de pied et y découvrir une lumière dorée.

Alfred récupéra sa sacoche, jeta un coup d'œil à Kristen, s'attendant plus ou moins à ce qu'elle ne l'accompagne pas. Mais elle le rejoignit à la porte.

— Waouh, c'est toujours comme ça ?! s'exclama-t-elle tandis qu'ils sortaient de la maison.

5

Une fois dans la voiture de location, Alfred essaya d'exploiter la fameuse intelligence de son nouveau téléphone, mais celui-ci lui montra que des centaines, voire des milliers de Jack Stevens vivaient dans la région de Chicago. De quoi freiner son élan.

— Qu'est-ce qu'on fait maintenant ? demanda Kristen, de mauvaise humeur à présent. Nos bagages sont chez ton frère. D'ailleurs, est-ce qu'on va y retourner ?

— Bien sûr, après notre visite à mon copain.

Alfred faisait défiler les Jack Stevens, gros et maigres, jeunes et vieux, souriant sur des sites d'agences immobilières ou lançant des regards noirs sur des photos d'identité. L'inquiétude que Jack soit un surnom pour John le tenaillait.

Au bout d'un moment, Kristen se pencha pour regarder avec lui – sa curiosité le stimula.

— Le voilà ! s'exclama Alfred, presque sur-le-champ.

Ensemble, ils scrutèrent un visage : un air canaille, un grand sourire, un aspect indistinct suggérant la mobilité ou l'incertitude.

— C'est Jack, affirma-t-il.

Kristen tria les adresses susceptibles d'être associées à ce Jack Stevens, étrangement mystérieux, mal photographié, jusqu'à ce que l'une lui paraisse vraisemblable : une banlieue ouest qui aurait pu ne pas être une banlieue du tout, pensa Alfred quand ils y arrivèrent quarante-cinq minutes plus tard ; plutôt une extension circulaire de Chicago. De modestes maisons s'élevaient le long de la rue, identiques dans les moindres détails, jusqu'aux trois fenêtres rectangulaires percées dans chaque porte d'entrée. Celle de Jack Stevens se trouvait au milieu d'une rangée. Une fausse tondeuse rouge pour enfants et un petit scooter rose traînaient sur son carré de gazon.

À leur descente de voiture, une odeur d'herbe coupée et d'huile de moteur les assaillit. Le silence leur parut être tombé brusquement, comme si des enfants avaient joué là quelques minutes auparavant. Alfred fourmillait d'une impatience remontant à loin. Pourquoi avoir attendu si longtemps pour le rechercher ?

— Je suis nerveuse, dit Kristen. Et s'il était furieux ?

— Pourquoi le serait-il ?

— Certaines personnes n'aiment pas qu'on se pointe chez elles sans prévenir.

— Jack n'est pas comme ça.

— Tu n'en sais rien. Tu ne l'as pas vu depuis le lycée.

La sonnette émit le même carillon à trois tons qu'une cloche. Ils attendirent. Alfred appuya une seconde fois.

— Il n'est pas chez lui, constata Kristen avec un soulagement perceptible.

— Il n'est sûrement pas loin, puisqu'il y des trucs sur sa pelouse.

Ils s'assirent sur le perron. L'uniformité du quartier laissait Alfred perplexe tant elle correspondait peu à l'idée qu'il s'était faite de Jack adulte. Comme si elle lisait dans ses pensées, Kristen l'interrogea :

— De toute façon, ce mec, qu'est-ce qu'il a de spécial ? À part, bon, l'histoire avec ta mère.

— Jack était, genre, fabuleux, répondit Alfred, mais l'adjectif était un piètre vecteur de ce qu'il tentait d'exprimer. Tout le monde… l'adorait. Il faisait ressortir le meilleur de chacun, et… maîtrisait en quelque sorte la moindre situation où il se trouvait.

Déconcerté par la difficulté de décrire l'effet magique de Jack, il s'interrompit. Mais Kristen, d'un hochement de tête, signifia qu'elle comprenait.

— Il y a un type comme ça dans tous les lycées.

Alfred eut envie de lui rétorquer qu'elle se trompait – un type comme Jack Stevens n'existait dans aucun autre lycée que le sien, et il n'en existait qu'un, sauf que la contredire, alors qu'ils s'étaient réconciliés, lui sembla être une mauvaise idée. Elle s'en rendrait compte d'elle-même.

Au bout de trente minutes, une Buick grise, déglinguée, entra dans l'allée : il était difficile de discerner son conducteur, tandis que des petits visages apparaissaient derrière les fenêtres arrière. La voiture roula devant Alfred et Kristen pour rejoindre le garage, derrière la maison. Ils entendirent la trépidation de la porte électrique qui s'ouvrait, puis des voix d'enfants et le grincement d'une porte moustiquaire. La famille était rentrée par-derrière.

— C'est trop bizarre, s'étonna Kristen. Pourquoi est-ce qu'il ne s'est pas arrêté ?

— Il était en train de se garer.

Alfred avait néanmoins éprouvé un léger désarroi lorsque la Buick était passée devant eux. Il prit la main de Kristen et sentit qu'elle transpirait.

— Tu préférerais attendre dans la voiture ?

— Sûrement pas.

Un Jack Stevens un tantinet plus vieux, un tantinet plus corpulent, un tantinet plus chauve, un tantinet plus mûr, aux yeux plissés comme ceux d'un homme prêt au conflit, leur ouvrit. Il tenait une bouée transparente rose et bleu.

— Je peux vous aider ? lança-t-il, laconique, par la porte moustiquaire qu'il laissa fermée.

— Salut, Jack. C'est Alfred.

Un jeu d'expressions défila sur le visage de Jack, on l'eût dit en train de déchiffrer un alphabet runique.

— Bordel de merde ! finit-il par s'exclamer en poussant la porte moustiquaire et en les dévisageant. Hollander ?

— Lui-même.

Alfred tendit une main, mais Jack l'ignora et entreprit de le serrer dans ses bras. Pour lui faciliter la tâche, Kristen s'empara de la bouée.

— Alfred Hollander ? dit Jack, s'écartant pour le regarder de nouveau. Nom de Dieu, qu'est-ce que tu fais ici ?

— Je te présente Kristen. On était chez Miles et on s'est demandé ce que tu devenais.

Jack récupéra la bouée avant de serrer la main de Kristen.

— Entrez donc. *Mi casa es tu casa*, si ça ne vous dérange pas que mon ex vienne récupérer les enfants d'un instant à l'autre.

Ils le suivirent dans un séjour sombre au sol recouvert de moquette. Installés dans un canapé, un garçon et une fille en maillot de bain jouaient avec une télécommande.

— Pas de télé, leur intima Jack. Je viens de vous le dire.

— Mais on a nagé..., supplia la petite.

— Vous avez super bien nagé, mais pas de télé.

— Des jumeaux ? demanda Kristen.

— Oui, m'dame. Sally et Ricky. Les enfants, dites bonjour à mes vieux amis – enfin, un vieux et une nouvelle, rectifia-t-il avec un clin d'œil à l'intention de Kristen.

— Contents de faire votre connaissance, psalmodièrent les enfants en leur jetant des regards méfiants.

— Ils sont tristes parce que c'est presque l'heure de partir, n'est-ce pas les enfants ?

— On est tristes parce qu'on peut pas regarder la télé, objecta le garçon.

— L'histoire de ma vie, plaisanta Jack.

Dès qu'il eut offert une bière Old Style à Alfred et à Kristen, ils s'assirent dans des fauteuils pliants sur le dallage entre la porte de service et le garage. Alfred raconta sans entrer dans les détails le remariage de son père avec Portia, une collègue historienne de l'art presque aussi jeune que Miles, dont il avait un enfant en bas âge. Jack était déjà au courant de la prééminence de Miles dans le milieu juridique de Chicago. Quand vint le tour de Susan, il hocha la tête avec raideur.

— Une femme bien, commenta-t-il avant d'enchaîner : Et Ames ? (Alfred avait oublié d'en parler.) Toujours dans l'armée ? (Il s'esclaffa quand Alfred décrivit sa « retraite » des forces spéciales et ses mystérieuses activités à l'étranger.) Bien joué, Ames.

Pour sa part, il n'avait pas à se plaindre. Au bout d'un an de récession, on l'avait licencié ; il travaillait à temps partiel pour régler les factures, les agences de recouvrement étaient sans arrêt sur son dos, mais la souplesse des horaires lui convenait, il avait fait des progrès au bowling et jouait dans une équipe trois soirs par semaine. Ses enfants étaient la prunelle de ses yeux, Dieu sait s'il devait se battre pour passer du temps avec eux – son ex était avide, égocentrique, sans compter son infidélité, mais ça, c'était une autre histoire ; et regardez un peu ces beaux enfants, ils étaient, il supposait, une part d'elle, aussi difficile que ce fût de s'en rendre compte. Il aurait aimé retourner avec eux dans l'État de New York ; bon Dieu, comme les lacs lui manquaient ! Le lac Michigan ressemblait plutôt à un océan, il y avait des épaves au fond, sauf qu'il ne pouvait pas partir de Chicago, en aucun cas – il serait prêt à camper dans le hall de l'immeuble de son ex rien que pour rester près de ses enfants… La sonnette à trois tons retentit et ceux-ci s'écrièrent « Maman ! ». Il y eut des piétinements à l'intérieur de la maison. Jack posa sa canette dans le porte-gobelet de l'accoudoir, se leva pesamment et rentra.

Alfred et Kristen gardèrent le silence tandis que des murmures s'échappaient de la porte et parvenaient à l'arrière. Il sentit que Kristen le regardait.

— Ce type est paumé, Alfred, finit-elle par dire.

Les voix se firent stridentes. Il capta : « Dan et moi, nous voulons partir en vacances le mois prochain. » Une oppression proche de la douleur lui étreignit la cage thoracique.

— Tu n'en as pas conscience ? ajouta Kristen.

— Bien sûr que si.

— Alors, pourquoi ne cries-tu pas ? Pourquoi n'exiges-tu pas qu'il arrête son baratin et reconnaisse qu'il est un raté ?

La suggestion le scandalisa.

— Pourquoi est-ce que je ferais ça ? La vérité crève les yeux.

— N'est-ce pas toujours le cas ?

La dispute monta d'un cran, puis s'interrompit. La porte d'entrée claqua fermement, l'envol vers l'extérieur des voix enfantines créa un vide à l'intérieur. Des portières de voiture s'ouvrirent, se refermèrent. Alfred se représenta Jack suivant du regard le départ par les petites fenêtres rectangulaires de sa porte.

Jack ne tarda pas à réapparaître avec trois autres bières. Un sourire rayonnant aux lèvres, il s'installa dans un fauteuil et prit une longue gorgée. Le soleil sur le déclin diaprait le ciel d'un rose pastel. Une lune était déjà levée, tendre et translucide comme un œuf de tortue de mer.

— Les couchers de soleil d'ici sont étranges, déclara-t-il d'un ton morne. Comparés à ceux de la région des Lacs.

— Rien n'est comparable à la région des Lacs, approuva catégoriquement Alfred.

— Ils sont comment, les lacs de l'État de New York ? demanda Kristen, reposant sur Jack ses yeux avides comme le bec d'un oisillon affamé.

Il but une nouvelle goulée comme s'il rassemblait ses forces pour répondre :

— Eh bien, le ciel a beau être lumineux, chaque lac est entouré d'un cercle d'arbres sombres. Si bien que, même la nuit, on regarde un ciel plus clair depuis cet anneau plus foncé.

— Et les oies, continua Alfred.

— Ah oui, les oies ! Nom de Dieu, ces oies.

— J'ai fait un film sur elles.

Soupçonnant un coup de bluff, Jack se tourna vers lui.

— N'importe quoi !

— Il s'appelait *Les Schémas migratoires des oies d'Amérique du Nord.*

Jack éclata de rire.

— Tu plaisantes !

— J'ai passé cinq ans dessus. Mais le résultat n'était pas vraiment à la hauteur, je le comprends maintenant.

La confidence produisit un effet revitalisant sur Jack, qui se pencha de son fauteuil pliant.

— D'accord : acte I, scène 1. Raconte-moi.

— Aussi étrange que cela puisse paraître aux êtres humains, pour qui la représentation est devenue une partie essentielle de la vie quotidienne, les animaux ne se concentrent que sur la survie, récita-t-il de mémoire.

— Tu n'as pas le ton du film, critiqua Kristen. C'est trop animé.

— Elle a raison. (Alfred continua, adoptant l'intonation monocorde d'un robot.) Pour un être humain, le souhait d'une oie de rentrer dans son foyer canadien peut sembler sentimental, mais « souhait » et « foyer » n'ont pas le même sens pour une oie que pour un être humain.

Jack se tordit de rire.

— C'était comme ça d'un bout à l'autre.

— Pendant trois heures et sept minutes, confirma Kristen.

Alfred reprit son récit sans la moindre inflexion jusqu'à ce que Jack le supplie de s'interrompre, tandis qu'il s'essuyait les yeux.

— Il faut que je... vous savez.

Il rentra. Alfred avait spontanément essayé de remonter le moral de Jack. Quand celui-ci revint avec une glacière remplie de bières Old Style, il recommença sa parodie mais tout lui parut soudain différent. Il avait le sentiment de prendre un risque volontaire, comme s'il déconstruisait *Les Schémas migratoires des oies d'Amérique du Nord* et y mettait le feu pour réchauffer Jack.

Ce fut à ce moment-là, me raconterait plus tard Alfred, alors qu'il pastichait l'œuvre de sa vie, qu'il avait décidé de me contacter. Peut-être le pressentait-il, puisqu'il avait gardé ma carte dans son portefeuille depuis notre rencontre. Maintenant qu'il bazardait et redéfinissait ses échecs, pourquoi ne pas proposer son projet de cris à « une foutaise universitaire bidon » ? Pour ça, il avait besoin de moi.

Et moi de lui. Pourquoi étudier l'authenticité sans la chercher – sans essayer d'extraire une ultime vérité de ce terme avant qu'il ne soit vide de sens au point de devenir un mot-casier : une cartouche sans balle, un terme ne pouvant être employé qu'entre guillemets ? J'avais besoin d'Alfred pour qu'il m'aide, justement, à éviter d'écrire une foutaise universitaire bidon. Ce chapitre rédigé en commun, aussi hybride et non conventionnel qu'il paraisse dans un contexte universitaire, est une démonstration de cette tentative.

Ainsi, rétrospectivement, nous étions trois, assis avec Jack Stevens derrière sa maison, lors de cette soirée d'automne dans le Midwest. L'obscurité descendit en piqué, tandis que la lune montait, durcissait, blanchissait. Le sifflement de l'autoroute évoquait le vent ou la mer. Alfred aurait voulu rester là éternellement. Il fit durer autant que possible l'hilarité de Jack, retardant le moment où ce dernier dirait qu'il devait aller se coucher. Et où la fête serait finie.

Une équipée
Un inconnu arrive en ville

MILES

Ma cousine Sasha vivait dans le désert depuis déjà vingt ans quand j'ai appris qu'elle était devenue une artiste. Je suivais les aventures de ses enfants sur les réseaux sociaux, cela m'arrive souvent pour voir comment des personnes que j'ai connues ont vieilli et essayer de deviner si elles sont heureuses, quand je suis tombé sur un post de son fils : « Fier de ma mère », accompagné d'un lien vers un article sur Sasha dans *ARTnews*. La photo montrait des dizaines de montgolfières flottant au-dessus de sculptures anarchiques aux couleurs vives, créées avec du plastique usagé, disséminées dans le désert de Californie. Sasha faisait ensuite fondre ces sculptures pour fabriquer des briques compressées, exposées et vendues dans des galeries d'art, parallèlement à des photos aériennes de ce même plastique sous des formes sculpturales.

Sasha ! Merde alors !

Quiconque aurait demandé une preuve de l'impossibilité de prédire les circonstances d'une vie l'aurait obtenue par cette évolution. Sasha avait déconné jusqu'à l'âge de trente ans : kleptomane, elle avait fauché d'innombrables objets, à d'innombrables personnes, pendant d'innombrables années. Comment étais-je au courant ? Parce que juste avant d'épouser Drew, en 2008, elle avait rendu ses larcins. Tous les membres de la famille en avaient reçu un ou deux, d'une valeur parfois infime ; nous n'en revenions pas qu'elle se souvienne à qui appartenait chaque chose. Mon père eut droit à un Bic, le genre qu'on vendait par vingt chez Staples. Moi aussi un stylo, mais un Montblanc qui coûtait plusieurs centaines de dollars. J'avais failli avoir une hémorragie cérébrale le soir où il avait disparu après un dîner familial dans un restaurant coréen, lors d'une virée à New York. J'avais téléphoné au restaurant, à la compagnie de taxi, à la Metropolitan Transportation Authority ; j'étais revenu sur mes pas dans Koreatown, plié en deux pour scruter les caniveaux. Quand ce stylo avait surgi dans ma boîte aux lettres deux ans plus tard, accompagné d'un petit mot manuscrit commençant par : *Depuis mon adolescence, je lutte contre l'envie irrépressible de voler – une source de profonde angoisse pour moi, une perte et de la frustration pour beaucoup d'autres*, j'avais appelé mon père.

— Je sais. J'ai eu un Bic, m'avait-il annoncé. Je ne suis même pas sûr qu'il soit à moi, c'était peut-être celui du restaurant.

— On peut couper les ponts avec elle, papa ? Une bonne fois pour toutes, je t'en prie. Elle est incorrigible.

— Au contraire, elle fait amende honorable.

— Cela m'est égal, je veux qu'elle disparaisse.

— Qu'est-ce qui te pousse à dire des choses pareilles, Miles ?

Je me souviens parfaitement de l'endroit où je me tenais au moment de cette conversation : sur la terrasse de la maison de Winnetka que Trudy et moi avions achetée en nous surendettant, (elle était alors enceinte de Polly, notre aînée) et minutieusement décorée ensemble : lieu de la projection d'une idylle domestique avec enfants, vacances, réunions de famille, que nous avions imaginée avec enthousiasme depuis notre rencontre à la fac de droit de l'université de Chicago. Mon téléphone à la main, contemplant le miroitement du lac Michigan, j'avais soudain compris que faire ce qu'il faut – être un type bien – n'apporte rien en ce monde. Ce sont les pécheurs qu'on aime : les branleurs, les intrigants, les baratineurs. Réussir sa vie du premier coup n'a rien de sexy.

Que Sasha aille se faire foutre, pensai-je.

Je me rends compte que ces descriptions offrent à Sasha le beau rôle, à moi celui du donneur de leçons. Je l'étais, et pas seulement envers ma cousine. Mon père, qui traitait Sasha comme sa fille et que je considérais comme son protecteur ; ma mère, dont les aventures amoureuses depuis son divorce me semblaient horrifiantes ; mes petits frères, Ames et Alfred, qui n'étaient pas encore adultes quand je les avais considérés comme étant « sans espoir » – personne n'échappait au rayon laser de mon jugement. Dont je me rends compte encore maintenant, des décennies plus tard : une intolérance scandalisée pour les défauts des autres. Comment l'espèce humaine avait-elle réussi à survivre pendant des millénaires ? Comment avions-nous créé des civilisations, inventé les antibiotiques alors que personne, hormis Trudy et moi, ne semblait capable de s'adapter et de faire avancer les choses ?

J'étais plus intraitable avec moi-même, c'est le seul argument à invoquer pour ma défense en 2008, l'année de l'amende honorable de Sasha et de la naissance de Polly – celle de mes trente ans. Chacun de mes mouvements devait me propulser vers davantage de perfection. Sauf que certaines choses, comme le sommeil, résistent au contrôle. Au lycée, mon insomnie m'avait permis d'être un élève brillant, tandis que je faisais aussi partie de trois équipes sportives, travaillais pour une entreprise d'élagage d'arbres et m'efforçais de plaire à une copine exigeante. Je comblais alors les creux avec du beurre de cacahouètes que je mangeais par bocal entier et une énergie d'adolescent. En 2008, Polly avait des coliques, j'étais associé dans un cabinet d'avocats – le plus jeune qu'ils aient jamais eu – et la charge de travail était accablante. Je commençai à avaler des somnifères le soir et des gélules d'Adderall le matin pour me mettre en route – puis dans la journée pour rester opérationnel. Quand l'Adderall me rendait nerveux, je me calmais l'après-midi avec du Xanax ou du Percocet avant de m'assommer de nouveau pour m'endormir. À mon sens, ce bricolage métabolique n'était qu'un moyen de prendre les choses en main ; la facilité avec laquelle je gérais mes déficits grâce à la chimie, à de légères et fréquentes nausées dues aux médicaments, redoublèrent mon impatience avec les autres. Je devins « irritable », pour employer le terme consacré – un homme pour lequel il était difficile de travailler, plus difficile encore à vivre. Mes exigences élevées intensifièrent la pression que je ressentais : je ne passais pas assez de temps à la maison avec les enfants (trois en cinq ans, conformément à nos plans), je n'étais pas un bon compagnon pour Trudy – qui avait interrompu sa carrière juridique au profit de la maternité –, sur tous les plans, sexuel et autres. Le tout contribuait à accroître mon exaspération, j'avais l'impression d'échouer, alors que j'avais passé ma vie entière à m'efforcer de réussir.

En apparence, tout allait pour le mieux. J'apportais des affaires, les menais à leur terme, au prix toutefois d'une certaine popularité dans mon cabinet. Les membres de ma famille semblaient heureux, ce que je ne manquais pas de me rappeler quotidiennement en consultant le compte Facebook de Trudy – puis son fil Instagram. Elle avait le don de capter au pied levé des instants de vie et de leur conférer un côté emblématique. Lorsque je faisais défiler ses virées à la plage, au jardin public, au zoo (souvent avec notre voisine Janna et ses quatre enfants) – les mentons ruisselants de glace ; une vidéo de soleils coloriés tournoyant dans le vent –, je sentais mon cœur battre plus lentement, ma tension artérielle baisser. Au premier plan de mon existence, il y avait chaque miette du temps que je parvenais à arracher au travail et à passer avec eux ; je me gavais des clichés que Trudy prenait de Polly en train de me faire un câlin, de Michael, notre fils aîné, en train de me lancer un ballon, de moi en train d'enfourner des cuillerées de banane écrasée dans la bouche de Timothy, notre bébé. Tout allait pour le mieux, me répétais-je en prenant de profondes inspirations assis à mon bureau en bois de merisier, depuis ma tour de verre. Ils étaient toujours là, toujours heureux – nous l'étions tous les cinq dans notre jolie maison au bord du lac, exactement comme Trudy et moi l'avions fantasmé après avoir fait l'amour entre deux cours de droit – ils attendaient simplement mon retour.

En 2013, en raison de l'explosion de la crise des opiacés, mon médecin – prescripteur fiable de ce que je lui demandais jusque-là – resserra brusquement les boulons. La perspective d'être privé de mes ordonnances me plongea dans la terreur : fonctionner sans ses comprimés était désormais aussi inenvisageable pour moi qu'être privé d'oxygène. Ce serait la fin de mon sommeil, de ma concentration, de ma capacité de travail ou de détente – la mienne. Avec la sensation d'avoir avalé un bâton de dynamite allumé, je basculai dans une façon d'agir qui m'était étrangère, et ce même lorsque je m'y lançais : m'humilier pour que mon médecin renouvelle les prescriptions ; le menacer du poing jusqu'à ne plus faire partie de ses patients ; subir les regards sceptiques d'autres médecins potentiels quand j'énumérais mes besoins (deux me mirent à la porte avec des brochures vantant les mérites de différentes thérapies) ; faire le tour des usines à pilules de villes des environs où des docteurs, l'air aussi crispé que moi, rédigeaient des ordonnances d'une main tremblante ; enfin, apprendre que l'État de l'Illinois allait dresser une liste de médicaments sur ordonnance pour empêcher des gens comme moi de collectionner ceux prescrits par une multitude de praticiens, de filer des centaines de dollars à un toubib d'usine à pilules pour qu'il me mette en relation avec un véritable trafiquant de drogue.

Damon et moi nous retrouvions à un endroit précis, chacun dans sa voiture, et nous roulions jusqu'à ce qu'il soit possible de s'arrêter côte à côte à un feu rouge, sous plusieurs voies surélevées dont les ombres mouchetées masquaient ce qui se passait en dessous. Nous baissions nos vitres, je jetais une enveloppe remplie de billets dans son véhicule. Damon, qui aurait pu passer pour un conseiller juridique subalterne de mon cabinet, balançait, en retour, un sac plein de médicaments par ma fenêtre avec un grand sourire, puis nous repartions. Un miracle d'efficacité ! Pourquoi avais-je perdu tant de temps à harceler des médecins ? Damon vendait les cachets de labo que je prenais depuis le début, et j'avais suffisamment d'argent pour ne pas être obligé d'économiser en les écrasant et en les sniffant, ou pire encore de recourir à d'abominables alternatives tels le crack ou l'héroïne.

J'aurais pu continuer indéfiniment, n'eût été un changement imprévu : la vie cachée que j'avais été forcé de mener avait manifestement creusé un canal secret en moi. Je me mis à attendre avec impatience les rencontres avec Damon et la face cachée de Chicago dont les rails rouillés et les briques jaunes délabrées me paraissaient être un substrat plus authentique que le verre et l'acier des tours où s'exerçait ma profession. Il n'y avait ni jugement ni faux-semblant avec Damon. J'avais besoin de médicaments, il me les fournissait. La chose en soi – combien de fois la voyons-nous ? Damon avait le teint clair, des yeux bleus, des dents saines. Il conduisait un Nissan Rogue argenté flambant neuf. Quelque chose en lui m'était familier, au point que je me demandais si nous ne nous étions pas déjà croisés dans un autre contexte. Je me posais des questions sur les autres pans de sa vie, j'imaginais entamer une conversation avec lui pendant les quelques secondes où nos vitres étaient baissées. Je n'avais plus d'amis depuis ma brouille avec Jack Stevens et m'aperçus que cela me manquait énormément.

Cherchant à l'aveuglette à nouer une relation moins commerciale avec Damon, je lui envoyai un SMS un vendredi après-midi : *Des projets ce we ?*

Il répondit aussitôt : *Ce que tu veux mec.*

Toi, je veux dire.

Des meufs ? Une soirée ? Tu me dis, je te fais ça.

OK, bon à savoir, écrivis-je.

C'était manifestement compliqué de passer à autre chose avec son dealer.

Ce soir-là, nos voisins donnaient un cocktail ; à un moment, en cherchant les toilettes, j'ouvris par erreur la porte de la chambre d'un des enfants, et j'aperçus Janna – l'amie de Trudy – qui, blottie dans un fauteuil avec trois de ses gamins, leur lisait *Puff le Dragon*. Elle me sourit, gênée, avant d'expliquer avec douceur :

— Ils dorment mieux quand je fais ça.

Une fois la porte refermée, j'y appuyai mon front et, les yeux clos, j'écoutai sa voix grave.

... Ils voyageraient ensemble sur un bateau aux voiles gonflées...

En la racontant, je m'aperçois que mon histoire d'amour avec Janna est d'une banalité désespérante – ces éléments tellement galvaudés dans la vie, dans les séries, qu'on pourrait les recopier mathématiquement. Comment décrire la griserie de la vivre ? Ma famille, mon travail – si longtemps mon socle – se muèrent en une mince couche de terre arable recouvrant un profond et âpre système racinaire où se déroulait ma vraie vie. Une fois dans ce système, je ne m'intéressais à rien d'autre. De même qu'avec Damon (avec qui mes rendez-vous s'étaient rapprochés), il n'y avait aucun faux-semblant avec Janna, aucune contrainte. La chose en soi. Sept enfants et deux époux entre nous n'étaient rien au regard de notre attirance mutuelle ; nous baisions dans les toilettes, sur le sable froid au bord du lac à la nuit tombée, dans la salle de jeux du sous-sol de la maison de Janna, au petit matin, quand le sommeil nous fuyait. Je l'adorais avec une insouciance que la pauvre Trudy n'avait jamais perçue en moi, dont je n'avais jamais eu conscience. Je disais à Janna que je mourrais pour elle, et je crois que j'étais vraiment prêt à le faire : en effet, si forte que fût notre passion, elle était mortifère depuis le début.

Au bout de quatre mois de liaison, Trudy m'affronta sur notre terrasse après que les enfants furent endormis. Les yeux secs, elle m'expliqua qu'elle avait supporté ma négligence et mon absence pendant des années, convaincue que cela correspondait à l'objectif de notre conception de la vie de famille, mais qu'elle s'était trompée sur ma personnalité. Il n'y avait aucune marge de négociation ; elle avait déjà présenté une demande de divorce et voulait que je sois parti avant la fin de la semaine. Alors que je l'écoutais, la veilleuse de ma terreur s'embrasa et une sensation d'apocalypse me submergea. Mes mains tremblaient tellement que j'aurais été incapable même de tenir un verre, de sorte que je mis ma tête sous le robinet de la salle de bains et avalai plusieurs comprimés de Xanax pour tenter de me calmer. J'envoyai un SMS à Janna que j'attendis dans ma voiture devant chez elle. Nous étions le 16 octobre 2014. Janna à mon côté, je fonçai vers Chicago en lui expliquant que l'heure de nous enfuir avait sonné, mais mon propos était si confus et je conduisais à tombeau ouvert, à tel point que Janna me supplia – d'abord normalement, puis en hurlant – de la laisser sortir, ce que je refusai, le tout aboutissant à l'accident de notre seul véhicule lancé à cent quarante kilomètres à l'heure sur Lake Shore Drive. Ma voiture dérapa, s'envola, plongea dans le lagon d'une faible profondeur au sud de Diversey Harbor. Heureusement, l'eau ne monta qu'au niveau de notre poitrine, empêchant, sans doute, mon réservoir d'essence presque vide d'exploser. En revanche, il fallut amputer, au niveau de la cuisse, la jambe gauche de Janna partiellement coupée, broyée, irrécupérable.

À la place d'une partie de mon crâne, j'ai maintenant une plaque en métal. Avant chaque tempête, une douleur me transperce la tête et le goût métallique qui me tapisse la bouche me donne la chair de poule.

Je n'ai jamais essayé de reprendre ma vie d'avant. Loin s'en faut, chaque année – quinze déjà avant que Timothy n'aille à l'université – j'avais de plus en plus de mal à imaginer l'avoir vécue. Lever les yeux vers la tour de verre du Loop, le quartier d'affaires de Chicago, me plongeait dans l'étonnement. M'y étais-je vraiment rendu quotidiennement ? Avais-je garé ma voiture dans un parking souterrain ? Avais-je distribué des étrennes aux agents de sécurité ? Si je croisais dans la rue d'anciens associés ou des collaborateurs que j'avais harcelés, je me baissais, me voûtais pour ne pas être reconnu. Peu à peu, toutefois, je découvris qu'avec mes cheveux longs, mes vêtements de tous les jours, la casquette de base-ball que je portais pour cacher la plaque de métal, j'étais devenu invisible aux yeux de mes anciens collègues. Personne ne me regardait vraiment, on aurait dit que j'étais tombé par une trappe dans un monde parallèle. Aucune possibilité de retour en arrière ne se présentait. C'était Trudy, devenue l'associée d'un des plus grands cabinets de fiscalistes de Chicago, qui faisait le trajet quotidien jusqu'au Loop. Trudy, vite remariée, et moi nous nous relayions pour les enfants. Elle fut d'un grand soutien tandis que je remboursais lentement mes dettes ; Janna avait beau ne pas avoir déposé plainte contre moi, son mari et elle réunis me poursuivirent en dommages-intérêts. Je leur donnai tout, et davantage encore, après un accord négocié.

Je travaillais comme conseiller dans un dispensaire de distribution de méthadone situé non loin de l'endroit où j'achetais mes cachets à Damon. Mon appartement était proche et, me rendant au travail sous les mêmes passerelles sombres où Damon et moi baissions nos vitres, je me demandais souvent ce qu'il était devenu. Je pouvais facilement connaître la réponse – grâce à OwnYourUnconscious[1] ™, on peut retrouver une personne aperçue une fois au cours de sa vie. Mon père avait été un fervent partisan de OwnYourUnconscious dès son lancement en 2016 ; il connaissait Bix Bouton, son inventeur. Cela ne m'intéressait pas d'externaliser ma conscience vers un « Cube de Conscience » Mandala et de revoir mes souvenirs ou – pire – de restituer ce que j'avais réussi à oublier. Ma curiosité au sujet de Damon eut cependant raison de mes scrupules. N'en est-il pas toujours ainsi ? Si la vie m'avait

1. Ton inconscient t'appartient.

appris quelque chose, c'était le pouvoir insidieux, inexorable, de la curiosité et de l'opportunisme. Leur résister est chose aisée l'espace d'une minute – d'une centaine de minutes –, voire d'un an. Mais pas éternellement.

Au cours des treize années qui suivirent le lancement de OwnYourUnconscious, une de ses fonctions auxiliaires – la « Conscience Collective » – était progressivement devenue essentielle. En choisissant de télécharger tout ou partie de sa mémoire externalisée vers un serveur « collectif », on obtenait, en échange, un accès proportionnel aux pensées et souvenirs anonymes de ceux qui, vivants ou morts, avaient fait la même chose. Je finis par céder et acheter Whatever-HappenedTo[1] ™. Comme promis, le processus se déroulait sans encombre : trente minutes avec des électrodes fixées à ma tête, tandis que, les yeux fermés, je me représentais les échanges avec Damon (autant de souvenirs spécifiques que je livrais à la collectivité), puis une attente de vingt minutes le temps que mon « contenu » bouillonne dans le gyre collectif, en quête d'adéquations faciales. Comme je regardais tourner la petite roue sur l'écran de l'ordinateur de bureau de mon appartement, je m'aperçus que je serrais les dents ; j'avais envie que Damon ait accompli de grandes choses ! Sans être sûr de ce que cela signifiait : Agent de change ? Associé principal de mon ancien cabinet d'avocats ? Gouverneur ? (Une blague de l'Illinois, un État particulièrement corrompu.)

Je ne tardais pas à recevoir l'histoire en « débris gris » épars de la Conscience Collective : les souvenirs anonymes d'autres, dont ceux de Damon. Je découvris Damon adolescent dans son pantalon BCBG entaillant le dessous de son pupitre ; Damon un peu plus âgé hyperventilant lors d'une séance de thérapie pour ados au fond des bois, le visage angoissé, éclaboussé par la lumière d'un feu ; Damon jeune adulte contemplant par la fenêtre un clocher d'un blanc éclatant et, à peu près à la même époque

1. Que devient… ?

(d'après la coupe de cheveux et le sweatshirt), Damon écoulant des équipements stéréo volés à l'arrière d'un hayon de Toyota ; Damon tel que je le connaissais, un jeune homme bossant pour un trafiquant de drogue afin de rembourser une dette quelconque. Le dernier débris gris, datant de l'année précédente, montrait Damon en uniforme orange en train de faire des pompes dans une cour de prison. Le sourire qu'il lançait au témoin était identique à celui que je me rappelais avoir vu par les fenêtres ouvertes de nos voitures. Je me rendis compte que celui à qui Damon m'avait fait penser était moi-même – un Blanc de plus à avoir gâché ses innombrables privilèges et occasions, pour lamentablement rater sa vie. Savoir que son échec était encore plus grand que le mien était, littéralement, déprimant. À tel point que cela me désespéra. Je n'avais pas conscience de l'importance que j'avais accordée à la réussite de Damon.

Dans l'univers de la désintoxication, on évoque souvent les résultats : ceux qui s'en sortent grâce à la cure, ceux qui rechutent, disparaissent ou meurent. Ma capacité à l'abstinence s'expliquait aisément par l'absence totale, presque unique, de traumatismes subis dans mon enfance. Une famille aimante ; aucune incarcération, addiction ou violence domestique – la question se posait donc : pourquoi avais-je sombré dans la drogue ? Un traumatisme refoulé ? C'était de l'ordre de la possibilité ; OwnYourUnconscious a exhumé un nombre insensé de brutalités refoulées, et des milliers d'auteurs de sévices ont été condamnés sur la foi de souvenirs externalisés des victimes, visualisés en tant que films dans les tribunaux.

En réalité, c'était ma cousine Sasha qui m'obsédait. Elle avait, de son côté, subi de nombreux traumatismes dans son enfance. Elle avait six ans lors de la disparition de son père, un escroc. Adolescente, elle avait fugué, avait erré en Asie et en Europe pendant deux ans jusqu'à ce que mon père la retrouve à Naples et la convainque de rentrer. À présent, je comprenais que la kleptomanie de Sasha fût une addiction comme la mienne. Pourtant, elle était toujours mariée avec Drew, et leurs enfants – même leur fils, Lincoln, dont je me souvenais comme d'un gosse impossible – étaient apparemment en pleine forme. Comment Sasha s'y était-elle prise ? Toujours cette curiosité : il fallait que je sache. Aussi demandai-je à mon père de me donner les coordonnées de ma cousine, à qui j'écrivis au débotté, lui demandant si je pouvais venir dans le comté de San Bernardino pour découvrir ses sculptures. Sasha me répondit plus gentiment que je ne le méritais, et m'invita chez elle.

DREW

En route pour aller chercher Miles à l'aéroport, Sasha et moi essayons de nous souvenir depuis combien de temps nous n'avons pas vu l'aîné de ses cousins. Nous nous le rappelons en même temps : une réunion chez la mère de Sasha à Los Angeles, peut-être un an avant l'accident de Miles. Je ne l'aimais pas. C'était tout le contraire de son père, Ted, l'oncle de Sasha, que nous adorions. Si je devais choisir une expression pour décrire la relation que Miles Hollander entretient avec le monde, ce serait une grimace. Le passé tourmenté de Sasha le faisait grimacer. Notre fils, Lincoln, un enfant difficile, le faisait grimacer. Ce qui avait suscité mon ultimatum était d'ailleurs lié à Lincoln : nous en avions terminé avec Miles Hollander. En y repensant, j'y repère ma propre pathologie : je détestais avoir un fils « anormal », un fils qui fasse grimacer les gens, et qui, à mon sens, révélait une tare chez moi. Et encore, il y a pire qu'avoir honte de son fils : être responsable de la mort d'un autre. J'étais un excellent nageur – un sauveteur – sauf que je venais de me bagarrer avec cet ami qui m'avait suivi dans l'East River, alors que nous étions en deuxième année à l'université de New York. Je n'avais pas fait attention à lui. Et lorsque je m'étais aperçu qu'un courant l'avait embarqué, il était déjà hors d'atteinte.

Un être normal serait sans doute étonné de savoir à quel point ce drame continue de me tourmenter. On imagine que le sentiment de culpabilité s'atténue au bout de trente-six ans, et je l'ai cru pendant un moment. Je n'avais toutefois pas prévu la circularité de la vie : sa façon de nous ramener, avec l'âge, à ses débuts. Je rêve de la noyade de Rob, j'en pleure, je ferais n'importe quoi pour être exorcisé. Mais comment ? MemoryShop[1]™ de Mandala ne marche que pour les traumas récents. On externalise la partie du souvenir contenant « l'événement », puis on l'intériorise une fois la partie effacée et cela prendra le pas sur l'original. Comment oblitérer une conscience qui a infusé chaque minute de mon existence depuis l'accident ? Je devrais oblitérer la vie que j'ai construite. J'en suis incapable. Je l'aime bien trop.

Les parents de Rob moururent pendant la pandémie, à quelques semaines d'intervalle. Avant leur décès, Sasha et moi allions les voir à Tampa un an sur deux. Rob était leur seul fils (une sœur aînée habite dans le Michigan), et nous avions l'impression que c'était très important pour son père et sa mère de voir que ses amis de fac étaient restés en contact. Ils croyaient que Rob et Sasha avaient été en couple, ce dont nous ne les avions jamais détrompés – notre présence dans leur séjour semblait les réconforter, c'était notre but. Jamais le moindre changement dans la pièce : moquette blanche impeccable, cendrier en cristal taillé, chats en porcelaine s'amusant avec des pelotes de laine en porcelaine. Photos encadrées de Rob à dix-huit ans : le jour de la remise de son diplôme de fin d'études secondaires, à un bal de fin d'année avec une fille en robe de tulle rose, en tenue complète de football américain, des traits de khôl noir sous les yeux. Seuls les parents de Rob changeaient, leurs cheveux s'argentaient, Robert Sr, coach

1. Boutique aux souvenirs.

de football américain dans un lycée, sous oxygène à la fin en raison d'un emphysème – comparé au couple qui se tassait sur les coussins du canapé, les objets en cristal et en porcelaine semblaient grossir au fil des années. Je mettais des jours à récupérer de ces visites – à cesser de m'interroger, de demander à Sasha à quel point l'existence des Freeman aurait été différente si leur fils était encore en vie.

— Tu présumes qu'elle aurait été plus heureuse, commenta une fois Sasha. Alors que le père de Rob était homophobe.

— C'est toujours mieux d'avoir quelqu'un en vie.

Bix Bouton était le dernier à avoir vu Rob et moi avant notre baignade dans l'East River. Il me contacta à l'improviste en 2016, une année où OwnYourUnconscious explosait. Il écrivit que c'était le mal qu'il avait eu à se rappeler Rob, à se rappeler ce matin-là, à se rappeler cette époque-là, qui l'avait incité à chercher un moyen de produire en masse un procédé d'externalisation des souvenirs. Je fus infiniment soulagé à l'idée que Bix, que je n'avais pas vu depuis l'université de New York et qui, dans l'intervalle, était devenu un demi-dieu de la technologie à tu et à toi avec le monde, soit toujours bouleversé par la mort de Rob.

Peu de temps après, nous sommes allés, avec Sacha, voir Lizzie et Bix à New York. Tous les quatre, chacun avec un casque, nous avons regardé le souvenir du 6 avril 1993 de Bix. Celui-ci commença à défiler au moment de notre arrivée à l'East River, au lever du soleil. La voix de Bix retentit : « Bien le bonjour, messieurs », et Rob et moi, nous sommes apparus par les yeux de Bix : deux jeunes de dix-neuf ans, hirsutes. Des gamins, ce fut ma première pensée. En tant que père, je distinguai avec une acuité douloureuse Rob derrière l'écran de sa barbe naissante tirant sur le roux : son épuisement et son angoisse, un désir crispé de plaire que son ironie dissimulait à peine. Quand il leva les bras en les étirant, je discernai la musculature d'un ancien joueur de football américain, les plis de tissu cicatriciel à l'intérieur de ses poignets. Et ce que je n'avais pas vu ou refusé de voir : une tendresse dans le regard que Rob posait sur moi, une confiance pleine d'admiration, de l'amour indéniablement. Le regret fugace me saisit que Bix ait tu les pensées et sensations qui l'avaient traversé alors ; j'avais envie de savoir s'il l'avait remarqué. Bix aurait-il considéré comme inéluctable la proposition maladroite que me ferait Rob vingt minutes plus tard ?

Mais la véritable torture fut de me voir à dix-neuf ans, impudent et plein d'espoir, ignorant qu'en l'espace d'une heure, j'amorcerais ma vie « d'après », où mes perpétuelles tentatives d'expiation seraient vaines. *Bien le bonjour, messieurs*. Nous avons regardé le souvenir encore et encore. Je serrais la main de Sasha qui, je le sentais, pleurait. La répétition émoussa cependant sa réaction si bien que Lizzie et elle finirent par ôter leur casque, prendre une bouteille de vin et monter sur le toit-terrasse. Moi, il fallait que je continue de regarder. Pour mettre le doigt sur quelque chose qui s'était joué dans la pause, la dernière avant que Rob et moi saluions Bix de la main et marchions vers le sud, le long de la rivière, éblouis par la lumière métallique aveuglante du début de matinée. Puis nous avons disparu ; Bix, lui, avait fait volte-face et se dirigeait vers la passerelle de la 6e Rue et son appartement de la 7e Rue Est.

— Attends. Stop, ne pouvais-je m'empêcher de l'exhorter. Reviens en arrière ! Rappelle-nous… arrête ça ! Arrête ça !

Je ne m'aperçus que je criais qu'au moment où Bix désactiva mon casque et l'enleva doucement.

Nous attendons devant la clôture de l'aéroport que Miles descende de l'avion. Aussi normal soit-il qu'il ait changé au bout de quinze ans, le découvrir voûté, une casquette défraîchie de l'équipe des Cubs sur la tête, me fait un choc. Tandis qu'il s'avance vers nous, un sourire crispé aux lèvres, je remarque une légère scoliose thoracique, un soupçon de jaunisse dans ses yeux. Maintenant que Sasha et moi avons dépassé la cinquantaine, je m'efforce de rompre avec l'habitude de poser un diagnostic. Des amis et relations ont commencé à ne pas avoir de chance, et j'ai découvert à mes dépens l'impasse où me projette la détection précoce d'une maladie. « Tu trouves que j'ai une sale gueule, toubib ? » m'a-t-on déjà demandé en ne plaisantant qu'à moitié. Sans compter mon ami très proche et partenaire de tennis, Chester, soigné avec succès d'un lymphome dont j'avais perçu l'existence avant tout le monde. Pour des raisons que je ne m'explique pas, notre amitié en a souffert. Chester m'évite désormais et joue au tennis avec d'autres.

Dans la voiture, la conversation est fluide car Miles prend des nouvelles de la famille élargie. Sa perte de contact avec la plupart de ses membres me surprend. Il regarde par la fenêtre de ma banquette arrière. A-t-il déjà vu un désert américain ? Pour moi, cela avait été une découverte.

Une fois à la maison, nous discutons des travaux que nous y avons effectués en vingt ans. Miles me pose des questions et quand je les transmets à Sasha – c'est son cousin après tout –, c'est à moi qu'elle s'adresse en retour, plutôt qu'à Miles. J'ai l'impression d'être un interprète diplomate. Le personnage hésitant, observateur, qu'est devenu Miles diffère tellement de l'abruti grimaçant dont je me souviens qu'on dirait un inconnu débarqué pour un séjour chez nous. Voilà qui conduit à s'interroger : Que fait-il ici ?

L'envie me tenaille de filer à ma clinique, où il y a toujours tant à faire, tant de choses essentielles. Mais j'ai appris à résister à cette pulsion. Lorsque Sasha et moi nous débattions avec Lincoln, il y a des lustres, mon habitude de « fuir » jusqu'à mon boulot avait failli me coûter mon mariage. Depuis, j'ai soumis mes impulsions de foncer au travail à un protocole en trois étapes : 1) Est-il indispensable d'y aller à ce moment précis ? 2) Y a-t-il quelque chose à la maison que j'essaie d'éviter ? 3) Est-ce que je décevrais quelqu'un en partant maintenant ?

Un rapide examen de mon protocole m'informe que je n'irai à la clinique que demain.

Je porte la petite valise de Miles – sa taille laisse présager un court séjour, tant mieux – jusqu'à la chambre d'ami et vérifie l'absence de scorpions dans les coins, sous le lit. Je retrouve Miles seul, sur la terrasse derrière la maison, les yeux perdus au loin.

— Ils font si peu de bruit, dit-il. (Je comprends qu'il parle des dirigeables qui planent à quelques kilomètres à l'ouest.) Ils sont tous dans le ciel pour regarder les œuvres d'art de Sasha ?

— Pas forcément. Les œuvres sont belles depuis le ciel, mais le désert aussi.

— Il est possible de regarder les œuvres d'art sans être dans un dirigeable ?

— Bien sûr, affirmé-je, en mal d'un moyen de passer le temps. On peut aller y jeter un coup d'œil maintenant, avant le dîner, si ça ne t'ennuie pas de marcher.

MILES

Nous avons laissé Sasha en train de couper des légumes dans la cuisine. Pareille à elle-même – silhouette élancée, yeux étrécis contre le soleil, cheveux roux éclaircis de fils gris. J'étais pourtant mal à l'aise près d'elle et je percevais qu'elle ressentait la même chose. Pendant des semaines, je m'étais concentré sur cet objectif : rendre visite à Sasha, afin de comprendre Sasha, sauf que ma motivation s'était volatilisée dès ma descente d'avion. À quoi rimait ce long périple pour voir une cousine que je n'avais jamais vraiment connue ni aimée ?

Sasha m'avait annoncé, ce qu'elle estimait manifestement être une bonne surprise, que Beatrice, ma demi-sœur, la fille que mon père avait eue de son second mariage, venait dîner le soir même. Diplômée de l'UCLA[1] l'année précédente, Beatrice s'était rapprochée de la famille de

1. Université de Californie à Los Angeles.

Sasha pendant son séjour là-bas. La perspective de la rencontrer m'emplissait toutefois de honte. C'était presque une étrangère pour moi, et que saurait-elle d'autre à mon sujet que mon échec monumental ?

À peine Drew et moi étions-nous sortis de la maison que je m'apaisai. Le soleil était bas, la lumière rose, la flore rabougrie et desséchée couleur argent irisé. Le vide du désert avait un côté biblique, comme si rien n'y était survenu – comme si les événements de l'histoire devaient encore s'y produire. J'étais soulagé que Drew semble satisfait de marcher en silence. Peut-être supportions-nous mal les banalités, lui étant cardiologue, moi conseiller en toxicomanie. Le corps et ses besoins : la chose en soi. Hormis la tragédie des années de fac de Drew, je ne savais presque rien de lui, une ignorance plutôt plaisante. Au fond, j'avais envie de le connaître.

Nous sommes tombés par hasard sur une juxtaposition chaotique de chaises de jardin multicolores. Je crus d'abord qu'on avait balancé un tas d'ordures dans le désert, puis je compris.

— C'est... une sculpture ?

— En partie. Elles sont rassemblées dans une vaste zone, répondit-il en riant.

— Et... tout est en plastique.

— Oui. Des déchets de tout notre pays.

— Sasha les relie ?

— Elle en conçoit beaucoup d'éléments, expliqua Drew avec une fierté évidente. Mais elle coopère aussi avec les autres fabricants : quand des collectionneurs ou des musées font l'acquisition de briques et de photos, ils se répartissent le montant des recettes.

Nous avons suivi un ruisseau composé de tuyaux bleu vif formant une tache criarde dans le paysage. Soucieux de dissimuler ma réaction, je demandai :

— Comment est-ce qu'elle a commencé ?

— Ma foi, elle a toujours aimé collectionner des objets, déclara Drew, puis comme s'il avait capté ma réponse intérieure caustique – *Ah oui, dont certains qui m'appartenaient* –, il ajouta : Tu vois ce que je veux dire, j'imagine.

J'acquiesçai, déconfit.

— Lorsque les enfants étaient petits, elle faisait des sculptures avec leurs vieux jouets. Ainsi que des collages avec des trucs en papier : des tickets de caisse, des souches de billets, des listes de choses à faire. Et puis ça s'est développé.

Des commentaires amers se bousculèrent dans ma tête, tandis qu'on longeait la traînée de détritus :

Du recyclage, comme c'est original !

Ce qui serait encore plus beau que ces « sculptures », ce serait le désert sans celles-ci.

On arriva au niveau de sacs en plastique : des sacs dans des sacs dans des sacs dans des sacs, des dizaines de milliers de membranes en plastique froissées à l'intérieur d'énormes cubes en plexiglass fissurés ressemblant à de gargantuesques glaçons.

— Tout fond ? lançai-je.

— Oui, tout. Des moniteurs mesurent la dégradation des plastiques par écouvillonnage de surface afin éviter leur infiltration.

Hé, j'ai une idée : pourquoi ne pas recycler cette merde SANS la répandre dans le désert ?

Est-ce qu'il y a un endroit où je NE SERAI PAS OBLIGÉ de regarder ces machins ?

Les montgolfières flottaient dans le ciel telles des sentinelles muettes. Je me sentais coupable et j'avais l'impression qu'elles pouvaient lire dans mes pensées.

Tu es certain qu'elles ne sont pas là-haut parce qu'elles essaient d'ÉCHAPPER à l'art ?

Je ne desserrai pas les lèvres.

Sur le chemin du retour, une sensation désagréable au sujet de Miles m'étreint. Je n'arrête pas de ralentir pour ne pas le laisser à l'arrière, mais il continue d'avoir le souffle court : c'est déconcertant pour un type qui a été un tel athlète. Faute de percevoir s'il déteste l'art ou ne sait que dire, je suis contrarié de devoir me poser la question. De quoi activer un réflexe pavlovien et l'envie de me ruer vers ma clinique, envie à laquelle succède la certitude que c'est impossible – mon patient est ici même, hors d'haleine à côté de moi, après une marche de trois kilomètres. Mais je ne sais pas ce qu'il a ni comment le soigner.

Au dîner, il reste sur son quant-à-soi, nous regarde rire autour de l'aire de feu. J'avais eu hâte de faire parade de Lincoln – qui, diplômé très jeune de Stanford, travaille dans les environs, dans la tech – et Alison, la coqueluche de tout le monde, en troisième année à UCLA. Sauf que face à l'isolement gênant de Miles, ce désir d'étaler mes succès me semble bien mesquin. Il dialogue à peine avec Beatrice, sa demi-sœur – par timidité ? Est-ce que Sasha et moi devrions l'interroger davantage sur ce qu'il fait ? Des questions risquent de paraître tendancieuses ou condescendantes vu son passé, d'autant que nous sommes quinquagénaires – nous demande-t-on encore ce que « nous faisons dans la vie » ? Les dés ne sont-ils pas jetés ?

Les jeunes rentrent à l'intérieur ; nous abordons le sujet de la visite du groupe de collectionneurs d'art de Virginie prévue pour le lendemain. Des riches endurants, je les appelle ainsi – le genre à effectuer l'ascension du Kilimandjaro, voire de l'Everest. Ils tiendront à faire le décollage des montgolfières avant l'aube, évidemment. Après quoi ils parcourront la zone des sculptures avec Sasha et décideront combien ils veulent en acheter.

— J'aimerais bien monter dans un ballon. Tu crois qu'il y aurait une place libre ? lance Miles.

— J'en doute. Les réservations se font des mois à l'avance.

C'est moi qui lui ai répondu. Je sens la perplexité de Sasha, elle objecte :

— Il y a parfois une ou deux annulations de dernière minute.

— Moi, je n'en sais rien. Je n'ai jamais fait de décollage avant l'aube, dis-je.

— Pourquoi est-ce que vous n'iriez pas ensemble ? suggère Sasha.

Voilà que ça recommence : je revois Sacha insistant pour que je m'occupe de notre fils difficile, moi ne songeant qu'à me défiler. J'en veux à Miles de me faire revivre ça.

— Ne te donne pas ce mal pour moi, Drew, s'empresse-t-il d'affirmer.

Ma résistance doit être palpable.

— Au contraire ! Allons-y ensemble ! m'exclamé-je avec un enthousiasme que Sasha est la seule à trouver contraint.

Plus tard, au lit, elle me caresse le front avec sa main froide.

— Il a beaucoup souffert, Drew. Est-ce trop te demander d'être patient avec lui ?

— Miles n'est pas notre fils. Je ne le connais pas, et toi non plus.

— Il fait partie de la famille, ça ne suffit pas ?

Deux heures avant l'aube, je retrouve Miles dans notre séjour noyé d'obscurité. Nous nous dirigeons vers la voiture pour le trajet d'une heure jusqu'à l'aire de rassemblement des montgolfières. Je n'invente pas la nécessité de me rendre à ma clinique, des SMS reçus cette nuit m'ont convaincu que je n'ai pas le temps de faire un tour en ballon ce matin. Je vais emmener Miles sur place et filer au travail.

L'excitation de Miles envahit l'habitacle.

— Je ne suis jamais monté dans un aéronef. C'est effrayant ?

— Pas autant que de sauter en parachute.

Il se tourne brusquement vers moi.

— Ça fait une éternité que je n'ai rien tenté de nouveau. Je ne suis même jamais allé en France, tu te rends compte ?

— Chaque chose en son temps.

Nous nous garons devant le grand terre-plein gravillonné où une vingtaine d'« enveloppes » dégonflées, étalées sur le sol, sont à peine éclairées par des lumières fluo. Le club-house est à la fois spartiate et fastueux – le délicat équilibre qu'exigent les riches endurants. Ma méfiance à l'égard des nantis et des célébrités est un préjugé, bien sûr, mais mes patients sont tellement démunis – ils recevraient la terre en héritage aujourd'hui même s'il y avait la moindre justice. Que Sasha aime s'occuper des collectionneurs est une aubaine. Elle s'habille, se maquille les yeux comme à l'époque où elle travaillait dans l'industrie de la musique, et la Sasha dont je suis tombé amoureux à l'université ressuscite. Irrésistible.

On prévient Miles qu'il sera le premier en cas de défection. Il me donne une poignée de main.

— Mille mercis, Drew, de m'avoir accompagné. J'espère ne pas t'avoir privé de trop de sommeil.

— Absolument pas.

Sortant du club-house pour rejoindre ma voiture, je me demande néanmoins ce qui se passera s'il n'y a pas de place libre pour Miles. Tout le monde dort à la maison ; qui viendra le chercher ?

Alors j'attends avec lui en buvant un excellent café colombien, tandis que les riches endurants aux élégantes coupes de cheveux, emmitouflés de matières coûteuses contre le froid, se réunissent. Lorsque les uns et les autres se dirigent vers le ballon qu'on leur a affecté, Miles apprend qu'ils sont tous là – il n'y a pas de place pour lui. Il peut essayer de nouveau à 13 heures. Manifestement consterné, il me serre la main et m'encourage à continuer ma journée.

Lui, il attendra. Je me retrouve face à un choix : le ramener à la maison, ce qui n'est pas sur mon chemin, ou le laisser traîner ici pendant des heures.

Les montgolfières gonflent, leurs motifs aux couleurs vives sont atténués par la faible luminescence nuancée de gris. Je m'approche du bureau de réception et annonce à la jeune personne rayonnante qui s'y trouve :

— Je me présente : Drew Blake, le mari de Sasha Blake. Je suis venu avec son cousin de Chicago. Pourriez-vous trouver un moyen de lui faire faire un tour ?

Son visage, fermé, affiche aussitôt une expression avenante. Elle promet d'essayer. Je me demande ce qu'il y a de pire : avoir des relations, ou ne connaître personne.

— Bonne nouvelle, docteur Blake, m'annonce ma nouvelle amie quelques minutes plus tard. On va ajouter une montgolfière, il y a de la place pour vous deux.

— Je ne peux pas, je dois me rendre à la clinique.

Au vu de sa déception furtive, je regrette ma brusquerie.

— C'est la montgolfière numéro cinq, précise-t-elle. Il l'aura pour lui tout seul.

La joie de Miles est tellement palpable que je la sens aussi : un soulagement physique causé par ce passage de la déconvenue à l'aventure.

— Numéro cinq, amuse-toi bien, lui dis-je.

Après une troisième poignée de main, il se dépêche de sortir. Une première lueur bleutée frémit au sommet de la montagne. J'emboîte le pas de Miles pour m'assurer qu'il trouve son ballon. Contrairement à la plupart des autres nacelles où il y a plusieurs passagers, celle du numéro cinq est vide hormis son pilote, qui aide Miles à monter.

Le pilote se tourne vers moi.

— Je ne viens pas.

L'étonnement passager de l'homme, associé à la solitude qui émanait de la pente des épaules de Miles (il tourne le dos), me transperce le cœur à la manière d'une lance. Au moment où je me répète fébrilement que j'ai plus que rempli mes obligations, je singe un homme cédant à une tentation irrésistible : je saisis deux des câbles, me hisse au-dessus de la nacelle de l'aéronef, manque donner des coups de pied dans la tête du pilote et hurle :

— On ne vit qu'une fois, bordel !

Miles virevolte, abasourdi, visiblement perplexe. Le pilote indifférent époussette son manteau d'une main gantée. Ils n'en ont rien à foutre de ce que je fais : la scène était le fruit de mon imagination. Nous décollons.

MILES

D'en bas, les montgolfières paraissent très stables si bien que la première surprise – une fois que Drew a basculé dans la nacelle – fut les ballottements, les vibrations accompagnant le décollage. Pris de nausée, tandis que nous tanguions dans le vent, je me rappelai que je n'avais bu qu'un café ce matin. J'ouvris le panier de petit déjeuner du club-house et fourrai une barre de granola dans ma bouche. À mesure que nous montions en oscillant, notre rapport à la lumière changeait, et je me rendis compte que la totalité des techniques d'éclairage – au cinéma, au théâtre – sont des efforts pour capter cette première clarté : le lever du jour sur la terre. La chose en soi. Le désert apparaissait par bribes toujours monochromes. J'avalai un burrito à l'œuf, baissai les yeux, plus ou moins conscient des discussions entre Drew et le pilote. Je décidai que la présence de Drew m'arrangeait : ils pouvaient discuter et moi m'adonner en paix à ma contemplation.

Lorsque le soleil effleura le sommet de la montagne, nous survolions le désert. Quelle sensation étrange d'être à l'air libre à une telle altitude ! Le bourdonnement intermittent du brûleur n'avait rien de commun avec le vrombissement d'un moteur si bien que j'entendais le chant des oiseaux. J'étais en train de boire quand le bord supérieur du soleil vira de la montagne pour illuminer la terre. En l'espace de cet instant, une palette de couleurs vives surgit de l'ombre : l'œuvre de Sasha. Ce qui m'avait donné l'impression d'être un fatras sur le sol acquérait à cette altitude structure et logique, tels des gribouillis aléatoires se muant en prose. Des lignes de couleur s'étiraient dans le désert, ricochaient, s'entortillaient, revenaient en arrière, s'épaississaient, puis se dispersaient presque : une expression de joie tumultueuse jaillissait de terre et m'englobait. Là où la sculpture disparaissait, le désert semblait vide.

Les larmes me montèrent aux yeux, je baissai la visière de ma casquette.

— Regarde, lançai-je à Drew. Regarde ce qu'elle a fait.

Lui aussi paraissait subjugué.

— Et dire que je n'ai jamais vu ça au lever du soleil…

Tandis que je déchiffrais les contours de l'exultation de Sasha, mon esprit se libéra tel notre ballon à air chaud prenant son essor. Depuis cette hauteur inédite, ma vie se déroula sous mes yeux avec une simplicité brutale ; mon orgueil et mon mépris excessifs, puis mon fiasco, tant d'échecs – dans tous les domaines. J'avais pourtant essayé, mon Dieu, j'avais vraiment essayé. Des efforts qui n'avaient pas suffi, rimé à rien. Mes enfants avaient grandi, ils étaient autonomes, ils n'avaient pas besoin de moi ; j'avais souvent le sentiment de les importuner. J'étais seul, j'errais depuis des années dans un purgatoire qui, à cette altitude, semblait pire que la mort. Rien ne m'attendait.

Les larmes me troublaient la vue, brouillant les sculptures de Sasha. Chaque fois que je cillais, ses couleurs me renvoyaient par intermittence un code : *Ici. Maintenant. Ça suffit. VAS-Y !*

M'emparant d'un des câbles en acier tressé, je me hissai sur le rebord de la nacelle, un mélange d'air chaud et froid balaya mes jambes pendantes. L'espace d'une fraction de seconde, je restai en équilibre, l'esprit vide, comme hypnotisé par une aspiration. Puis je lâchai prise. Il y eut une brève chute terrifiante, avant que mon corps ne prenne de la vitesse, jusqu'à ce que quelque chose – apparemment le creux d'un bras – se glisse sous mon menton et me plaque le crâne sur un côté de la nacelle. Je poussai un cri, étranglé, secouai violemment la tête. La pesanteur pompa mes jambes et parut sur le point d'arracher mon corps de ma tête quand je sentis que celui qui me tenait se penchait à l'extérieur de la nacelle. Après quoi, un crochet ou une attache en métal s'accrocha à mon aisselle, me souleva et me tira dans la nacelle, où je m'effondrai tête la première. La plaque de mon crâne vibra, tandis qu'un flux métallique me brûlait la bouche, le nez, les yeux. Battant des paupières sous une cascade stroboscopique d'étoiles, je distinguai Drew, qui, baissé vers moi, haletait comme un fou. Il me gifla avant de s'asseoir brutalement sur mon torse.

— Sûrement pas, espèce de connard, souffla-t-il, et il me flanqua une autre claque. Sûrement pas !

— Laissez-le, hurla le pilote, s'accrochant à Drew. Il va s'évanouir.

— C'est parfait.

— Vous lui avez sauvé la vie et maintenant vous allez le tuer ?

Par la fenêtre de la chambre du service de psychiatrie où on m'avait transporté en ambulance, les montagnes broussailleuses du désert ressemblaient à une toile de fond. Je les contemplais pour éviter de regarder mes enfants bouleversés, mes parents (désormais septuagénaires) effrayés, mes frères, Ames et Alfred, et Trudy, qui, ma main dans la sienne, me demanda si j'avais besoin d'argent. Tous voulaient m'aider. Leur tendresse me désespérait car je n'avais réussi qu'à les attrister et à les décevoir davantage. Échec sur échec. Je sanglotais d'une manière incoercible. Les médecins s'échinèrent à trouver un moyen efficace de me stabiliser. Cela prit environ trois semaines.

Une exception se démarquait dans mes remords : l'homme qui m'avait sauvé la vie. Je haïssais Drew d'avoir contrecarré mon geste dont l'audace m'avait à présent abandonné. Drew me haïssait d'avoir, ainsi qu'il le formulait, tenté de le tuer vingt-quatre heures après mon arrivée. Nous partagions le prix de consolation pour son acte héroïque : un être dont personne ne voulait, même pas moi.

Nos échanges d'une brutale agressivité commencèrent alors que j'étais toujours hospitalisé, mais nous n'avons donné libre cours à notre détestation mutuelle qu'après mon retour dans la chambre d'ami de chez Drew et Sasha (où celle-ci avait disposé des cactus en fleur sur l'appui de la fenêtre afin de m'égayer). Les invectives que je hurlais à Drew déchiraient le silence du désert, et il me répondait de la même manière. Sasha nous suppliait d'arrêter, l'exigeait, sortait en trombe quand on l'ignorait. Nous en étions incapables. Un soir où on s'abreuvait d'injures sur la terrasse, Sasha nous arrosa avec un tuyau de jardinage comme Trudy le faisait sur des chats qui se bagarraient à Winnetka. Stupéfaits, on se couvrit la tête, puis, désarmés et trempés, on éclata de rire ensemble. Ce fut un tournant décisif. « Je vais chercher le tuyau ? » lançait Sasha dès qu'elle percevait que nous étions en passe de déraper. Drew, qui m'avait forcé à prendre des vitamines à l'hôpital, m'imposa un régime riche en protéines et aliments frais chez lui et m'enrôla dans un parcours exténuant de thérapie physique. À mesure que mon teint s'améliorait et que je faisais des exercices pour remarcher sans boiter, je remarquai que Drew me jaugeait de temps à autre avec un regard difficile à définir. Je finis par trouver : un regard curieux. J'avais cinquante et un ans. Quoi que je fasse du restant de ma vie, Drew en serait autant responsable que moi. Mes actions avaient une importance immédiate et directe. Cette découverte ranima mon ambition ; je la sentais revenir peu à peu à la vie, tel un membre si longtemps engourdi que je l'aurais oublié.

Je retournai à Chicago neuf semaines après en être parti. Pendant le trajet de O'Hare à mon appartement, je regardai les tours étincelantes du centre-ville et je fus de nouveau cerné par mon sentiment d'échec et mon exil. Rien n'avait changé. Franchir le seuil de mon studio releva presque d'un acte médico-légal, comme de se rendre sur une scène de crime. L'air confiné avait une légère douceur toxique. Craignant de ne jamais me réveiller si je m'endormais là, je me gardai de fermer les yeux, rangeai mes affaires au cours de la nuit, les organisai pour qu'elles soient emballées, puis expédiées chez Drew et Sasha. Je laissai les clés, des consignes, de l'argent dans une enveloppe destinée au gardien, et résolus d'être optimiste.

L'aube était à peine levée quand je repris le métro pour l'aéroport. Observant les illuminations de Chicago, je rêvais du désert. Il me tardait de remplir son vide avec une autre histoire que celle que j'y avais vécue jusque-là. De m'inspirer de l'exemple de Sasha.

Je louai une chambre en ville et je me mis à étudier pour le barreau de Californie, en proie aux gargouillis d'un regain d'appétit pour les débats et les statuts. Quelques mois plus tard, j'effectuais des travaux d'ordre juridique pour les patients indigents de Drew. Au bout d'un an, je fus élu maire de notre ville de San Bernardino. Si ces victoires paraissent improbables, je vous invite à vous souvenir de la puissance évocatrice des histoires de rédemption. L'Amérique aime les pécheurs, une aubaine pour moi.

Drew et moi ne parlons jamais de notre étrange passé, mais je crois qu'il se réjouit de ma « réussite » et du bien que je parviens à faire. Durant ses longues étreintes dont je suis devenu dépendant, Sasha m'assure que je l'ai aidé à se détendre. Après nos deux parties de tennis hebdomadaires, Drew prend le temps de boire une bière avec moi au lieu de foncer à sa clinique. Lorsque les montgolfières sont de sortie, ce qui est souvent le cas, nous levons nos verres au ciel avant d'y tremper les lèvres.

Une métrique

M a quatre taches de rousseur principales sur le nez et environ vingt-quatre taches de rousseur secondaires. Je dis « environ » non parce qu'elles sont indénombrables – peu de choses le sont en ce monde – mais parce que je ne peux pas regarder le nez de M assez longtemps pour compter ses taches de rousseur secondaires sans la mettre mal à l'aise. Elle a des cheveux plus épais que 40 % des femmes qui travaillent avec nous et plus longs que 57 % d'entre elles ; elle porte un serre-tête 24 % du temps, des chouchous 28 % du temps et lâche ses cheveux 48 % du temps. Elle a exactement une semaine de plus que moi – 25,56 par rapport à mes 25,54 – je l'ai appris à la soirée tacos qu'O'Brien, notre chef d'équipe, avait organisée chez lui pour briser la glace la première fois que nous avons fait équipe. Chacun a donné ses date et lieu de naissance et O'Brien les a pointées sur un modèle 3D dynamique de la Terre qu'il a lentement fait tourner de sorte que nous avons vu les quarante-trois membres de l'équipe surgir avec un tintement au rythme de la fourchette de nos âges. Dans le modèle, M et moi avons paru naître au même moment.

J'ai effectué un crowdsourcing sur la beauté de M parmi les membres de la plus large unité de travail englobant notre équipe, sous prétexte que j'essayais de décider, en tant qu'hétérosexuel célibataire, si elle était jolie ou pas, alors que c'était en réalité pour jauger l'ampleur et la force de la concurrence. Parmi les 81 % qui trouvaient M jolie, 64 % ne sont pas des rivaux potentiels, puisque ce sont soit des hommes ou des non-binaires attachés à d'autres ou intéressés par d'autres, soit des femmes – dont 15 % se disent gay ou bi et ne présentent aucun danger, M étant hétéro. J'admets la possibilité d'une gamme de désirs entre hétéros et gays, mais y placer M exigerait soit un rapport honnête sur son passé sexuel que je ne suis pas en mesure d'acquérir, soit les débris gris de souvenirs et fantasmes sexuels de M en provenance du collectif – une violation personnelle tellement grotesque qu'elle serait en droit de me vilipender après coup, le contraire de ce que je recherchais.

Parmi les 36 % restant des hommes ou non-binaires qui pourraient en théorie rivaliser avec moi pour entretenir une relation avec M, la moitié possèdent au moins un trait de personnalité susceptible de les disqualifier : 13 % = une puissante odeur corporelle ou une autre entorse à l'hygiène (se curer le nez ou les oreilles) ; 11 % = de la belligérance en ligne ; 8 % = l'âge (plus de trente-cinq ans) ; 6 % = un égocentrisme radical ; 5 % = obsédés par Bix Bouton ; 5 % = enclins à diverses infractions, dont l'engagement dans des reconstitutions de la guerre en Irak, les blagues sexistes, le tabagisme ou le port d'un bandana. D'accord, ce dernier est *ma* bête noire, sans doute pas celle de M. Je déteste les bandanas.

Maintenant, passons aux 18 % des sondés représentant des rivaux potentiels. C'est là où les données sont inefficaces. En effet, comment évaluer les chances de chacun ? Il se peut que la clé du cœur de M soit quelque chose de bizarre et d'impossible à prévoir sans une connaissance intime de son milieu, ses souvenirs, son état psychique – récupérables, je le répète, uniquement d'une manière invasive. Peut-être M tombera-t-elle amoureuse de celui qui lui apportera un hippo en peluche bleu ; lequel d'entre nous le fera ? Moi. En voyant une peluche d'hippopotame dans un magasin Walmart, je me dis : *C'est peut-être ce fameux* x *: la variable inconnue nécessaire pour m'assurer l'amour de M.* Puis une boîte à musique avec une petite danseuse suscite en moi la même pensée, puis un paquet d'élastiques multicolores, puis des trucs que je ramasse par terre, voire dans les ordures et, chaque fois, je me dis : *Il est possible que n'importe lequel de ces machins soit ce* x *– ce détail ineffable, imprévisible qui incite une personne à tomber amoureuse d'une autre.*

Bon, étant donné que je suis un chiffreur – ou, pour employer une formule professionnelle, un empiriste confirmé et expert en mesures – il est raisonnable de se demander si en prenant en compte suffisamment d'aléas dans l'attribution d'une valeur à la variable x, j'augmenterai statistiquement mes chances de rendre M amoureuse de moi. Oui et non. Oui parce qu'on trouve une compatibilité parfaite de moelles osseuses entre des inconnus en triant suffisamment de données aléatoires de donneurs. Non parce que je devrais consacrer le restant de mes jours, c'est-à-dire quatre-vingt-cinq années de plus (à supposer que mon espérance de vie soit celle d'un Américain moyen) à l'acquisition d'objets aléatoires avant d'augmenter statistiquement ma probabilité de tomber sur « l'objet idoine », et M et moi serions morts à ce moment-là. À condition que x soit un objet, ce qui peut aussi ne pas être le cas.

D'autant que la possession d'une grande boîte pleine d'objets aléatoires présente des risques en tant que tels. Par exemple que M soit une minimaliste qui considère qu'acquérir des tas d'objets est un trait de caractère disqualifiant, comme le port d'un bandana l'est pour moi. Elle pourrait avoir la même réaction que ma sœur, Alison, qui, après un regard à la boîte contenant l'hippo, etc., dans mon séjour, s'exclame : « Bon sang, Lincoln, tu deviens exactement comme maman ! » Nous avons beau adorer notre mère, ce n'est pas un compliment dans la bouche d'Alison. À son sens, j'accumule des trucs sans intérêt. Elle a à la fois raison et tort : chaque objet a une histoire et un lien avec d'autres objets, son intérêt n'existe que dès lors qu'on l'a défini.

Pour attribuer un intérêt à mon tas d'objets, il aurait fallu les tendre un par un à M et lui demander si l'un la rendrait amoureuse de moi. Sauf qu'il est difficile d'effectuer un rapport honnête sans anonymat, et qu'une personne tombant spontanément amoureuse de l'empiriste et expert en mesures, barbu et dégingandé (mais en parfaite forme), qui lui donne des objets qu'il prend dans une boîte posée dans son séjour ne tiendrait sans doute pas à le reconnaître face à lui – voire serait incapable d'exprimer son tumulte d'émotions lorsqu'il lui offrirait (par exemple) un hippo en peluche bleu.

Afin de neutraliser la timidité de M, je devrais faire passer mon plan pour un sujet d'étude : « M, j'espère que tu vas participer à une expérience qui implique de tracer la courbe de tes réactions physiques à une variété apparemment aléatoire d'objets, en te servant de plusieurs capteurs que tu n'auras qu'à fixer toi-même dans ma salle de bains dont l'extrême propreté fait de moi une anomalie statistique par rapport à l'opinion d'un crowdsourcing selon laquelle les célibataires d'une vingtaine d'années sont des porcs : un capteur sur ta carotide, trois autour de ton cœur, un au niveau de la taille et un dans ton vagin, d'accord ? »

Non, ça va trop loin. On s'arrêtera à la taille.

« Bien sûr, Lincoln, aucun problème », répond M (dans mon imagination exaltée). Nous commençons. Et qu'est-ce que *x* se révèle être ? Les élastiques ? L'hippopotame ? Le petit chat en porcelaine déniché dans un vide-greniers et acheté parce que, d'après les données du crowdsourcing, les filles aiment les chats ? Peut-être rien de tout ça, peut-être suis-je en train de regarder des lignes dont les fluctuations se situent toutes dans la fourchette de la normalité, de sorte que je finis par lancer : « Très bien, c'est terminé ; est-ce que je peux te proposer un verre de lait et des petits gâteaux ? » Des biscuits maison, parce que j'aime en faire – encore une erreur à mon propos des données du crowdsourcing sur les célibataires de vingt ans – et je verse un verre de lait à M, dispose des petits gâteaux sur une assiette – avoine-pépites de chocolat, parce que l'élimination des raisins secs permet la fusion des deux genres –, et j'apporte les petits gâteaux et le lait à M, qui prend une bouchée, boit une gorgée, et dit : « Merci, Lincoln, ils sont vraiment délicieux. » Sauf que je l'entends à peine à cause de la sonnerie de mon sismographe, même si ce ne pourrait en être un, même s'ils n'ont pas de sonnerie, ça fait mieux dans le fantasme, tandis que les lignes dévient dans le graphique parce que M est tombée amoureuse de moi *à ce moment précis*, grâce aux gâteaux et au lait ! x a une valeur maintenant, l'équation est résolue, M est à moi, au diable le reste de ces 18 %, au diable le seul membre de ces 18 % qui soit vraiment indéniablement menaçant, à savoir Marc, le petit ami de M.

Leurs deux prénoms commencent par M, pourquoi est-ce que cela me paraît lourd de sens ?

M sort avec Marc depuis cinq mois, six jours et deux heures et demie, le début de leur relation date de l'instant où Marc est entré dans son box, l'a invitée à déjeuner et où elle a accepté. Une fois franchie la barre des six mois, ils auront 32 % de chances de progresser vers un lien plus permanent, comme le mariage, alors je tiens un compte précis des jours – notamment parce qu'un lien permanent entre M et Marc signerait ma mort immédiate. Malgré l'absence de données pour étayer ma certitude, j'en suis sûr.

Il paraît que savoir c'est pouvoir, pourtant le moindre chiffreur vous affirmera que la possession en tant que telle des données n'est ni utile ni prophétique. Est-ce que cela m'aide de savoir que depuis environ 5,225 mois qu'ils sont ensemble, M et Marc ont passé environ une nuit sur trois l'un avec l'autre, soit 53,07 nuits ? À supposer qu'ils aient des rapports sexuels à chaque fois, voire à deux reprises une nuit sur deux, ils ont probablement fait l'amour plus ou moins 79,6 fois. Remarquez que j'ai viré de l'observation à l'estimation, même si une cloison sépare désormais mon box de celui de M. J'ai fait ce changement pour me libérer du besoin de noter si M et Marc arrivent ensemble au travail. J'ai renoncé (avec l'aide d'Alison) à cette collecte de données spécifiques pour deux raisons : 1) Cela me déconcentrait de la collecte de données qui constitue mon emploi, ce qui compromettait mon efficacité au point de pousser O'Brien, mon chef d'équipe et ami, à m'en parler à deux reprises. 2) Cette collecte de données me rapprochait du rôle d'un affreux voyeur.

Au dernier Halloween, M est arrivée au travail en costume de tasse de thé. Ce qui en dit beaucoup sur quelqu'un. Je me suis demandé si Marc se pointerait vêtu d'un déguisement complémentaire, en théière par exemple. J'ai passé la matinée dans un état d'angoisse fébrile, à la fois impatient et effrayé de découvrir ce que porterait Marc. *S'il s'est déguisé en théière, je renoncerai à ma croisade pour la conquête de l'amour de M*, me suis-je promis. En fait, Marc ne portait aucun costume. J'ai été ravi de le découvrir. *C'est fini*, en ai-je conclu. *La relation est sans espoir. Marc ne comprend pas cette femme déguisée en tasse de thé.*

Si j'étais sorti avec M, je serais venu au travail déguisé en théière.

Je ne veux pas être un affreux voyeur. Je veux être acteur de ma propre vie. Il y a de bonnes raisons de croire que j'en suis capable, même si en dresser la liste révèle un manque de modestie dangereux parce que j'ai beau avoir toujours préféré les maths à l'anglais, je sais ce qu'est l'*hubris* et où cela mène. Aussi vais-je retranscrire la liste de mes atouts élaborée par ma sœur Alison, destinée à me donner de l'espoir un jour de déprime, accompagnée de commentaires entre parenthèses de ma main.

- Beau (Pour les amateurs des dimensions suivantes : 1,85 m, cheveux et barbe blond foncé, grand, mince, musclé)
- Bon athlète (Base-ball, football, basketball)
- Populaire (Une assertion problématique vu l'imprécision du terme. En l'occurrence, cela signifie deux

amis, dont l'un, O'Brien, est mon patron et chef d'équipe, en plus des milliers « d'amis » que je ne connais pas et n'ai jamais vus)

- Gentil (Aime parents et sœur, qui m'aiment)
- Séduisant (Comment une sœur peut-elle dire une chose pareille ? êtes-vous en droit de demander ! Eh bien, sa déclaration se fonde sur neuf manifestations d'intérêt et d'affection de la part de collègues dont je lui avais parlé au cours de mes deux ans de travail à Harvest, sans oublier une invitation à boire du schnaps, un petit bouquet de marguerites pour mon anniversaire, un sac de carottes au déjeuner – j'adore les carottes – et, le plus intrigant, un petit mot anonyme laissé sur mon bureau : *Tu as un cul magnifique et une personnalité magnifique !*)
- Extraordinaire dans ton boulot (Là, Alison n'est pas qualifiée pour l'évaluer. C'est une impressionniste : une typique qui a tendance à être romanesque. Comme elle est le contraire d'une empiriste, cela conduit nos parents à s'amuser avec l'hypothèse suivante : et si Alison et moi étions une seule personne scindée en deux ? Mais Alison est un être humain entier par elle-même, tandis que j'ai le sentiment que je serais plus complet associé à Alison. Deux points de données sont à la base de son « extraordinaire dans ton boulot », mon avancement et les récompenses auxquelles j'ai eu droit plus rapidement que mes collègues. Avery et O'Brien, les chefs de mon équipe et de mon unité de travail projettent même de m'installer dans un bureau individuel. Un changement auquel j'ai résisté parce qu'il m'éloignera physiquement de M et créera une différence de statut. Alison soutient que ce sera une bonne chose, du moins pas une mauvaise – sauf qu'étant Alison, elle n'a d'autres données pour étayer son affirmation qu'une vague allégation, que « les gens ont toujours un faible pour leur supérieur », et un seul point de

donnée pour l'étayer : elle-même. Pourtant, malgré son impressionnisme, les prédictions d'Alison ont un taux de réussite embarrassant.)

J'ai laissé de côté l'assertion la plus contrariante d'Alison :

- Tu es drôle.

L'humour est la bête noire des professionnels de mon secteur qui, par conséquent, en sont obsédés. L'humour est impossible à quantifier. Pour cette raison, c'est l'un de nos principaux outils pour repérer des proxies : des identités fantômes en ligne maintenues par un intermédiaire afin de dissimuler la désertion de leurs utilisateurs humains. Des identités de « marque » lucratives sont souvent vendues (la première occurrence documentée étant un mannequin nommé Charlotte Swenson), et, à l'occasion, un squatter prendra possession du cadre d'une identité fantôme. Mais la plupart des proxies sont animés par des programmes robots de type « bernard-l'hermite » qui conservent les paramètres de l'activité en ligne d'un individu – communication, relations commerciales, réseaux sociaux – comme un moyen de cacher la disparition de celui qui avait ce profil à l'origine. C'est Mondrian, un organisme à but non lucratif installé à San Francisco, qui orchestre la majorité des proxies. La plupart des proxies de Mondrian sont d'éminents professionnels – souvent des romanciers, m'a-t-on dit – qui usurpent de multiples identités. L'humour est notre meilleur outil pour les repérer ; il est très difficile, même pour un proxy humain, encore plus pour un programme robot bernard-l'hermite, de réussir à imiter le sens de l'humour d'un déserteur. Dommage pour nous les chiffreurs, mais la détection de l'imitation d'un mauvais trait d'humour est également compliquée pour un programme, d'où le côté lent et pénible de l'indentification de proxies. C'est faisable, mais c'est un boulot de typiques. En réalité, le repérage des proxies et leur élimination de notre compte sont la seule sphère de notre entreprise où les typiques sont meilleurs.

Comment est-il possible que l'humour ne soit pas quantifiable ? C'est bien simple : il nous manque un ensemble structurel de caractéristiques pour définir ce qui est drôle. Pourtant, certains sont drôles et d'autres ne le sont pas. Ceux qui le sont peuvent l'être involontairement. De toute évidence, j'appartiens à cette catégorie, comme beaucoup de chiffreurs. Nous sommes des quantificateurs. Nous étions perçus comme des enfants rébarbatifs. Encore aujourd'hui, je suis capable de calculer la durée de la pause de n'importe quel morceau de musique pop, à commencer par ceux d'Elvis. Cette obsession ne m'a pas valu l'affection de qui ce soit hormis celle de ma famille qui m'aimait déjà. Mon côté obsessionnel était un poison social – de même que les habitudes de mes camarades chiffreurs qui s'échinaient à mesurer les barrières de leurs voisins, cataloguer les armures de l'époque du roi Arthur, dresser la carte des tempêtes solaires, ou – dans le cas de M – entretenir 268 plantes d'intérieur dans sa chambre d'enfant, sans compter l'herbe semée sur sa moquette, dont les racines s'infiltrèrent (s'avéra-t-il) dans des lattes pourries sous la moquette en question jusqu'à ce qu'après un arrosage conséquent un grand pan du plafond de la pièce en dessous de celle de M (la cuisine, comme par hasard) se détache et tombe au milieu de la table de la salle à manger.

Bon, c'est drôle, du moins ça l'était le soir où M l'a raconté à la soirée tacos d'O'Brien quand tous les membres de l'équipe ont confié une anecdote de leur enfance. La tristesse et le triomphe sont enchâssés dans la comédie – la tristesse parce que M était déjà isolée, sans amis, en désaccord avec sa famille, et que la catastrophe du plafond avait débouché sur le démantèlement de son système végétal, puis – quand elle avait refusé de manger après coup – sur son hospitalisation et sur son alimentation par sonde. Le triomphe parce qu'elle est devenue M ! Superbe, sexy, bien payée, et que le monde a privilégié sa façon d'être. La plupart des histoires que nous racontons – mes camarades chiffreurs et moi – sont constituées de ces éléments, tristesse et triomphe, parce que le monde a fini par nous accepter. C'est incroyable. Je n'arrive toujours pas à y croire. Et si nos rangs sont renforcés par des typiques dont l'adolescence a peut-être été synonyme de popularité et de connaissances en statistiques limitées à des secteurs homologués tel le base-ball, nous sommes en réalité meilleurs en calcul – c'est notre langue maternelle, pour ainsi dire, beaucoup d'entre nous ayant compris les chiffres avant les mots.

Ce matin, notre unité de travail – six équipes en tout – est convoquée pour une réunion imprévue au jardin de sable. D'après mon expérience de ce genre de réunions, celle-ci a 86 % de chances d'avoir pour but de signaler un problème, 9 % de signaler une récompense inattendue et 5 % de signaler une tragédie personnelle dans nos rangs. Nous sommes 273 à entrer en file indienne dans le jardin de sable et à y flâner en attendant l'arrivée d'Avery. Quand la cascade qui coule sur le tas de pierres pointues s'arrête, les membres de notre équipe échangent des coups d'œil inquiets. Il se trame quelque chose d'important. O'Brien a l'air aussi désemparé que les autres.

Avery, qui est chef·fe de notre unité, est une personne non-binaire que je n'ai jamais vue exprimer la moindre émotion dans un lieu public. Aucun signe visible de stress ne transparaît sur iel : cheveux raides, ternes et gras, cernes autour des yeux, taches d'œuf sur le poignet du sweat shirt ; iel ne porte ni mascara ni gloss – son maquillage habituel.

— Nous avons procédé à l'analyse complète d'une récente incohérence de proxy, nous informe Avery, et déterminé qu'une nouvelle génération de programmes bernard-l'hermite a été spécifiquement conçue pour échapper aux filtres de notre proxy. Cela suggère qu'un membre ou plusieurs de cette unité sont impliqués et travaillent activement à aider les déserteurs à contourner notre compte.

L'incohérence se rapporte aux moyens caractéristiques par lesquels des proxies évitent notre détection. La désertion et le recours aux proxies n'ont rien d'illégal, mais si un membre de Harvest aidait les déserteurs à nous plonger dans la confusion, cela dénaturerait nos données par un nombre statistiquement significatif d'identités fantômes, compromettrait par là même la qualité et l'exactitude de notre travail, lequel basculerait dans la catégorie d'activité criminelle. D'où la présence, de part et d'autre d'Avery, de nos médiateurs Phil et Patrice qui n'ont jamais eu autant l'air de flics.

— Nous allons mener une enquête, annonce Avery. Nous interrogerons chacun d'entre vous individuellement, et nous vous serons reconnaissants de toute information confidentielle que vous souhaitez nous transmettre à n'importe quel moment. Même si je refuse de semer les graines du soupçon, je vous demande d'adopter une certaine vigilance. Si vous avez une raison de douter de l'engagement ou de la loyauté d'un membre de votre équipe, ne manquez pas de nous le signaler.

Avery emploie un code que seuls les chiffreurs de langue maternelle, comme moi, sont sans doute en mesure de saisir. Le transfuge est un typique – probablement un impressionniste – dupé par un fantasme de liberté et d'évasion. C'est un état d'esprit que je ne comprends que théoriquement. Le comportement humain n'a rien d'original. La moindre idée qui me traverse doit venir à l'esprit de dizaines d'autres appartenant à ma catégorie démographique. Nous menons le même genre de vie, nous avons les mêmes pensées. À mon sens, les déserteurs ont envie de se sentir de nouveau uniques, un sentiment qu'ils éprouvaient avant que des décomptes tels que les nôtres ne révèlent à quel point ils sont ordinaires. Mais là où ils se trompent, c'est qu'être quantifiable ne rend pas la vie moins remarquable, ni même moins (je sais que c'est contre-intuitif) mystérieuse – pas plus que déceler la métrique d'un poème ne dévalue celui-ci. Au contraire !

Si l'évaluation détruit un mystère, c'est qu'il n'en était pas un. Cette impression est le fait de notre ignorance. On pourrait comparer cela à un polar dont on a découvert le coupable du crime. Est-ce qu'un roman policier peut être lu plusieurs fois ? Le cosmos était un mystère pour l'être humain longtemps avant que nous sachions quoi que ce soit en astronomie ou sur l'espace – et maintenant que c'est le cas, il l'est davantage encore.

Décodé, le message d'Avery se résume à ce qui suit : un impressionniste fout la merde dans nos données, mû par l'idée romanesque qu'il contribue ainsi à fomenter une révolution, alors qu'il ne fait que bousiller notre compte et compromettre nos emplois. Par conséquent, guettez les typiques qui semblent préparer un sale coup, et virez-moi cet enfoiré.

Il y a 6,28 mois, soit trois semaines environ avant que M ne commence à sortir avec Marc, je travaillais dans mon box lorsqu'elle s'est levée lentement au-dessus de notre cloison commune ; ses yeux sont apparus en premier, puis le reste de son visage. Ses yeux, au moment où je ne voyais qu'eux, ressemblaient à ceux d'un chat doré. Comme je la fixais, cloué sur place, elle a hoché la tête, dit « Coucou », éclaté de rire et moi aussi, ce qui l'a fait rire encore plus fort, ce qui m'a fait rire encore plus fort, et j'ai essayé de calculer l'effet exponentiel d'un rire partagé, parce que j'avais la sensation de me noyer et qu'un peu de maths explicatives m'aurait stabilisé. Voilà le début de l'histoire.

Marc, le petit ami de M, est un typique – un terme trompeur parce que les typiques sont atypiques parmi les chiffreurs et toujours en minorité. L'idée que M ne peut pas avoir autant de points communs avec Marc qu'avec moi me remonte parfois le moral. Sauf que mes parents et ma sœur sont des typiques, et non seulement je les aime, mais j'aime surtout qu'ils le soient ! Lorsque, le mois dernier, j'ai fait une balade avec ma sœur jusqu'à une cascade et qu'on s'est assis côte à côte sur des rochers, ça m'a plu de savoir qu'Alison pensait quelque chose d'aussi simple que « Comme c'est beau », qu'elle n'était pas en train d'essayer de calculer la densité, la vitesse, la distance jusqu'aux rochers en dessous et le volume de la chute d'eau. Mais l'appréciation sans réserve de ma sœur a viré au désespoir à l'idée que M éprouvait sûrement la même chose pour Marc ! Elle doit se dire : *Comme c'est facile et agréable d'être avec Marc.* Elle doit se dire : *Quand Marc me regarde, je sais qu'il pense que je suis jolie, au lieu de s'escrimer à compter les taches de rousseur secondaires de mon nez.*

Une succession de pensées qui m'a tellement déprimé que je me suis recroquevillé devant la cascade.

C'est à cette occasion qu'Alison a dressé la liste de mes atouts.

Plus tard au cours de cette journée qui avait commencé par la réunion imprévue de l'unité avec Avery, j'aperçois M en train de déjeuner seule dans le jardin de rocaille. D'ordinaire, elle déjeune avec Marc – leur relation avait débuté avec un déjeuner –, aussi la présence solitaire de M dans le jardin de rocaille est-elle une occasion unique pour moi.

Je regarde M par la fenêtre, taraudé d'angoisse sur la façon de m'y prendre. Si je m'approche d'elle, il y a 100 % de probabilités que je sois obligé d'engager la conversation et, bien sûr, une indéniable possibilité que cette conversation n'ait rien de spontané – d'autant que la nervosité, une certitude en présence de M, diminuera d'au moins 50 % ma capacité à m'exprimer avec naturel. Mais mon père a toujours dit : « On n'obtient rien sans prendre de risque », ce qui signifie que l'audace foule aux pieds le calcul qui le précède. Puisque papa est un typique à l'esprit mathématique mais aussi un fou de politique très impliqué dans l'évaluation de la tentative de notre cousin

Miles Hollander d'être élu sénateur de l'État, je prends son analyse très au sérieux.

En me dirigeant vers M, je marche sur des petits cailloux pointus qui sont à 35 % en schiste gris, striés de blanc, et à 25 % ronds en argile. Les 40 % restant sont mes préférés : des pierres denses, lisses et noires qui absorbent le soleil. On dirait que les gros rochers ressemblant à des meubles viennent de se solidifier depuis un état liquide – il paraît que ce sont des météorites. Adossée au plus volumineux d'entre eux, M lève les yeux vers le ciel dont un tiers est parcouru par une cohorte de nuages et deux tiers sont d'un bleu qui n'existe que dans le désert.

— Salut, lui dis-je.

— Salut, répond-elle.

Ayant employé le calcul rétroactif dans une multitude de mes interactions passées, j'en suis arrivé à une formule prédictive qui s'est révélée infaillible jusqu'à présent : si un dialogue demeure emprunté pendant huit phrases – quatre phrases par personne, sans compter les salutations –, il a 80 % de chances de le rester ; en revanche, s'il devient naturel au cours de ces huit phrases, il est probable qu'il le restera et – aussi étrange que cela paraisse – qu'il laissera une impression de naturel quoi qu'il arrive, même si dix autres phrases maladroites venaient à s'ajouter ! Naturel jusqu'à dix phrases supplémentaires maladroites ! Ce calcul prédictif est embêtant parce que la conversation devient plus difficile à générer quand tu es tendu et nerveux, et que le risque qu'une conversation avec une fille dont tu es amoureux soit irrévocablement empruntée est stressant, surtout que t'y soustraire t'obligera à t'éloigner sur quinze mètres de cailloux, ce qui lui fournira l'occasion (tout en te regardant disparaître de dos) de réfléchir longuement à ta stupidité d'avoir traversé le jardin de rocaille pour aller lui parler, alors que tu n'avais rien à dire, au faible que tu as manifestement pour elle, ce qui est dommage parce que ce n'est pas réciproque même si elle a aimé partager une cloison avec toi ; ç'aurait peut-être été le cas 6,28 mois plus tôt quand elle s'était levée au-dessus de cette même cloison et avait lancé « Coucou » et que vous aviez éclaté d'un rire incroyablement fort, mais, après coup, ton comportement avait été bizarre et distant, puis Marc s'était pointé et, désormais, elle l'aime, même si, disons 13 % de ses pensées, tandis qu'elle regarde disparaître ton dos, sont concentrées sur ton excellente forme physique, ils n'auront aucune pertinence statistique dans un système où le vainqueur rafle la mise opérationnelle dans le choix d'un partenaire monogame romantique.

Donc. Une grande pression.

Si plus de huit phrases d'un dialogue emprunté représentent un risque de maladresse irrévocable, le silence tel que celui qui s'étire en ce moment entre M et moi est un danger encore plus grand. Mais tandis qu'une pause prolongée en musique ajoute de la puissance et de l'éclat au refrain qui lui succède, les pauses dans une conversation ont l'effet contraire, celui de dévaloriser ce qui suit au point qu'une riposte pleine d'esprit, précédée par une pause trop longue, correspond à l'équivalent verbal d'une tête réduite.

Voilà qui mène à cette question : Combien de temps s'est-il écoulé depuis que M et moi nous nous sommes salués ?

3,36 secondes.

Quoi ! Comment tant de pensées et d'observations ont germé en si peu de temps ? La réponse d'un impressionniste serait quelque chose du genre : « La distorsion inhérente à notre perception du temps », mais le temps nous ennuie, nous les chiffreurs – et pas seulement parce qu'on a tant glosé et écrit à son sujet. Le temps n'a aucun rapport avec les maths. Je n'ai pas dit que les maths n'ont aucun rapport avec le temps, prenez-en bonne note ; c'est dans l'espoir vain de le comprendre que nous avons recours aux maths pour expliquer le temps. Que tellement de pensées m'aient traversé l'esprit en l'espace de 3,36 secondes prouve l'infinité de la conscience individuelle. Elle n'a pas de bornes, il n'y a aucun moyen de l'évaluer. La conscience est comme le cosmos multiplié par le nombre de personnes vivant dans le monde (à supposer que la conscience meure en même temps que nous, ce qui n'est pas certain) parce que chaque esprit est un cosmos à part entière : impénétrable, par qui que ce soit. D'où l'attrait instantané de OwnYourUnconscious de Mandala. Qui pourrait résister à l'idée de se replonger dans des souvenirs, la plupart ayant tellement sombré dans l'oubli qu'ils nous paraissent étrangers ? Et qui pourrait résister à celle d'accéder à la Conscience Collective en échange d'un prix infime, celui de permettre que la nôtre soit consultable, anonymement, en retour ? Nous avons tous fait ce choix le jour de nos vingt et un ans, l'âge du consentement pour Mandala, exactement comme la génération précédente s'était emballée pour le partage de morceaux de musique et de tests ADN, sans vraiment nous rendre compte, dans notre enthousiasme pour le nouvel accès aux révélations, de ce que nous cédions en confiant la totalité de nos perceptions à Internet – par là même aux chiffreurs, tels que moi. Bien que l'utilisation des débris gris par les collecteurs de données soit régie par un règlement rigoureux, je suis parfois contraint à titre professionnel de sonder la psyché d'inconnus. C'est une étrange sensation – j'ai l'impression de parcourir une maison inexplorée et d'être entouré d'objets dont la signification m'échappe. Je prends ce dont j'ai besoin avant de m'éclipser le plus rapidement possible.

À l'aune des 3,36 secondes (3,76 à présent) écoulées, la bonne nouvelle arrive par le biais du calcul rétroactif. Un silence au milieu d'une conversation peut durer quatre secondes complètes avant qu'il n'éclate pour ainsi dire et laisse échapper son contenu toxique. Jusqu'à la limite de quatre secondes, ce n'est qu'une bulle de tension extensible au potentiel catastrophique. Je me lance :

— Qu'est-ce que tu as pensé du discours d'Avery ?

— Pourquoi tu me poses la question ?

Aussi décontenancé que je sois par le ton plutôt agressif de M, je suis conscient qu'il faut prononcer six phrases supplémentaires pour atteindre la sécurité des huit, si bien que je me dépêche de poursuivre :

— Parce qu'on travaille ensemble, toi et moi, et que c'est tout de même important. J'avais envie d'en parler avec quelqu'un.

— Tu crois que c'est Marc ?

— En fait, ça ne m'était pas venu à l'esprit jusqu'à maintenant.

— Ce n'est pas Marc.

— D'accord, ce n'est pas Marc. Il y a deux cent soixante-treize personnes dans notre unité – pourquoi est-ce que je supposerais que c'est lui ?

Notre échange a beau ne pas être vraiment amical, nous avons atteint la phrase sept sans trop de gêne… c'est encourageant, la gêne se définissant comme une conversation tissée de plusieurs tentatives futiles de résoudre le problème de quoi dire ensuite.

— À ton avis, qui aide les déserteurs ?

— Un impressionniste, répond-elle.

— Ma sœur est une impressionniste.

— La mienne aussi. On ne peut changer les membres de sa famille.

— J'adore ma sœur.

— Peut-être que tu ne l'aimerais pas si ce n'était pas ta sœur.

— Peut-être que je ne la connaîtrais pas si ce n'était pas ma sœur.

— En effet, acquiesce M.

Je m'assieds sur les pierres à côté d'elle avant de lui demander :

— Ça te dérange si je m'assieds près de toi ?

— Tu viens de le faire.

— Je peux me lever.

— Ne t'embête pas.

— Ça ne m'embête pas, j'ai des jambes vigoureuses.

— Tu veux frimer, voilà tout.

— La capacité de se relever d'une position assise n'a rien d'extraordinaire, fais-je observer, me mettant debout pour le prouver. Dis-moi en quoi c'est frimer.

— Je vois tes muscles.

J'examine mon jean et mon tee-shirt, mais je ne distingue aucun muscle.

— Ça te pose problème ?

— Non, rassieds-toi.

J'obtempère, le cœur en tumulte. C'est du flirt, purement et simplement. L'euphorie que je ressens à flirter avec M est exactement ce qui manque chaque fois que j'essaie de sortir avec une typique : je ne comprends jamais de quoi il retourne et, comme mes efforts pour le découvrir sont dépourvus de sentimentalité, une matière visqueuse dont les typiques ordinaires enduisent leurs actes et leurs paroles pour masquer leur véritable objectif, je donne l'impression d'être à côté de la plaque et déplaisant.

— Je t'aime beaucoup, déclaré-je à M. Depuis toujours.

— Merci, je ne le savais pas.

— Et Marc ?

— Je suis amoureuse de lui.

— Ça lui déplaira qu'on soit assis côte à côte ?

— Non, il a confiance en moi.

— Tu as confiance en lui ?

Elle hésite.

— Oui et non.

— Alors non. La confiance, c'est tout ou rien.

— Non, objecte-t-elle. Différents paramètres entrent en jeu dans ce système de comptabilité où le gagnant obtient tout.

— Tels que ?

— J'ai confiance dans ses sentiments pour moi, mais il pourrait aider les déserteurs, explique-t-elle.

— Pourquoi est-ce que tu dis ça ?

— Il a quelquefois l'air ailleurs.

— Que quelqu'un soit ailleurs en esprit ne signifie pas qu'il ait fait défection pour un réseau clandestin résolu à anéantir notre entreprise.

— Mais il le pourrait.

— Le conditionnel et l'indicatif sont différents au point d'être opposés.

— Non, me contredit-elle. Le positif et le négatif sont opposés.

— J'ai une idée. Puisque je t'attire et que tu m'attires, pourquoi ne pas aller faire l'amour chez moi et voir ce qui se passe ensuite, sans engagement.

— Ce serait trahir Marc.

— Tu pourrais le qualifier ainsi ou considérer que tu en rajoutes en ce qui a trait à ta loyauté.

— Si je couche avec toi, je ne serai plus fidèle mais infidèle.

— Pas obligatoirement. Si nous couchons ensemble une fois et que ça n'a rien d'exceptionnel, tu deviendras encore plus fidèle et liée à Marc parce que, chaque fois que tu verras mes muscles sous mon tee-shirt et que tu seras attirée par moi, tu te diras : *J'ai déjà couché avec Lincoln et ce n'était pas génial, alors je me fiche de ses muscles, non ?*

— Tu revêts ton désir d'une couche de rationnel.

— Mon désir est rationnel.

— Le désir ne l'est jamais, il est biologique, certifie M.

— Mon désir pour toi est complètement rationnel. L'association de tes qualités séduisantes te rend irrésistible pour moi. En réalité, il me faut énormément d'énergie pour m'empêcher de tendre le bras pour toucher tes cheveux en ce moment précis.

— Non ! assène-t-elle.

— Je ne le ferai pas. Je vais continuer à dépenser de l'énergie pour résister à cette pulsion. Mais ce n'est pas évident.

— Tu pourrais t'en aller, cela faciliterait les choses.

— C'est vrai. Sauf qu'on travaille ensemble, de sorte que mon envie de te toucher les cheveux me tenaillera toujours.

— Tu vas bientôt être promu et avoir ton propre bureau, ce sera moins compliqué.

La façon dont la situation s'est dégradée m'abasourdit – M a beau être attirée par moi et soupçonner Marc, elle restera avec lui, elle lui sera fidèle. Je comprends que rien ne se passera jamais entre M et moi justement parce que cela a failli se produire et ne s'est pas produit. Cela s'explique très bien mathématiquement, mais il faudrait un modèle tridimensionnel que je suis trop fatigué pour élaborer, même par-devers moi.

— Je ne peux pas m'en aller, parce que l'énergie que je dépense pour résister à l'envie de te caresser les cheveux ne m'en laisse pas assez pour marcher, ni même pour me relever. Peut-être que c'est toi qui devrais partir.

— Oui, acquiesce-t-elle. C'est ce que je vais faire.

M se met debout et se dirige vers le bâtiment. Je la suis des yeux. Puis je m'allonge à l'endroit où les petits cailloux pointus et tièdes se mêlent à des pierres noires polies bien chaudes. Je contemple les nuages qui tournoient lentement en une spirale hélicoïdale, me demandant si le fait que M ne m'aimera jamais découle de la conversation que nous venons d'avoir ou si notre conversation a révélé le fait préexistant que M ne m'aimera jamais. L'arithmétique de notre conversation avait-elle une relation de cause à effet ou n'était-elle qu'une illustration ? De telles interrogations relèvent de la sphère des impressionnistes et, tandis que je regarde les nuages, je sens ma mère et ma sœur en moi. Aimerai-je jamais quelqu'un comme j'aime Alison, avec le reste, par-dessus le marché ? Est-ce que je peux survivre sans cet amour ? Les souffrances de mon enfance et de mon adolescence vont-elles revenir et me repropulser dans un désespoir d'où aucune échelle mathématique ne parviendra à me sortir ? Je remarque l'iridescence hélicoïdale dans le ciel, le bleu en arrière-plan, et je m'aperçois que ce que je regarde est en fait une échelle mathématique. Sauf qu'il m'est apparemment impossible d'y monter.

La semaine suivante, lors de notre réunion d'équipe, M et Marc annoncent leurs fiançailles. L'air timide et aux anges, M arbore au doigt un minuscule diamant comparable à une tête d'épingle en feu.

Je file chez Alison après le travail pour lui faire part de la nouvelle, ainsi que de la donnée supplémentaire suggérant la forte probabilité – 85 % ! – du futur mariage de M et de Marc.

— Tu es en train de me dire que… des fiançailles augmentent la probabilité d'un mariage, dit Alison.

— Considérablement, je suis anéanti.

Je m'étends par terre et fonds en larmes.

Je passe les jours suivants en arrêt maladie dans la maison de mes parents, celle où j'ai grandi. Je reste couché dans mon lit d'enfant, les yeux fermés ; papa prend deux jours de congé de sa clinique et, assis près de moi, il lit. C'est une maison de plain-pied, si bien que, devant la fenêtre, j'entends maman clouer, coller, relier des choses pour créer ses sculptures. Je m'occupe l'esprit en dressant la liste des 273 membres de mon unité de travail par ordre de probabilité qu'ils soient des transfuges – 272 en réalité, puisque je sais d'ores et déjà que je n'en suis pas un et me place ainsi en dernier. J'efface la liste et recommence, c'est comme rebattre des cartes. Avec une autre partie de mon cerveau, je réfléchis à l'impact nuisible d'un grand nombre de programmes bernard-l'hermite impossibles à éliminer. En tant que chiffreur, je tiens particulièrement à l'exactitude de mes données. L'idée de données fausses dénaturant mes analyses sous la forme d'un grand nombre de proxies indécelables qui se font passer pour des êtres humains me donne le vertige et me rend malade. En revanche, la situation des déserteurs, dans son ensemble, ne m'inquiète pas. S'ils parviennent à se multiplier et que leur réseau alternatif concurrence la domination de celui à partir duquel nous établissons nos données – s'ils font effectivement sécession de notre site sans être détectés et en créent un nouveau, avec une économie, une monnaie, voire une langue bien distinctes (tout en continuant d'apparaître en ligne sous la même identité) –, de nouveaux chiffreurs ne tarderont pas à se manifester dans leurs rangs pour compter leurs données. Ce calcul ne sera d'abord qu'un effet résiduel d'une connexion, d'une communication et de rapports entre eux. Même repérés, les chiffreurs-déserteurs sembleront être des entités neutres bienveillantes. Sauf que s'il devient peu à peu évident que les chiffreurs n'ont pas besoin des données qu'ils acquièrent passivement, ils les prêteront, les loueront et les vendront à d'autres entités qui les utiliseront de manière extrêmement rentable pour eux. Les déserteurs se retrouveront donc, une fois de plus, pris en compte – de retour à la case départ, en d'autres termes. Et les plus anciens seront trop épuisés pour amorcer une autre révolution, trop cyniques pour croire en sa réussite. Mais les plus jeunes tenteront, de toute évidence, d'échapper aux chiffreurs. Ils abandonneront leur identité et formeront un nouveau réseau secret, faisant sécession pour créer une autre nation parallèle invisible où ils seront enfin libres, s'imaginent-ils. Et ainsi de suite. Et ainsi de suite. Et ainsi de suite.

Plusieurs jours après mon retour au travail, nous apprenons que l'allié des déserteurs est O'Brien, mon patron immédiat, le chef de mon équipe, l'un de mes deux amis. La nouvelle se répercute au sein de Harvest telle une musique de film angoissante. Jusqu'à présent, une excitation fébrile entourait le mystère de l'identité du saboteur, mais la révélation est tellement scandaleuse qu'un autre mystère la remplace.

Pourquoi ?

Être chiffreur est inné chez O'Brien – il a pourtant aidé un nombre incalculable de déserteurs à s'échapper de notre compte.

O'Brien avait été torturé dans son enfance en raison de ses connaissances sur les courants éoliens – leur vitesse, leur direction, leurs variations saisonnières – il a pourtant aidé les déserteurs à nous échapper.

O'Brien s'était engagé dans l'industrie éolienne où il était devenu cadre, puis avait finalement renoncé à ce succès pour rejoindre nos rangs de chiffreurs où il avait rapidement gravi les échelons, où il était apprécié et se montrait très sympathique – il avait pourtant permis à une nouvelle génération de programmes bernard-l'hermite d'échapper à nos radars.

À l'évidence, O'Brien nous avait rejoints pour nous saboter.

Depuis le début, il avait été de mèche avec Mondrian.

En raison de sa connaissance approfondie de nos systèmes, l'allégeance d'O'Brien aux déserteurs va se révéler désastreuse car elle supprimera une si grande part de nos données que nous perdrons les trois quarts de nos clients.

Mais ce n'est pas le plus perturbant. Le plus perturbant est qu'O'Brien, qui n'est ni un typique ni même un impressionniste, partage les convictions des déserteurs au point d'infiltrer Harvest et de nous nuire.

Cela signifie que la désertion n'est pas une notion susceptible d'attirer seulement les impressionnistes typiques qui rêvent de devenir autres. Si O'Brien les soutient, c'est que cela doit avoir aussi un sens au niveau mathématique.

Le jour où il est démasqué, une foule abasourdie, perplexe, se masse autour de lui, le suit jusqu'au portail shinto délimitant l'entrée de notre campus. Avery est en larmes, ce qu'aucun de nous n'aurait imaginé. Avant de passer sous le torii, O'Brien s'arrête et s'adresse à nous :

— Salut, je suis désolé de vous avoir entubés. Vous êtes à la fois ma famille et mes amis, d'autant plus que je n'en ai pas d'autres. Si vous tenez compte de ce que j'ai gagné en permettant à tant de proxies de fonctionner sans être repérés, par conséquent à tant de déserteurs de s'échapper – c'est-à-dire rien du tout – comparé à ce que j'ai perdu – tout –, vous comprendrez qu'une seule chose justifie cette analyse coûts-bénéfices. Ma conviction. Je crois en ce que font les déserteurs, je crois qu'ils ont le droit de le faire, et la force de ma conviction compense amplement le fait que cela me privera de vous tous et de tout ce que j'aime. Même maintenant, je n'ai aucun regret, alors que vous allez vraiment me manquer.

Sur ce, il franchit le portail torii.

Le chaos qui succède à cette révélation prend de nombreuses formes, sans compter les tensions. Une enquête est menée afin de déceler si l'homme qui a prononcé ce discours était bien O'Brien, ou si le véritable O'Brien avait été kidnappé par des déserteurs et animé holographiquement près du portail torii au moyen de débris gris du collectif destinés à capter son ton, ses gestes, sa manière de parler et de se comporter au travail. Selon une autre hypothèse, les déserteurs se seraient introduits dans le crâne d'O'Brien grâce à une puce – un dispositif électronique d'extraction capable de parasiter les pensées – et contrôlaient de loin son attitude et ses paroles. Vu la difficulté de réfuter l'une ou l'autre de ces thèses, c'est à deux typiques fiables que je dois d'avoir compris les deux motifs de leur invraisemblance : 1) De tels actes impliqueraient le recours aux technologies très invasives que les déserteurs abhorrent et auxquelles ils tentent de se soustraire. 2) Des interventions de ce genre dépassent la maîtrise technologique des déserteurs, ils en seraient tout bonnement incapables.

La défection d'O'Brien est suivie d'une réduction des effectifs et d'une restructuration : 78 % des employés de Harvest sont licenciés, dont M et Marc. Pour moi, il s'en est fallu d'un cheveu parce que Avery m'aime bien. Enfin, je le crois.

Huit mois plus tard, on me nomme chef d'une nouvelle équipe : plus restreinte, moins nombreuse que celle d'O'Brien, mais une équipe malgré tout. O'Brien a beau ne pas être un exemple, je ne peux m'empêcher de me rappeler avec plaisir la soirée tacos à laquelle il nous avait invités lors de la constitution de l'équipe. Je m'oblige donc à planifier un barbecue chez moi pour ma nouvelle équipe – une entreprise simple, n'était ma paralysie jusqu'à l'insomnie suscitée par des questions telles que : les gens vont-ils passer un bon moment ? Est-ce que ce sera ma faute s'ils ne s'amusent pas ? M'en voudront-ils à jamais c'est le cas ? Diront-ils à ceux qui n'étaient pas là qu'ils ont passé un mauvais moment, ce qui leur donnera une moins bonne opinion de moi ? Etc. Papa m'a offert un nouveau gril à Noël, pour m'encourager à dépasser ma peur de recevoir. Le week-end, maman m'accompagne au supermarché pour acheter de la viande et des légumes. Le soir en question, Alison prend sa voiture et vient me soutenir moralement. Je la présente comme « Alison » plutôt que comme « Ma sœur Alison », parce qu'en tant que chef d'équipe, je préfère qu'on ignore mon incapacité à donner une fête sans l'aide de ma famille.

Grâce à la présence d'Alison, je me détends, comme sous l'effet d'un charme protecteur garantissant que rien de vraiment grave ne se produira. Le charme est aussitôt mis à l'épreuve lorsque Tom se pointe au bras de M. J'avais entendu dire quelques mois plus tôt que M et Marc ne s'étaient pas mariés mais, au moment où la nouvelle m'était parvenue, une distance bienvenue s'était formée entre ce qui concernait M et moi, au point que ma première idée en apprenant sa rupture avec Marc avait été que leur conduite en tant que couple était passée de statistiquement conforme à statistiquement aberrante. Une surprise, même pour le chiffreur que je suis.

À mon grand soulagement, ma distanciation avec M tient bon, même si elle est physiquement là – à moins que ce ne soit le charme protecteur de ma sœur ? Alison me prend par le bras, je sens qu'elle me communique sa chaleur, sa force, son calme. Elle a apporté un fût de bière, dont nous buvons tous une bonne quantité. J'allume un feu dans l'âtre, autour duquel tout le monde s'assied ; Tom tient la main de M et l'embrasse sur la joue, mais je ne ressens rien ; les souvenirs de ma souffrance liée à M sont comme les débris gris de la vie d'un inconnu. Ma sœur garde son bras autour de moi tandis qu'elle sert à boire et continue de s'occuper de mes invités – un de ses talents d'impressionniste est de percevoir, par un simple regard, si les gens sont heureux ou malheureux, contrairement à moi qui serait plutôt du genre à réfléchir au nombre de poils d'un sourcil. Alors que nous sommes tous assis devant le feu, je remarque à plusieurs reprises que M ne sourit pas, est-ce que cela signifie qu'elle est malheureuse ? Les gens ne sont pas obligés de sourire pour être heureux – il leur arrive même de sourire pour cacher leur tristesse. Mais je ne sais pas quel est le pourcentage de sourires heureux par rapport à ceux qui cachent la souffrance, et l'auto-déclaration serait intrinsèquement défectueuse, puisqu'une personne qui sourit pour cacher la tristesse n'admettra sans doute pas qu'elle est malheureuse.

À la tombée de la nuit, la bière et la vue des gens qui s'amusent autour de moi me font tourner la tête – tout le monde passe un bon moment, c'est déjà une réussite même si la fête n'est pas terminée, et je n'ai donc plus à me tracasser, je peux me détendre, m'amuser moi aussi – quand je tombe sur M qui sort des toilettes. Notre façon de nous dévisager dans le couloir est bizarre, même si ce n'est pas important.

— Ta petite amie a l'air sympa, me dit-elle.

— C'est ma sœur.

— Ah… Tom non plus n'est pas mon copain.

— Il ne s'en rend peut-être pas compte.

Malgré la nouvelle distance qui m'éloigne de M, la voir chez moi me paraît étrange – une situation que j'imagine avec ardeur depuis une éternité. Au fond de mon placard, j'ai toujours le carton rempli d'objets à x valeurs possibles acquis dans l'espoir de rendre M amoureuse de moi.

— Dis, est-ce que je peux te montrer quelque chose, juste comme ça ?

— Bien sûr.

Elle attend, debout au milieu de ma chambre, pendant que je sors le carton.

— Voilà, lui expliqué-je. Les objets de cette boîte semblent avoir été rassemblés par hasard. Je me demande s'il se produira quelque chose de particulier lorsque tu les regarderas.

J'avais en tête que M prenne les objets un par un, les introduise dans la base de l'équation afin de déterminer, d'une manière hypothétique, si l'un d'entre eux était par hasard le x. Non que cela ait de l'importance, mais je déteste ne pas résoudre une équation. Comme je n'ai pas indiqué à M de déplacer les objets un par un, elle se contente de se pencher sur le carton et de regarder le méli-mélo : torchon rose au crochet, chaton en porcelaine, figurine tricotée au bout d'un bâtonnet de glace, énorme bille à l'éclat turquoise.

— Qu'est-ce que c'est ? demande-t-elle en riant.

— Des trucs aléatoires.

— Qu'est-ce qui est censé se passer quand je les regarde ?

— Si quelque chose se passe, tu comprendras, je lui réponds en riant aussi.

— Comment ces objets ont-ils été acquis ?

— Je les ai achetés. Au magasin Walmart.

— Le hasard n'a donc rien à y voir. Ils représentent des choix qu'une personne spécifique effectue dans un lieu spécifique. On pourrait en faire un diagramme mathématique.

— Comme du hasard. Après le fait.

— C'est du calcul rétroactif.

— Le passé, c'est du calcul rétroactif.

Nous regardons ensemble par la fenêtre, tout près du lit. Il serait plus juste de dire que le lit est devant la fenêtre

– j'ai loué cette maison essentiellement afin de pouvoir le mettre devant cette fenêtre et contempler le ciel étoilé du désert. Dans l'équation de mon amour pour cette maison, la fenêtre de la chambre est le *x*.

Le bruit de la fête est lointain. Je suis seul dans ma chambre avec M tandis que ma sœur s'occupe du bien-être des invités. Je prends la main de M, l'emmène jusqu'à mon lit, lui propose :

— Si on regardait les étoiles ?

Nous nous allongeons côte à côte et observons. Tous ces nombres qui scintillent et chatoient pour nous.

— Je suis jalouse d'O'Brien, déclare alors M. J'aimerais avoir la même conviction que lui.

— Moi aussi.

— Était-il vraiment celui qu'on connaissait ou quelqu'un d'autre ?

— Les deux, à mon avis.

D'après le pouls de M, je sais que sa fréquence cardiaque a été de soixante-quinze pulsations la première minute, quatre-vingt-cinq la deuxième minute, et la troisième minute, celle où nous sommes maintenant, promet cent pulsations, voire plus. Le corps de M accélère, de même que le mien. Les battements de mon cœur résonnent dans mon oreille comme si on me nettoyait frénétiquement le tympan. Je compte les battements de son cœur et du mien, j'attends qu'ils coïncident. C'est le cas un instant, mais le mien semble toujours s'emballer – une probabilité statistique, puisque je suis un homme. Dans le calme, je m'aperçois que M compte elle aussi.

Le capteur vaginal est admissible après tout. C'était peut-être le *x*.

À moins que ce ne soient les étoiles, auquel cas on pourrait soutenir que c'était la fenêtre pour la seconde fois. Madeleine dit que, pour sa part, le *x* a été de me voir avec Alison. Pour moi, « Coucou » sera toujours le *x*.

Non que cela ait de l'importance ; ce n'est que du calcul rétroactif. Si la démarche chancelante d'un ivrogne a un intérêt géométrique, elle ne permet pas de prévoir où il titubera ensuite.

À notre mariage, célébré par le sénateur de l'État, Miles Hollander, nous lâchons cinq cents ballons biodégradables dans le ciel où ils flottent parmi les montgolfières qui y planent déjà. Mes parents et ma sœur versent des larmes de joie, mais comme les pleurs sont quelque chose de plus ou moins continu et que les leurs vont et viennent durant de très longues heures de joie, il est impossible de les compter.

RUPTURE

Le mystère de notre mère

1

Il y a longtemps, nous raconta-t-elle, alors que nous n'étions encore qu'un espoir au fond de son cœur, voire même pas car elle ne voulait pas d'enfants (du moins le croyait-elle), une puissance supérieure lui effleura la tête et décréta : « Arrête ce que tu es en train de faire ! Deux petites filles attendent de naître, et tu dois les avoir sur-le-champ, tant le monde désire leur intelligence. » Aussi interrompit-elle ses études d'anthropologie qu'elle adorait et recommencerait peut-être un jour, « lorsque vous serez grandes et n'aurez plus besoin de moi ».

On aura toujours besoin de toi !

Moi aussi, c'est évident. Je m'efforcerai de ne pas vous rendre folles avec mes besoins de maman.

Raconte la fin.

Eh bien, j'ai cessé d'aller à la fac, j'ai épousé votre père, vous êtes venues au monde. Et vous voilà ! Tout a marché à la perfection.

Où est papa ?

Vous le verrez la semaine prochaine. Il vous emmène au cours de danse.

Il n'est pas venu la dernière fois.

Je serai là. Au cas où.

Il ne sait pas faire un chignon.

Ce n'est pas grave, mon chou.

Avant le cours de danse... ?

Ne geins pas, chérie.

Il a jeté Tam-Tam par la fenêtre de la voiture. Parce qu'il était mité.

C'était regrettable.

Comment as-tu pu l'épouser ?

L'amour est un mystère.

Papa, il t'aime ?

Il vous aime, vous. C'est tout ce qui compte.

Il a dit qu'on était des paniers percés.

Ah bon.

Il a dit…

Est-ce qu'on pourrait ne pas parler de ce qu'il a dit ?

On te parle simplement de…

Ce n'est pas la peine. Je connais très bien votre père.

Comment supportait-elle ces conversations ? Évidemment, notre père n'aimait pas notre mère – pas plus qu'elle ne l'aimait. Il avait quinze ans de plus qu'elle, il avait divorcé deux fois avant leur rencontre, et avait quatre enfants – deux de chaque épouse. Pour un futur époux, c'est plutôt moche, non ? Mais c'était un producteur de disques célèbre, plein de charme et, surtout, à qui il était impossible de dire non (avons-nous compris plus tard). Pourquoi voulait-il que la réponse de notre mère soit positive, c'est un autre mystère ; ils n'avaient rien en commun hormis un goût pour la beauté (celle de mon père) et pour la beauté (celle de ma mère). Sauf qu'elle n'y accordait pas d'importance – c'était le genre de mère qui se maquillait rarement, était toujours décoiffée, ne prenait pas la peine de se doucher le dimanche, son jour de congé de l'agence de voyages où elle avait trouvé du travail après que notre père l'avait larguée sans un sou pour nous élever.

L'immeuble érodé par le soleil où nous habitions avec notre mère depuis notre petite enfance à la fin des années 1970 – le premier foyer de nos souvenirs – semblait n'être habité que par des femmes : actrices vieillissantes de films de série B à qui on livrait des bonbonnes de vin Gallo, starlettes en herbe dont les amants bien plus âgés arboraient un cercle blanc à l'annulaire. Les appartements s'étageaient autour d'un « jardin » où se dressait un unique palmier gigantesque – relique d'une sorte d'agriculture préhistorique de cette parcelle, ou élément décoratif s'étant développé d'une manière absurdement inadaptée au modeste complexe immobilier. La chambre que nous partagions avec notre mère était en face d'une canopée de frondes pareilles aux doigts d'une douzaine de mains. L'arbre émettait un son semblable à celui de la pluie, même les jours où le soleil brillait.

Le dimanche matin, nous montions dans le lit de notre mère pour « faire le monstre », c'est-à-dire que nous plaquions nos bustes sur le sien afin d'entendre les battements de nos trois cœurs. Nos cheveux s'enchevêtraient aux siens, notre souffle se mêlait au sien jusqu'à ce que nous ne formions qu'une créature couchée sous les mains mobiles et bruissantes d'une autre créature, le palmier. L'arbre avait un nom, annonça-t-on un jour à notre mère : Herbert.

Et si c'était une fille ?

Impossible.

Notre mère s'appuya sur son coude et nous examina. Il n'y a pas foule d'hommes ici, n'est-ce pas ? Vous avez envie de voir votre papa plus souvent ?

Non !

Il vous aime beaucoup.

C'est toi qu'on aime.

Vous pouvez nous aimer tous les deux, vous savez.

Non, c'est impossible.

Le mariage de nos parents se solda par un échec le jour où une lycéenne atterrit sur le pas de leur porte à Malibu : elle s'était enfuie de chez ses parents et avait fait du stop direction le sud, après que mon père l'avait séduite lors d'un voyage d'affaires. Nous avions trois et quatre ans. Notre père se débrouilla pour paraître pauvre aux yeux de l'administration. Il laissa notre mère sans rien d'autre que nous – ce qui, selon ses calculs, représentait probablement moins que rien. Pour notre mère, nous représentions l'infini. Elle nous aima infiniment, nous offrant cette rareté : une enfance heureuse. Elle ne nous expliqua jamais pourquoi elle avait quitté notre père. Il s'en chargea, bien plus tard.

Quand notre père venait nous chercher pour nous emmener au cours de danse, nous descendions en faisant la tête les marches fissurées de l'escalier extérieur depuis notre appartement du premier étage et nous dirigions vers l'une de ses nombreuses voitures.

Bonjour, les filles, l'une de vous veut monter devant ? demanda-t-il ce jour-là.

On secoua la tête. Ce n'était pas prudent, tout le monde le savait sauf lui.

Vous avez envie d'aller manger quelque chose ? Nous avons le temps avant le cours.

On ne mange pas avant de danser.

Je ne fais rien de bien avec vous deux, pas vrai ?

On hocha la tête. Il éclata de rire et démarra. Mais lorsqu'il s'arrêta devant le centre commercial où se trouvait le studio de danse, il se retourna et nous dévisagea sur la banquette arrière.

Je suis votre père. Vous le comprenez, n'est-ce pas ?

On opina du chef avec raideur, à l'unisson.

Ce n'est pas rien. Cela a du sens. Il scruta nos yeux froids. Vous ne m'aimez pas. Pourquoi ?

La question n'était pas rhétorique. Il était curieux, il attendait une réponse.

On observa de près notre père, peut-être pour la première fois : son hâle de surfeur, ses cheveux blonds plutôt longs, sa dent de devant en biais. Il nous regarda le regarder avant d'éclater de nouveau de rire.

Comment le sauriez-vous ? Vous n'êtes que des gamines.

D'autres filles auraient adoré un père qui ne venait que rarement et toujours dans une voiture tape-à-l'œil – se seraient languies de lui, auraient essayé d'être jolies pour lui plaire et le détourner de ses copines plus proches de leur âge que du sien, avant de finir par être le jouet d'autres hommes ayant des goûts similaires. C'est plus ou moins ce qui arriva à nos trois demi-sœurs plus âgées, Charlene, Roxy et Kiki. Roxy était celle que, enfants, nous idolâtrions : svelte et cinégénique, choisie pour jouer dans des douzaines de clips, elle avait acquis une telle notoriété à dix-sept ans qu'on avait du mal à concevoir le prélude au genre d'avenir que cela annonçait. À rien, s'avéra-t-il. La promesse de Roxy avait été son principal accomplissement. Elle finit sous méthadone, atteinte d'hépatite C. Au bout du compte, nous étions les seules à discerner le spectre vacillant de sa jeunesse, rayonnante avec ses traits d'oiseau, tel un fantôme antédiluvien hantant un manoir délabré. Les tics dus à l'héroïne, yeux éteints et mouvements ralentis étaient devenus les siens. Plus personne, à part nous, ne percevait l'ancienne Roxy.

Un jour, après le cours de danse, notre père nous annonça qu'on n'allait pas rentrer tout de suite.

On le fusilla du regard. Maman est au courant ?

Bien sûr. Pour qui me prenez-vous, un kidnappeur ?

Manifestement agacé par notre manque d'enthousiasme, il conduisit brusquement. On joua à pierre-feuille-ciseaux sur la banquette arrière, faisant comme s'il n'était pas là.

Hé, regardez autour de vous pour changer.

Nous longions une falaise sur laquelle se déchaînait l'océan. Dans cet autre monde que celui plat et desséché où nous vivions avec notre mère, des voitures étincelantes remplissaient des parkings à l'asphalte brûlant.

Nous descendîmes la côte avant de nous engager dans l'allée d'une maison au toit en tuile et aux murs regorgeant de fleurs couleur magenta. Aucune autre construction ne l'entourait. Du rock and roll s'échappait de l'intérieur, mais notre père nous emmena directement sur une plage dont le sable blanc et fin n'avait rien de commun avec celui de

Venice Beach où nous nous rendions souvent le dimanche après-midi avec notre mère.

Ils sont où, les gens ?

C'est une plage privée. Nous sommes les seuls à avoir le droit d'y être.

Elle est à toi ?

Oui. Allez. Courez. Amusez-vous.

Immobiles, on le fixait.

Enfin, voyons. Jouez.

Comme nous ne bougions toujours pas, il lança : je n'ai jamais vu deux enfants qui refusaient de jouer.

C'est ta plage.

Je suis votre père. Ma plage est la vôtre.

On aime les plages avec des gens.

Vous êtes des vraies têtes de mules, toutes les deux. Votre mère vous le dit ?

On secoua la tête.

Alors c'est moi qui vous vois telles que vous êtes. L'une et l'autre.

Non, c'est elle.

C'est ce qu'elle pense peut-être, mais c'est moi qui ai raison.

Visiblement regonflé par cette idée, il déboutonna sa chemise hawaïenne. Notre père portait un short toute l'année, matin et soir, mais nous ne l'avions jamais vu torse nu. Ce jour-là – peut-être était-ce toujours le cas, un caleçon de bain faisait office de short.

On y va, les gosses.

Il nous prit par la main et nous entraîna sur le sable poudreux, vers la mer.

On n'a pas de maillots !

Vous portez un body, c'est pareil.

C'était vrai. Chacune de nous en portait un sans manches, un tutu serré à la taille par un élastique et des chaussons reçus à Noël.

Attends ! Il faut qu'on enlève notre tutu !

Il s'arrêta le temps qu'on les ôte et les plie soigneusement au-dessus de nos chaussons : deux petits tas sous le soleil aveuglant.

La façon dont vous prenez soin de vos affaires me plaît.

On entra dans l'eau miroitante avec notre père. En raison de l'absence de foule, de musique diffusée par des radiocassettes, de patineurs, de chiens, de mégots, de bâtonnets de glaces à l'eau enfouis dans le sable, la plage semblait comme imaginaire.

On nagea avec notre père. Nous avions huit et sept ans. Nous nous souvenons de cette baignade comme du premier moment agréable passé avec lui.

La musique s'était tue quand il nous ramena à la maison, grande et spacieuse, au sol frais et dallé, où des ventilateurs de plafond tournaient lentement, où des vases étaient remplis de fleurs aux couleurs vives, sans oublier la piscine centrale. Nous y avions vécu, d'où peut-être notre sensation d'y être à l'aise malgré sa splendeur. Une domestique nous montra comment faire fonctionner la douche sophistiquée et nous donna d'immenses serviettes moelleuses pour nous essuyer. On les garda autour de nous pendant que nos bodys séchaient dans le sèche-linge.

Dites-moi lorsque vous êtes prêtes, cria notre père derrière la porte de la salle de bains. Il n'ouvrit qu'après qu'on eut psalmodié : On est prê-êtes !

Sur le chemin du retour, on regarda par la fenêtre un coucher de soleil poudreux au-dessus de la falaise. Nous nous sentions bien, propres, envoûtées, comme si nous rentrions d'un pays de conte de fées.

Dans le quartier moins chic, là où se trouvait notre appartement, on avait l'impression que la nuit était déjà tombée. Notre mère nous attendait dehors. Eh bien dites donc, vous êtes encore plus en retard que ce que j'aurais imaginé ! s'exclama-t-elle.

On se précipita sur elle et on passa les bras autour de sa taille. Tu nous as manqué ! On est allées à la plage !

Notre père patienta à l'ombre jusqu'à ce qu'on songe à se retourner pour lui dire au revoir.

J'aimerais passer plus de temps avec elles, conclut-il.

Il apprit à faire les nattes, les queues-de-cheval, et même les chignons, qu'il sculptait méticuleusement, recommençant en cas de mèches rebelles, ou s'ils étaient mal faits ou trop serrés. Des parents souriaient en le découvrant une épingle entre les lèvres. Tout le monde savait qui il était ; il avait lancé la carrière de suffisamment de stars du rock pour en être devenu une lui-même. Les gens plaisantaient avec lui et s'évertuaient à feindre de vraiment le connaître. Notre père gardait ses distances. En notre compagnie, il était collet-monté comme si la notoriété était un fardeau pénible dont il aurait aimé se débarrasser.

La piscine de notre père ne ressemblait en rien aux bassins d'eau turquoise qu'on apercevait dans des complexes immobiliers semblables au nôtre, jonchés de débris de palmier. La sienne, couleur de pierre, pleine d'une eau légèrement salée, était accessible depuis presque toutes les pièces. La piscine représentait dans sa maison ce que le palmier était chez nous.

À l'occasion de notre deuxième visite, il examina nos mouvements de natation, les jugea dangereusement insuffisants, et organisa un cours deux fois par semaine chez lui avec un maître-nageur. De temps à autre, nous restions dîner. Edouardo, le cuisinier de notre père, préparait des fajitas, du guacamole et des carafes de margarita pour ceux qui se trouvaient là – d'ordinaire nos quatre demi-frères et sœurs ainsi que des musiciens avec qui notre père travaillait. Sous un lustre en fer forgé dont les grosses bougies répandaient de la cire au milieu de la table massive, notre père parlait fort, se laissait aller, un comédien que nous ne reconnaissions pas et n'aimions pas.

Regardez Lana et Melora. Elles n'apprécient pas, lança-t-il un soir.

Tout le monde se retourna, et le rouge nous monta aux joues.

De vraies dures à cuire, ces deux-là. Elles ont réussi à ce que je me mette à faire des nattes. Et des chignons.

Une hilarité sceptique saisit les convives. Je ne te crois pas, dit Charlie, notre sœur aînée. Elle tira sa chaise près de notre père et lui présenta ses cheveux dorés qui lui arrivaient presque à la taille. Un chignon, le défia-t-elle.

Notre père prit les cheveux de Charlie dans son poing, sans paraître tout d'abord savoir qu'en faire. Apportez-moi les épingles et une brosse, les filles, nous ordonna-t-il.

T'es sérieux ! Un vrai maniaque !

Hurlements autour de la table.

Notre père brossa la chevelure de Charlie jusqu'à l'électriser à la lumière des bougies. Puis il la rassembla en une gerbe chatoyante qu'il tordit avec art, les épingles entre ses dents. Le silence tomba dans la pièce, tout le monde regardait. Notre père ficha les épingles afin de maintenir en place un chignon magnifique et brillant. Lequel donnait à Charlie l'air d'une petite fille, malgré sa vingtaine d'années. Les rires éclatèrent à la table ; tout le monde applaudit.

Les larmes montèrent aux yeux de Charlie, ruisselèrent. Je ne sais pas pourquoi je pleure, répétait-elle en les essuyant. Mais elles n'arrêtaient pas de couler.

Nous savions pourquoi. Nous avions droit au meilleur de lui-même.

2

Au cours de l'année précédente, 2024, notre mère disparut sans crier gare. Un fait qui n'est (sans doute) pas encore connu au-delà du cercle de collègues ou d'étudiants de deuxième cycle qui s'attendaient à la voir en personne. À soixante-quatorze ans, en parfaite forme, il est possible qu'elle soit dans un autre hémisphère ou qu'elle se cache en pleine lumière.

Jusqu'à présent, son proxy fait le boulot. Les proxies professionnels ne sont pas encore tout à fait aboutis, mais les meilleurs parviennent à infuser les énoncés de leurs clients de suffisamment d'imprécision et de spontanéité – tout en étant fidèles à la « personnalité » – pour sembler authentiques même à ceux qui les connaissent bien. Si vous pensez que nous sommes celles qui intervenons en tant que proxies de notre mère, réfléchissez : nous avons découvert son absence longtemps après ses amis – qui étaient probablement au courant depuis des mois. Elle n'était plus proche de nous, c'en est la preuve.

Les proxies sont des intervenants tellement rapides, des déserteurs tellement malins que même dans un *chat* de groupe intime, il n'est pas évident de savoir que l'on a affaire à l'un d'eux.

Salut, maman.

Les filles !

Tu nous manques.

Vous me manquez aussi. Dsl, j'ai été débordée. J'espère que ça va se calmer bientôt.

Quand ?

J'ai quelques colloques/dossiers à boucler.

Où ?

À Singapour, Reykjavik, La Hague…

Le nom de ces colloques ? On ne les voit pas en ligne.

Ils sont privés. Je vous envoie les liens dans la journée. Vous pouvez p-t venir me voir !

Pourquoi pas à LA ? Où nous vivons tous !

Dites-moi quand vous êtes dispo. Vous êtes tjs occupées !

On a besoin de toi maman.

Moi aussi mes puces.

On veut te *voir*.

On se voit bientôt, promis. En attendant, vous êtes dans mon cœur, vous le savez, non ?

Vraiment, maman ? Tu sembles tellement loin.

Vous êtes et serez toujours dans mon cœur.

Sans la perspective de voir quelqu'un physiquement, acquérir la certitude qu'on est en contact avec une identité fantôme peut prendre un certain temps. Un proxy a accès à toutes les formulations numériques d'une personne, ainsi qu'aux débris gris de la Conscience Collective – même si, dans le cas de notre mère, il ne doit pas y en avoir beaucoup. Nous n'avons jamais partagé nos souvenirs externalisés avec le collectif, et elle n'avait sûrement jamais externalisé les siens. Les déserteurs souhaitent tellement échapper à l'omniscience de la Conscience Collective qu'ils sont prêts à abandonner leur identité. Certains les comparent à des animaux pris au piège qui payent leur liberté en se rongeant la patte.

En fin de compte, le boulot d'un proxy n'est pas tant la duperie que le délai, l'équivalent d'un oreiller en forme de corps qu'on laisse avant de s'évader de prison. Le but étant de gagner du temps avant d'être démasqué (par la reconnaissance faciale ou d'autres techniques de limier) afin de pouvoir prétendre, à juste titre : Je ne suis plus cette personne. Elle n'existe pas.

La réussite des proxies provient du besoin de croire qu'ont les gens. Le proxy de notre mère a beau se dérober et nous circonvenir, une partie de nous aspire à se convaincre que sa disparition tient du rêve, que nous allons lui proposer quelques dates, qu'elle en choisira une et que nous nous rendrons à l'un des restaurants que nous aimions tant toutes les trois où elle nous attendra : notre jolie mère, notre mère magique.

3

Notre père devait avoir joué un rôle dans la décision de notre mère de reprendre ses études d'anthropologie ; en effet, son retour à l'université l'obligea à subvenir à nos besoins et à venir nous chercher à l'école trois après-midi par semaine. Nous avions onze et dix ans. Gênées par ses voitures tape-à-l'œil, on lui demanda de nous retrouver en bas de la rue.

Vous avez honte de votre paternel ?

Des voitures.

La fois suivante, il apparut dans une vieille Plymouth Fury, sa toute première automobile. Notre père n'en abandonnait aucune. La Plymouth, bordeaux, était un cabriolet et nous le suppliions systématiquement de la décapoter.

Un jour, il nous emmena à son bureau, faisant vrombir le moteur sur l'autoroute si bien que nous avions, à notre arrivée, les cheveux emmêlés par le vent. Une fois dans le hall, notre père, un bras autour de chacune de nous, lança aux gens que nous croisions : Mes filles, Lana et Melora. Mes plus jeunes filles, Lana et Melora, elles sont sublimes, non ? Et dures à cuire !

On prit l'ascenseur jusqu'en haut : un bureau inondé de soleil dominant la ville basse, dégradée, et une mer grise qui brasillait, comme vibrante d'électricité statique. Bien que ce ne fût que le neuvième étage, nous n'avions jamais mis les pieds dans un immeuble aussi haut, avec une façade vitrée.

Est-ce que la fenêtre pourrait se briser ?

Ce n'est encore jamais arrivé.

Des disques d'or et d'argent encadrés tapissaient les murs.

On peut jouer avec ?

Ce ne sont pas des vrais disques, ce sont des trophées.

T'as gagné des tas de trophées !

Où que nous posions les yeux, il y avait des photos de notre père avec des musiciens : lors de concerts, dans des studios d'enregistrement ou à des soirées. À des âges différents – sa tignasse de surfeur perdant de l'épaisseur – mais toujours en short, toujours mobile. C'était la raison du short, avons-nous fini par comprendre – pour être libre de ses mouvements. Dans ce bureau, nous avons perçu le lien entre l'agitation permanente de notre père et ses trophées aux murs. La première avait produit les seconds.

Le seul de nos demi-frères et sœurs dont notre mère prenait des nouvelles était Rolph. Elle l'appelait « ce charmant garçon » d'une voix émue qui nous décontenançait. S'agissait-il d'empathie ? De culpabilité ? Nous n'éprouvions aucune compassion pour Rolph ; nous avions peur de lui. Charlie et lui avaient beau être à cent pour cent sœur et frère, ils ne se ressemblaient en rien. Si Charlie était facile à vivre, très attachée à notre père, les sourcils de Rolph, d'un noir éclatant, exprimaient sa perpétuelle indignation. Partageant la passion de notre père pour les voitures, il déboulait avec un crissement de pneus, soulevant des gravillons qui allaient parfois jusqu'à percuter les fenêtres. À en croire Roxy, Rolph participait à des courses de voitures dans le désert, malgré l'interdiction de notre père.

Rolph plantait rarement ses yeux dans les nôtres. Il coulait des regards obliques dans notre direction, puis les détournait comme pour fuir quelque chose de douloureux.

Un jour où on attentait devant la maison de notre père pour rentrer chez nous après nous être baignées, on entendit des pleurs angoissés en provenance de sa flotte de voitures. Croyant que c'était peut-être un animal blessé, on se faufila parmi les véhicules pour en avoir le cœur net. On découvrit Rolph, qui, recroquevillé sur une banquette arrière, les fenêtres fermées, sanglotait avec un tel désespoir qu'il embuait la vitre. Abasourdies, on se figea, les yeux rivés sur Rolph, jusqu'à ce que, nous apercevant, il se calme. Il avait la pâleur et l'expression tendre d'un petit garçon. Des années plus tard, après son suicide, nous ne cesserions d'évoquer ce visage derrière la fenêtre de la voiture, sa souffrance et son étonnement. Nous nous étions regardés : trois formes de vie sensibles s'observant comme au travers d'une vitre d'aquarium.

Notre père nous appela, on courut.

La détresse de Rolph faisait partie des nombreux mystères que notre père nous dissimulait. Il ne voulait pas que nous sachions que l'on consommait de la drogue chez lui, ni qu'il était dépendant à la cocaïne, ni que Roxy avait décroché du lycée, ni que Kiki s'était enfuie à seize ans avec le responsable de son groupe de jeunes, ni que Charlie s'était fourvoyée dans une secte à Mexico d'où il l'avait sortie grâce à des tueurs à gages, ni que Rolph, son seul fils, son préféré, ne lui adressait plus la parole, même dans sa propre maison. Ce qu'il ne voulait surtout pas, c'était que nous apprenions que Jocelyn, la belle Asiatique qui dînait souvent avec nous, avait été la raison de la rupture entre nos parents, alors même qu'elle était encore au lycée. Sans compter ce qu'il se cachait peut-être à lui-même, par exemple le fait que Rolph avait exactement l'âge de Jocelyn – ils étaient nés le même jour –, dont il était amoureux.

Notre père nous ramenait directement chez nous après le dîner. Nous ne restions jamais dormir. Il contrôlait ce que nous voyions de sa vie et notre vision tronquée de celle-ci semblait le rasséréner.

À l'approche du lycée, nous avons entendu notre père dire à notre mère qu'il voulait nous mettre en internat. « Pour les éloigner de cette folie. »

Il n'y a aucune folie dans leur vie, Lou, à moins que tu n'en sois à l'origine. C'est le cas ?

Bien sûr que non.

Il n'est pas question que je les éloigne pour les protéger de toi, si c'est le sens de ta demande.

Je veux ce qu'il y a de mieux pour elles. Voilà tout.

Si tu tiens à ce qu'elles aient un père adulte, grandis.

Quand il parlait à maman, notre père n'avait plus rien de commun avec le papa célèbre et foufou qu'il devenait le soir après plusieurs margaritas. Il s'adressait à elle d'une voix posée tandis qu'elle le regardait calmement avec ses yeux noisette qui semblaient moins ciller que ceux de la plupart des gens. Il était toujours le premier à détourner le regard.

Une fois, il nous déclara devant elle : M'épouser a été la seule erreur de votre mère.

C'est absurde, Lou. Si nous ne nous étions pas mariés, nous n'aurions jamais eu ces parfaites créatures.

Tu as raison, acquiesça-t-il. Dieu merci.

Aussi sommes-nous restées à Los Angeles pour le lycée. Après dix ans dans l'appartement au palmier, on emménagea avec notre mère dans un trois-pièces proche du campus de l'UCLA[1], où elle terminait ses recherches pour son doctorat. Nous étudiions toutes les trois. Lorsque ma sœur et moi rentrions de nos fêtes, maman était toujours debout, en short en jean découpé, entourée de livres : une sphère de concentration fébrile dans la ville tentaculaire et frivole. On ne comprit à quel point elle avait été belle que le jour où elle se coupa les cheveux. C'était fini. Désormais, elle était devenue une étudiante sérieuse.

Avant sa rencontre avec notre père, notre mère avait suivi les cours d'un professeur d'anthropologie à l'université de Berkeley : Nair Fortunata. Le professeur Fortunata avait rédigé une thèse devenue un classique sur sa vie au sein d'une tribu dans une forêt tropicale du Brésil dans les années 1960 – le premier contact de cette tribu avec le monde extérieur. Nombre de ses étudiants se rendirent ensuite au Brésil avec l'intention de la retrouver. Ils revinrent tous, très déçus, sauf une – une certaine Leslie Weiss, âgée de vingt-six ans. Après plusieurs mois sans nouvelles d'elle, le professeur Fortunata s'envola pour le Brésil pour tenter de la retrouver, et disparut lui aussi. Là, le Département d'État s'en mêla, tandis que la famille désespérée de Weiss prenait en charge les recherches.

1. Université de Californie à Los Angeles.

On découvrit qu'un homme correspondant à la description de Fortuna avait surgi en titubant de la jungle et avait débarqué dans le petit village d'Albais atteint d'une trop forte fièvre pour être sauvé. Il n'avait aucune carte d'identité sur lui et, quand les autochtones lui avaient proposé de contacter sa famille, il n'avait pas semblé comprendre. On l'avait enterré à l'extérieur du village. Quand on avait exhumé le crâne de l'homme, les fiches dentaires avaient révélé qu'il s'agissait de Fortunata.

Ç'aurait été simplement tragique n'eût été la localisation d'Albais, sur le littoral, à plusieurs milliers de kilomètres des habitants de la jungle dépeints par Fortunata. Des soupçons s'accumulèrent autour du défunt professeur. Avait-il falsifié l'emplacement de ses sujets d'étude pour empêcher que d'autres les découvrent – envoyant ainsi de nombreux étudiants, parmi lesquels Leslie Weiss, portée disparue (et, finalement, présumée morte), dans une quête vouée à l'échec ? À moins qu'il n'y ait jamais eu de tribu avec les mêmes caractéristiques et vivant dans le même isolement que celle qui avait fait la réputation de Fortunata ?

Autant d'événements survenus au cours des années du palmier, comme nous en étions venues à les qualifier, où notre mère avait pris tellement de distance qu'elle avait tout juste été consciente de la controverse. Dès qu'elle reprit ses études, en revanche, elle rejeta tous les soupçons qui pesaient sur son ancien professeur avec une véhémence qui nous intrigua. Fortunata était superbe sur la photo noir et blanc de la jaquette de son livre à succès : cheveux épais, dents acérées, nez manifestement cassé plus d'une fois. Il avait tout l'air d'un homme dont la beauté était le fruit du hasard. Persuadées qu'elle avait été amoureuse de lui, on se moquait de notre mère qui prétendait l'avoir à peine connu du temps de ses études ; à l'en croire, si Fortunata était charismatique en public, il se révélait d'une timidité pathologique en tête à tête, incapable de sortir la moindre banalité. C'était le mystère du professeur Fortunata qui la fascinait. Elle lut tous ses écrits, dont les notes manuscrites de ses recherches sur le terrain. Le soir, entourée de feuilles couvertes de l'écriture cursive du professeur, elle se servait d'un magnétophone à huit pistes, exhumé par notre père pour lui permettre d'écouter les enregistrements des cycles chantés de la tribu, des vocalises profondes qui se démarquaient d'un bruit de fond évoquant les arbres, la pluie, les grognements des animaux. Nous écoutions avec ravissement, sans quitter des yeux le visage buriné du professeur.

Notre mère s'immergea encore plus profondément dans le mystère en 1991, alors que nous étions au lycée, en seconde et en première. Elle avait quarante et un ans. Son objectif n'était pas (insistait-elle) de localiser les descendants des premiers sujets d'étude de Fortunata, mais de vérifier et renforcer une théorie qu'elle développait sur les « affinités » entre êtres humains, c'est-à-dire ce qui les incitait à s'aimer et à se faire confiance. Il lui faudrait, pour cela, passer du temps dans une communauté dont les membres connaissaient à fond leur histoire mutuelle et n'avaient jamais eu le moindre contact avec les *mass medias*.

On s'installa chez notre père deux jours avant que notre mère s'envole pour le Brésil, où elle comptait rester huit à neuf mois pour son travail sur le terrain. Si nous étions partagées entre l'excitation et la nervosité – nous n'avions jamais passé une nuit chez notre père –, la décision de se séparer de nous avait été difficile pour notre mère. Elle nous appelait tous les soirs de São Paulo et on s'efforçait de ne pas pleurer au téléphone. Quand avions-nous vécu sans elle ? Notre mère était comme le palmier de notre ancien immeuble, son absence créait un vide immense comparable à celui laissé par un arbre déraciné.

Vous êtes fortes, les filles, nous affirmait-elle les premiers jours. Plus que vous ne le croyez. Soyez fortes l'une pour l'autre, et pour votre père.

Puis les coups de fil cessèrent : elle était perdue – c'est ce qu'on ressentit après une semaine, deux semaines, sans sa voix. Nous l'avions perdue. Prévoyant notre chagrin, elle avait écrit une cinquantaine de lettres adressées à « Mes puces », dans l'idée qu'on en ouvrirait une par semaine. Mais, trop âgées pour être consolées par ce stratagème, on arrêta de les lire au bout de la troisième. Les lettres nous rappelaient le cercle chaleureux où nous avions vécu avec notre mère. À leur lecture, le regret de son absence devenait insoutenable.

Le suicide de Rolph s'était produit plusieurs mois avant le départ de notre mère pour le Brésil. Nous l'avions appris en la trouvant un soir en larmes, inconsolable, dans notre appartement. Des semaines s'étaient écoulées avant qu'on ne rejoigne notre père. À sa mort, Rolph avait vingt-huit ans. Avait-il eu droit à des obsèques, à une cérémonie religieuse ou quelque chose de ce genre ? Nous ne l'avons jamais su.

Depuis le suicide de Rolph, nous voyions moins notre père ; Il paraissait fidèle à lui-même, or ce n'était pas le cas – rien n'était pareil, ainsi qu'on le comprit en l'espace de quelques jours une fois qu'on eut emménagé chez lui. Il n'y avait plus de fêtes, les invités s'étaient volatilisés et Jocelyn était partie pour de bon. Rolph s'était flingué dans la maison de notre père. Comment l'avions-nous appris, nous n'en avions aucune idée, ne tenions pas à le savoir, mais sa fin violente planait telle une malédiction. Regardant l'eau tourbillonner dans la piscine grise (où notre père ne nageait plus), nous nous demandions : où est-ce que ça s'est passé ? Ici ? Dans la cuisine ? La salle télé ? La salle de musculation ? Un des couloirs ? Une des chambres ? La nôtre ? Au cœur de l'épouvantable silence assourdissant, les vérités sinistres que notre père nous avait dissimulées émergèrent peu à peu.

Un soir, Charlie s'enivra et accusa en hurlant notre père d'être responsable du suicide de Rolph. Elle s'enferma dans une des salles de bains avec des cisailles aiguisées depuis peu si bien que notre père, convaincu qu'elle se tailladerait les poignets, se jeta contre la porte et finit par se démettre l'épaule. Nous avons poussé des cris de terreur et appelé les secours. Charlie déverrouilla la porte avant l'arrivée de la police ; elle apparut, la tête rasée comme celle d'un prisonnier ; du sang coulait des entailles laissées par les cisailles sur son crâne blanc. Ses cheveux d'or, ceux que notre père avait assemblés en un chignon étincelant des années plus tôt, jonchaient le sol de la salle de bains.

— Mon nom est Charlene, nous assena-t-elle d'un ton catégorique. Ne m'appelez plus Charlie.

Un après-midi, Roxy s'endormit au bord de la piscine, et ses lèvres et le bout de ses doigts virèrent au bleu. Personne ne réussit à la réveiller. Notre père appela les secours et partit avec elle dans l'ambulance. Abandonnées dans la maison des morts, on se recroquevilla dans nos lits en pleurant notre mère. Elle était la seule capable de nous protéger de ces abominations. Nous comprenions qu'elle l'avait fait pendant toute notre vie.

En un an seulement, nous étions devenues grandes – à moins que nous n'ayons déjà grandi et n'en ayons pris conscience qu'alors, privées des soins de notre mère. L'année de ses recherches au Brésil, nous eûmes seize et dix-sept ans et découvrîmes qu'ensemble nous étions compétentes – davantage que notre père accablé de chagrin ou que nos sœurs brisées. Nous étions là l'une pour l'autre, et étions notre mère l'une pour l'autre. Habitées par son flegme rationnel, nous avions balayé les cheveux brillants de Charlene, les avions mis dans un sac que nous avions envoyé chez un perruquier pour des malades du cancer. Nous avions conduit Roxy après l'école à des réunions de sevrage. Malgré les objections de notre père, nous fîmes également appel à un thérapeute familial, réputé. Le Dr Kray se révéla être un profane qui riait sans arrêt, aux cheveux en forme d'ailes semblables à ceux de Bozo le clown, qui apporta une collection de marionnettes avec lesquelles il voulait qu'on parle. Le fiasco de notre séance avec le Dr Kray déclencha le premier rire sincère de notre père depuis la mort de Rolph. Il rit jusqu'à ce que les larmes ruissellent sur son visage. Une hilarité qui marqua l'amorce d'une nouvelle vie.

La seule véritable missive de notre mère arriva sept mois après son départ, sur du papier pelure. Elle avait mis des semaines, voire des mois à l'écrire, des lettres minuscules au stylo-bille noir qui avaient résisté aux taches d'eau, à toutes sortes de saletés organiques. Au lieu de transmettre une information, chaque phrase contenait une impression ou une pensée.

La forêt semble être une créature sensible qui respire autour de moi.

L'éclat de la lune a une musique. Elle carillonne dans le ciel.

J'ai eu de la fièvre, plutôt forte, mais elle m'a rendu plus lucide.

Il existe une autre façon de voir le monde, comme de regarder par le fond d'un verre.

Nous lûmes la lettre au bord de la piscine de notre père. Le soleil nous permit de déchiffrer les pattes de mouche de notre mère, sans doute écrites aussi au soleil. Nous en lûmes des passages à tour de rôle, à voix haute, et une fois que nous eûmes terminé, nous gardâmes le silence, écoutant la cascade ruisseler sur les azulejos. Puis, nous regardant, nous conclûmes : Elle les a trouvés.

Le retour de notre mère se déroula par étapes : d'abord sa voix lointaine au téléphone depuis Rio, ensuite un décalage gravitationnel tandis que nous chronométrions son vol jusqu'à Los Angeles. Elle avait beau nous manquer terriblement, nous éprouvions une réticence déconcertante à l'idée de la retrouver. La mesquinerie n'y était pas étrangère : qui a envie de retourner dans un appartement où se répercute le fracas d'une autoroute après avoir entendu l'océan la nuit ? Qui a envie de renoncer aux bains de minuit ? D'autant que notre père reprenait goût à la vie. Il s'était remis à nager le matin. Il recommençait à écouter de la musique – il en vendait de nouveau. Après le lycée, nous nous rendions en voiture à son bureau où notre rôle était passé de nos efforts pour ranimer une coquille évidée par le chagrin à une véritable collaboration. Écoutez-moi ça ; qu'en pensez-vous ? Ils jouent ce soir ; on va les voir ? Comment vous les trouvez ? Un bon pari ? Un mauvais ? Ils valent le coup ?

À la différence des stars du rock, qui descendaient de l'avion avant les autres passagers, notre mère, que nous étions venues chercher avec notre père, fut la dernière à débarquer. Brandissant nos ballons roses et nos panneaux « Bienvenue à la maison ! » nous attendions dans une frustration grandissante.

Plus petite, plus vieille que dans nos souvenirs, elle semblait être d'une couleur vert olive : vêtements, peau, cheveux, yeux – le tout dans la même infime palette de nuances. Elle dégageait une faible odeur de bois brûlé. Comment cette petite femme monochrome pouvait-elle être notre mère ?

Elle nous prit dans ses bras et nous la serrâmes dans les nôtres, sentant la chaleur de sa peau. Nous étions redevenues le monstre à trois têtes, aux trois cœurs pleins d'ardeur. Nous étreignîmes notre mère le plus longtemps possible, puis encore plus longtemps, jusqu'à ce qu'elle éclate de rire.

Mes grandes filles, si belles.

Il ne fut pas question de retourner dans le vieil appartement, ce qui nous soulagea ; notre mère le détestait à présent. Écouter la circulation toute la sainte journée me serait insupportable, expliqua-t-elle, sans parler de la saleté dans mes poumons.

Elle emménagea dans un logement plus petit : un deux-pièces où les bruits de l'autoroute étaient assourdis. Elle acheta un grand canapé convertible. Vous pourrez le partager quand vous aurez envie de rester, nous dit-elle.

Nous n'en avions aucune envie, ce qu'elle semblait savoir.

Une tristesse émanait d'elle.

Qu'est-ce que tu as, maman ? Pourquoi es-tu si triste ?

Qui dit que je suis triste ?

Nous.

Je ne suis pas triste, je m'adapte. À mon retour.

Ça prendra combien de temps ?

Aucune idée, c'est une première pour moi.

La seule tasse à café, la seule assiette, la seule fourchette dans l'égouttoir exsudaient la solitude. Le rond rouge laissé par un seul verre de vin. Une plante aux feuilles piquantes. Une mangeoire posée sur l'appui de fenêtre – l'arbre était trop loin pour qu'elle l'y accroche.

Parle-nous de la tribu, lui demandions-nous en tripotant les feuilles d'une douceur inattendue. Comment leur parlais-tu ?

D'abord par signes, ensuite, peu à peu, par des mots.

Ils étaient gentils avec toi ?

Oui.

Pourquoi est-ce que tu n'aimes pas parler d'eux ?

Cela revient à tenter de me faire entendre du fond d'un puits.

Qui a l'énergie de s'occuper d'une petite femme au fond d'un puits ? Nous brûlions d'une impatience que nous ne parvenions pas à masquer, en partie parce que notre mère nous connaissait trop bien, mais aussi à cause de sa nouvelle façon d'observer nos mouvements, nos coups d'œil – même nos pensées (avions-nous parfois l'impression). Si elle avait toujours été attentive, sa vigilance exagérée virait à l'aberration, à la manière d'un membre distendu. Elle était le contraire de notre père, un comédien, un vantard fantasque, un menteur, néanmoins facile à comprendre et à contrôler.

Trois ou quatre mois après son retour, une carapace se forma sur la détresse de notre mère, en proie à une nouvelle énergie. Elle s'était mise à rédiger son livre. Ses notes envahissaient l'appartement. Elle déplia le canapé convertible pour faire de la place à plus de choses, tendit des cordes dans le séjour où elle accrocha avec des pinces à linge des feuilles, couvertes d'équations mathématiques. Un livre que personne ne lirait, de toute évidence. Notre mère était devenue folle.

Au bout d'un an, elle voyagea pour présenter des bribes de l'ouvrage en cours d'élaboration dans des colloques universitaires. Elle nous appelait toujours avant de partir, chez notre père où nous avions décidé d'habiter plutôt que dans une résidence universitaire de l'USC[1], la fac que nous fréquentions.

Salut, m'man ! lancions-nous avec la gaieté outrée que nous avions adoptée dans l'espoir de dissiper son chagrin – même si cela semblait au contraire l'intensifier. Désormais elle employait le même ton avec nous.

Je prends l'avion, les filles !

Pour aller où ?

Ann Arbor !

Salue la neige de notre part !

Je n'y manquerai pas ! Je vous aime !

Nous aussi, maman.

Il y avait un écho sous cet entrain, une cavité laissée par la fusion qui nous soudait auparavant. Nous n'avions plus rien de commun avec notre mère. Nous étions les filles de notre père. Nous adorions son empire musical et les personnages qui le peuplaient ; nous avions installé un bureau près du sien, adapté nos études en vue d'une

1. University of Southern California : université privée située à Los Angeles, fondée en 1880.

spécialisation dans l'industrie du disque. Nous adorions la complexe tragédie de sa vie, les lacunes et les enfants défaillants ; les ennemis, les voitures de sport, les éclats et les inspirations de minuit ; son côté envahissant, même quand il faisait ses longueurs matinales en haletant, et sortait de la piscine en s'ébrouant comme un chien. Il ne pouvait fonctionner sans nous, ne prenait aucune décision importante sans nos conseils. C'était plus profond que l'amour, c'était de l'ordre de la dépendance. Nous avions eu besoin de notre mère toute notre vie ; désormais notre père avait besoin de nous.

Il y eut un soir où, en arrivant chez notre mère pour l'un de nos dîners occasionnels, nous fûmes surprises de ne plus y trouver aucun document. Son livre était terminé depuis plus d'un an, mais elle attendait sa publication, entourée par les légers reliquats de sa création, à la manière d'une gerbille ou d'un autre animal qui construit son nid.

Tu déménages ?

J'ai un nouveau bureau à l'université. On m'a proposé un poste permanent grâce à… ceci !

Sur le rebord de la fenêtre où la mangeoire inutilisée était toujours là, elle prit deux minces volumes brochés et nous en tendit un à chacune. *Structures des Affinités*, de Miranda Kline. Aucune image n'illustrait la couverture, seulement un discret motif géométrique. Nous étions hypnotisées.

Miranda ?

C'est mon prénom.

Mais tout le monde t'appelle Mindy.

On ne signe pas un livre de son surnom.

Kline ?

Comme vous le savez, j'ai gardé ce nom de famille.

Même pour le livre ?

Je ne veux pas porter un nom différent du vôtre, même pour un livre.

Notre mère était devenue l'autrice Miranda Kline. Nous rapportâmes les deux livres à la maison – du moins dans l'aile que notre père nous avait cédée. À peine lui eûmes-nous montré les volumes qu'il s'associa sur-le-champ à notre vénération.

Elle l'a fait, commenta-t-il. Débouchant une bouteille de champagne, il en servit un verre à chacune sur la table éclaboussée de cire que désormais nous présidions, parmi amis et petits amis, aussi souvent que lui. À votre mère, poursuivit-il. Une femme remarquable. Elle avait dit qu'elle le ferait et, grâce à Dieu, elle a réussi.

Nous bûmes à la santé de Miranda Kline. Elle avait réussi, sauf qu'aucun de nous n'avait la moindre idée de ce qu'elle avait fait.

Nous rangeâmes les livres sur une étagère, avec fierté, sans les ouvrir.

4

Quatre ans après la publication de *Structures des Affinités*, à l'été 1999, Bennie Salazar, l'ami et protégé de notre père, lui rendit visite de New York avec les Conduits, l'un de ses groupes. Ayant terminé nos études, nous travaillions à plein temps pour notre père. Au bureau, Bennie voulut nous passer un morceau dont nous n'avions pas le CD. Nous demandâmes à Keisha, l'une des stagiaires embauchés l'été, d'aller l'acheter au magasin de disques Tower Records.

Ce n'est pas la peine, assura Keisha. Elle se connecta à Napster et nous fit écouter la chanson.

Recommence, lui demanda notre père.

Parmi les autres morceaux que Keisha nous passa en se servant de Napster, nous détenions les droits de reproduction de certains. Merci mon chou, dit alors notre père, apparemment lassé de la démonstration. C'était très instructif.

Plus tard, après le dîner avec Bennie et les Conduits, notre père nous proposa une balade sur la plage. D'ordinaire, cela signifiait qu'il avait une idée.

Notre plage prenait différents aspects le soir ; tantôt l'eau était chatoyante et le sable foncé, tantôt c'était l'inverse. Ce soir-là, le sable d'une fluorescence lunaire créait des ombres autour de nos pieds.

De but en blanc, notre père décréta : dans cinq ans, plus personne ne paiera pour écouter de la musique. Il contemplait un horizon impossible à discerner dans l'obscurité brumeuse. Je suis face à un tsunami, reprit-il. L'annihilation totale de mon entreprise.

Tu dramatises, papa.

Si c'est ce que vous pensez, vous avez moins appris que je ne le croyais.

Humiliées, nous gardâmes le silence. Nous étions en train de comprendre quelque chose : on projette son état d'esprit sur le paysage. Notre père avait soixante-cinq ans. Il avait vécu bien des épreuves. Il lui restait beaucoup d'énergie, pas assez toutefois pour réinventer son affaire. Il ne percevait que sa disparition.

Et nous ? À vingt-trois et vingt-quatre ans nous n'étions pas sorties de fac depuis assez longtemps pour ne pas être déçues par la vie d'adulte. Nous voyions les mêmes faits que notre père, mais autrement, *par le fond du verre* – l'image s'imposa à nous deux en même temps, même si nous n'allions le découvrir que plus tard. Les gens laissaient Internet entrer dans leur ordinateur et diffuser leurs morceaux de musique, afin de les écouter sans payer quoi que soit. L'idée nous dégoûtait : cela revenait à permettre à un inconnu de fouiller votre maison – ou votre cerveau ! Après avoir pillé la musique de votre ordinateur, à quoi d'autre Internet pouvait-il décider de s'intéresser ?

Notre père avait tort, nous en étions convaincues. Une fois passé l'attrait de la nouveauté, personne ne serait assez bête pour faire ça.

Depuis la publication de *Structures des Affinités*, la réputation de notre mère s'était amplifiée dans le monde invisible (pour nous, même si nous venions d'en sortir) de l'université. Elle obtint rapidement sa titularisation. Ses étudiants l'adoraient ; elle leur servait des ragoûts de bœuf aux lentilles dans le bungalow où elle vivait avec Marco, un collègue dont elle était tombée amoureuse.

Peu de temps après l'effondrement de l'industrie du disque, en chute libre exactement comme l'avait prédit notre père, il eut une attaque qui le laissa avec une jambe droite abîmée. Notre mère fut aussi désolée que nous de le voir dans cet état. Votre pauvre père, le plaignait-elle. Que puis-je faire pour aider ? Le week-end, Marco et elle apportaient des noix, des oranges et du crabe à la maison – des cadeaux qu'elle nous destinait autant qu'à notre père.

Vous êtes trop jeunes, les filles, pour prendre tout ça en charge, répétait-elle à l'envi. Mais comment ne pas essayer ? En un effort désespéré, nous nous débattions pour trouver des moyens de mettre un terme au « partage » qui démolissait l'entreprise de notre père et lui-même. Nous avions songé à une campagne d'affichage à l'échelle nationale pour rappeler aux gens l'éternelle loi. *Rien n'est gratuit !* Les enfants sont les seuls à croire le contraire, malgré les mises en garde des mythes et des contes de fées : Rumpelstiltskin, le roi Midas, Hansel et Gretel. *Il ne faut jamais se fier à une maison en pain d'épices !* Ce n'était qu'une question de temps, ils finiraient par payer le prix de ce qu'ils imaginaient gratuit. Mais pourquoi personne ne s'en rendait compte ?

Les crises cardiaques de notre père – six en tout – semblaient être une violente mise en œuvre des attaques que le pillage de masse infligeait à l'industrie qu'il avait contribué à créer. Il commença par boiter, puis par être paralysé d'un côté, avant d'être alité, presque incapable de parler. Notre maison fut transformée en hôpital et, enfin, en hospice, avec soins vingt-quatre heures sur vingt-quatre et goutte-à-goutte d'opium. Grâce au concours de Bennie Salazar, ceux qui avaient aimé notre père vinrent lui dire adieu. Même Jocelyn. Avec une amie de lycée, elle déplaça son lit d'hôpital jusqu'à la piscine et resta près de lui, tandis qu'il fixait l'eau grise.

À un moment donné de notre chagrin et de notre frustration – de notre impuissance face à la dérive, puis à la chute de notre père – nous passâmes des recherches pour prévenir les gens de leur pacte faustien au désir de les châtier.

Aucune de nous deux ne se rappelait qui avait été la première à lire *Structures des Affinités*. Ce fut peut-être simultané, comme tellement de choses pendant si longtemps pour nous deux. Nous ne nous souvenions pas davantage de ce qui nous avait incitées à ouvrir ces minces volumes restés sur une étagère depuis 1995.

Structures des Affinités présente avec une simplicité élégante des formules prédisant les tendances des êtres humains. L'efficacité des algorithmes est fonction d'une connaissance intime des individus en question : une somme d'informations que notre mère n'avait pu acquérir que dans une communauté isolée, coupée du monde extérieur, où chaque membre connaissait l'histoire de l'autre. En conclusion, elle émettait l'hypothèse que l'efficacité prédictive de ses formules pouvait, en théorie, être valable pour des gens qui vivaient dans un environnement complexe et mobile… *mais cela exigerait des renseignements personnels exhaustifs impossibles à rassembler dans un cadre moderne sans poser une batterie de questions indiscrètes auxquelles peu de personnes, voire aucune, seraient disposées à répondre.*

Faux. Ils le font bien pour une chanson, avons-nous pensé.

Qu'il soit bien clair que nous n'avons rien entrepris sans le consentement explicite de notre mère.

Tout ce que j'ai fait vous appartient, nous déclara-t-elle. Utilisez-le comme vous l'entendez, essayez d'aider votre père par tous les moyens.

En toute franchise, elle n'avait aucune idée de ce que nous lui demandions.

Mais elle ne revint jamais sur sa position – du moins devant nous – même après que nous eûmes déposé un brevet pour ses algorithmes et que nous les eûmes vendus aux géants des médias dont nous connaissions tous les noms. Plus tard, elle rejeta le mérite que Bix Bouton et les autres tentèrent de lui attribuer, se servant cependant de sa popularité indésirée de star de la pop pour vitupérer contre le côté invasif du recueil de données et leur manipulation, pour insister sur la nature essentiellement personnelle de l'expérience humaine, etc., etc. Pourtant, elle ne nous y associa pas. Pas une fois, elle ne prononça notre nom en public ou reconnut, même devant nous, que nous avions transformé sa carrière en tragédie en pervertissant sa théorie au point de générer la fin de la vie privée.

Une distance se créa néanmoins entre nous.

Au bout du compte, les trois cœurs du monstre avaient chacun des aspirations différentes. C'est moi, Melora, la plus jeune, qui assure la relève de l'entreprise de notre père. La plus grande partie de la musique que vous entendez passe par mon intermédiaire. J'ai absorbé d'innombrables boîtes en cours de route, dont celle de Bennie Salazar, que je traite cependant toujours en associé. Par respect.

Lana a largué les amarres en 2025, un an après notre mère. Qui, elle aussi, avait rejoint les rangs des déserteurs – cette invisible armée de réfractaires aux données. Elles sont probablement ensemble, aussi douloureux que ce soit pour moi de l'imaginer.

La réussite a un prix, comme tout.

Je ne peux m'empêcher de me demander (d'une manière obsessionnelle) – quand et comment le point de vue de Lana a pu diverger du mien après un tel passé commun. Si nous avions téléchargé nos souvenirs dans la Conscience Collective, je pourrais mettre le doigt sur le moment précis. Mais nous nous en étions bien gardées.

Le bureau de notre père m'appartient désormais. Ses trophées et les miens tapissent les murs tandis que le soleil éclabousse l'océan devant ma fenêtre. En le regardant, il m'arrive d'imaginer ma propre désertion : la liquidation de Melora Kline ou sa consignation à un proxy (un marché spécialisé en plein essor) et un nouveau départ sous une autre identité. Je n'irai pas bien loin. Mon fantasme préféré consiste à retourner à Venice Beach, un dimanche, ce que je n'ai pas fait depuis des lustres. Je m'imagine en train de me frayer un chemin entre les patineurs, les danseurs, les escrocs et les ados défoncés, de passer devant des surfaces couvertes de gens qui se dorent au soleil, la main en visière pour observer leur écran, alors que des entités invisibles les observent à leur tour. Je m'achemine jusqu'à un banc où deux femmes sont déjà assises, des inconnues familières, et je m'assieds près d'elles. Enfin.

Où étiez-vous ? je m'imagine leur demander en les serrant dans mes bras.

Ici. À t'attendre.

La mémoire de la forêt

Il était une fois une forêt dans un pays lointain. Elle a disparu à présent (brûlée), de même que les quatre hommes qui y marchaient, c'est ce qui la rend lointaine. Ils n'existent plus, ni elle ni eux.

En revanche, en 1965, en juin, l'aspect des séquoias, velouté, primitif, évoquait des lutins, des djinns ou des fées. Trois des quatre hommes n'ont jamais mis les pieds dans une forêt séculaire, de sorte qu'elle leur semble irréelle tant elle tranche avec leurs horizons quotidiens constitués de leurs épouses, de leurs enfants, de leurs activités. Le plus âgé, Lou Kline, n'a que trente et un ans. Ils sont tous nés dans les années 1930, ont grandi sans antibiotiques, ont accompli leur service militaire avant d'entrer à l'université. Les hommes de leur génération sont devenus adultes sur-le-champ.

Ainsi : quatre hommes évoluent entre des arbres dont la musculature ressemble à la cuisse d'un géant. Quand ils renversent la tête en arrière, cherchant la lumière dans les cimes fuselées, ils sont pris de vertige. Notamment parce qu'ils viennent de fumer un joint, ce qui n'était pas courant en 1965, surtout pour des gens normaux – ces quatre-là le sont, tout le monde en conviendrait. Du moins trois parmi eux. Il y a un meneur – ça arrive souvent lorsque des hommes sortent de leur périmètre de sécurité. Aujourd'hui il s'agit de Quinn Davies, un type au visage expressif et hâlé, équipé d'accessoires d'Indiens d'Amérique, une ascendance qu'il souhaiterait posséder. D'ordinaire Quinn aurait porté un blazer comme ses amis, mais ce jour-là, il porte ce qui leur semble être un déguisement : un manteau en velours violet et de gros mocassins mieux adaptés au sol de ce sous-bois où dérapent les chaussures Oxford. Lou est le seul à régler son pas sur celui de Quinn malgré la prouesse que cette allure féline représente pour lui. Lou préfère avoir l'air de sautiller plutôt que de risquer d'être à la traîne.

Les quatre hommes se sont récemment installés en Californie, mus par une soif d'espace que de vieilles villes où plane une atmosphère d'Europe avec son cortège de voitures à cheval et d'histoire ne comblent pas. Les montagnes de Californie, ses déserts, ses côtes insolentes sont irrésistibles. Quinn Davies, le seul célibataire du groupe, un homosexuel, avait de bonne heure guetté l'instant où, avec élégance, il quitterait Bridgeport, dans le Connecticut, où sa famille vivait depuis des générations. Après la marine, il avait suivi la route de la Beat Generation à San Francisco, insaisissable à en être exaspérante maintenant qu'il s'y trouve. Il y a tout de même des navigateurs qui partagent son point de vue sur la possibilité de changer de façon d'être en fonction des circonstances. L'un des trois autres hommes lui donne une lueur d'espoir : Ben Hobart, du Minnesota, marié à son amour de lycée, père de trois enfants. C'est encore trop tôt pour être certain.

Les quatre hommes travaillent à San Francisco, dans la banque, contribuant à alimenter une expansion qui attirera en ville davantage de personnes aussi insatisfaites qu'eux. En buvant des verres à Montgomery Street quelques semaines auparavant, ils avaient discuté de la marijuana ou de « l'herbe », ainsi que l'appellent même ceux qui n'en ont jamais vu. Ils savent que ça circule, mais de quoi s'agit-il exactement ? Quel effet est-ce que ça produit ? Ils aiment picoler. Ben Hobart, faute de trouver un exutoire à son inépuisable énergie auprès de son épouse et des enfants. Tim Breezely parce qu'il est déprimé – même s'il n'emploierait pas ce terme. Tim boit pour se sentir heureux. Il boit parce que, après quelques bourbons, une sensation de légèreté exaltante le saisit comme s'il avait enfin posé deux lourdes valises qu'il ignorait porter. Tim Breezely a une femme geignarde et quatre filles geignardes. À l'intérieur de sa petite maison de Lake Street, il dérive dans une marée stridente de mécontentement féminin passant de la rancœur épuisée (sa femme) à des cris, à des vagissements infantiles (le bébé). Tim est convaincu qu'un fils aurait tout changé, mais l'alcool aide – oh, vraiment ! Ce qui vaut amplement les deux ailes cabossées, le feu de position cassé et la pléthore de bosses de la Cadillac dont il est responsable.

Peu importe ce que Lou Kline descend – une quantité impressionnante –, une partie de lui reste toujours en retrait, regardant non sans détachement les hommes autour de lui se bourrer la gueule. Lou attend. L'amour, du moins le croyait-il jusqu'à ce qu'il épouse Christine, qu'il vénère ; la paternité ; le déménagement dans l'ouest des États-Unis, deux ans auparavant. Sauf que l'attente perdure : la suggestion d'un changement proche n'ayant rien à voir avec Christine ou leurs enfants ou la maison de Tiburon donnant sur un lac artificiel dans lequel il nage deux kilomètres tous les matins et barre un voilier de type Sunfish. Devenu l'imprésario de leur cul-de-sac, il organise des barbecues, des cocktails, voire une boum un soir de l'été précédent où des dizaines de couples de voisins se trémoussaient pieds nus au bord du lac sur Sinatra et les Beatles. Poussé par Christine, il exhuma son saxo et en joua pour la première fois depuis ses années à l'université de l'Illinois, où il avait été membre d'un groupe de jazz, plus ou moins galvanisé par les applaudissements. La vie est belle – parfaite, vraiment –, mais Lou a besoin de quelque chose de plus, c'est une obsession, un manque.

Charlene, qu'ils surnomment Charlie, a six ans. Ce matin-là, elle a scruté Lou, fronçant son nez brûlé par le soleil, et a demandé :

— Tu vas où ?

— Une petite balade dans le Nord. Un peu de pêche, un peu de chasse au canard…

— Tu n'as pas d'arme, a fait remarquer Charlene sans le quitter des yeux tandis que ses longs cheveux emmêlés ratissaient la lumière. Lou s'est rendu compte qu'il fuyait son regard. Les autres aussi.

À la porte, Rolph, son petit garçon, s'est accroché à lui. Pâle, les cheveux foncés, le teint de Christine, dont il a les yeux lumineux. Quand Lou le prend dans ses bras, il a l'impression d'une fusion de leurs chairs au point que le lâcher fait l'effet d'un déchirement. Il se sent coupable de préférer Rolph à Charlene. Est-ce mal ? Tous les hommes n'éprouvent-ils pas la même chose pour leur fils – ceux qui ont la chance d'en avoir ? Pauvre Tim Breezely !

Il n'y aurait ni pêche ni chasse. Voilà ce que leur avait annoncé Quinn l'après-midi à Montgomery Street, tandis qu'ils buvaient en fumant leurs Parliament et en hurlant de rire avant de monter dans leur grosse bagnole pour retrouver leur femme et leurs enfants. Il connaissait des « bohémiens » qui faisaient pousser de l'herbe au cœur d'une forêt près d'Eureka, et qui pouvaient accueillir des visiteurs.

« On peut y aller un jour ou l'autre, un week-end, si ça vous dit. »

Ça leur disait.

Comment puis-je connaître cette histoire ? À seulement six ans, j'étais reléguée à la maison malgré mon désir fou d'accompagner mon père – je voulais toujours être à ses côtés, ayant eu très tôt le sentiment (du moins me semble-t-il, rétrospectivement) que rester avec lui était le seul moyen de retenir son attention. Comment ai-je la prétention de décrire des événements survenus en mon absence dans une forêt à présent dévastée et exsudant une odeur semblable à celle de viande grillée ? Comment ai-je l'audace de fabuler par-delà le gouffre du genre, de l'âge, du contexte culturel ? Croyez-moi, je ne m'y risquerais pas.

La moindre pensée ou sensation que je rapporte provient d'une observation concrète, même si l'accès à ces informations est sans doute plus présomptueux que leur invention l'aurait été. Chacun sa voie – si l'imagination est interdite, il ne nous reste plus que le recours aux débris gris.

J'ai eu de la chance : les souvenirs de chacun de ces hommes sont dans la Conscience Collective, une partie à tout le moins – étant donné leur âge, c'est surprenant, voire carrément miraculeux pour mon père. Il est mort en 2006, dix ans avant la création de OwnYourUnconscious de Mandala. Alors comment aurait-il pu l'utiliser ? Eh bien, rappelez-vous : le génie de Bix Bouton consista à affiner, comprimer, fabriquer en série un produit séduisant, irrésistible, une technologie qui existait déjà sous une forme rudimentaire. Depuis les années 2000, on discutait à bas bruit dans les départements de psychologie, à l'université, de l'externalisation de la mémoire, ce qui donnait lieu à des conjectures sur son potentiel à révolutionner la thérapie des traumatismes. *Que s'est-il vraiment passé ? Cela vous aiderait de savoir ce que vous avez refoulé, non ?* Par exemple, pourquoi est-ce qu'une réunion de famille à San Francisco où mes parents m'avaient emmenée à peu près à la même époque que cette histoire me revient sans cesse en mémoire ? Je me rappelle une bousculade avec une bande de gamins autour des racines d'un arbre, puis m'être retrouvée seule dans un grenier inconnu à côté d'un fauteuil blanc en osier. Encore et encore : je traîne avec des gamins, puis je suis seule dans un grenier inconnu. Peut-être n'y étais-je pas seule… qui m'y avait entraînée et pourquoi ? Que se passait-il pendant que je regardais ce fauteuil ? Je me suis souvent demandé si ces réponses m'auraient aidée à moins souffrir dans ma vie, à être plus heureuse. Quand l'une des soignantes de mon père nous parla d'un professeur de psychologie à l'université Pomona qui téléchargeait la conscience des gens pour un projet expérimental, ma méfiance m'empêcha d'y participer. En matière de technologie, chaque gain est une perte – un enseignement tiré de l'implosion des affaires de mon père. Il ne lui restait toutefois plus grand-chose à perdre : après cinq crises cardiaques déjà, il expirait sous nos yeux. Il voulut en être.

Lana et Melora s'épuisaient à tenter de sauver l'empire musical de notre père, Roxy avait déménagé à San Francisco, Kiki vivait à San Francisco. Rolph était mort depuis longtemps. Ce fut donc à moi d'accueillir le jeune professeur de Pomona, qui, tôt un matin de 2006, débarqua d'un camion rempli d'équipements, chaussé de baskets rouges semi-montantes, accompagné de deux étudiants de troisième cycle. Je fis une raie dans ce qui restait de la tignasse de surfeur de mon père et fixai douze électrodes sur sa tête. Après quoi, il lui fallut rester immobile – qu'il soit endormi ou éveillé n'avait aucune importance, d'ailleurs cela ne changeait pas grand-chose pour lui – onze heures d'affilée. J'avais déplacé son lit d'hôpital jusqu'à la piscine afin qu'il entende sa cascade artificielle. Je restai assise près de lui le plus clair du temps ; le processus semblait trop intime pour qu'il le subisse en présence d'inconnus. Je tenais sa main molle dans la mienne, tandis qu'une machine de la taille d'une armoire bourdonnait à côté de nous. Au bout de onze heures, celle-ci contenait un duplicata complet de la conscience de mon père : toutes les perceptions et les sensations qu'il avait eues depuis sa naissance.

— C'est beaucoup plus gros qu'un crâne, fis-je remarquer à l'étudiant qui poussait un diable pour emporter l'armoire.

Les électrodes étaient toujours sur la tête de mon père.

— Le cerveau est un miracle de compression, commenta le professeur.

Je n'ai aucun souvenir de cet échange. Je ne l'ai vu et entendu que lorsque j'ai regardé ce jour-là du point de vue de mon père. Par ses yeux, j'ai remarqué – plutôt, il a remarqué – ma coiffure courte et sans intérêt, mes bourrelets de femme mûre qui s'accumulaient déjà, et je l'ai entendu (ce n'est pas le bon mot, nos pensées ne sont pas vraiment audibles) : *Comment cette ravissante petite fille est-elle devenue si quelconque ?*

À la sortie de OwnYourUnconscious en 2016, j'ai pu transférer le contenu de l'armoire dans un Cube Mandala jaune, de trente centimètres cubes. J'ai choisi le jaune parce que cela me faisait penser au soleil, à la natation de mon père. Une fois ses souvenirs dans le Cube, je pus enfin les visionner. De prime abord, l'idée de les partager ne me traversa pas l'esprit ; j'ignorais que c'était possible. Au début, la Conscience Collective n'était pas l'essentiel de la stratégie marketing développée par Mandala, dont les slogans étaient « Retrouvez vos souvenirs » et « Sondez vos connaissances ». La conscience de mon père suffisait amplement – elle était d'ailleurs envahissante –, ce qui explique peut-être mon besoin profond d'avoir d'autres points de vue au fil du temps. Le prix à payer. En tant que représentante légale de la conscience de mon père, j'ai autorisé sa divulgation anonyme et complète au collectif. En échange, j'ai pu faire des recherches par dates, périodes, latitude et longitude, afin de retrouver les souvenirs anonymes d'autres personnes présentes en ce jour de 1965 dans la forêt, sans qu'il me soit nécessaire d'inventer quoi que ce soit.

Revenons aux hommes peinant derrière ou aux côtés (dans le cas de mon père) de leur guide, Quinn Davies. L'initiation à l'herbe se fit au point de départ, où Quinn fit circuler une petite pipe qu'il rebourra à plusieurs reprises. La plupart des gens ne planaient pas la première fois (c'était de la bonne vieille came, notez, avec tiges et graines, bien avant l'époque de la sinsemilla cultivée en hydroponie). Quinn voulait se débarrasser de cette première fumette pour que ses potes – surtout Ben Hobart – soient bel et bien défoncés plus tard.

En contrebas, une rivière apparaît et disparaît, semblable à un serpent rampant sur un lit de feuilles. À mesure qu'ils grimpent les hommes trébuchent, s'esclaffent, commencent à haleter, à respirer bruyamment, à être en difficulté. Ils fument tous les quatre, et aucun ne fait de l'exercice comme on l'entend aujourd'hui. Même Ben Hobart, un de ces types d'une forme surnaturelle, capable de manger n'importe quoi, est trop à bout de souffle pour parler lorsqu'ils franchissent le sommet de la colline et aperçoivent une maison à charpente en A. Nichée dans une clairière au milieu de séquoias et construite avec leur bois, c'est une structure fantaisiste agrémentée de verre qui deviendra un cliché de l'architecture californienne des années 1970. Pour ces hommes, c'est une maison de conte de fées : est-elle réelle ? Qui peut bien vivre ici ? « The Sound of Silence » de Simon and Garfunkel s'échappe de haut-parleurs tournés vers l'extérieur sur la terrasse en séquoia, rehaussant l'étrangeté du lieu. Tor, le cerveau de ce lodge accessible uniquement à pied, situé au cœur d'une forêt, est parvenu à le câbler.

Hello darkness, my old friend…

Saisis d'une sorte de respect, les quatre copains se taisent en s'en approchant. Lou ralentit, laisse Quinn entrer en premier dans une immense cathédrale vide aux grandes fenêtres triangulaires montant jusqu'au plafond pointu. La senteur de séquoia est prégnante. Quinn leur présente Tor, un austère mentor d'une quarantaine d'années aux cheveux longs d'une blancheur prématurée. Bari, sa « femme », est jolie, bien en chair, plus chaleureuse. Un groupe hétérogène de jeunes se masse dans la pièce principale et sur la terrasse sans s'intéresser aux nouveaux arrivants.

Lesquels ne savent pas trop quoi faire d'eux-mêmes dans cette étrange situation. Lou ne supporte pas de se sentir exclu et il en veut soudain à Quinn, qui parle calmement à Tor, en aparté. *C'est quoi cet accueil de merde ?* De nos jours, un homme mal à l'aise dans son environnement sort son téléphone, demande le mot de passe du Wi-Fi et rejoint un cercle virtuel où son identité est aussitôt confirmée. Prenons un moment pour réfléchir à ce que l'isolement représentait avant notre époque. Lou et ses amis n'ont d'autre possibilité d'évasion que de rebrousser chemin sans miettes de pain pour les guider. Aussi Lou arpente-t-il le lodge d'une façon qu'il ne parvient pas à maîtriser (même s'il se rend compte que c'est perturbant), lançant de temps à autre une question à Tor, assis sur une chaise en bois surélevée qui ressemble – c'en est exaspérant – à un trône. « Bel endroit, Tor. Dans quoi est-ce que tu bosses ? Ça a dû être une galère de faire poser des tuyaux à cette altitude… »

Lou ouvre des portes, examine des recoins qui sentent le séquoia et font office de chambres dans cette baraque farfelue. Il s'arrête net dans l'une en apercevant une fille aux cheveux noirs, nue, assise par terre en tailleur, les yeux fermés, sous une petite fenêtre. Une lumière filtrée par les arbres marbre sa peau et la tache sombre de ses poils pubiens. L'intrusion la pousse à relever lentement les paupières. « Vous demande pardon, suis terriblement désolé », lâche Lou d'une voix étranglée avant de s'esquiver à pas de loup.

Le groupe éparpillé se réunit enfin autour de Tor, en vue de la défonce. On entend un morceau des Yardbirds, mais leur univers musical est trop loin de celui de Lou pour qu'il l'apprécie. Il n'en est pas moins sensible à la cohérence balbutiante, une nouvelle notion de la structure de la signification. Tor a le don de susciter de tels moments. Intime de Kerouac, amant intermittent de Neal Cassady, futur fournisseur de LSD de Kesey, Wavy, Stone et les autres, c'est l'un de ces personnages essentiels qui catalysent l'action chez les autres, puis basculent dans l'inexistence sans jamais entrer dans l'histoire.

D'après mes calculs, ils étaient dix-sept : Tor et Bari, notre quatuor, la fille nue qui avait embarrassé Lou, à présent revêtue d'une ample robe à fleurs, qui croisait son regard sans la moindre gêne, et d'autres, de plus ou moins vingt ans, occupant plusieurs dépendances du lodge et cultivant la marijuana de Tor.

Lou préfère de beaucoup la pipe à eau semblable à un totem de Tor à celle, minuscule, qu'il avait fumée avec Quinn. Au cours d'une heure de fumerie commune et de renouvellement de musique, le groupe flotte dans un état d'absorption à œillères, inédit pour Lou, Tim et Ben, qui ne connaissaient que l'alcool comme moyen de modifier l'état de conscience. Des échanges élémentaires s'étirent, tels des fruits mûrissant à toute allure avant de tomber dans les mains tendues.

— Ce… cannabis… a poussé… ici… ? (Question de Ben Hobart à Tor.)

— Oui, on le… cultive… à… deux pas. (Réponse de Tor à Ben Hobart.)

— Tu… habites… tout le temps… ici… là-haut ? (Question de Lou à Tor.)

— On… a… terminé… la construction… il y a… un an. (Réponse de Bari.)

Peut-être avez-vous remarqué que Tor ne dit presque rien. Je n'ai pas accès à son histoire – Bari et lui n'ont pas d'enfants et il n'y a aucun souvenir personnel à exhumer du collectif. Tor décédera longtemps avant OwnYourUnconscious, aussi n'avons-nous que des aperçus par les yeux de ses camarades.

Il reste des énigmes.

Une fois le groupe bien intoxiqué, ses membres se rassemblent autour d'une longue table. Les hommes, en réalité. Bari et les autres femmes vont et viennent entre la cuisine et la pièce, préparant un copieux repas végétarien dans des bols et de grands plats. Pour des hommes du Midwest dont la journée commence avec des saucisses de porc et se termine par du bœuf Stroganov ou du hachis de bœuf (ou, encore mieux, un steak ou un rôti), le terme de « repas végétarien » est un oxymore. Qu'est-ce que cela signifie ? Pour Lou, le plus délicieux festin qu'il ait absorbé de sa vie – certes, étant donné son appétit aiguisé par la défonce, il aurait savouré des biscuits de ration et de l'eau. Bari leur sert des courges, des navets et des tomates de son potager, agrémentés d'une sauce au tahiné, quelque chose qu'aucun des invités n'avait jamais goûté, récolté dans les champs Élyséens, sont-ils prêts à croire. Puis viennent des pâtes fraîches au sorgho et au sarrasin, molles et tièdes, présentées en pyramides, qu'ils dévorent par cuillerées accompagnées de flocons d'avoine, de germes de luzerne, de rondelles d'avocat et du pain complet tout juste sorti du four de Bari.

Tandis que je regarde la scène par les yeux de mon père, je me pose une question qu'il était peut-être trop désorienté ou drogué pour se poser : Pourquoi ? Pourquoi Tor, Bari – et Quinn d'ailleurs – déroulent-ils le tapis rouge à trois types normaux, dont le travail s'inscrit pleinement dans la société de consommation ? Combien de raisons sont envisageables ? L'argent ou le sexe ? À vous de choisir. Pour Quinn, c'est le sexe ; il a déjà eu des rapports avec des hommes au lodge (dont une fois avec Tor) et il espère que cela arrivera ce soir avec Ben Hobart, ne se fondant que sur sa propre intuition. Pour Tor, c'est l'argent. La plus grande partie de son héritage a été consacrée à la construction de la maison et aux quatre hectares de marijuana : il aurait bien besoin d'un ou deux investisseurs. Sans oublier la raison plus profonde : Tor s'est lancé dans la création d'un monde différent, mais presque personne ne s'en rend compte. Comme l'acte d'éveiller autrui à une prise de conscience lui procure un supplément de sentiment d'existence, il est tenaillé par l'envie que sa vision embrase de nouveaux regards.

Alors que le repas s'achève, le soleil disparaît derrière les montagnes et, par les fenêtres, les séquoias se détachent tels des découpages en fer. Comme mus par un signal, les jeunes résidents du lodge se lèvent de table et sortent des instruments des recoins où Tor et Bari les rangent : bongos et castagnettes, maracas, flûtes à bec et ukulélés – une grande diversité pour ceux qui n'ont pas d'oreille. Plusieurs personnes prennent une guitare, Tor a une flûte. Ils partent de la maison, empruntent, par deux ou trois, un chemin entre les séquoias menant au sommet de la colline. Lou et ses amis sont entraînés dans la forêt où il fait frais et qui embaume. Quinn ose passer un bras autour des épaules de Ben Hobart ; une secousse électrique vibre le long de la colonne vertébrale de celui-ci qui, abasourdi, jette un coup d'œil à Quinn, mais ne s'écarte pas.

Tim Breezely traîne à l'arrière. Il a envie de boire un coup. D'avoir fumé de l'herbe l'a vidé et, outre le poids de ses valises invisibles, on l'a chargé d'une mandoline. C'est le dernier à arriver au sommet. Les séquoias cèdent la place à un terrain dégagé où les derniers rayons du soleil s'attardent parmi les feuilles dentelées des plants de cannabis qui leur arrivent à la taille. Le moral de Tim Breezely remonte face à l'espace et à la lumière. L'air est sec, vif, acidulé. Un cercle est déjà préparé pour le feu qu'on allume lors des soirées fraîches. Le groupe s'y rassemble comme par habitude, chacun se donnant la main avant de s'asseoir. Enhardi pas son succès précédent, Quinn prend celle de Ben, suscitant un tourbillon de sensations en celui-ci, proche des orgasmes qu'il a avec sa femme. Par hasard, vraiment par hasard, Lou se retrouve à côté de la clarinettiste qui avait été nue, mais il ne parvient pas à croiser ses jambes ; il ne s'est pas assis en tailleur depuis l'enfance.

Une fois installés, ils ferment les yeux comme pour méditer. J'ai assisté à ce temps de silence à partir de toutes les consciences disponibles du collectif et plus ou moins perçu ce qui passe par la tête de chaque participant dans les dernières lueurs du soleil : une première communion un jour de pluie ; la prise d'un poisson télescope dans un étang ; un bourdonnement dans les oreilles ; la sensation de faire un saut périlleux arrière… Sauf que j'ai le même problème que ceux qui recueillent des informations : Qu'en faire ? Comment les trier, les configurer, les utiliser ? Comment ne pas s'y noyer ?

Toutes les histoires ne méritent pas d'être racontées.

Tor rompt le silence avec la première et seule déclaration élaborée que ses invités l'entendront prononcer ce jour-là. D'un filet de voix, il leur demande de sentir la présence d'une puissance supérieure dans la nourriture qu'ils ont mangée, la terre sous eux, le ciel au-dessus ; la singularité de ce moment précis du XXᵉ siècle – d'oublier, l'espace de cet instant, le fléau de la guerre et de l'armement apocalyptique au profit de cette beauté, de cette paix. « Ressentez-le, mes amis, et soyez reconnaissants de la grâce de notre réunion. »

Une onde semble se propager depuis le sol chaud. Le soleil s'éclipse, ce qui crée un coup de froid, annonce le mugissement de l'océan Pacifique au pied des falaises, à quelques kilomètres à l'ouest. Tim Breezely se rend compte qu'il a les yeux humides. Il les essuie discrètement, tandis que les autres se mettent à jouer de leur instrument, puis il gratte timidement la mandoline. Un garçon à la barbe naissante dirige le groupe avec sa guitare, accompagné par la clarinettiste, et ils s'accordent sur l'air de « *Michael Row the Boat Ashore* ». Un cantique qu'ils ont chanté à l'église. Ils sont de la même famille, l'aînée est la sœur.

La diversité des instruments et l'harmonie des voix sont exaltantes. Bari se lève avec souplesse et danse. Les autres l'imitent sans cesser de jouer. Quinn et Ben Hobart dansent, les mains entrelacées ; Tim Breezely danse avec sa mandoline. Tous se meuvent et oscillent, ensemble et séparés, dans la lumière déclinante.

Lou et Tor sont les seuls à rester assis. La musique et la danse déclenchent une alarme en mon père, une prise de conscience tumultueuse, comme s'il se rappelait un feu laissé allumé, une porte entrebâillée, une voiture sans freins en haut d'une falaise. Avec la prescience qui le distinguerait jusqu'à la fin de sa vie, Lou comprend que le changement qu'il attendait est là. Il a découvert sa source, le sent dans ses plantes de pieds. Mais il se sait trop âgé pour participer. Il est vieux, à trente et un ans ! Lors de l'anniversaire surprise qu'il a organisé pour les trente ans de Christine quelques mois auparavant, un ami a offert à celle-ci une canne constellée de pois ! Lou Kline ne supportera pas d'être laissé en rade. Il lui faut se propulser dans le rôle de producteur, comme Tor – plus vieux que lui, nom de Dieu ! Sûrement pas en faisant pousser de l'herbe ; l'agriculture évoque trop le paysage de l'Iowa qu'il a abandonné. En revanche, la musique lui offre un champ d'action possible. Il se souvient de cette soirée, dans son impasse, où tout le monde dansait au bord du lac. Une autre danse, une autre musique ; les Yardbirds et leurs semblables n'ont rien de commun avec l'existence que Lou a construite, celle qu'il vit en ce moment. Ils font partie de celle qu'il va vivre. Il regarde le frère et la sœur musiciens. Il les imagine sur scène. Il pense : *Je peux être l'artisan de leur carrière*. Ce fut le cas. De nos jours, nous connaissons tous leur musique.

Plus tard ce soir-là, après que Tor et Bari sont partis se coucher, après que Quinn et Ben Hobart ont disparu dans un lieu inconnu, après que d'autres sont retournés dans la clairière pour faire un feu (le risque d'incendie était une inquiétude même à cette époque-là), Lou et Tim Breezely, les deux musiciens et leurs jeunes copains dévalent la pente jusqu'à la rivière pour un bain de minuit. Lou ouvre la marche – l'eau l'attire toujours. Il est pieds nus. C'est bien mieux que ses chaussures Oxford et carrément sensuel sur ce tapis de moisissure veloutée, comme si les objets tranchants n'existaient pas.

La rivière, satinée et calme, enclavée entre des remparts de séquoias, est glaciale au point qu'une douleur lancinante leur vrille les doigts quand ils les trempent. Serait-ce dangereux d'y nager ? Lou, qui a entendu dire que l'eau très froide pouvait provoquer des crises cardiaques, se sent responsable de les avoir emmenés là. Tandis qu'ils pèsent le pour et le contre, Tim se déshabille soudain et plonge dans le plus simple appareil depuis un tronc d'arbre. La claque du froid lui coupe le souffle ; la sensation de mourir l'effleure un instant ; quand il remonte à la surface en hurlant, c'est sa tristesse qui est morte – il l'a laissée au fond de la rivière. La liberté ! La joie ! Tim Breezely divorcera bientôt – les autres aussi – tout le monde divorcera. Une génération s'est libérée des entraves d'engagements forgés par l'habitude en faveur de l'invention, de l'espoir – et nous, leurs enfants, nous tenterons de retrouver le moment où nous les avons perdus en pensant que c'était notre faute. Tim Breezely deviendra un fervent adepte du jogging avant que tout le monde se mette à courir sans avoir besoin d'être poursuivi. Il écrira des livres sur le sport et la santé mentale qui le rendront célèbre et recevra des milliers de lettres de gens qu'il avait aidés à changer de vie, voire sauvés.

Se fustigeant de ne pas avoir sauté le premier, Lou ôte ses vêtements et se précipite dans l'eau, tellement gelée que ses couilles sont projetées jusque dans sa gorge. Il y a des éclaboussures, des cris, tandis qu'ils le suivent tous. Mais quand la souffrance s'est estompée et qu'ils ont bien barboté, le froid se mue en une chaleur rayonnante. Ils partent de la rivière, frissonnants, euphoriques, galvanisés par leur aventure, et remontent la côte jusqu'au lodge nus, sans éprouver la moindre honte.

Rolph et moi, nous attendions devant la fenêtre le retour de notre père. Nous avons fini par nous aventurer dans l'impasse. Notre mère nous permettait de rester nu-pieds même si nous venions de prendre notre bain. Il faisait chaud en ce crépuscule de soirée d'été. Je portais un peignoir orange tirant sur le marron, à motifs cachemire, mais je ne crois pas me le rappeler véritablement. Certains de mes « souvenirs » ne sont que les photos des albums que notre mère aimait créer, qui racontaient l'histoire de notre famille sous forme de petites photos carrées, la plupart en noir et blanc, avec parfois un flamboiement de couleurs comme si on s'était tous réveillés au pays d'Oz. Ce peignoir à motifs cachemire ne m'est revenu en mémoire qu'au moment où j'ai regardé, par ses yeux, notre père s'approcher de la maison. J'ai perçu sa sensibilité à la beauté de l'heure bleue. J'ai éprouvé l'élan d'amour qui le submergeait à la vue de Rolph en train de courir à côté de moi, avec sa couche en tissu et son allure chancelante, du haut de ses trois ans.

Nous avons attrapé la jambe de notre père, qui a posé une main sur chacune de nos têtes, entourant celle de Rolph, la serrant contre lui. Il a ensuite levé les yeux sur notre mère, Christine, qui, en pull bleu, les cheveux flottant d'une pince, lui a souri devant la porte d'entrée. Elle était entourée des arbrisseaux filiformes qu'ils avaient choisis, ensemble, dans une serre et plantés devant leur maison flambant neuve de Californie, persuadés qu'ils y vivraient toujours.

Bright Day

Les derniers mois de sa vie – elle mourrait d'une overdose à cinquante-sept ans –, Roxy Kline devint philosophe. Ce n'était pas ce à quoi on s'attendait. Dans les supputations de la famille assignant des rôles basés sur les prédispositions de l'enfance, on lui avait donné celui de « sauvageonne » – notamment par opposition à Kiki, sa petite sœur, qui collectionnait les chapelets et faisait un signe de croix chaque fois qu'un amant de leur mère s'installait chez eux. Roxy avait plus que rempli son rôle au fil de sa vie ; en fait, elle avait tant de fois répété le mot « sauvageonne » en cure de sevrage qu'il ne signifiait plus rien pour elle.

Pendant les parties de Donjons & Dragons à son centre de désintoxication, Bright Day, Roxy est fascinée par la façon dont on crée les personnages : un joueur lance des dés pour attribuer de la valeur à des qualités innées tels le charisme, l'habileté ou l'intelligence, puis à des compétences acquises comme l'infiltration et le dressage d'animaux. Quelques jets de dés, une liste de scores et *boum* – on avait un voyou, un magicien ou un guerrier doté de forces, de capacités et de faiblesses, exactement comme un être humain. Roxy demanda une fois à Chris Salazar, qui animait le groupe de Donjons & Dragons avec son amie Molly Cooke, s'il lui était arrivé d'évaluer ainsi des êtres réels : générosité, puissance du système immunitaire, charme…

— Non, répondit Chris. Mais les chiffreurs le font. Les sociétés qui achètent leurs résultats aussi. Et ceux qui mesurent leur propre valeur à l'aune du nombre de clics et de vues aussi.

— Ça a l'air sérieux, commenta Roxy, plutôt angoissée.

Chris lui prit les mains et les serra. Ayant la vingtaine, soit trente ans de moins que Roxy, il la traitait avec une indulgence affectueuse.

— Ne t'en fais pas, tous les labyrinthes ont une issue.

Sur ces mots, il l'embrassa sur la joue.

La conversation avait lieu dans l'appartement exigu où Chris habite avec Samantha, sa petite amie. Roxy était venue pour la Pâque juive. À ses yeux, Chris Salazar fait désormais plus partie de sa famille que la plupart des membres de la sienne. Il l'invite quand il est en vacances. Chris est le fils de Bennie Salazar, que le père de Roxy conseillait et adorait depuis que Bennie était au lycée. Chris a la beauté de son père, ses yeux sombres et sa peau mate, hormis ses cheveux devenus gris. Bennie avait organisé une rencontre entre Chris et Roxy, dix ans plus tôt, lorsque Chris était venu faire des études supérieures sur la côte ouest. Mais ils ne sont proches que depuis trois ans, depuis que Chris a créé l'atelier Donjons & Dragons.

D&D se passe tôt le matin à Bright Day, afin que ceux qui travaillent puissent jouer une heure après leur dose. On joue normalement le soir, après le travail, explique Chris, sauf que les centres de désintoxication ne sont pas des lieux de vie nocturne. Bright Day ferme ses portes l'après-midi.

Les joueurs habituels sont des hommes, à part Roxy qui, à défaut de jouer, aime regarder. Toutes les semaines, Chris l'invite à créer un personnage et à participer au jeu. Il n'est jamais trop tard pour prendre part – en cure, tant qu'on respire, il n'est jamais trop tard. Mais Roxy a peur de se tromper ou de ne pas comprendre. Un de ses « si seulement » – une façon de se raconter la vie qu'on aurait pu avoir si certaines calamités ne s'étaient produites (*si seulement je n'étais pas montée dans cette voiture, si seulement maman était entrée dans la pièce, si seulement je n'avais pas eu autant envie d'être cool*) – et, dans le cas de Roxy, *si seulement je n'étais pas dyslexique*, sa manière de formuler *si seulement j'étais née en 1998 et non en 1968*. D'après des vidéos qu'elle a regardées, les enfants dyslexiques s'en sortent très bien aujourd'hui – ils écrivent des livres, deviennent même directeurs d'école ! Pour Roxy, l'école n'avait été qu'un interminable épisode où elle ne comprenait rien – phrases, paragraphes, chapitres. Des équations d'algèbre se disloquaient sous ses yeux. Aurait-elle appris à lire vraiment, au lieu de picorer, ce qui continue d'être le mieux qu'elle puisse faire – si elle avait, par exemple, lu *Frankie Adams*[1], de Carson McCullers, que Molly Cooke lit à voix haute à Bright Day au cours de trois séances –, qu'elle aurait découvert que d'autres avaient ressenti les mêmes émotions qu'elle après un voyage à Londres avec son père, un voyage qui l'avait brisée. Elle n'était ni unique en son genre ni seule. La lecture aurait pu la sauver.

— Tu as l'air heureuse, Rox, constate Chris, l'étreignant avant qu'elle ne se glisse sur l'une des chaises autour de la table dans une petite salle de réunion de Bright Day.

Elle vient d'avaler sa dose devant la fenêtre et de rendre la tasse vide ; à présent, elle se rince la bouche avec de l'eau pour empêcher un résidu de méthadone de corroder l'émail de ses dents.

— Quel est ton secret ?

— Qui, moi ? lance Roxy, levant les mains avec une fausse innocence.

C'est de notoriété publique que, faute de prendre sa cure au sérieux, elle ne songe qu'à avoir le droit de rapporter des doses chez elle malgré une mauvaise analyse d'urine.

Chris la scrute. Son empathie frise la télépathie. Roxy a effectivement un secret ce matin-là. Son Cube Mandala – un cadeau de ses sœurs pour ses cinquante-huit ans la semaine suivante – est censé arriver aujourd'hui. La raison pour laquelle elle a demandé à obtenir OwnYourUnconscious

1. Traduction française de Jacques Tournier, Stock, 1990.

n'est pas, comme pour beaucoup de gens qu'elle connaît, pour avoir recours à la Conscience Collective dans le but de résoudre une énigme : *Qui était le gamin qui m'a tabassée ? Où est le professeur qui m'a touchée ? Qui a tué mon ami* ? Ou, plus porteur d'espoir : *Qu'est devenu ce type avec qui j'ai bu une bière au Caffe Trieste en 1990 ? Qui m'a massé le dos pendant le concert Green Day au Golden Gate Park ?* Les histoires de retrouvailles amoureuses émeuvent Roxy aux larmes, en revanche Chris ne change pas d'avis : l'externalisation de la conscience, quelle qu'en soit la raison, fût-ce comme protection contre la démence, est une grave erreur.

— Si ça s'arrêtait là, pourquoi pas, l'a-t-elle entendu dire, mais ce n'est jamais le cas. Le collectif est comme la loi de la chute des corps, à laquelle presque personne ne parvient à résister. En fin de compte, on lui donne tout. Et le collectif n'en est que plus omniscient.

Presque personne n'est capable de résister au collectif, hormis Roxy. Les souvenirs des autres ne l'intéressent pas. Elle ne souhaite que revivre ses meilleures journées – rien ne pourra les égaler, elle en est convaincue.

Il y a quatre joueurs réguliers aujourd'hui et un nouveau, un culturiste, tatoué et gonflé de la tête aux pieds, hormis son visage qui arbore l'expression défaite d'un camé. Chris lui montre comment lancer le dé et décrire son personnage. Le nouveau venu choisit de devenir un elfe, ce qui n'étonne pas Roxy ; les gens jettent souvent leur dévolu sur un personnage D&D à l'opposé de leur personnalité. Les hommes musclés jouent en tant que nains, ceux qui sont délicats en tant que guerriers barbares. Voilà qui a poussé Roxy à s'interroger d'une manière philosophique, inédite pour elle : quelle était leur véritable identité ? « Cela dépend du monde que tu considères comme réel », a répondu Chris en souriant quand elle lui a posé la question.

Il lui désigne à présent la fiche d'un personnage et demande :

— Qu'est-ce que tu en penses, Roxy ? Tu t'y mets aujourd'hui ?

Elle secoue la tête. Elle aussi jouerait un personnage opposé à sa personnalité : une version D&D d'elle à seize ans, une fille à l'énergie en fusion bouillonnant dans son torse, son ventre, son entrejambe, ne craignant pas de soutenir le regard d'un homme, de le provoquer. À quoi est-ce que cela correspondrait sur le plan de D&D ? Comment le demander sans être gênée ? Roxy avait perdu sa virginité à treize ans avec son premier petit ami, Terrence Chen, un collégien, lui aussi ; elle l'avait largué pour se mettre en quête d'hommes de vingt et trente ans qui profiteraient de l'occasion. Elle s'enorgueillissait de ses mésaventures. On l'avait frappée ! Elle avait subi un lavage d'estomac ! Pourtant, son visage à ossature d'oiseau, toujours intact et ingénu dans le miroir, séduisait tout le monde, jusqu'à elle-même. Sa mère la qualifiait de gavroche. Elle n'avait pas un gramme de graisse sur le corps.

Roxy avait localisé Terrence Chen – sa version sur Internet – la première fois qu'elle avait déménagé en Caroline du Nord au début du nouveau millénium, alors qu'elle avait un peu plus de trente ans. Tout se retrouvait sur Internet à cette époque-là. Il s'avéra que Terrence s'était également installé dans la région de San Francisco, où il était vétérinaire dans le comté de Marin. Baraqué et beau sur le profil de son site, il souriait au-dessus du pelage duveteux d'un golden retriever ; il avait une femme et des enfants dont les cheveux étaient apparemment de la même couleur que le chien. Roxy joua avec l'idée d'apporter les chatons qu'elle avait récemment recueillis au cabinet de Terrence le vétérinaire, même si cela impliquait de se rendre de l'autre côté de la baie. Non, finit-elle par décider. Pas encore. Il fallait qu'elle franchisse la porte de sa clinique en victorieuse. Elle était encore jolie ; Lana et Melora avaient payé pour qu'on restaure son sourire après la perte de plusieurs dents et pour qu'on redresse son nez après une mauvaise fracture. Mince et élégante, elle pouvait toujours danser. En revanche, elle continuait de lutter contre une dépendance à l'héroïne et avait derrière elle douze ans que Terrence considérerait vraisemblablement comme perdus. Elle devait au moins égaler et, mieux encore, dépasser le score de la belle vie réussie de Terrence avant de jeter sur son chemin sa personne certes moins jolie mais qui l'était indéniablement. Ça marcherait grâce à la notoriété. Roxy croyait depuis toujours qu'elle finirait par être célèbre, de même que d'autres personnes en avaient également été convaincues. La première fois qu'elle avait déménagé à San Francisco et fini par retrouver la trace de Terrence – il y avait presque vingt-cinq ans –, ce n'était pas de l'ordre de l'impossible.

Donjons & Dragons se déroule dans une atmosphère glaciale. Roxy admire la concentration profonde des joueurs, qui ne paraissent jamais impatients, comme si le reste de la vie avait ralenti pour suivre le rythme du jeu. Le nouvel elfe a recours à des tours de passe-passe et des objets magiques pour sauver les autres d'une horde de brigands dans une ancienne forêt, représentée non par une photo, mais par une carte dessinée à la main sur une feuille de papier millimétré archaïque, pareille à celles utilisées en cours de géométrie, se rappelle Roxy. D'autres cartes représentent des donjons, des tavernes, des villes et même le cosmos : un vaste réseau de mondes interconnectés qui peuvent être rangés, entre les parties, dans une enveloppe en papier kraft. Quelquefois un joueur quitte une carte par un « portail » et émerge sur une autre feuille de papier millimétré, une transition que Roxy trouve galvanisante. D'un monde à l'autre, comme ça ! Chaque fois qu'un joueur surgit sur une nouvelle feuille, Chris et Molly changent de rôle en tant qu'animateurs. Le jeu n'en finit jamais.

Chris et Molly ne sont ni en cure ni en couple ; Chris est avec Samantha, et Molly a une copine, Iris. Jusqu'à l'année précédente, Chris animait le groupe avec Colin Bingham, son meilleur ami d'enfance, mort d'une overdose il y a huit mois. Chris n'a pas encore retrouvé sa gaieté ; Roxy aussi a été bouleversée ; à vingt-trois ans, Colin était assez jeune pour reprendre une vie normale avec à peine une faille à justifier. Il avait le teint clair, ses dents. Chris et lui avaient grandi à Crandale, dans l'État de New York, où, enfants, ils avaient joué à D&D. Son amitié avec Molly date aussi de cette époque. Après le décès de Colin, Molly a pris sa place : c'est une femme docile et soucieuse de plaire que Roxy s'efforce de ne pas détester.

Aucun joueur n'a envie que la partie s'arrête, ce n'est jamais le cas, peut-être la lenteur du jeu n'est-elle qu'une façon d'obtenir une prolongation. À 9 heures, ils doivent malgré tout céder la place à un groupe de femmes enceintes, clientes de Bright Day. Plusieurs d'entre elles avec leur gros ventre attendent dans le couloir, tandis qu'ils sortent en file indienne, se vantant bruyamment de leur escarmouche avec des brigands comme si elle avait réellement eu lieu.

Chris et Molly rapportent leurs livres et leurs cartes dans leur bureau situé dans le même immeuble que Bright Day, à un étage plus élevé. L'entreprise de Chris, Mondrian, organise des séances de jeu dans des centres de désintoxication de toute la région de la baie de San Francisco. Des posters de dragons crachant du feu et d'assassins masqués couvrent les murs, sans oublier les étagères bourrées de livres sur divers animaux magiques et une statue en fer d'une orque que Chris a trouvée dans une valise abandonnée. Roxy a toutefois fini par se demander si les jeux ne servaient pas de couverture à une activité clandestine de Mondrian. Si les magiciens et les barbares ont leurs compétences, les ex-drogués aussi – dont l'une est un sixième sens. Roxy en a conscience. L'ambiguïté prolifère dans son quartier : le marchand de journaux proche de Bright Day vend des comprimés d'OxyContin, la fleuriste officie comme guetteuse, et chez Betty, une cafétéria, on peut se shooter à l'héroïne en s'arrangeant à l'avance avec les aides-serveurs. Comme Roxy est douée pour feindre les trous de mémoire, un autre talent d'ex-toxico, les gens ne font pas attention à leurs propos en sa présence. En affichant l'indifférence et un regard vide, elle a entendu Chris discuter au téléphone de *contrats*, *usurpation d'identité*, *mimèsis* et dire « La demande est énorme » et « Elle a un don pour le dialogue ». Roxy ne comprend pas le sens des phrases, c'est là où ses compétences lui font défaut. À cause de la dyslexie ? La nature du véritable travail de Chris et de Molly lui est aussi inintelligible que les planques de drogue du coin le sont pour la femme qui gare sa Mercedes dans le garage de la O'Farrell Street et, vêtue d'une robe turquoise légère, s'avance vers l'opéra en faisant claquer ses talons. Hormis sa certitude que ce que fait Mondrian est légal (ni trafic d'armes ni évitement de la police) et peu rentable (l'appartement de Chris est minuscule), Roxy est dans l'ignorance. Quelle que soit cette activité, Chris s'y consacre par amour.

Elle sort de Bright Day pour fumer une cigarette. Le vent et le soleil déchirent la brume. Un tintinnabulement de câbles de métro s'épanche dans le centre-ville, à peine audible dans le silence matinal. Des mouettes blanc et gris parcourent le trottoir en quête de reliefs de la fête de la nuit dernière (il y en a une tous les soirs ici), prenant leur essor en tenant une frite ou une croûte de pizza dans leur long bec jaune.

Roxy, qui a quarante-cinq minutes à tuer avant de retrouver son conseiller en toxicomanie, se dirige vers la cafétéria de Betty. Elle a beau entendre des pas précipités dans son dos, elle ne se retourne pas, se doutant qu'il s'agit de Molly. En effet :

— Tu vas boire un café ? lui demande celle-ci.

Roxy hoche la tête, exaspérée. Son rejet de Molly n'est pas seulement dû au fait qu'elle a pris la place de Colin, que Roxy aimait. Avec ses cheveux crépus et son sourire candide, Molly Cooke n'est adaptée ni à Bright Day ni au quartier. Elle n'a pas de carapace, aucun sang-froid – c'est le genre de fille que Roxy, adolescente, aurait rejetée, peut-être même harcelée. Molly sait d'instinct lorsqu'elle n'est pas la bienvenue, mais n'en tient pas compte. L'antipathie de Roxy à son égard provient surtout de la méchanceté que Molly éveille en elle.

Assises côte à côte au bar, elles boivent toutes deux un café lavasse, amer, susceptible de signaler à n'importe qui doté d'un infime sixième sens que les clients de l'établissement sont ici pour se procurer autre chose. L'externalisation de sa conscience vers un Cube Mandala prenant quatre heures, Roxy s'est convaincue qu'elle ne tiendrait probablement pas le coup aussi longtemps sans une assistance chimique (rationalisation justificatrice), sous forme de quelques sachets auxquels elle ne touchera que si elle n'a pas le choix (elle se dupe). Molly boit son affreux café à petites gorgées, inconsciente. Le score de son sixième sens doit avoisiner zéro.

— Comment était Chris petit garçon ? demande Roxy.

Elle aime parler de lui – imagine parfois qu'il est son fils, et non celui de Bennie.

— Oh, j'étais amoureuse de lui, répond Molly. Il a un an de plus que moi, ce qui ajoutait à sa stature.

— Tu jouais à D&D avec lui ?

— On jouait avec l'oncle de Chris. Et une autre fille, Lulu. Elle a assisté au service funèbre de Colin.

— Je connais Lulu ! s'exclama Roxy, très excitée. Elle bosse pour Bennie.

— Lulu était une étrangère exotique qui vivait dans l'État de New York et ne venait que de temps en temps. On était tous amoureux d'elle.

— Tu étais amoureuse de tout le monde, commente Roxy d'un ton narquois. Est-ce que l'un d'eux était amoureux de toi ?

— Non, reconnaît Molly, l'air lointain l'espace d'un instant.

— Je parie que tu étais sage.

— On l'était tous plus ou moins, même Colin – le « mauvais garçon ». On n'avait pas beaucoup d'opportunités de faire des bêtises au Country Club de Crandale.

— Vous traîniez au Country Club ? lance Roxy avec mépris.

— Bien sûr, on y passait notre vie.

— Je me serais débrouillée pour avoir des problèmes.

Molly éclate de rire – d'un véritable rire plein d'un plaisir malicieux.

— Tu aurais été la maîtresse des lieux, Roxy.

Un sourire satisfait se dessine sur les lèvres de Roxy, qui commence à apprécier Molly.

— Je n'étais pas mauvaise, lui dit-elle.

En allant aux toilettes, elle aborde un des aides-serveurs. La transaction, qui a lieu alors que Molly attend à quelques mètres, n'est pas une trahison. Le réseau de junkies se trouve simplement sur une feuille de papier millimétré différente de celle où est assise Molly, de même que le travail clandestin de Mondrian correspond à une autre feuille de papier millimétré, comme la vie de Terrence, le vétérinaire, dont les cheveux sont devenus blancs et qui vient d'avoir son premier petit-enfant. (Bien qu'elle ne soit jamais allée le voir, Roxy a continué de le suivre en ligne durant tout ce temps.) Ces univers irréconciliables occupent pourtant un seul espace physique – à la manière des cartes D&D rangées dans une seule enveloppe. Comment est-ce possible ? La philosophie !

Chris raccompagne Roxy chez elle après sa séance avec son conseiller. Son immeuble est à deux pâtés de maisons de Bright Day, en haut d'une côte escarpée. Roxy doit s'arrêter à mi-chemin pour reprendre sa respiration :

— La clope, explique-t-elle.

Chris a l'air soucieux. Roxy l'inquiète davantage depuis la mort de Colin, et son sixième sens comparable à celui de Roxy est activé ce matin. A-t-il l'intuition qu'elle a des sachets en papier cristal dans sa poche ? Quand ils se remettent à marcher, il lui demande :

— Tu vas à la serre aujourd'hui ?

Trop essoufflée pour parler, elle acquiesce.

Devant son immeuble, il la laisse partir à contrecœur.

— Viens dîner ce week-end, Sam serait ravie de te voir… je passerai te prendre.

Mais trop excitée par la perspective de OwnYour-Unconscious (et des sachets en papier cristal), Roxy est incapable de faire des projets concrets. Elle serre Chris dans ses bras et lui dit au revoir.

Le colis de Mandala se trouve déjà sur le pas de sa porte ; Piers, son voisin, l'a sûrement porté jusque-là. Roxy habite le même studio depuis presque vingt-cinq ans (ce sont ses sœurs qui payent son loyer, personne n'a confiance en elle quand il s'agit d'argent) et elle partage un mur avec Piers depuis dix-sept ans. Âgé d'une soixantaine d'années, il est gay et sexuellement actif – elle a vu des hommes sortir de chez lui –, sinon, hormis une sœur qui lui rend parfois visite avec ses deux petits-enfants, Piers vit seul, comme Roxy. Bons voisins, ils n'hésitent pas à courir au rez-de-chaussée lorsqu'ils entendent la sonnerie de l'autre et aperçoivent une camionnette de livraison dans la rue. Ils ne sont jamais entrés dans leurs appartements respectifs. Tandis que, couchée dans son lit, Roxy regarde la brume bleu lavande envahir le ciel, il lui arrive d'entendre, voire de sentir Piers bouger de l'autre côté de leur mur mitoyen. Qu'il existe même quand elle ne le voit pas lui paraît insensé. Elle a du mal à croire que Piers soit aussi réel qu'elle – plein de pensées, de souvenirs, de sentiments. Or il devait l'être, comme les autres habitants de ce labyrinthe de petits logements sociaux allant des réfugiés du boom technologique aux « condamnés à perpète » tels que Piers et elle. Comment la structure peut-elle contenir tant de vies ? Pourquoi n'explose-t-elle pas sous la pression ?

Le manque d'intimité de Roxy avec les condamnés dans son genre désarçonne Chris. Pourquoi ses voisins et elle ne sont-ils pas devenus plus proches – amis – après des décennies de coexistence, parmi lesquelles des périodes de confinement en raison d'une pandémie ? Sauf que le risque d'une fin de l'amitié est inhérent à l'amitié, et Roxy est trop souvent passée d'un ami à l'autre au cours de sa vie. Peut-être ses colocataires aussi – peut-être la condamnation à perpète dans un appartement d'O'Farrell Street est-elle synonyme d'une succession d'amitiés sabordées. Mieux vaut pour Piers et elle qu'ils demeurent des inconnus bienveillants plutôt que risquer de devenir des ennemis partageant un mur.

Artie, le chaton orange adopté trois semaines auparavant – un client de Bright Day en avait trois nichés dans la poche de son sweat à capuche – maraude dans les emballages, tandis qu'elle ouvre soigneusement le carton de Mandala où figure son glyphe caractéristique. Elle en dispose le contenu sur son parquet rutilant qu'elle récure avec du spray nettoyant, comme si c'était une vitre. Après mûre réflexion, elle a choisi le modèle « graphite » pour son Cube de Conscience : trente centimètres cubes d'un matériau étincelant qu'on croirait extrait de la lune.

Roxy a une intuition exceptionnelle quand il s'agit de machines – elle aurait pu être Bix Bouton, *si seulement*... mais sans doute la moitié du monde se raconte-t-elle la même histoire. Il n'empêche qu'elle était parvenue à visionner la conscience de son père même après que Charlene lui avait donné la liste des mots de passe dans le mauvais ordre. Roxy avait envie de regarder son voyage à Londres avec son père par les yeux de ce dernier, se voir à seize ans dans le feu de l'action, comme l'héroïne d'un film. Elle avait néanmoins fini par arracher le casque avant même que son père sorte de chez lui pour aller la chercher et l'emmener à l'aéroport. Le flux intime de ses pensées l'avait écœurée : Jocelyn, sa maîtresse perturbée, écartelée sur un lit ; une boucle d'accords de guitare électrique ; un bouton qui le démangeait sur les couilles ; un vrombissement de tondeuse à gazon ; une envie folle d'un sandwich à l'avocat et au fromage ; le souhait de pouvoir se rendre à

Londres sans Roxy ; d'intenses regrets de l'avoir invitée à l'accompagner – le tout emporté dans une crise de rage en voyant Bowser chier au bord de la piscine.

Après avoir balancé le casque, Roxy était restée hébétée et horrifiée, se disant qu'elle allait vomir ou mourir. Avec la sensation de s'éloigner tant bien que mal, en rampant, d'un précipice, elle s'était remémorée que le voyage à Londres n'était devenu magique qu'à bord de l'avion, où ils étaient en première, où il l'avait laissée boire du champagne. Elle le connaissait à peine, étant l'une des enfants de sa deuxième épouse. À en croire sa mère, pleine d'amertume, elle n'avait eu d'autre fonction que de l'éloigner de sa première épouse, Christine, dont il était très amoureux.

Roxy avait toujours été convaincue que son père l'avait emmenée à Londres pour l'exhiber ; elle venait d'apparaître dans deux clips musicaux sur MTV, une invention américaine dernier cri en 1984. Mais ces épouvantables moments dans le cerveau de son père avaient révélé un motif différent : l'éducation. Voilà l'explication de leurs visites du début dans une cathédrale et plusieurs musées. Son père l'entraînait vers une peinture ou un autel qu'il examinait d'un air inquisiteur, puis il lui lançait un regard plein d'attente comme s'il espérait que l'objet avait produit sur elle un effet qu'il n'avait pas sur lui. « Au diable les musées », avait-il déclaré le troisième jour. Leur échec commun les avait rapprochés.

Roxy sépare ses cheveux afin que chacun des capteurs soit en contact avec son crâne. Sous le coup d'une impulsion dictée par la peur, elle est prête à arrêter le processus. Mais elle tient à avoir terminé pour arriver à temps à la serre où son boulot commence à 15 heures. Elle pose le Cube de Conscience près de son futon et s'allonge en faisant attention à ne pas emmêler les capteurs. Artie monte sur son buste et coince sa petite tête sous son menton, tel un butoir. Elle a entendu dire qu'on ne ressentait rien pendant l'externalisation – c'était du pareil au même qu'on soit éveillé ou endormi. Pourtant, dès que le Cube bourdonne, Roxy est assaillie par une multitude de souvenirs comme autant de grains de poussière soulevés par un ménage vigoureux. Leur dernier jour à Londres, son père l'emmena dans un élégant restaurant français situé dans un quartier rempli de boutiques de vêtements vintage. Ils s'installèrent dehors, la nappe blanche était éblouissante au soleil. Son père lui donna ses lunettes noires. Ils avaient invité un groupe de musiciens : quatre garçons aux cheveux longs, à peine plus âgés que Roxy, aux accents incompréhensibles. Son père et le manager du groupe concluaient un accord, de sorte que l'atmosphère était à la fête. Tout le monde buvait du champagne. Le batteur lui caressa le mollet sous la table et l'intercepta plus tard à la sortie des toilettes pour femmes, agitant une ampoule de cocaïne. Roxy sniffa une dose dans chaque narine. Le batteur tenta de l'embrasser, sauf que sa moustache clairsemée n'avait rien de séduisant et son haleine sentait le pâté. Un autre jour, ailleurs, Roxy aurait peut-être fait n'importe quoi – eu un rapport sexuel dans les toilettes, comme elle l'avait fait à deux reprises dans une boîte punk à LA. Pas ici. Elle retourna à la table, se réjouissant du soulagement manifeste de son père de la récupérer. Il remplit de nouveau son verre. Le soleil tapait, mais la fraîcheur du champagne sorti tout droit du seau à glace pétillait dans sa poitrine.

Ils se promenèrent après le déjeuner. Son père lui donnait la main. Londres était pesant, dense, vert. À seize ans, elle avait l'impression d'être grande en marchant à côté des deux hommes, tandis que les quatre musiciens traînaient et chahutaient derrière eux. Elle s'accrochait au bras de son père, le champagne et la cocaïne valsaient dans son sang. Dans un parc, ils s'arrêtèrent devant un lac où il y avait des cygnes et des voiliers miniatures. Comme les musiciens essayaient de pousser l'un d'eux à l'eau, leur manager s'adressa soudain à Roxy : « Qu'est-ce que tu comptes faire de ta vie ? » En temps normal, elle aurait répondu « Devenir danseuse ou actrice » ou simplement « Être célèbre ! » (à l'instar de tous les autres enfants de LA), aurait peut-être fait allusion aux vidéos de MTV ou aux autres pour lesquelles on l'avait déjà choisie. Or elle lança : « Je veux me démarquer », sur un ton tellement sans réplique que les deux hommes, surpris, éclatèrent de rire. Elle sentit la fierté de son père, ce qui était inédit et exaltant. Longtemps après le départ des musiciens, Roxy resta avec son père et le manager, qui continuèrent à marcher et à discuter. À 22 heures, le soleil n'était pas encore couché. C'était le plus beau jour de la vie de Roxy.

« Je veux vivre avec toi », dit-elle à son père pendant le vol de retour à Los Angeles. Contrairement à lui, elle buvait toujours du champagne.

— Ça ne marchera pas, Rox. Je voyage trop. Et tu manquerais à Kiki.

— Elle sera contente d'être débarrassée de moi.

— Tout le monde a besoin d'être proche d'un frère ou d'une sœur.

— Je pourrais t'accompagner quand tu voyages, comme cette fois-ci.

— Ce serait sympa, pas vrai ?

Il avait chaussé ses lunettes. Des papiers s'empilaient sur son plateau ainsi que des cassettes qu'il lui fallait écouter sur son Walkman. Elle comprit que leur voyage était terminé. L'harmonie parfaite qu'elle avait éprouvée, une symbiose qui rendait obsolète sa vie précédente, était provisoire. Elle fondit en larmes.

« Tu es fatiguée, commenta-t-il. Je t'ai épuisée. Le vol dure longtemps, dors. »

Roxy obéit, appuyée sur son épaule, tandis qu'il travaillait. Lorsqu'elle se réveilla, l'avion survolait Los Angeles, son père rangeait ses cassettes. Malgré la sensation qu'elle avait de se noyer, elle afficha une expression dure et garda ses bras le long du corps. Elle ne le reverrait pas pendant cinq mois.

Une fois rentrée chez elle avec sa mère et sa sœur, elle fut morose, à la dérive. Kiki l'accueillit avec indifférence ; elle refusait même de voir leur père, qu'elle jugeait

« impie » depuis que Charlie lui avait appris qu'il avait séduit Jocelyn encore lycéenne. Kiki passait son temps avec un groupe de jeunes chrétiens ; Roxy en avait déduit que sa sœur n'avait d'autre choix. Dieu aimait tout le monde, n'est-ce pas ? Sauf que moins d'un an après le voyage à Londres de Roxy, Kiki s'enfuit avec le responsable du groupe, âgé de vingt-six ans. Roxy se souvient de son étonnement, son amour-propre bafoué à l'idée d'avoir été battue par sa médiocre sœur en matière de transgression. Leur père avait recruté des détectives, lesquels n'avaient pas retrouvé Kiki avant qu'elle ait eu dix-huit ans. Elle était réapparue deux ans plus tard, écrivant des lettres à leur mère depuis l'Extrême-Orient, où elle était devenue missionnaire. Elle avait fini par épouser un cadre dans le secteur de l'assurance, s'était installée dans le Connecticut, avait eu quatre enfants, adultes à présent. Elle n'utilise plus son surnom mais son prénom, Krysanne. Roxy ne l'a vue qu'à deux reprises à l'âge adulte, à l'enterrement de leur père et, plus récemment, à celui de leur mère. N'ayant que leur enfance en commun, à propos de laquelle Krysanne répète à l'envi : « J'en suis sortie, Dieu merci ! », elles n'ont pas grand-chose à se dire.

Il est compliqué de planer sous méthadone (Roxy doit faire attention parce que ça l'oblige à augmenter la dose), et ça lui procure une sensation de puissance et de perfection transcendante, supérieure à ce qu'elle imaginait quand elle avait proféré son « Me démarquer ». Au bout du compte, rien de ce sur quoi elle comptait – ses talents de danseuse, sa beauté, sa confiance en elle sur le plan sexuel – ne lui avait servi, elles avaient rendu les armes. L'héroïne est son grand amour, l'œuvre de sa vie, et Roxy a tout laissé tomber pour elle, par le biais du renoncement ou de la simple négligence. Personne ne peut contester sa persévérance – tous la reconnaissent plutôt, mais seulement parce qu'ils ne saisissent pas que les cicatrices de ses bras, ses doigts enflés, ses dents grises, ses cheveux clairsemés, sa façon de se voûter et sa démarche hésitante témoignent de l'ardeur de sa dévotion. Elle a surpassé de beaucoup Jocelyn, avec qui elle s'assoupissait chez son père. À quarante ans, Jocelyn avait décroché un diplôme d'assistante sociale et s'était casée avec un guitariste amoureux d'elle depuis le lycée. Pas Roxy. Elle quittera ce monde les mains vides : un sacrifice qu'à l'époque de la ferveur de son adolescence Kiki aurait été la seule à comprendre.

Le Cube carillonne plus tôt que ce à quoi Roxy s'attendait. Elle se redresse, en forme, saisie d'une envie d'uriner, comme si elle s'était endormie. Peut-être que cela a été le cas parce que la pièce lui semble différente, bizarre. Agréable. Près de son futon, le Cube Mandala est aussi chaud qu'un œuf tout juste pondu, Artie somnole dessus. Roxy fait glisser le chaton sur son lit et soulève le Cube. Il semble plus lourd : le poids de son passé. Lorsqu'elle ôte les capteurs de sa tête, elle a l'impression d'être plus légère, comme si elle était délivrée d'une tension interne. Elle a vu une vidéo, il y a longtemps, sur une femme tombée tête la première par une fenêtre du deuxième étage. Des médecins lui avaient ouvert le crâne, avaient extrait son cerveau qu'ils avaient immergé dans une cuvette de liquide céphalorachidien afin qu'il puisse gonfler sans s'écraser contre l'intérieur de sa boîte crânienne. C'est ce qu'éprouve Roxy, comme si on avait libéré son cerveau d'une cellule devenue trop petite pour lui.

Elle prévient la serre par un SMS qu'elle ne se sent pas bien et ne peut venir, les faux-fuyants spontanés étant un des nombreux talents d'une ancienne camée. Son emploi à la serre faisant partie de la cure de Bright Day, elle sait qu'on lui fera une analyse d'urine le lendemain. Pas de problème… elle est clean ! Mais elle veut s'abandonner aux conséquences, comprendre ce qui a changé. Artie bondit de nouveau sur le Cube dès qu'elle le pose. En un sens, le Cube, c'est elle. Le contenu entier de son esprit y est : ce dont elle peut et ne peut pas se souvenir, les moindres pensées et sentiments qu'elle a eus. Elle est enfin propriétaire de son inconscient. Elle sait où tout trouver.

Tout, c'est-à-dire, jusqu'au carillon. Les vingt minutes qui ont suivi ne seront sauvegardées dans le Cube qu'au moment où elle refixera les capteurs et mettra à jour son externalisation. Pour l'heure, elles n'existent que dans son esprit. Et malgré son envie d'avoir le Cube de Conscience comme moyen de remonter le temps, c'est ce présent inédit, limpide, avec ses minutes venant d'éclore qui la captive. Elle se touche le visage, sent la chaleur de sa peau au bout de ses doigts. Elle s'approche de la fenêtre et l'ouvre. Un ciel bleu. Le vent frais de San Francisco. La proximité de l'océan, pourtant invisible. La satisfaction d'une longue et profonde respiration. Elle inspire de nouveau, encore plus profondément, et pense : *J'ai de la chance.*

Le film de sa visite à Londres, que Roxy désirait tant voir, est celui qu'elle vient de vivre dans la rafale de souvenirs provoquée par le téléchargement. Que lui faut-il de plus ? De quelle manière la redécouverte de cette période sans retouches améliore-t-elle l'histoire que sa mémoire a créée ? Et si, comme pour ces ignobles moments de l'esprit de son père, la vérité décevait ?

Roxy comprend maintenant pourquoi Chris Salazar est opposé à ne serait-ce qu'une utilisation privée, limitée de OwnYourUnconscious. La logique du processus précipite à l'extérieur. Elle le ressent comme une force naturelle, un courant projetant sa conscience au-delà des limites de son ego dans une sphère plus vaste. Converger, être subsumée… comme elle y aspire ! La perspective miroite devant elle : la réalisation de tout ce qu'elle voulait dans la vie. Se démarquer.

Galvanisée par le besoin d'agir avant d'avoir peur, Roxy connecte le Cube à son Wi-Fi et s'assied devant en tailleur. Elle fournit le prélèvement ADN de l'intérieur de sa joue et le Cube se met à fredonner, suscitant un ronronnement enthousiaste d'Artie qui réagit à ce regain d'air chaud. Roxy sent un bruissement au tréfonds de son corps, le déversement de sa conscience dans Internet, un torrent de souvenirs et de souffrances – se vidant dans un cosmos qui frémit et se tord à la manière d'une galaxie en expansion. Son père est là, quelque part. Roxy a le sentiment que leurs souvenirs fusionnent enfin, comme leurs bras qui s'étaient balancés lors cettc longuc soirée lumineuse. Son passé franchit un portail en tourbillonnant avant de disparaître sur une feuille de papier millimétré.

Sur celle-ci, une nouvelle vie clandestine se dessine qu'elle est la seule à connaître, Roxy se présentera à D&D et dira à Chris et Molly : « Je suis prête à créer mon personnage. Vous voulez bien m'aider ? »

i, le protagoniste

Chris Salazar était incapable de se rappeler le travail qu'il s'était imaginé faire la première fois qu'il était tombé sous l'emprise de Sid Stockton, l'étrangement charismatique directeur général des réseaux SweetSpot, lors d'un entretien d'embauche sur Zoom, pendant la pandémie, et qu'il avait fini par laisser tomber son travail de rédacteur au profit de la start-up de loisirs de Sid, mais il ne s'était certainement pas imaginé couvrir des murs entiers de formules algébriques. Il en était pourtant là, deux années plus tard, le bras endolori, le cœur battant la chamade, avec deux stylos effaçables à sec inutilisables, en train de défendre sa suite d'« algébrisations », un terme qu'il aurait eu du mal à définir il y a deux ans, et qu'il employait à présent plus de quatre-vingts fois par jour (il avait compté).

Pourquoi, voulaient savoir les chiffreurs professionnels (surtout Jarred, diplômé de la promo 2019 de Stanford, comme Chris, mais en maths) avait-il algébrisé *Un verre en pleine figure* –

$$\boldsymbol{a}\text{ (+ verre)} \times \text{(acte de jeter le verre)} = \boldsymbol{a}\text{ (– verre)} + {}^{i}/_{2}$$

– faisant de ***i*** le protagoniste, la cible du verre jeté plutôt que le lanceur ?

Sans regarder directement Jarred qu'il s'efforçait d'ignorer, Chris expliqua au groupe qu'un protagoniste jetant le verre appartenait à un autre segment narratif : *Le héros châtie l'éternel imbécile*, qu'il avait algébrisé quelques mois auparavant.

Jarred était mécontent. Chris agaçait toujours Jarred et c'était réciproque :

— Ne faudrait-il pas régler ses comptes à ***i*** après qu'il a reçu un verre en plein visage ? insista-t-il.

— Se prendre un verre au visage est humiliant, répondit fermement Chris. Cela a d'autant plus de chances de donner à ***i*** le sentiment d'être réduit, ou diminué de moitié.

— Oui, proféra Aaron, leur patron, un homme si avare de paroles que les rares qu'il prononçait semblaient aussi irrévocables qu'une hache fendant une bûche.

Chris fut sous le coup d'une exaltation frénétique. Il faisait sensation, il déchirait tout ; il était en train d'exploser cette réunion ; il anéantissait Jarred, ayant maximisé une suite d'algébrisations sans qu'un seul changement mathématique soit nécessaire. Outre *Un verre en pleine figure* qu'il avait classé comme 3A*i*m, celles-ci comprenaient :

- *Une gifle* [3A*ii*r]
- *« Tu n'as jamais été là pour moi. »* (*En criant*) [3A*viii*y]
- *« Comment oses-tu ? »* (*En murmurant*) [3A*viii*z]
- *Le protagoniste touche le fond seul, une nuit, dans les rues de la ville* (*musique sentimentale en accompagnement*) [3A*ix*b]
- *Le protagoniste soûl, drogué ou assommé titube dans un paysage tourmenté* [3A*ix*d]
- *Une clameur nocturne suivie par le silence du vide matinal* [3A*xii*w]
- *Des visages flous penchés sur le protagoniste, devenant peu à peu plus nets* [3A*xi*p]
- *Une main surgit, maladroite, pour attraper un téléphone qui sonne* [3Ayiiin]

Quand on avait confié à Chris la tâche d'écumer films et séries télé à la recherche de tous les éléments de base ou stéréotypes (les stockblocks), afin de les classer et les convertir en un système algébrique, la tâche lui avait semblée impossible. À Stanford, sa matière principale était l'anglais ; il adorait lire et continuait d'y consacrer son peu de temps libre. Or représenter algébriquement des séquences narratives s'était révélé plus facile qu'il ne s'y attendait.

Le protagoniste dans un état exacerbé : $\boldsymbol{i}^2$
Le protagoniste dans un état diminué : $^{i}/_{2}$
Exclu par les autres, le protagoniste se sent réduit :
$\boldsymbol{i} < (\boldsymbol{a}, \boldsymbol{b}, \boldsymbol{c}\ldots) = {}^{i}/_{2}$
***i**, le protagoniste avait même commencé à arborer l'air fanfaron d'un héros :*

$$\boldsymbol{i}\,!$$

Tandis que ***a***, ***b*** et ***c*** n'en paraissent que plus faméliques – des figurants qui n'ont pas compris que l'histoire n'était pas sur eux et que le triomphe de ***i*** serait inéluctable. Dans le monde des stockblocks, la rédemption était garantie.

« SweetSpot fera pour le divertissement ce que MK a fait pour les réseaux sociaux ! » avait déliré Sid Stockton lors de leur premier entretien sur Zoom et, bien qu'il ait acquiescé avec enthousiasme, Chris avait ensuite cherché, sur Internet, à quoi correspondait MK. C'était une anthropologue, Miranda Kline, qui avait cartographié le « génome des tendances de l'être humain » presque trente ans auparavant et créé des algorithmes pour la prédiction des comportements. Elle était devenue célèbre car elle avait donné aux réseaux sociaux les moyens de rentabiliser leur activité à une époque où c'était une nouveauté, au demeurant sans en tirer la moindre fierté. Les clips vidéo de ses interviews que Chris avait brièvement regardés montraient qu'une sorte de frivolité gagnait Kline au fil du temps. Dans la plus récente, un intervenant constatait : « On dirait que tout ça est derrière vous. » Et Kline, une femme aux cheveux gris de soixante-douze ans, vêtue d'un chemisier en satin rouge, de renverser la tête en arrière et d'éclater de rire : « Je suis toujours heureuse d'être vivante, si c'est votre question. En revanche, j'en ai assez de mon passé. »

Chris émergea de la réunion du matin, boosté par cette victoire éclatante, mais dans un tel état de nervosité qu'il avait le sentiment qu'il était à deux doigts de se mettre à pleurer. Le triomphe était prématuré ; il devait présenter une autre suite d'algébrisations le lendemain matin et il était loin d'avoir terminé. Quand il était dans cet état d'exaltation artificielle (fréquent dans ce travail), il évitait le jardin suspendu de SweetSpot – où les abeilles des ruches de la société somnolaient dans les parterres de lavande – et rejoignait les fumeurs, derrière une ligne jaune à dix mètres de l'entrée de l'immeuble. Le mépris des fumeurs pour leur employeur, la vibration antisociale s'accordaient avec une précision mystérieuse au stockblock 1K*iip*, *outsiders dépravés*. Autant de correspondances que Chris remarquait de plus en plus, ce qui avait pour effet de transformer le monde en un jeu d'associations et qui ne manquait pas de l'inquiéter ; si une grande partie de sa vie pouvait se décrire en clichés conventionnels, qu'est-ce que cela signifiait ?

Chris ne fumait pas ; son attirance pour les fumeurs était une conséquence de sa fonction narrative – *l'acolyte serviable* – ainsi qu'il en avait pris timidement conscience pendant ses deux années de codification de stockblocks. Il avait toute sa vie joué le second rôle dans le scénario des autres (sauf dans les jeux de D&D, où il endossait le rôle de leader balèze), à commencer par celles de Colin, son meilleur ami depuis l'enfance jusqu'à présent, jusqu'à celle de Pamela, son ex depuis peu, qu'il n'avait pas réussi à sauver de la dépendance à l'héroïne.

L'outsider le plus dépravé parmi les fumeurs, Comstock, paraissait ne rien faire d'autre que cloper ; Chris ne l'avait jamais vu à l'intérieur de l'immeuble. La voix rauque, vêtu de cuir, Comstock calmait une toux persistante avec des lampées de sirop antitussif qu'il buvait d'un flacon caché dans ses couches de cuir (après une pandémie, même des outsiders dépravés ne supportaient plus de tousser). Pendant un de leurs rares échanges, Comstock avait précisé à Chris que son boulot chez SweetSpot était aux diagnostiques, un département qu'il avait décrit comme « un atelier de réparation où les non-diplômés de Stanford se salissent les mains ». À quoi Chris avait rétorqué sur le même mode : « Et nous sommes les pur-sang incapables de faire quoi que ce soit. » C'était la bonne réponse. Il avait eu droit à un grand sourire et quelque chose approchant un contact oculaire.

— Salutations, lui lança Comstock, sa formule habituelle, ajoutant : *¿ Qué pasa, hombre ?*

L'espagnol fit tressaillir Chris – s'agissait-il d'une allusion à son ethnicité ? Il ressemblait à son père, un Latino qui se détestait – Chris l'agaçait souvent avec ce terme, certes exagéré. Il fallait reconnaître que Bennie Salazar avait subsumé ses origines honduriennes par un *comportement contre-culturel* (1A*iii*p), dès le lycée, ici, à San Francisco. Un rocker punk qui avait géré un groupe au nom impardonnable de Flaming Dildos, son père n'avait jamais eu l'audace d'emmener le moindre copain à Dale City, où il habitait avec la grand-mère de Chris (qui y vivait toujours) et l'une de ses quatre tantes, tombée enceinte alors qu'elle était encore au lycée.

Chris aurait bien aimé réagir au *¿ Qué pasa ?* de Comstock par un torrent de mots espagnols, mais son père avait insisté pour qu'il apprenne le français. Aussi se borna-t-il à lui demander :

— Ça fait combien de temps que tu travailles chez SweetSpot ?

— Trop longtemps.

— C'est-à-dire… une semaine ?

— Cinq ans.

Chris fut saisi d'un doute.

— Mais on n'existe que depuis… trois ans, non ?

— J'étais là avant que ça devienne SweetSpot. Sid et moi, ça fait un bail qu'on se connaît.

Chris n'avait jamais rencontré quelqu'un qui connaissait Sid Stockton, uniquement ceux qui, comme lui, avaient été hypnotisés par lui.

— Comment ça se fait que tu sois coincé aux diagnostiques si Sid et toi êtes aussi proches ?

— Je n'ai pas l'esprit d'équipe, expliqua Comstock. Mais Sid ne peut pas me virer… je sais où est le placard avec les squelettes.

Une vague pensée effleura la conscience de Chris : une expérience inédite semblait à sa portée. Il avait éprouvé la même chose quand il avait repéré Pamela, le jour de la remise de diplôme de Colin à Sylvan Shires, un centre de désintoxication à l'est de la baie de San Francisco : l'impression que la fille nerveuse, aux boucles d'oreilles en forme de cœurs, le transporterait vers quelque chose de nouveau. Chris avait pensé, à tort, que Pamela était une amie ou une parente d'un diplômé, non quelqu'un avec un problème de dépendance. En revanche, son intuition avait été juste : il n'avait jamais aimé personne autant qu'elle. Et Pamela l'avait aimé, du moins en avait-elle eu l'air jusqu'à sa rechute, après laquelle Chris n'avait pu qu'enrager en vain, tandis qu'elle s'assoupissait devant les dessins animés *Yu-Gi-Oh !* qu'elle adorait regarder, défoncée, une traînée de salive de berlingot orange suintant de sa bouche. Les cris, les supplications, les crises de larmes de Chris ne l'atteignaient pas quand elle était dans cet état. Pamela réagissait avec la même béatitude, tendre et aveuglée.

Comstock parlait – ce qui pour lui correspondait à lancer des mots dans la direction de Chris sans le regarder.

— … aller en moto à… Tu veux venir… ?

— Bien sûr, répondit Chris, par réflexe.

En effet, il savait que les outsiders dépravés réitéraient rarement une proposition. À dire vrai, il ne pouvait se rendre nulle part – il devait travailler le restant de la journée pour que l'algébrisation soit terminée le lendemain matin. Mais ce n'était pas la peine d'y aller tout de suite. Il descendit la pente aux côtés de Comstock, s'éloignant du hall en bois blond de SweetSpot qui s'élevait d'une manière attrayante derrière des baies vitrées. Le pâté de maisons en face du leur était coupé en deux par « l'allée des camés », où Chris avait vu des gens se piquer dans l'aine ou le cou quand il osait y jeter un œil. SweetSpot se prétendait incapable de réglementer ce qui passait de l'autre côté de la rue, sauf que les fumeurs avaient une autre théorie : la direction tolérait la symétrie désastreuse parce que cela empêchait les SweetSpotters de s'aventurer hors du confort de leur citadelle.

La Harley-Davidson noire et cabossée de Comstock était garée au milieu d'une armée de bicyclettes, lesquelles, en comparaison, ressemblaient à des faons craintifs. Le moment de s'arracher était venu pour Chris – plutôt d'une succession de moments, chacun ayant juste été un peu prématuré. Comstock tapota le siège, l'invitant à sentir par lui-même son rembourrage de cuir flambant neuf. Conscient que l'instant décisif était arrivé, Chris monta, puis il fut pris de court car Comstock sauta devant lui avec une agilité surprenante pour un homme de sa corpulence, ce qui rapprocha leurs torses en une union désarmante. Comstock démarra. La moto bondit avec une embardée, obligeant Chris à enlacer le ventre chaud de l'homme afin de ne pas basculer dans la rue dans un salto arrière. Ils s'élancèrent au sommet d'une colline, plongèrent sur l'autre versant, propulsés par le vent et les vibrations trépidantes, hurlantes de la machine. Chris était terrifié. Il n'avait que peu d'expérience du danger physique ; ses parents lui avaient appris avec une fervente unanimité que sa jeune vie était précieuse, une leçon qu'il avait parfaitement assimilée.

Et pourtant, quand il parvint enfin à se détendre, même légèrement – il desserra les dents, relâcha les biceps, l'abdomen, les jambes ; les immeubles qu'ils croisaient auraient dû être réduits en gravats fumants du fait de sa violence et de ses rugissements. Chris fut envahi par une joie extraordinaire. Il s'abandonna à la course – montées et descentes en chute libre traumatisantes, tournants pris à des angles tellement drastiques que le trottoir lui effleurait l'épaule. Son allégresse était d'une pureté si éloignée de la fébrilité de ses succès professionnels qu'elle lui sembla inédite. Avait-il été déprimé ? Un sentiment d'échec l'habitait depuis cinq mois, depuis l'overdose de Pamela dans les toilettes d'un Starbucks où on l'avait réanimée avec du Narcan. La mère de Pamela était venue à San Francisco en voiture, avait aidé sa fille à faire ses bagages et l'avait ramenée au Nebraska. Pamela avait envoyé un SMS à Chris pour lui signaler qu'elle ne serait pas joignable : *Je dois tout faire pour aller mieux…* Qui le contesterait ? Sauf que d'après les stories de ses réseaux sociaux (que Chris suivait de plus près que les siens), elle avait terminé une nouvelle cure et s'affichait aux côtés de Skyler, un joueur de frisbee de premier plan, arborant chacun une alliance tatouée à leur annulaire.

Il avait échoué, mais de quelle manière ? Il n'avait pas réussi à aider Pamela ? À être suffisamment doué – au lit, dans la vie – pour l'empêcher de rechuter ? La vérité semblait plus profonde, plus déroutante : il n'avait pas sombré en même temps qu'elle dans l'abîme. En comparaison de l'enfance de Pamela, dévastée par les abus sexuels d'un oncle désormais en prison, la sienne avait été d'une facilité ridicule. Son unique chagrin – le divorce de ses parents alors qu'il avait huit ans – avait été atténué par l'arrivée de son oncle Jules, venu vivre avec eux. Jules, un écrivain en panne d'inspiration, avait par conséquent tout le temps de construire, pour Chris, un repaire de yéti en Lego pendant que celui-ci était en classe ; d'orchestrer des jeux bihebdomadaires de D&D pour Chris et Colin et, quand ils furent plus âgés, de les emmener sur les lieux d'un ancien camp d'éclaireuses, dans le New Jersey, où des gens ordinaires se transformaient désormais en Seigneurs de Guerre, Elfes Noirs et Naïades Bleues ; où Chris et Colin jouaient à tour de rôle les citadins effrayés, les marchands ambulants ou – mieux que tout – les monstres sanguinolents qui attaquaient des voyageurs naïfs sur des routes de campagne et éclaboussaient les congères d'un sang imaginaire.

De quoi donner à Chris un équilibre inébranlable, cautérisé, protégé des épreuves au même titre que les Sweet-Spotters l'étaient des conditions sordides de l'allée en face de leur immeuble. La perte de Pamela avait laissé une ombre de tristesse à laquelle il s'était tellement habitué qu'il ne s'en apercevait plus. À présent, elle s'était dissipée.

Il ne se rendit que peu à peu compte qu'ils fonçaient sur une autoroute. Un coup de semonce : il devait rentrer ! Il tenta d'étreindre le torse de Comstock pour lui crier quelque chose du genre : « Bordel, mec, où est-ce que tu vas ? », mais une rafale de vent envahit sa bouche, menaça d'arracher la peau de son crâne et de l'expédier dans les collines à proximité, telle une taie d'oreiller. Il essaya de se redresser pour hurler la question au creux de l'oreille de Comstock, ce qui se révéla impossible : celui-ci portait un casque, contrairement à Chris ! Alors il s'accrocha, résigné, se rassurant parce que sa situation difficile correspondait à la séquence narrative suivante : *Mec réglo, emporté par un hors-la-loi, soudain euphorique* [2P*vii*], un stockblock relevant du domaine de la comédie. Ils roulaient sur la Highway 101 ; à leur gauche, l'East Bay avait des reflets opalescents, tandis que des lambeaux de brume s'accrochaient aux contreforts qui s'étageaient à leur droite. Chris connaissait cette partie de l'autoroute à cause de ses trajets pour se rendre à l'aéroport.

En effet, ils ne tardèrent pas à zigzaguer entre les terminaux du SFO.

— Qu'est-ce qu'on fait ici ? réussit à brailler Chris quand Comstock s'arrêta pour consulter son téléphone.

— Ça fait deux heures que son avion a atterri, elle est furax.

L'instant d'après, Chris la repéra au bord du trottoir : vêtue de cuir noir, les lèvres peintes en noir, une expression de rage sur le visage, on ne pouvait la rater. Comstock poussa brusquement la moto jusqu'à elle, bondit, se mit à l'embrasser à bouche-que-veux-tu ; Chris détourna pudiquement les yeux. Il y eut ensuite le savon qu'elle lui passait dans une langue que Chris ne reconnut pas aussitôt… du russe peut-être ? Il entendit des voitures bouchonner le long du trottoir, des policiers siffler. Le moteur de la Harley tournait au ralenti.

— Approche-la un peu, dit Comstock.

Chris se retourna, persuadé que celui-ci s'adressait à une personne à proximité sachant *conduire une moto* [1*Ziii*p] – or c'était à lui.

— Je ne sais pas conduire ce machin, bredouilla-t-il.

— Alors descends.

Chris obtempéra avec plaisir, puis il eut la sensation de se pétrifier, piégé par l'inquiétude et la frustration que la vitesse avait occultées. Qu'est-ce qu'il foutait à l'aéroport ? Combien de temps avait-il perdu ? Le spectre de Jarred profitant de sa minuscule inconstance lui donna le vertige.

Comstock aida son amie à enfourcher la moto. Celle-ci démarra et fila jusqu'à l'extrémité du terminal. Comstock la suivit en traînant l'énorme valise cabossée en plastique gris sur la chaussée. Les roulettes étaient apparemment bloquées. Chris détecta un accroc logistique manifeste : la moto de Comstock ne pouvait pas transporter une troisième personne, encore moins une gigantesque valise.

— Écoute, elle tient à conduire, marmonna Comstock de sa façon indirecte. Et si j'allais avec elle et que tu nous suivais en taxi avec la valise ?

Chris ne savait trop comment refuser cette absurde suggestion : *Non, je vais prendre un taxi sans emporter la valise… ? Non, je tiens à monter sur ta moto avec une femme que je ne connais pas… ?* S'être laissé embarquer jusqu'ici, c'était ça le plus grotesque.

Chris parcourut la file de taxis d'un regard furieux ; un chauffeur finit par mettre la valise dans son coffre ; Chris monta et claqua la portière pour exprimer son indignation.

Il se retrouva en train de bouder sur la banquette arrière, pendant que Comstock, dans le rôle de l'adulte, parlait au chauffeur. Leur caravane disparate finit par s'ébranler : l'amie de Comstock, casquée, devant ce dernier qui, tête nue, se serrait contre elle. À la sortie de l'aéroport, ils se dirigèrent vers le nord sur la 280 et Chris se rasséréna. Il avait toute la nuit pour terminer sa présentation, s'il en arrivait là, sans compter l'Adderall procuré par Colin, dont les connexions avec les dealers restaient opérationnelles bien qu'il soit rétabli.

Chris fit défiler des stockblocks 3B*i*-3B*xii*, dont :

- *L'amusant meilleur ami devient sérieux pour raisonner le protagoniste.*
- *Séance de montage suivie par des plans montrant le protagoniste bouche bée.*
- *L'associé qui a rejeté le protagoniste vient à la rescousse au moment vital.*
- *La foule se lève en un hommage inattendu…*

— Bon Dieu, elle s'imagine que je conduis comment ? lâcha le chauffeur.

Chris leva les yeux, individualisant l'homme pour la première fois : longs cheveux gris, bronzage cendreux, colifichets suspendus au rétroviseur, bâtonnet d'encens sur le tableau de bord. Un personnage.

— Votre ami se prend pour James Bond. (Chris eut un petit rire poli et se replongea dans sa liste, mais le chauffeur insista.) Je ne peux pas rouler à leur vitesse, dites-moi simplement où je dois aller.

— Je… je ne suis pas certain de l'adresse. Il ne vous l'a pas donnée ?

— Il m'a demandé de suivre la moto.

Chris supposait qu'ils se rendaient à SweetSpot mais, après réflexion, cela lui parut improbable.

— Vous ne pourriez pas… accélérer un peu ? Je ne suis pas sûr à cent pour cent de leur destination.

— C'est mauvais pour mes amortisseurs, sans compter le risque de surchauffe du radiateur.

— Bon, il y aura un gros pourboire, annonça Chris.

Sauf que l'allusion à l'argent lui permit de se rendre compte, horrifié, que faute de rester au niveau de la moto, ce serait à lui de régler le prix exorbitant de la course.

— Vous sentez cette secousse ? poursuivit le chauffeur. C'est le moteur qui renâcle. Il a déjà besoin d'une vidange, alors que j'ai dépensé trois cent vingt dollars la semaine dernière pour les amortisseurs.

Agacé par cette hypocondrie d'automobiliste, Chris opinait d'une façon incontrôlable. À son sens le chauffeur était un ***a*** : le figurant s'imaginant à tort être le protagoniste. Les yeux rivés sur le blouson de Comstock, Chris lui ordonna mentalement de se retourner. Peine perdue. Peut-être Comstock ne le pouvait-il pas, peut-être faisait-il confiance à son amie pour ne pas perdre le taxi de vue. Comment savoir ce qu'ils pensaient – c'étaient de parfaits inconnus ! Chris et Comstock n'avaient pas encore échangé le moindre regard.

— Vous entendez ce cliquetis ? Ce léger bourdonnement.

— Écoutez, je n'ai pas envie d'une description détaillée de votre taxi, juste que vous le conduisiez. On est dans la merde si on perd la moto.

— Pas moi, vous.

— Je n'ai pas mon portefeuille. Vous ne serez pas payé si on perd la moto.

Même si cela avait été la vérité – ce qui n'était pas le cas –, la menace ne rimait à rien ; il pouvait très bien payer avec son téléphone, mais ce boomer ne le savait peut-être pas. Chris avait simplement voulu rappeler au chauffeur qu'il était un ***a***, non un ***i***, qu'il n'avait qu'à faire son boulot et la fermer. Un silence morose le rassura l'espace d'un instant, jusqu'à ce qu'il s'aperçoive qu'***a*** avait mis son clignotant et sortait de l'autoroute.

— Putain, qu'est-ce que vous faites ? s'énerva-t-il.

On distinguait mal la moto à présent.

— Pas d'argent, pas de course.

— Bien sûr que je peux vous payer. Je n'y tiens pas, mais je le peux.

Un schisme s'était creusé entre ***a*** et ***i***.

$$\boldsymbol{a \neq i}$$
$$\boldsymbol{a \leftarrow\ \rightarrow i}$$
$$\boldsymbol{i}$$

Ainsi Chris se retrouva sur un trottoir, devant la valise d'une inconnue, sous un soleil de plomb, dans ce qu'il reconnut être Daly City. Il s'autorisa à pousser un hurlement de frustration, ce qui lui attira les regards méfiants de banlieusards sortant de la gare du BART[1]. Il se calma. Au fond, ce n'était pas lui qui avait un problème, c'était la femme. Chris n'avait pas dépensé un sou, la valise était en bon état et, d'après son téléphone, il était à huit pâtés de maisons de chez sa grand-mère. Elle ne cessait de le supplier de venir dîner, et il mourait justement de faim. Abuela jouait souvent aux échecs le soir, mais un rapide échange de SMS lui confirma qu'elle était là, et s'apprêtait à servir un ragoût de poulet à Gabriella, une cousine de Chris, qui lui rendait visite depuis Fresno. Ce dernier élément tempéra l'euphorie de Chris. Sa cousine Gabby ne l'aimait pas. Il n'empêche que, galvanisé par la chance de son atterrissage en douceur, il parcourut les rues vallonnées, traînant la valise abîmée, passant devant des pavillons identiques dont l'individualité s'exprimait par des couleurs éclatantes – rose vif, bleu granité – un côté psychédélique que le coucher de soleil amplifiait.

Abuela le reçut au seuil de sa maison gris-vert, l'enlaça dans une étreinte fragile, son haleine mentholée par les

1. Acronyme de San Francisco Bay Area Rapid Transit : réseau de trains à traction électrique desservant l'agglomération de la baie de San Francisco.

cigarettes qu'elle continuait de fumer à quatre-vingt-six ans, malgré les sermons du père de Chris. Mince et fragile, elle ne portait que du Celine, d'élégants tricots dans les beiges et bleus, et des chaînes fines autour du cou. Ses cheveux, d'où la moindre nuance de gris avait été abolie, étaient relevés et attachés derrière sa tête. Elle jouait aux échecs tous les jours, d'ordinaire toute la journée, et estimait qu'il fallait être tirée à quatre épingles pour livrer bataille. Championne dans sa jeunesse au Honduras, Abuela avait dû renoncer à la compétition une fois mère de cinq enfants dans un pays hostile où elle avait été veuve à trente-cinq ans. Elle ne s'y était remise que lorsque son dernier-né, le père de Chris, était au lycée et « avait honte de rentrer à la maison » – elle ne manquait pas de s'en plaindre. Au fil du temps, ses gains de tournois lui permirent de démissionner de son travail à la municipalité et de s'acheter une petite maison. Puis dans un cours d'aqua-yoga pour seniors au YMCA, Abuela s'était liée d'amitié avec une femme, dont le fils était spécialisé dans une cryptomonnaie. Par son intermédiaire, elle avait d'abord investi certains de ses gains – ensuite la totalité de leur valeur nette – en Bitcoins. Elle avait vendu lorsque le marché était à la hausse, encaissé une somme se comptant en millions (elle refusait d'en révéler le montant), dont elle avait dépensé une partie, anonymement, dans une vente aux enchères pour acquérir une toile de Mondrian. Aux yeux de Chris, l'œuvre d'art n'avait rien d'exceptionnel : carrés blancs et blocs de couleurs primaires. En revanche, cette géométrie était une source inépuisable de renouveau spirituel pour Abuela. « Quand je suis perdue ici, je m'emmène là-bas. En deux dimensions, les problèmes paraissent plus simples », aimait-elle expliquer. Accroché dans son séjour, le Mondrian n'était pas assuré : tous les actuaires qu'elle avait consultés avaient jugé sa maison, même équipée d'une alarme, trop vulnérable. Abuela s'obstinait à ne pas déménager. « Ces gens ne distinguent pas un Mondrian d'une meringue », Chris l'avait-il entendue dire à propos de ses voisins. « Regarde comment ils ont peint leur maison. »

Le père de Chris refusait de s'asseoir dans une pièce où trônait un Mondrian non assuré. En raison de ce désaccord entre mère et fils, la famille ne se voyait qu'au restaurant quand Bennie venait de New York – souvent avec la belle-mère de Chris, Lupa, une photographe animalière spécialisée dans les insectes.

— Pourquoi ne pas admirer la beauté de mon Mondrian plutôt que d'en faire tout un plat ? pontifiait Abuela avec une emphase à l'européenne.

Une question qu'elle avait de nouveau posée au père de Chris deux mois plus tôt, tandis qu'ils dînaient au North Beach Restaurant près de Mabuhay Gardens, une boîte de nuit punk à étages, désaffectée depuis longtemps, où le groupe de Bennie, les Flaming Dildos, n'avait joué qu'une fois en 1979.

— Je ne vois pas de beauté. Je ne vois que du vide et Dieu sait combien de millions perdus le jour où un hooligan l'arrachera de ton mur, rétorqua son fils.

Chris et Lupa échangèrent un coup d'œil complice.

— Benicio, tu déplores un événement qui ne s'est pas produit, le réprimanda Abuela. Qu'y a-t-il de plus idiot ?

— Accrocher un Mondrian non assuré sur ton mur.

Leur querelle avait un côté théâtral, un faux air de *Progéniture à tête brûlée agressant un parent à tête froide* [2P*xix*l], au point que Chris se demandait s'ils l'auraient eue en l'absence de Lupa et de la sienne.

— Tu sais, reprit Abuela, lançant un regard en coin à Chris, c'est moi qui ai repassé sa crête iroquoise pour le rock punk.

— Nous y voilà, dit son fils.

— Sur ma planche. Avec ma laque. Il se serait brûlé la tête.

— Je me le rappelle, assura Chris.

— Tout le monde s'en souvient, s'agaça son père, vexé. Tu veilles à ce que personne ne l'oublie, maman.

— Il ressemblait à… un monstre qui voudrait faire peur aux enfants, commenta Abuela, regardant son fils avec tendresse. Je l'ai pourtant fait – pourquoi ?

— Pour qu'il soit heureux, conclut Lupa.

Après le dîner, ils passèrent en voiture devant le vieux Mabuhay Gardens. Les Flaming Dildos, un des premiers groupes à s'y produire en première partie, avaient été bombardés de détritus. Chris avait en vain cherché des séquences vidéo de leur numéro (Quel drôle de monde tout de même, avec si peu de caméras !). Eût-il adhéré à la Conscience Collective qu'il aurait eu de multiples perspectives du concert. Mais OwnYourUnconscious lui répugnait – une réaction qui le mettait en porte-à-faux avec sa cohorte. Si Bix Bouton était un dieu dans l'univers de Chris, lui-même se rangeait secrètement (très secrètement) du côté des boomers qui considéraient la « mémorévolution » de Mandala avec une horreur existentielle.

Bien que le numéro des Flaming Dildos fût perdu pour Chris, des bribes avaient malgré tout survolé quarante-trois ans pour atterrir dans sa vie actuelle. Scotty Hausmann, le héros populaire qui avait relancé la carrière de son père deux ans auparavant, avait été le chanteur des Flaming Dildos. Lou Kline, feu le producteur de disques, avait pris le père de Chris sous son aile après avoir assisté au concert. Roxy, la fille de Lou, une femme instable qui habitait San Francisco, dînait parfois avec Chris et son père. Mais il venait de découvrir la connexion la plus stupéfiante : alors que Miranda Kline, l'anthropologue, ne cessait de s'imposer spontanément à lui, des recherches approfondies dans sa biographie lui avaient appris qu'elle avait été, pendant une brève période, l'épouse de Lou Kline, dans les années 1970 ! Un frisson glacé l'avait parcouru – une mystérieuse sensation de la reconnaître, voire de la confronter – comme si Miranda Kline lui adressait un signe ou un clin d'œil, de loin.

Abuela noua un tablier Mondrian sur sa robe et remplit des bols aux motifs similaires de ragoût de poulet. Bougeoirs, vases, parapluies, plateaux, verres, napperons, serviettes, coussins, posters encadrés, beaux livres et une broderie pour repose-pieds faisaient partie de sa panoplie Mondrian qui, dans sa tête, composait un camouflage impénétrable.

— Aucun propriétaire d'un authentique Mondrian n'achèterait des merdes pareilles, aimait-elle dire.

— Tu reviens de voyage ? lança Gabriella à Chris.

Installée à la table de salle à manger, elle attendait qu'il la serve tout en observant la valise qu'il avait posée – discrètement, espérait-il – devant la porte d'entrée.

— Ce n'est pas la mienne, répondit-il.

— C'est interdit, non ? de transporter les bagages d'autres personnes ? ajouta Gabriella avec un plaisir évident.

— Je ne prends pas l'avion.

Corpulente, Gabriella avait un beau visage mélancolique. Sa mère, la tante Lara de Chris, avait soi-disant été pleine de ressentiment envers son frère, le bébé adoré, le seul fils, qu'on dorlotait, dont on repassait la crête iroquoise, tandis qu'elle menait la vie difficile d'une mère adolescente. Ayant réussi depuis, elle avait un droit d'utilisation à temps partiel d'une demeure en Écosse, où elle passait la moitié de ses étés à jouer au golf. Mais elle avait transmis sa rancœur à Gabriella, qui la projetait sur Chris à chacune de leurs entrevues.

— Qu'est-ce que tu fais au boulot ? demanda-t-elle dès qu'ils furent tous assis. Tu crées des applications ?

— Pas exactement.

— Ce n'est pas ce que font tous les diplômés de Stanford ?

— À toi de me le dire.

— Comment je le saurais, je suis allée à l'université d'État de Chicago.

— Qu'est-ce que font les diplômés de cette fac ?

— Ils deviennent gardiens de prison. Je plaisante, je plaisante.

Et Gabriella de se prosterner, car Abuela ne tolérait pas l'apitoiement sur soi. Gabriella était par ailleurs une brillante pharmacienne.

— Quel produit crée ta société, Christopher ? intervint leur grand-mère, le dévisageant avec ses yeux calmes et perspicaces.

— Je… je n'en suis pas complètement sûr. (Il n'avait jamais été capable de dire un mensonge, fût-ce un minuscule bobard, à sa grand-mère.) Nous sommes une entreprise du divertissement, ma principale activité consiste à décomposer des histoires en épisodes familiers, puis de scinder ceux-ci en éléments encore plus petits, dont je… (Il ne put se résoudre à prononcer « algébriser ».) J'en fais une sorte de stéréotype. Je crois que l'idée est de…

Quelle était l'idée ? Faire de l'art… ou inventer un moyen de faire de l'art… à ceci près qu'aucun produit ne se profilait à la connaissance de Chris. Il avait essayé de demander à Aaron, son patron, à quoi correspondait exactement leur travail, mais celui-ci avait répondu sur son ton tranchant : « L'ADN. »

— Ce travail te plaît, Christopher ? l'interrogea Abuela.

— Beaucoup, certifia-t-il avec ardeur.

Gabby, qui avait fui leur échange plein de tendresse en se rendant aux toilettes, s'arrêta pour examiner la valise.

— Chris, je sens une odeur d'acide hydrochlorique.

Il eut beau rouler des yeux, sa grand-mère se leva aussitôt de sa chaise.

— Oooh, je l'éteindrais, à ta place ! s'exclama Gabby.

Leur grand-mère avait terminé sa minuscule portion de ragoût et fumait avec plaisir une des minces cigarettes à la menthe achetée au marché noir depuis que la Food and Drug Administration les avait interdites.

— Ce n'est pas la peine de risquer une explosion, ajouta Gabby.

Abuela s'empressa d'aller dans la cuisine éteindre sa cigarette sous l'eau d'un robinet avant de dire :

— Mettons cette valise dehors.

— Appelons la police, suggéra Gabby.

— Non ! objectèrent à l'unisson Chris et sa grand-mère.

Il connaissait la réticence d'Abuela à compromettre l'anonymat qu'elle estimait servir de protection à son trésor, tandis que Chris ne tenait pas à montrer le contenu mystérieux de la valise aux autorités.

— Je peux la rapporter en ville, concéda-t-il en soupirant. Je n'ai qu'à appeler un Uber.

Ce n'était que du bluff, une façon d'inviter Abuela à insister pour qu'il reste et termine son assiette. Peine perdue.

— Oui, ça vaut mieux, convint-elle à contrecœur. On attendra le taxi ensemble. Devant la maison. Avec la valise.

— Moi, je vais finir mon dîner. Ça m'a fait plaisir de te voir, Chris.

Un grand sourire étirait les lèvres de Gabby. Comment aurait-elle pu ne pas jubiler ? Elle était parvenue à le flanquer à la porte.

Il faisait sombre quand l'Uber de Chris s'arrêta devant la tour de SweetSpot Networks. Il chercha Comstock, mais il n'y avait pas de fumeurs dehors – d'ailleurs il ne se souvenait pas d'en avoir vu à la nuit tombée. Même s'il avait fantasmé pendant le trajet sur la possibilité de laisser la valise dans le coffre, l'idée le dégoûtait maintenant, autant que celle de l'emporter chez lui, à Richmond District. Certes il n'y rentrerait pas ce soir – il devait se mettre sur-le-champ au travail pour que sa présentation soit prête le matin. Il gardait des vêtements de rechange pour de telles circonstances, avec de l'Adderall.

Il sortit de l'Uber sans jeter un œil au prix de la course – il ne tenait pas à le connaître. Comme il tirait la valise vers les portes en verre de SweetSpot, il remarqua des jets d'étincelles sous ses roulettes. Putain de merde ! Il prit la valise dans ses bras, se rendant compte de son poids anormal pour la première fois. Elle était assez grande pour qu'un adulte en position fœtale tienne à l'intérieur.

— Holà, l'interpella Dieter, l'un des agents de sécurité de garde tandis que, d'un pas chancelant, il franchissait les portes avec son fardeau incontrôlable.

— Comstock, tu le connais ? Un type qui s'appelle Comstock ? (Hors d'haleine, Chris posa la valise et la sueur accumulée sur son front coula dans ses yeux.) Il a une Harley. Il fume très souvent dehors.

— On va devoir ouvrir ça, dit Frank, le *Mauvais Flic.*

— Vous vous contentez de… la faire passer dans la machine, non ?

— Les machines ne repèrent que certaines choses, expliqua Dieter, le *Bon Flic.* De toute façon, elle est trop grande pour y entrer.

— Qu'est-ce qu'il y a dedans ? voulut savoir Frank.

— Elle appartient à la copine de Comstock, précisa Chris. Elle est d'une autre nationalité, russe, je crois. Je suis allé la chercher en moto avec Comstock, mais je suis rentré en taxi, seul avec son bagage.

Les agents ne lui prêtaient qu'une vague attention, comme à l'affût d'une perche qui les aiderait à comprendre.

— Je n'aime pas ouvrir la valise de quelqu'un d'autre, reprit Chris. (Une litote : cette seule idée le terrifiait à lui donner le vertige.) Est-ce que je peux… monter ? La laisser ici pour Comstock ?

— On ne connaît aucun Comstock, affirma Frank.

— Si on cherchait dans le répertoire de la société ? s'impatienta Chris. Combien de Comstock peut-on y trouver ?

— Il n'y a pas de répertoire, répondit Dieter. La société s'est développée trop rapidement. Pourquoi ne pas envoyer un SMS à ce Comstock, ou bien l'appeler ?

— Je n'ai pas son numéro.

Un silence de plomb s'abattit, se prolongea. Ils prenaient conscience tous les trois de l'étrangeté de sa situation.

— Je dois vous demander de sortir cette valise de l'immeuble, proféra Frank sur un ton plus officiel.

— Jusqu'au périmètre de sécurité, compléta Dieter en s'excusant. C'est le règlement.

Sans desserrer les lèvres, Chris traîna de nouveau la valise à l'extérieur, dans l'obscurité. Une brume en provenance de la mer obstruait les lampadaires. Le chuintement de la fermeture automatique des portes lui donna l'impression d'être exclu non seulement de leur scénario *Bon Flic/Mauvais Flic* mais du monde fictionnel où ils évoluaient. Faute de dénouement amusant, il y avait eu un changement de registre et l'aventure abracadabrante avait viré au sérieux. À moins que le côté sombre n'ait sous-tendu la bouffonnerie dès le début ?

Indifférent aux étincelles, Chris tira la valise derrière la ligne jaune du périmètre, où il s'immobilisa. Frank s'avança jusqu'à la fenêtre pour vérifier qu'il avait obéi à ses ordres, puis rejoignit Dieter. Chris les entendit rire.

$$i < (a + b) = {}^{i}/_{2}$$

Chris se détesta tant sa docilité lui coûtait cher : cette valise merdique en était la preuve. Incapable de l'abandonner, de l'ouvrir ou de la transporter chez lui, il ne lui restait qu'à attendre le retour de Comstock en la gardant.

De temps à autre, des groupes de SweetSpotters s'avançaient vers l'immeuble.

— Tu viens ? demandaient ceux qui le connaissaient.

— Dans une minute, répondait-il systématiquement.

Ils entraient sans jeter un regard derrière eux.

$$i < (a, b, c\ldots)$$

Il y eut un long intervalle au cours duquel le désir de Chris d'entendre approcher une moto prenait le son d'un vrombissement de moteur. Un leurre chaque fois. Il avait mal aux jambes. Il songea à se jucher sur la valise, mais son potentiel explosif l'en empêcha. De toute façon, Frank en aurait sûrement vent. Ou était-ce vraiment Dieter ? Peut-être Dieter était-il le taré et Frank l'homme de main. Peut-être n'étaient-ils pas des hommes, mais des machines programmées pour animer les stockblocks que Chris algébrisait depuis deux ans. Aucun degré de perversion ne semblait invraisemblable.

Conscient du tour sombre de ses pensées, Chris se raisonna : Comstock existait. Il était quelque part en ce moment – sûrement en train de la baiser. Ils reviendraient récupérer la valise, de toute évidence. Demain, environ à la même heure, les lacunes de l'histoire seraient comblées – sans doute avec des rires, peut-être seraient-ils alors liés par une intimité inédite et une amitié naissante. Cela se passait ainsi pour les *acolytes serviables*, Chris en avait déjà fait l'expérience.

Enfin, sous le coup de l'épuisement, il traversa la rue en traînant la valise et tourna dans un passage que les lampadaires n'éclairaient pas. Protégé par l'obscurité, il s'adossa à un mur et se laissa glisser sur la chaussée. Dieu que c'était bon de s'asseoir ! Mettant la valise sur le côté, il s'appuya en pesant de tout son poids sur le plastique. Comme il distinguait parfaitement l'entrée de SweetSpot, il les verrait aussitôt arriver. Mais plus Chris guettait, les yeux rivés sur les portes vitrées qui s'ouvraient parfois pour admettre ou éjecter un employé pratiquement interchangeable avec lui-même, plus l'intérieur rutilant lui devenait étranger. Chris était banni ou s'était exilé. *J'en ai assez de mon passé.* Il n'y retournerait jamais.

$$\boldsymbol{i \neq (a, b, c...)}$$
$$\boldsymbol{i \leftarrow\ \rightarrow (a, b, c...)}$$
$$\boldsymbol{i}$$

Les cornes de brume résonnaient dans la nuit. Chris avait entendu dire qu'elles ne servaient plus aux bateaux. Un clin d'œil nostalgique. Un stockblock. Il ferma les yeux et essaya de décider, d'après le rythme des tonalités, s'ils étaient démonstratifs ou simplement ornementaux. Il les voulait réels ! L'oreille ainsi tendue, il perçut de vagues mouvements autour de lui, des murmures, des soupirs, de légers déplacements. Il ouvrit brusquement les yeux. Maintenant que sa vue s'était adaptée à l'obscurité du passage, il s'aperçut que des douzaines de corps assoupis s'appuyaient contre le mur, seuls ou en couples, quelques-uns étendus à même le sol comme s'ils y étaient tombés ou qu'on les y avait jetés. La peur l'étreignit, puis se dissipa, et il se détendit en compagnie de ses nouveaux camarades. Leurs visages au repos affichaient une expression de parfaite sérénité. Renversant la tête en arrière pour contempler le ciel à la beauté déchiquetée, purifiée et apaisée par le brouillard, Chris imagina qu'il voyait leurs rêves opioïdes monter au firmament.

ABANDON

Le Périmètre : Après

Quand j'ai vraiment envie de pleurer toutes les larmes de mon corps je vais dans le Vestiaire des Femmes – désert en semaine parce que les mamans golfeuses, les mamans tenniswomen et les mamans avec des enfants en bas âge n'ont pas le droit de les y emmener parce que les enfants doivent avoir treize ans, alors c'est le premier été où je suis assez grande pour avoir le droit d'y entrer, et cet endroit a quelque chose qui me calme, peut-être le moelleux de la moquette ou la quantité impressionnante de lotions et de crèmes devant les miroirs ou peut-être la vibration, comme si on ne fredonnait qu'une note, *mmmmmmmmmmmmmmmm*, ça m'aide à supporter que ma meilleure amie Stella m'abandonne UNE FOIS DE PLUS, ce qui se passe depuis le CM1 parce que le seul moyen pour que Stella ne m'abandonne pas, c'est de faire comme si je m'en fichais alors que JE NE M'EN FICHE PAS, c'est trop tard pour trouver de nouveaux amis, les autres groupes ne veulent pas de moi parce que Stella est méchante, parce que je l'ai été aussi pour rester son amie, rien que pour ÊTRE POPULAIRE et LA MEILLEURE, la seule façon de ne pas vivre perpétuellement en danger et m'inquiéter de ce qui se trame dans mon dos comme là encore, au Snack Shack où, alors qu'on attendait nos croque-monsieur avec Stella et Iona, Chris Salazar et Colin Bingham sont passés, et Stella et Iona ONT ÉCHANGÉ UN SOURIRE COMPLICE et quand j'ai voulu partager ce sourire elles ont détourné le regard en essayant de S'EMPÊCHER DE RIRE ce qui signifie que Stella a des CONVERSATIONS PRIVÉES SUR FACEBOOK SANS MOI sur Chris Salazar qu'elle aime depuis toujours.

Avant, quand ma famille habitait une maison voisine de celle des Salazar, Stella me posait des questions genre *Molly, ça t'arrive de voir Chris Salazar chez lui ?* et moi je ne sais pas pourquoi je disais genre *Non il y a des arbres* et elle disait genre *Tu sais où elle est sa chambre ?* moi genre *Non*, alors que si, je l'avais vue un jour où j'étais allée à un cocktail. Avant, quand on habitait à côté. La chambre de Chris est en face de la rue et il y a une lampe verte devant sa fenêtre et les soirs où je promène Biscuit notre nouveau corgi devant notre ancienne maison où on n'habite plus parce que maman et papa sont divorcés, je cherche la lampe allumée et du coup je sais que Chris Salazar est éveillé et peut-être que moi aussi je suis amoureuse de lui.

Après que Stella et Iona et moi on a eu nos croque-monsieur on les a emportés jusqu'au Jardin d'Herbes Aromatiques là où Stella aime s'installer pour manger et je me suis arrêtée pour rattacher ma sandale et Stella et Iona ont CONTINUÉ À MARCHER SANS M'ATTENDRE et quand je me suis redressée elles étaient déjà loin, j'aurais dû courir pour les rattraper, ce qui est difficile avec un croque-monsieur, et je savais qu'elles diraient genre *Ah salut Molly*, en souhaitant que je ne sois pas là, alors je suis allée pleurer de l'autre côté dans le Vestiaire des Femmes.

Pourquoi Stella est si populaire ? Eh bien qui comprend ce que c'est que d'être populaire même si je suis sûre qu'on a étudié ça dans les universités, la famille de Stella est riche mais il faut reconnaître que personne n'est pauvre dans le coin, elle est extrêmement jolie avec des cheveux bruns épais et des yeux verts mais ce n'est pas pour « ça » puisque d'autres filles sont aussi jolies mais elles ne sont pas magnétiques. Les couleurs deviennent littéralement plus vives quand Stella t'accorde toute son attention sans oublier la sensation de paix, tu n'as pas besoin de te donner du mal ou de te bagarrer pour aller ailleurs parce que tu es LÀ, mais peut-être que c'est À CAUSE de la popularité de Stella plutôt que la cause de sa popularité, la question de l'œuf ou de la poule à mon avis.

Quand j'étais plus petite, maman disait : « Molly, écoute, tu as deux options : arrête de te soucier de Stella ou débrouille-toi pour qu'elle revienne en rampant, je t'aiderai si tu choisis la seconde. » Comme je n'avais pas la force de me brouiller avec Stella, on était en CM1, maman a organisé une fête où elle aiderait chaque fille à tricoter un bonnet à oreilles de chat. Maman est très douée en couture et en tricot. J'ai invité toutes les filles importantes SAUF Stella qui l'a découvert bien sûr et est redevenue gentille, mais maman m'a dit NE CÈDE PAS avant qu'elle se mette à plat ventre en larmes, rien de moins. Le matin de la fête aux bonnets de chat Stella est venue chez nous avec sa maman, elle « voulait parler », et maman a offert une tasse de café à la maman de Stella même si elle la traitait en privé de « glandeuse superficielle », et Stella et moi on est montées dans ma chambre où elle a pleuré et a demandé pardon en disant que j'étais sa meilleure amie et qu'elle aimait juste me faire mal quelquefois mais que c'était la dernière et est-ce qu'elle pouvait venir à ma fête S'IL TE PLAÎT ? Stella s'était finalement mise à plat ventre en larmes, alors on est descendues en se tenant par la main et j'ai dit *Maman je veux inviter Stella, je vais lui filer mon matériel pour qu'elle puisse faire son bonnet de chat* mais maman a dit : « Je crois que nous en avons encore de quoi faire pour une invitée supplémentaire ! »

Voilà comment ça s'est réglé avec des carrés au crochet, une autre fois avec une chasse au trésor mais c'était AVANT que papa dise à maman qu'il voulait une séparation. Brian et moi on ne se doutait de rien, c'était un soir de semaine et on faisait nos devoirs mais dès que papa lui a dit qu'il voulait une séparation, maman a fouillé dans notre placard de travaux manuels et fabriqué une pancarte MAISON À VENDRE avec du carton et du feutre noir et l'a clouée à un tuteur qu'elle a planté dans la pelouse devant notre maison alors qu'il faisait nuit. Quand Brian et moi, on a entendu le bruit, on est sortis, et papa était déjà dehors en train de supplier maman : « Est-ce vraiment nécessaire, Noreen ? » et maman a dit : « Les actes ont des conséquences, Bruce. » Ça fait plus d'un an et je n'ai toujours pas compris de quels actes elle parlait, maintenant Brian et moi on habite avec maman dans un appartement et Hannah loge dans l'appartement de papa quand elle revient de l'université, et quand j'ai interrogé Hannah sur les actes de papa et leurs conséquences, elle a dit : « Maman est impossible, Molly, tu ne l'as jamais remarqué ? »

Quand j'ai fini de pleurer je trempe des cotons dans de l'hamamélis, je me tamponne les joues avec, je me brosse les cheveux, je prends un bonbon Jolly Rancher à la pomme verte dans un bocal et je le mange. Puis j'entends deux Dames entrer dans le Vestiaire des Femmes alors je file me cacher derrière la dernière rangée de casiers en bois poli et je reconnais la voix de Stephanie Salazar qui est la mère de Chris Salazar et celle de Kathy Bingham qui est sa partenaire de double. Kathy est une des plus jolies mamans du Club, peut-être LA plus jolie, et son mari Clay est un des plus riches papas et ils ont cinq enfants dont Colin, le meilleur ami de Chris qui a été pris récemment en train de voler des outils dans une boutique de bricolage. Stephanie et Kathy ouvrent leurs casiers et Kathy, qui croit manifestement qu'il n'y a personne dans le vestiaire, dit : Le revers de Harriet est de pire en pire. Elle ferait mieux de renoncer aux leçons.

Stephanie : Ou peut-être trouver un autre prof. J'ai des doutes sur les capacités de Henri.

Kathy : Henri est d'une nullité crasse.

Stephanie : Il est nouveau. On enseigne peut-être le tennis autrement en France ?

Kathy : Marisol, la petite blonde, a les pieds tellement en dedans que c'est miraculeux qu'elle ne tombe pas à plat ventre.

Stephanie : Elle a eu quelques bons coups contre toi.

Kathy : C'est la première fois que je la voyais jouer.

Stephanie : De toute façon, on a gagné.

Kathy : J'aurais préféré gagner avec plus de points.

Stephanie : Je vais à la piscine.

Kathy : C'est douloureux de se faire tatouer ?

Stephanie : Tu y penses ?

Kathy : Plus ou moins.

Stephanie : Qu'est-ce que tu voudrais te faire tatouer ?

Kathy : Je ne sais pas trop, quelque chose de symbolique. Qu'est-ce que le tien symbolise ?

Stephanie : L'image vient d'une poterie minoenne faite en Crète à l'âge du bronze. Les Minoens représentaient la vie marine d'une façon magnifique et j'en suis tombée amoureuse en cours d'histoire de l'art à l'université. Comme j'ai fait faire le tatouage la première fois que je me suis installée à New York, il symbolisait sans doute un énorme pied de nez à mes parents, qui détestaient les tatouages et étaient scandalisés.

Un long silence.

Kathy : Où est-ce que tu as fait tes études déjà ?

Stephanie : À l'université de l'Illinois à Champaign. Et toi ?

Kathy : Harvard. C'est plutôt étonnant que nous soyons amies, non ?

Stephanie : Plutôt des partenaires de double.

Kathy : C'est sympa ça…

Stephanie : Tu n'es pas en reste.

Kathy : Réserve les chaises longues, je vais nous chercher deux thés glacés.

Elles sortent du Vestiaire des Femmes ensemble et je reste immobile à essayer de comprendre ce que je viens d'entendre, de décider si Stephanie et Kathy sont amies ou pas, si elles plaisantaient ou pas, si c'était une dispute. Puis je me rends compte que pendant que j'écoutais ces mamans tenniswomen j'avais COMPLÈTEMENT OUBLIÉ Stella et Iona et que je me sens bien mieux maintenant, forte, et comme c'est le meilleur moyen de retrouver mon avantage sur Stella, qui adore aussi les cancans sur les adultes, je me précipice hors du Vestiaire des Femmes et galope sur la pelouse jusqu'au Jardin d'Herbes Aromatiques prête à crier *Coucou les Filles !* sauf que LE JARDIN EST VIDE et j'ai l'impression d'être une vraie connasse pour reprendre une expression de papa, alors je me penche comme si je venais de courir pour sentir les herbes aromatiques de ce Jardin ce qui est du cinéma, les plantes ne m'intéressent pas c'est le domaine de maman même si son jardin appartient désormais aux Dunn qui ont acheté notre ancienne maison mais maman les appelle « Envahisseurs » et refuse de passer devant.

Un rideau de Cyprès sépare le Jardin d'Herbes Aromatiques de la piscine et je jette un regard entre ces arbres à la file de jeunes qui attendent pour le grand plongeoir. Même de dos, je reconnais Chris Salazar en raison de sa peau plus mate, son père est hispano-américain ce qui n'a bien sûr aucune importance mais tout le monde le sait, M. Salazar est un producteur de musique qui a découvert les Conduits, le groupe préféré de papa, et Stephanie et lui sont divorcés. Tatum, Oriole et toute la bande sont au bord de la piscine mais ce ne sont pas de vraies copines, je ne peux pas les rejoindre sans Stella, ça ferait bizarre, et elles pourraient être sympas mais elles pourraient aussi m'exclure comme Stella et moi pourrions le faire si l'une d'elles se mettait tout à coup à nous coller. Alors je suis seule maintenant et à la dérive n'ayant aucune idée de l'endroit où Stella et Iona sont allées, et j'ai ce sentiment d'être minable qui me prend quelquefois quand je crois que Stella m'a oubliée, comme si j'étais une particule invisible dans l'espace qui y flotterait peut-être tellement loin que je cesserais d'exister même pour moi. Comment revenir ? J'ai besoin d'être quelque part ou d'être AVEC quelqu'un, mais Hannah est à l'université de Berkeley, Brian joue au base-ball, et maman qui m'accompagnait au club AVANT dit maintenant : « C'est un endroit bourré d'imbéciles » et ses cours de sténographie judiciaire lui prennent tout son temps parce qu'elle doit commencer une Carrière maintenant qu'elle a été Larguée. Du coup je suis TOUTE SEULE, d'un physique au mieux banal, je ne suis pas une des jolies filles, j'ai des yeux d'un bleu trop clair qui ne supportent pas le soleil, des cheveux fins et bouclés comme ceux d'un bébé et, d'après Brian, les poils épais de mes jambes correspondent presque à ceux de Tarzan, mais je suis nettement plus mignonne quand je suis avec Stella, c'est un fait objectif que je remarque sur les photos, on pourrait croire qu'elle m'éclipserait mais c'est le contraire, comme si un peu de sa poussière magique flottait vers moi et y restait collée.

Je retourne à pas lents au Snack Shack et me mets dans la queue parce que c'est le seul moyen auquel je pense pour arrêter de flotter et me fixer dans un endroit qu'on ne peut pas contester ni railler. Kathy Bingham est presque au bout de la file, elle bout d'impatience et serre de près la seule fille devant elle qui semble avoir mon âge, qui me dit quelque chose, elle ne doit pas être membre. La fille sort de la queue comme si elle avait oublié quelque chose et se retrouve derrière moi, et je dis quelque chose du genre *Tu es sortie de la queue à cause de la Dame derrière toi ?* et elle genre *Oui elle me stressait*, et moi genre *Tiens, passe au moins devant moi*, et elle genre *Merci*, et je me rappelle que cette fille était une classe en dessous de la mienne dans mon école il y a quelques années, et je dis genre *Tu vis à Crandale* ? et elle genre *Non, ma mère m'a juste déposée pour la journée, on connaît bien les Salazar*, et je comprends que c'est la fille qui HABITAIT CHEZ LES SALAZAR quand j'avais neuf ans, elle avait fréquenté notre école pendant trois mois parce que SA MAMAN ÉTAIT EN PRISON, parce qu'elle N'A PAS DE PAPA, des Faits déjà incroyables en soi, alors ensemble !

À force de me rappeler les Faits sur cette fille j'ai honte pour elle, alors j'ouvre mon portable en priant d'avoir reçu un SMS de Stella mais il n'y en pas point barre, du coup je fixe mon téléphone à clapet ce qui est gênant en 2011 mais papa ne me permet pas d'avoir un iPhone avant quatorze ans, et quand la fille devant moi arrive au niveau du comptoir elle se retourne et dit genre *Qu'est-ce que tu veux, je vais commander pour nous deux*, ce qui est vraiment gentil vu la lenteur à laquelle la file bouge, je dis genre *Waouh, merci, je veux bien un burger et un Coca*, elle commande deux burgers et deux Coca, mon deuxième déjeuner puisque j'avais déjà acheté un croque-monsieur mais je n'en avais même pas pris une bouchée, je crois que je l'ai laissé dans le Vestiaire des Femmes où c'est interdit d'apporter de la nourriture.

La piscine de notre Club a un Plongeoir plus un Grand Tremplin et aussi une large zone de jeux d'eau, où se rassemblent les ados et derrière il y a un épais tapis d'herbe, où les adultes s'assoient sur des chaises longues en bois recouvertes de coussins. Stephanie Salazar et Kathy Bingham, installées sur des chaises longues, boivent leur thé glacé, elles sont toutes les deux en bikini, ce qui est surprenant pour Kathy parce qu'elle a cinq enfants dont des jumeaux, et encore des abdominaux en béton sous des couches de peau flasque, à sa place je porterais un une-pièce. Stephanie Salazar par contre est sensationnelle, elle est très bronzée, le tatouage foncé de pieuvre sur son mollet n'est pas quelque chose qu'on voit souvent au Country Club de Crandale, elle lit le *New Yorker* allongée sur le dos, et sous son bras qui tient le magazine je distingue quelques poils noirs qu'elle n'a pas rasés la veille ou l'avant-veille, est-ce que c'est bizarre que le corps des gens me fascine autant ? Les adultes en maillot de bain n'ont pas de secrets, ils pourraient aussi bien être nus, à plat ventre sur une serviette, j'ai vu les Testicules de différents Papas pendouillant dans leur boxer quand ils me croisent, on dirait d'énormes grappes de raisins roses, jamais de la vie je n'aurai de relations sexuelles avec un homme dont les Testicules ressemblent à ça, c'est rédhibitoire comme on dit, de toute façon ça ne m'arrivera peut-être jamais, l'idée est effrayante.

Lulu et moi on s'assied dans l'herbe et je dis genre *Je te rembourserai pour le burger*, et elle genre *Je l'ai mis sur le compte, t'inquiète,* et bien sûr personne ne paye rien dans notre Club on signe juste des reçus avec les petits crayons verts du golf, sauf que Lulu n'est pas membre alors je ne sais pas qui va payer. On mange nos burgers en regardant le Grand Tremplin d'où Chris Salazar et Colin Bingham continuent de plonger, Colin est intrépide je l'ai vu faire un plat du Grand Tremplin ce qui a poussé le maître-nageur à sauter dans la piscine mais Colin est sorti en riant, il aime les sensations fortes. Je demande à Lulu où elle habite et elle répond dans l'État de New York où sa Maman a une épicerie fine, où il y a plein de lacs, où elle peut nager des kilomètres sans s'arrêter. Je lui raconte que je suis rentrée il y a trois semaines d'un Camp de vacances dans le Maine et que le tir à l'arc était ma Principale Activité et ma deuxième la fabrication de Paniers en Perles. Lulu montre du doigt une lune pâle de plein jour au-dessus des arbres et elle dit genre *J'adore la lune, je la cherche tout le temps même la journée*, j'entends Stella répéter ces mots d'une voix moqueuse et ça me rappelle que je dois m'éloigner de Lulu avant le retour de Stella.

Alors je me lève et emporte nos assiettes en carton pour les jeter puis je vais faire pipi dans les Toilettes des Filles qui sont tout près de la piscine, en prenant mon temps pour que Lulu capte le message que manger un burger ensemble ne fait pas de nous des Copines Inséparables et disparaisse pour que je puisse retourner à mes histoires avec Stella qu'il est dangereux d'oublier trop longtemps.

Quand je sors je jette un coup d'œil à l'endroit où on était assises avec l'espoir que Lulu serait partie, mais elle est toujours là et CHRIS SALAZAR ET COLIN BINGHAM SONT AVEC ELLE. La stupéfaction m'empêche d'abord de bouger, Lulu a deux ans de moins que ces garçons de quatorze ans, des futurs lycéens, puis je me dépêche de les rejoindre et je m'assieds plutôt timidement, les garçons sont toujours en maillot de bain et tee-shirt, Colin asperge Lulu qui rit en essayant d'éviter les gouttes, je remarque ses fossettes, ses petits anneaux d'or aux oreilles, son rire joyeux, et je dis genre *Salut*, et ils disent ensemble genre *Salut*, et Lulu dit genre *Colin va nous montrer son coin préféré du Club mais je ne voulais pas partir sans te prévenir, Molly*, je n'en reviens pas de sa gentillesse, ce n'est pas quelque chose qui existe dans mon monde, les filles ne peuvent pas être à la fois gentilles et cool, être cool signifie laisser des gens de côté, c'est la définition exacte du mot parce que si on est gentil avec tout le monde, pourquoi ceux qui sont proches de toi se sentiraient valorisés et pourquoi ceux qui NE LE SONT PAS auraient ENVIE de l'être, et comment est-ce qu'ils pourraient imaginer alors que les Moments passés sans toi sont pires que les Moments passés avec toi ?

Tu viens, Molly ? demande Chris et oui, évidemment je viens, je n'ai plus beaucoup d'occasions de passer du temps avec Chris maintenant que je ne suis plus sa voisine comme Avant. Au moment où on s'en va de l'espace piscine, Chris marche près de la chaise longue de sa mère Stephanie et lui effleure la main, ils ne se regardent même pas mais c'est un bel échange contrairement à ce que fait Colin, lui il ne jette pas le moindre coup d'œil à sa Maman qui le regarde, je le remarque, et après qu'il est passé elle s'écroule sur son ventre en soupirant. Colin est maigre, il a les cheveux en bataille et des yeux qui bougent tout le temps comme s'il était à l'affût de quelque chose qui pourrait arriver n'importe quand. Il marche à reculons devant nous en faisant des gestes de magicien comme s'il nous hypnotisait pour qu'on le suive, et on marche au pied de la Butte Verte en haut de laquelle il y a le restaurant en terrasse, et quand je lève les yeux mon CŒUR S'ARRÊTE DE BATTRE parce que STELLA ET IONA S'AVANCENT VERS NOUS depuis les courts en terre battue. Yvette qui porte une tenue blanche les accompagne, c'est une autre disciple de Stella toujours disponible quand je suis exclue ou punie. Stella appelle, *Où est-ce que tu étais partie, Molly ? On t'a attendue !* et Iona tchipe pour montrer qu'elle est d'accord, je comprends que Stella essaie de me récupérer avec son mensonge parce que si j'avais traîné seule ou avec une fille NON MEMBRE plus jeune, qui a des Faits bizarres dans sa vie, j'aurais été pitoyable et à fuir, mais que je sois avec cette fille PLUS deux futurs lycéens, l'un et l'autre cool, c'est une autre histoire. J'ai battu Stella grâce à la chance et à la gentillesse de Lulu, sauf que je risque l'Exil Perpétuel. La seule chose à faire c'est de dire à Lulu, à Chris et à Colin *Désolée... à plus*, et de m'arracher pour reconquérir ma place légitime en tant que Préférée de Stella, puis on larguera Iona et Yvette et on passera un bon moment, la magie de Stella étant plus intense au début quand on est réunies de sorte que même ce qui est normal comme le jeu de galets, la pétanque ou la balançoire sur pneu devient merveilleux. Lâcher ma nouvelle bande est le seul bon choix pour me sortir de mes histoires avec Stella mais je n'y arrive pas, ma décision se fait en une fraction de seconde – NON – alors je souris rien qu'à Stella tandis qu'on continue de marcher, c'est dangereux, je sais que je le paierai plus tard, mais ce qui est fait est fait.

Je fréquente le Crandale Country Club (le CCC) depuis toujours, on y a fêté mes anniversaires, j'y ai pris des leçons de patinage à glace l'hiver, j'y ai joué au tennis et au paddle, j'y ai appris à nager et à plonger, je suis allée au centre de loisirs, aux thés Mère-Fille et aux danses Père-Fille, à trois mariages, à un déjeuner funéraire, aux seize ans de ma sœur Hannah (on a fait une grande fête), j'y ai joué à Cache-Cache, à Prise de la Colline, à Colin-Maillard dans la piscine, j'y ai fait des Chasses au Trésor et aux Œufs de Pâques, j'y ai chanté des cantiques de Noël, j'y ai assisté à des barbecues et aux feux d'artifice du Quatre Juillet. Le club a très peu changé depuis ma naissance, l'Avant et l'Après n'y existent pas, l'été il y a toujours le *clop-clop* de balles de tennis, les voix d'enfants qui se mêlent aux éclaboussures de la piscine, c'est un bel endroit, notre Country Club, quand je ne lutte pas pour ma survie. Mais pendant toutes ces années je ne suis jamais allée dans le coin préféré de Colin, qui se trouve le long du Mur du Périmètre peint en marron près des Générateurs, des énormes boîtes en métal qui gargouillent, qui bourdonnent, qui font marcher tout l'établissement j'imagine, mais sont épouvantables dans la chaleur étouffante du mois d'août.

Colin sort un paquet de cigarettes (des Merit) et nous en propose, Lulu et moi on secoue la tête, Chris dit genre *Elles fument pas ces filles, mec*, et Colin dit genre *Il y a une première fois à tout*, il en allume une, il en tire une grande bouffée, Lulu dit genre *Jamais je ne toucherai à une cigarette, jamais je ne me ferai un tatouage*, et Colin dit genre *J'en ai déjà un*, il relève un côté de son maillot de bain et le mot HA est écrit sur le haut de sa cuisse, en majuscules grossières, dans une encre bleue qui donne l'impression d'avoir dégouliné, je dis genre *Ta mère est au courant ?* et Colin dit genre *Elle se fiche de ce que je fais depuis que j'ai laissé tomber le tennis, j'en avais marre de porter du blanc*, et Lulu dit genre *On n'y est pas obligé dans des clubs de tennis municipaux* et Colin dit genre *Tu sais, Lulu, on est dans une bulle ici c'est pas la vraie vie*, et Chris dit genre *C'est le BUT d'un Country Club, mec, c'est une bulle, c'est pour ça que les gens veulent en faire partie*, et Lulu dit genre *Je ne serai jamais membre d'un Country Club, j'aurais trop de choses à faire avec Médecins sans frontières*, et Chris dit genre *Ils sont invisibles les Médecins sans frontières ? Ils se fondent dans leur environnement comme des fantômes ?* Ce qui nous fait tous rire et Colin dit genre *J'ai une question sérieuse : veux-tu m'épouser, Lulu ?* et Lulu a l'air d'avoir tout à coup pris un énorme coup de soleil et je me rends compte que LULU ET COLIN S'AIMENT BIEN même si Lulu est une nageuse de fond non fumeuse qui n'aime pas les tatouages et Colin un voleur à l'étalage qui rate ses plongeons, qui fume, qui fait ses propres tatouages, et Lulu dit genre *Non tu as un mode de vie malsain* et Colin dit genre *Est-ce que Yelatin peut au moins épouser Gwenisphere ?* et je dis genre *Hein ?* et Chris répond genre *Yelatin et Gwenisphere sont leurs personnages de D&D*, et Colin écrase son mégot sur la Clôture du Périmètre, ses yeux vont et viennent, et il dit genre *Vous avez vos vélos, les filles, non ? On va faire un tour*, puis il ouvre la marche, on traverse le club jusqu'au garage à vélos, et j'en profite pour demander à Lulu si elle aime bien Donjons & Dragons, un jeu auquel je n'ai jamais joué, et Lulu répond que c'est comme entrer dans un autre monde, que son personnage Gwenisphere est une espionne capable de s'intégrer à n'importe quelle situation et de découvrir les secrets des gens.

Avant d'enfourcher mon vélo, j'hésite et me demande les risques que je prends avec Stella si je sors du club avec les autres mais je n'ai pas envie de le savoir MAINTENANT ni d'être laissée de côté alors je monte sur mon vélo et on fonce dehors avec Colin en tête, j'ai beau me déplacer tout le temps à vélo, comme tout le monde, jusqu'à ce qu'on ait seize ans et qu'on puisse conduire, pédaler avec ce groupe c'est comme prendre mon essor avec un vol d'oiseaux vers l'inconnu même si rien ne l'est à Crandale, pas vrai ? On traverse un endroit qu'on pourrait intituler « Au-delà de la voie ferrée », sale et pareil à une ville où je ne vais pas sauf pour des pizzas avec Papa quand Brian et moi habitons dans son Appartement, et on saute au-dessus des rails jusqu'à la rivière Muskaheegee le long de laquelle il y a un nouveau chemin qu'on n'est pas censé emprunter à vélo, ce qu'on fait à une vitesse incroyable derrière Colin, tandis que le vent chaud nous balaye le visage.

Colin s'arrête au bout d'un moment, on pose nos vélos sur le côté, et on marche sous des arbres jusqu'à un petit ponton sur la rivière tellement pleine de produits chimiques qu'on a besoin de stimulants pour y faire du ski nautique. Chris explique qu'ils aiment fumer de l'herbe ici parce que c'est isolé, je dis genre *Je n'ai pas envie de fumer*, les trucs illégaux m'angoissent parce que Papa est un avocat très axé sur les infractions et que ma sœur Hannah, qui a l'intention de l'être aussi, m'a déclaré à Noël l'année dernière « Les erreurs laissent des traces Molly, même si tu les fais jeune », et Lulu dit genre *Moi non plus je ne veux pas fumer* ce qui ne m'étonne pas puisqu'elle est contre les cigarettes et le tatouage sauf que je ne la traiterai pas de sainte-nitouche parce qu'elle est fière de ses Convictions et qu'elle y tient, et les garçons disent genre *Ça vous dérange si nous on fume ?*

On se déchausse, on s'assied côte à côte sur le ponton, nos pieds nus pendouillent au-dessus de l'eau couleur chocolat au lait, les deux garçons à l'extérieur, Lulu et moi entre eux, Lulu près de Colin, moi de Chris, et les garçons se passent le joint derrière nous pour qu'on n'ait pas besoin d'y toucher, je n'ai jamais fréquenté de gens qui fument du cannabis avant, c'est un nouvel Événement dans ma vie et peut-être dans celle de Lulu. Plus bas les branches des arbres penchent jusque dans l'eau comme à une autre époque de l'Histoire où les Indigènes étaient les seuls à vivre ici, les deux garçons ont des yeux rouges maintenant, ils deviennent plus lents, je dis genre *Hé vos mères sont copines ?* en parlant de Stephanie et de Kathy dont j'ai surpris la conversation dans le Vestiaire des Femmes plus tôt aujourd'hui, même si j'ai l'impression que ça remonte à plusieurs semaines, et les garçons disent genre *Elles sont partenaires de double*, exactement la phrase de Stephanie ce qui me fait piquer une sorte de fou rire incontrôlable et les garçons disent genre *Tu dois être défoncée à cause de la fumée*, c'est peut-être le cas !

Les garçons finissent par s'allonger sur le ponton face au ciel, Lulu et moi on rigole parce qu'ils ont vraiment l'air dans les vapes, Colin dit genre *N'en profitez pas pour prendre l'avantage sur nous, les filles*, et Chris a les yeux fermés mais il dit *Je ne dors pas, je regarde un film sur une grosse boule de feu rouge qui se dilate et se contracte*, et Colin ajoute *J'ai vu ce film plus d'une fois, mon pote* et Lulu dit genre *Raconte-nous la fin* et Colin dit genre *La fin c'est moi qui t'embrasse,* Lulu, qui dit genre *Non, mais je vais m'allonger près de toi*, et Colin dit genre *Je peux au moins te prendre la main ?* Alors Lulu s'allonge et Colin et lui se tiennent par la main, je suis la seule assise maintenant et les yeux de Chris Salazar sont fermés alors je peux l'observer, je remarque ses belles clavicules et je me demande ce qui arriverait si je me penchais et l'embrassais, sauf que je ne sais pas embrasser et je risque de ne pas être douée, alors à la place je m'étends sur le dos comme les autres, le vent tiède souffle sur nous, je regarde frissonner les arbres et je suis tellement contente qu'on soit partis du Club parce que les Événements de la dernière heure n'auraient pas pu avoir lieu là-bas, tout ça serait impensable dans cet Endroit, à présent je comprends pourquoi Lulu ne fera jamais partie d'un Country Club : parce que la Vie qu'elle veut mener ne peut pas se dérouler là-bas. J'attrape la main de Lulu, je la serre, elle serre la mienne et je lui murmure tout bas à l'oreille *Soyons amies en secret Lulu, personne ne le saura à part nous* et elle répond tout bas *Amies sans frontières* et notre promesse c'est de nous serrer encore la main. Je me demande si je ne suis pas amoureuse de Lulu au lieu de Chris, peut-être que je les aime tous les deux ce qui paraît possible sur un ponton de la rivière Muskaheegee mais nulle part ailleurs. J'ai envie de me rapprocher de Lulu pour que nos Êtres entiers se touchent, sauf que ça m'effraie si bien que je m'approche un peu de Chris, qui tend les bras derrière sa tête sur le ponton chaud, ma joue touche ses côtes à travers le tee-shirt et je sens son torse bouger tandis qu'il respire et j'entends le bruit de son cœur, des battements réguliers comme ceux de quelqu'un en train de courir et je pense qu'ils devraient s'arrêter bientôt, se reposer, mais ils continuent.

Ce moment génial est chamboulé quand je remarque que le portable de Lulu n'arrête pas de vibrer, je me redresse et découvre que LES TROIS SONT ENDORMIS et peut-être que JE L'ÉTAIS aussi parce que la rivière est maintenant bleu foncé et le ciel orange brûlé et je dis genre *Lulu, ton téléphone* et elle se réveille en sursaut, *Merde ! Ma Mère vient me chercher après son rendez-vous en ville !* et on se dépêche de remonter maladroitement sur nos vélos avec Lulu inquiète parce que sa Maman voulait faire le trajet jusque chez elles à la lumière du jour et on rentre à toute allure au Club qui ne semble pas aussi loin que quand on a fait le chemin en sens inverse. Un minivan argenté attend devant le Portail du Club, une voix s'écrie : « Mets ta bicyclette derrière, mon chou », et les portières s'ouvrent, et Lulu range son vélo avant de monter à l'arrière, et sa Maman nous fait signe de la main l'air vraiment normal, pas d'une Prisonnière, et elles s'éloignent et je n'ai pas eu l'occasion de dire au revoir à Lulu ni de l'embrasser, ce qu'on aurait fait je suppose, après tout ce qui s'était passé aujourd'hui, c'est comme s'il manquait quelque chose.

Je reste avec Chris et Colin me sentant proche d'eux, mais c'est à cause du manque de Lulu, sans elle il y a un vide entre nous parce qu'elle a beau être plus jeune, vivre au nord de l'État et avoir des Faits bizarres dans sa vie, elle est devenue en un après-midi le socle de notre relation, c'est miraculeux. Comment y est-elle parvenue ?

Je dis genre *Quand est-ce qu'elle reviendra ?* Colin l'air sombre dit genre *Pas avant longtemps*, Chris dit genre *Molly, tu devrais jouer à D&D avec nous, oncle Jules est le Maître du Jeu, il est génial*, j'hésite parce que ça veut dire être près de notre maison d'Avant et même de voir les Dunn ses Occupants, mais je réponds *Oui ça me plairait beaucoup.*

Colin et Chris s'en vont, moi je dîne ce soir au Club avec Papa, Brian et ma Grand-Tante Francie qui faisait du saut d'obstacles au CCC à l'époque où il se trouvait toujours dans la vraie campagne et pas dans la banlieue, maintenant elle a quatre-vingt-dix ans et un déambulateur. J'envoie un SMS à maman pour lui demander si elle peut m'apporter une robe d'été quand elle déposera Brian puis je laisse mon vélo dans le garage à vélos et franchis de nouveau le grand portail en fer forgé avec les lettres CCC en doré, il fait dix degrés de moins derrière ce portail et l'herbe est humide à cause des gicleurs qui marchent toujours, je distingue au loin leurs panaches étincelants et j'entends leurs vibrations.

Il n'y a pas de jeunes au club à ce moment de la journée, même ceux qui reviennent dîner sont rentrés se changer chez eux, ce qui signifie qu'il n'y a nulle part où je suis censée être et personne AVEC qui je suis censée être et aucune possibilité d'être exclue puisqu'il n'y a RIEN d'où on peut m'exclure. Je suis SEULE et TRANQUILLE, une association tellement inhabituelle que c'est comme rencontrer quelqu'un pour la première fois. J'enlève mes sandales et marche pieds nus dans l'herbe humide, passe devant la pataugeoire où je barbotais avec mes brassards et Maman, l'Aire de jeux où j'ai appris à glisser sur un toboggan, tout ça Avant, et je me faufile dans un bouquet d'arbres donnant sur le Terrain de Golf, inaccessible pour raisons de sécurité mais il fait trop sombre pour y jouer maintenant. Quand j'en émerge tout est dégagé comme si j'étais arrivée dans un autre Pays, comme si j'allais d'Avant à Après, le soleil teinte de rose les bacs à sable, la pelouse du Terrain de Golf est chaude et spongieuse sous mes pieds et je m'y assieds et je dis genre *Salut Molly, c'est sympa d'être assise avec toi ici*, je prononce vraiment les mots, tout bas, je serre mes genoux tièdes, je regarde le ciel où la lune que Lulu m'avait montrée plus tôt est là, plus grosse, l'air toujours fragile, comme si elle était en sucre et en papier, comme si elle pouvait facilement se casser ou se déchirer, mais elle est déjà plus brillante, alors que la nuit n'est même pas encore tombée.

Lulu l’Espionne, 2032

1

Même quand on a vu leur photo, on est souvent surpris par l’apparence des gens.

Lors d’une rencontre, c’est la première impression qui compte.

Si tu as du mal à percevoir et à te projeter, concentre-toi sur la projection.

Gloussements, jambes nues, timidité : tels sont les éléments nécessaires à une projection réussie.

Il s’agit d’être à la fois irrésistible et transparente.

Si tu y parviens, un éclair dur fusera de ses yeux.

2

Certains hommes puissants appellent vraiment leur beauté « Beauté ».

Contrairement à leur réputation, les beautés se serrent les coudes.

Si l’homme qui est ta Cible inspire la peur, les beautés de la fête où tu t’es infiltrée pour le rencontrer seront particulièrement gentilles.

La gentillesse réconforte même si elle repose sur des notions erronées de ton identité et de ton objectif.

3

Jouer le rôle d’une beauté implique de lire autre

chose que ce que tu aimerais lire sur une plage de galets du sud de la France.

Le soleil sur une peau nue peut être aussi nourrissant que des aliments.

Un homme, tout puissant qu'il soit, est un peu mal à l'aise la première fois qu'il se montre en maillot.

Il est techniquement impossible qu'un homme soit plus à son avantage en slip de bain qu'en caleçon.

Si tu aimes les hommes au teint sombre, une peau blanche te semblera exsangue.

4

Quand tu sais qu'un être est violent et cruel, un simple mouvement de natation te paraîtra violent et cruel.

« Qu'est-ce que tu fais ? » lancé par ta Cible dans une mer agitée où il t'a suivie exprime un soupçon, ou pas.

Ta réponse, « Je nage », peut être perçue comme un sarcasme, ou pas.

« On va ensemble jusqu'aux rochers ? » peut être une question, ou pas.

« Si loin que ça ? » peut, avec de la chance, sembler sincère.

« On sera tranquilles là-bas » risque de paraître menaçant.

5

Trente mètres dans la Méditerranée bleu nuit te donneront amplement le temps de te chapitrer comme il faut.

Des moments pareils sont utiles pour te rappeler ta formation.

« Tu infiltreras la vie de criminels.

« Tu seras toujours en danger.

« Certaines d'entre vous ne survivront pas, mais celles qui y parviendront deviendront des héroïnes.

« Quelques-unes sauveront des vies et changeront même le cours de l'histoire.

« Nous exigeons de vous une association d'éléments incompatibles : des scrupules rigoureux et la volonté de passer outre ;

« Un amour fervent pour la patrie et la capacité à fréquenter des individus œuvrant avec acharnement à sa destruction ;

« L'instinct et l'intuition d'experts, le casier vierge et la naïveté d'ingénues.

« Ce service ne sera exigé de vous qu'une seule fois, suite à quoi vous pourrez reprendre le cours de votre vie.

« Nous ne pouvons promettre que vous retrouverez vos vies telles que vous les avez laissées. »

6

Même la façon dont tu sors de l'eau et escalades des rochers de calcaire jaune peut révéler ardeur et souplesse.

« Tu nages très vite », proféré par un homme toujours immergé, risque de ne pas être un compliment.

Il est parfois préférable de rire que de répondre.

« Tu es canon » peut être une déclaration sincère.

De même : « J'ai envie de te sauter là, tout de suite. »

« Alors, t'en penses quoi ? » suggère qu'il préférerait une réponse claire plutôt que des rires.

« Ça me dit » doit être prononcé avec enthousiasme afin de pallier l'absence de vocabulaire imagé.

« Tu n'as pas l'air si sûre que ça » prouve que ton enthousiasme laisse à désirer.

« En effet » n'est acceptable que si tu ajoutes en minaudant : « Il va falloir que tu me convainques. »

La tête renversée en arrière et les yeux fermés te permettent d'avoir l'air disposée à un rapport sexuel tout en masquant ta révulsion.

7

Quand on est seule, environnée d'eau, avec un type violent et cruel, le rivage peut paraître très loin.

Tu peux alors te sentir solidaire des beautés qui s'y profilent, dans leurs bikinis aux couleurs vives.

En un moment pareil, il est possible que tu comprennes pourquoi tu n'es pas payée pour ce travail.

Ta mission bénévole est la plus haute forme de patriotisme.

Souviens-toi que tu n'es pas payée lorsqu'il sort de l'eau et s'approche de toi d'un pas lourd.

Souviens-toi que tu n'es pas payée lorsqu'il t'entraîne derrière un gros rocher et t'installe sur ses genoux.

La technique de la dissociation est comparable à un parachute – tu dois tirer sur le cordon au bon moment.

Trop tôt, tu entraves ta capacité à réagir à un instant crucial.

Trop tard, tu seras trop impliquée dans l'action pour te défiler en te tortillant.

Tu seras tentée de tirer sur le cordon lorsqu'il te prendra dans ses bras dont la force et le volume te rappelleront, fugacement, ton mari.

Tu seras tentée de le tirer lorsque tu sentiras qu'il se frotte contre ton bas-ventre.

Tu seras tentée de le tirer lorsque son odeur t'assaillira : métallique, semblable à celle dégagée par une main moite serrant des pièces de monnaie.

La consigne « Détends-toi », proférée d'un ton saccadé, rauque, suggère que ton malaise est palpable.

« Personne ne peut nous voir » suggère que ton malaise a été compris comme la crainte d'exposer ta nudité.

« Détends-toi, détends-toi », répété d'une voix rauque et saccadée, suggère que ton malaise n'est pas importun.

8

N'aie recours à la dissociation que lorsque le viol est imminent.

Ferme les yeux et compte à rebours à partir de dix.

À chaque chiffre, imagine que tu sors de ton corps et t'en éloignes de plus en plus.

À huit, tu devrais planer juste au-dessus de ta peau.

À cinq, tu devrais flotter à vingt ou quarante centimètres de ton corps et ne redouter que vaguement ce qu'on va lui infliger.

À trois, tu devrais te sentir complètement détachée de ton enveloppe charnelle.

À deux, ton corps devrait agir et réagir sans ta participation.

À un, ton esprit devrait voguer avec une telle liberté que tu perds la notion de ce qui se passe en bas.

Des nuages blancs caracolent et tourbillonnent.

Le ciel bleu est d'une profondeur aussi insondable que la mer.

Le fracas des vagues sur les rochers a existé depuis

des millénaires avant qu'il y ait des créatures en mesure de l'entendre.

Éperons et affleurements rocheux racontent une violence que la terre elle-même a oubliée depuis une éternité.

Ton esprit réintégrera ton corps quand il n'y aura plus de danger.

9

Retourne prudemment dans ton corps, comme si tu rentrais chez toi après un ouragan.

Résiste à la pulsion de reconstituer ce qui vient de se passer.

Efforce-toi plutôt de jauger la réaction de ta Cible à votre nouvelle intimité.

Chez certains hommes, l'intimité génère une cruelle indifférence.

Chez d'autres, l'intimité est susceptible de réveiller une curiosité problématique à ton endroit.

« Où as-tu appris à nager comme ça ? » proféré d'un ton indolent par ta Cible, allongé sur le dos, deux doigts dans tes cheveux, exprime la curiosité.

Dis la vérité sans préciser quoi que ce soit.

« J'ai passé mon enfance au bord d'un lac » ne s'écarte pas de la vérité tout en restant vague.

« Où était le lac ? » indique que ton manque de précision lui déplaît.

« Dans l'État de New York » fait l'effet d'être précis sans l'être.

« Manhattan » révèle une ignorance de la géographie de l'État de New York.

Ne contredis jamais ta Cible.

« Et toi, où est-ce que tu as grandi ? » Si tu

demandes ça à un homme qui vient de te poser la même question, c'est considéré comme du « mimétisme ».

Mime les attitudes, intérêts, désirs et goût de ta Cible.

Ton objectif est de devenir un élément de son atmosphère : une source de réconfort et de bien-être.

Ce n'est qu'à ce moment-là qu'il baissera la garde quand tu seras près de lui.

Ce n'est qu'à ce moment-là qu'il aura des conversations intéressantes lorsque tu seras présente.

Ce n'est qu'à ce moment-là qu'il négligera de veiller sur ses affaires, qui te seront accessibles.

Ce n'est qu'à ce moment-là qu'il te sera possible de procéder à une collecte systématique d'informations.

10

« Viens, on rentre », formulé brusquement, suggère que ta Cible n'a pas plus envie de parler de lui que toi.

Résiste à la tentation d'analyser ses sautes d'humeur et ses caprices.

L'eau salée a un effet purificateur.

11

Dans le regard de toutes les beautés qui sont sur la plage, tu verras qu'elles ont compris que tu es devenue l'intime de ta Cible.

« On a gardé ton déjeuner » est probablement une allusion à la raison de ton absence.

Le poisson froid n'a rien d'appétissant même nappé d'une délicieuse sauce au citron.

Sois gentille avec les autres beautés,

sans basculer dans la sollicitude pour autant.

Quand tu discutes avec une beauté, il est essentiel qu'elle te perçoive comme son égale.

Dis la vérité sur tous les aspects de ta vie hormis sur ta vie conjugale (dans la mesure où tu en as une).

Si tu es mariée, évoque ton divorce pour donner une impression de liberté absolue.

« Comme c'est triste ! » suggère que ton interlocutrice souhaiterait se marier.

12

Si ta Cible se dirige tout à coup vers la villa, emboîte-lui le pas.

Le prendre par la main en souriant produira l'effet d'une camaraderie discrète.

Un sourire discret en retour peut être le signe de soucis pressants.

Les préoccupations de ta Cible sont les tiennes.

13

La chambre attribuée à un homme puissant sera plus luxueuse que celle où tu as couché en attendant son arrivée.

Ne cherche pas de caméras cachées : cela te trahira.

Évalue le besoin d'intimité physique de ta Cible, s'il n'en manifeste pas, feins d'avoir envie de faire une sieste.

Ton sommeil simulé lui donnera la sensation d'être seul.

Se pelotonner sous des draps, même ceux d'un ennemi, peut être apaisant.

Si tu fermes les yeux, tu as plus de chances d'entendre la vibration de son smartphone.

14

Une porte qui s'ouvre en coulissant indique qu'il souhaite prendre un appel sur le balcon.

Les conversations importantes de ta Cible se dérouleront toujours à l'extérieur.

Si tu te trouves à proximité, enregistre-les.

Les beautés n'ayant ni calepin ni montre, cela ne correspondrait pas à ton personnage d'être équipée d'un magnétophone.

Un micro a été implanté derrière le premier anneau du canal auriculaire de ton oreille droite.

Active-le en appuyant sur le tragus.

Un faible couinement te signalera le début de l'enregistrement.

Dans un silence absolu ou pour une personne dont la tête est adjacente à la tienne, ce couinement risque d'être audible.

Auquel cas, tape ton oreille comme pour chasser un moustique, tu désactiveras ainsi le micro implanté dans le tragus.

Tu n'es pas tenue de reconnaître ou de comprendre la langue qu'emploie ton sujet.

La proximité est ton objectif ; si tu es près de ta Cible et parviens à enregistrer ses propos, tu es sur la voie du succès.

15

La grossièreté se reconnaît au ton identique employé dans toutes les langues.

Un sujet furieux sera moins attentif à son vocabulaire.

Si ton sujet est furieux, abandonne ta posture de camouflage et rapproche-toi le plus possible de lui pour améliorer la qualité de l'enregistrement.

Il se peut que tu aies peur en le faisant.

Tes violents battements de cœur ne seront pas enregistrés.

Si ta Cible se tient sur un balcon, plante-toi dans l'embrasure de la porte, derrière lui.

S'il se retourne et te découvre, fais comme si tu t'apprêtais à le rejoindre.

D'ordinaire, la colère l'emporte sur les soupçons.

Si ton sujet te bouscule et sort de la pièce en claquant la porte, c'est que tu n'as pas été repérée.

16

Si ta Cible te fausse compagnie une seconde fois, ne le suis pas.

Désactive le micro de ton oreille et reprends ta « sieste ».

Une minute de répit peut être l'occasion de rassurer tes proches.

L'ennemi détecte facilement les transmissions les plus discrètes.

Les vibrations de ton système sous-cutané à impulsions sont tellement génériques que sa détection ne révélerait ni la source ni le destinataire.

Un bouton est enchâssé derrière le ligament interne de ton genou droit (si tu es droitière).

Appuie dessus à deux reprises pour signaler à tes proches que tu vas bien et penses à eux.

Tu n'as le droit d'envoyer ce signal qu'une fois par jour.

Une pression continue sur le bouton indique une urgence.

Chaque jour, demande-toi quel est le meilleur

moment pour envoyer ton signal.

Réfléchis au fait que ton mari, originaire d'une civilisation où règne l'allégeance tribale, comprend et salue ton patriotisme.

Réfléchis à la vie heureuse et protégée que vous menez depuis l'université.

Réfléchis au fait que ton mari a choisi l'Amérique, un pays qu'il aime.

Réfléchis à votre conviction commune qu'il te fallait accomplir cette mission avant que vous n'ayez des enfants.

Réfléchis au fait que, à trente-trois ans, tu as consacré ta vie à la promotion de courants musicaux.

Réfléchis au fait que tu as toujours cru que tu accomplirais un travail de plus grande importance.

Réfléchis au fait que trop d'introspection ne mène à rien.

Réfléchis au côté de moins en moins instructif de ce manuel d'intervention.

Ton manuel d'intervention, conservé dans une puce sous tes cheveux, sert à la fois de journal de bord et de guide pour d'autres recrues.

Une pression de ton pouce gauche sur le bout de ton majeur gauche (si tu es droitière) te permet de lancer l'enregistrement.

Pour un meilleur résultat, formule l'idée comme si tu te parlais.

Évalue toujours tes remarques à l'aune de leur valeur didactique.

Ta formation est en cours ; chaque étape doit t'apprendre quelque chose.

Au terme de ta mission, une fois ta puce enlevée,

tu peux en examiner le contenu avant d'adjoindre ton manuel d'intervention à ton rapport de mission.

Tu as le droit de supprimer les pensées vagabondes ou personnelles.

Cette mission étant classée secrète, il t'est formellement interdit de télécharger ou de partager la moindre partie de ta conscience pendant toute ta vie.

17

Il est possible de s'endormir en simulant le sommeil.

Des bruits de douche signalent le retour de ta Cible.

En tant que beauté, tu es censée retourner dans ta chambre et te changer souvent ; il est essentiel de porter une tenue différente à chaque repas.

Le but : être une ravissante surprise, aussi inoffensive que protéiforme.

Il est communément admis qu'une robe blanche et légère sur une peau hâlée est susceptible de séduire.

Les couleurs trop vives sont à éviter ; elles retiennent l'attention et empêchent tout camouflage.

Le blanc n'est, a priori, pas considéré comme une couleur vive.

Il n'en est pas moins éclatant.

De fines sandales dorées risquent d'entraver ta capacité à courir ou à sauter, mais elles sont jolies sur des pieds bronzés.

Trente-trois ans est encore suffisamment jeune pour être considérée comme jeune.

Être considérée comme jeune est un fait

particulièrement apprécié par ceux qui ne seront bientôt plus considérés comme tels.

Si ta Cible passe un bras autour de ta taille pour t'emmener dîner, conclus-en que ton changement de tenue est une réussite.

18

Lorsque les hommes entament une discussion sérieuse, les beautés sont livrées à elles-mêmes.

« Ça fait combien de temps que tu es divorcée ? » suggère l'envie de reprendre une conversation antérieure.

« Quelques mois » devrait être formulé sans contact oculaire lorsqu'il s'agit d'un mensonge.

« Il était comment, ton mari ? » Ta réponse à cette question peut être honnête.

« Il est africain. Du Kenya » comblera peut-être ton désir de parler de lui.

« Un Noir ? » lancé avec un frémissement de sourcils peut exprimer du racisme.

« Oui, un Noir » prononcé d'un ton égal devrait transmettre un léger reproche.

« Vraiment noir ? » prouve que tu n'as pas été comprise.

« Oui, vraiment » est moins aimable, surtout assorti d'un regard lourd de sous-entendus.

« Chouette, hein » évoque une expérience personnelle.

« Oui, très chouette » infirme le prétendu divorce. « Ça l'était » est convaincant en guise de correction.

« Mais pas assez ? » accompagné d'un rire indique de la complicité, surtout si c'est suivi par : « Ou trop ! »

19

Les hôtes d'une réception tiennent toujours à ce que les invités fassent honneur aux plats.

Pour la plupart des beautés, céder à la gourmandise est un risque ; en tant que beauté au mandat limité, tu peux manger ce que tu veux.

Il est possible de consommer un pigeonneau en le déchiquetant à la main et en rongeant la chair à même les os.

Une expression abasourdie révèle que ton hôte s'attendait à l'utilisation de couverts.

La proximité de la chaise de l'hôte à la tienne annonce peut-être une confidence.

Tourner l'oreille vers la bouche de ton hôte t'empêchera d'avoir à sentir l'haleine qui s'en exhale.

Il faut toujours veiller à la propreté de ses oreilles.

Si l'hôte te prévient que ta Cible représente peut-être un danger immédiat, déduis-en qu'il a quitté la pièce.

20

Le moyen le plus efficace de régler le problème, c'est d'aller aux toilettes.

Ne jamais avoir l'air pressé, même dans un couloir désert.

Si tu ne sais absolument pas où ta Cible est allée, reste là où tu te trouves.

Si tu te trouves devant des portes vitrées, tu peux les ouvrir et regarder dehors.

Les nuits du sud de la France sont étranges, d'un noir intense, bleuté.

Quel que soit le nombre de fois où tu l'as vue ainsi, une lune éclatante reste fascinante.

Si, petite, tu aimais déjà regarder la lune, le faire te ramènera toujours à l'enfance.

Les orphelines de père investissent parfois cet astre d'une promesse de paternité.

Tout le monde a un père.

Une vague histoire telle que « Ton père est mort avant ta naissance » peut satisfaire un enfant, même le plus curieux, pendant un bon nombre d'années.

Découverte à l'âge adulte, la vérité sur ton père peut avoir comme effet rétroactif de rendre le mensonge grotesque.

Il arrive que des publicistes aient des aventures avec les vedettes de cinéma pour qui ils travaillent.

Découvrir que tu es la fille d'un célèbre acteur de cinéma n'est pas forcément consolant.

Surtout si l'acteur en question a six autres enfants de quatre épouses différentes.

La découverte que tu es la fille d'une vedette te poussera peut-être à regarder soixante films datant du début de sa carrière.

En le faisant, tu penseras peut-être : *Tu ne sais pas que j'existe, mais je suis bien là.*

En le faisant, tu penseras peut-être : *Pour toi, je suis invisible, mais je suis bien là.*

Une soudaine reconfiguration de ton passé risque de changer la perception et le sentiment que tu as de la maturité.

Il est possible que cela te détache de ta mère qui n'a pourtant jamais songé qu'à ton bonheur.

Si ton mari a subi de nombreuses métamorphoses au cours de son existence, il comprendra ta transformation.

Évite l'introspection excessive ; ton boulot consiste à observer ce qui se passe à l'extérieur, pas à te sonder.

21

« Ah, te voilà » susurré dans ton dos par ta Cible suggère qu'il t'a cherchée.

« Viens » prononcé avec douceur peut exprimer un regain de désir pour un contact intime.

Il est possible que la sérénité de la lune te donne l'impression d'être comprise et pardonnée à l'avance.

Tu entends la mer avant de la voir.

La Méditerranée est plus bleue que noire, même la nuit.

L'apparition d'un hors-bord exaucera ton désir de te soustraire à un contact physique, malgré la myriade de nouveaux problèmes qu'il représente.

Si ta Cible et le capitaine de hors-bord n'échangent pas un mot, leur rendez-vous était sans doute fixé à l'avance.

Un homme connu pour sa cruauté peut cependant se montrer très galant au moment de faire monter sa beauté dans un hors-bord instable.

Il interprétera son hésitation à embarquer comme une peur de tomber.

Résiste à l'impulsion de t'enquérir de votre destination.

En cas d'angoisse, efforce-toi d'émettre un rire niais.

Trouve une Source d'Apaisement Personnel et utilise-la.

Si c'est la lune, félicite-toi de l'obscurité et de son rayonnement exceptionnel.

Dénombre les raisons pour lesquelles il t'est impossible de mourir là :

Il faut que tu revoies ton mari.

Il faut que tu aies des enfants.

Il faut que tu informes l'acteur de cinéma qu'il a un septième enfant, et que c'est une héroïne.

22

La lune semble se déplacer, en réalité c'est vous qui bougez.

Un hors-bord lancé à grande vitesse percute les crêtes des vagues.

La peur et l'excitation sont parfois indissociables.

Si le capitaine du bateau fait évoluer sa trajectoire en fonction des ordres de ta Cible, il est possible qu'il ignore la destination où celui-ci vous emmène.

Si ta Cible regarde constamment le ciel, les étoiles lui servent sans doute à naviguer.

La Méditerranée est suffisamment vaste pour qu'on l'ait crue infinie.

Une beauté ne devrait pas exiger davantage de précisions sur la situation que la présence de sa Cible.

Elle doit sembler se réjouir du moindre de ses déplacements.

Simule ce prétendu plaisir en l'enlaçant affectueusement et en approchant ta tête de la sienne.

Positionner ta tête à hauteur de celle de ta Cible te permettra d'avoir accès à sa navigation et de connaître l'itinéraire.

La nuit, loin du rivage, les étoiles palpitent avec une puissance impossible à concevoir à proximité de la lumière.

On saura toujours où tu te trouves, tu seras visible en permanence sous forme d'un point lumineux sur les écrans de ceux qui veillent sur toi.

Tu es l'une des centaines d'héroïnes potentielles.

La technologie a permis au commun des mortels de briller dans le cosmos des exploits de l'espèce humaine.

Grâce à ton manque de formation à l'espionnage, ton casier est vierge et neutre.

Tu es un être ordinaire engagé dans une mission extraordinaire.

Ce ne sont pas tes talents qui doivent être remarquables, mais ton courage et ton équilibre.

Tu ne dois pas te sentir dévalorisée parce que tu n'es qu'une parmi des centaines.

Le but du nouvel héroïsme est de se fondre dans un idéal qui transcende.

Le but du nouvel héroïsme est de se libérer du fléau de l'égocentrisme.

Le but du nouvel héroïsme est de renoncer à l'obsession moderne d'être vu et reconnu.

Le but du nouvel héroïsme est de forer sous le personnage clinquant.

Ce que tu y trouveras t'étonnera : un vide béant, riche de possibilités.

Certains assimilent cette découverte à un rêve dans lequel une maison familière acquiert de nouvelles ailes et de nouvelles pièces.

Le pouvoir du charisme individuel n'est rien comparé à celui d'un effort collectif désintéressé.

Quels que soient les exploits dont ils sont capables, les Agents Civils les revendiquent rarement.

Le désir de gloire personnelle est comparable à la dépendance à la cigarette : une habitude en apparence stimulante, alors qu'elle est mortifère.

La satisfaction du besoin d'attention puéril se fait d'ordinaire aux dépens du véritable pouvoir.

Un ennemi d'État n'aurait pu concevoir un moyen plus efficace pour nous neutraliser et détourner notre attention.

Notre narcissisme notoire est devenu notre camouflage.

23

Au terme de ce long et trépident trajet, tu ne remarqueras peut-être pas aussitôt que le bateau s'approche du rivage.

Une seule construction éclairée se découpe sur le littoral désert.

Après des vrombissements de moteur, le silence est un bruit.

Le départ immédiat du hors-bord indique que ton retour n'est pas prévu pour tout de suite.

Connaître la latitude et la longitude d'un endroit n'équivaut pas à savoir où celui-ci se trouve.

Un lieu isolé et inconnu peut te donner la sensation d'avoir été chez toi dans le précédent endroit tout aussi isolé et inconnu.

S'imaginer sous la forme d'un point lumineux sur un écran a quelque chose d'étrangement rassurant.

Comme ton mari est un visionnaire dans le domaine de la sécurité nationale, il a parfois accès à cet écran.

Si cela t'apaise de te représenter ton mari pistant ton point lumineux, ne t'en prive pas.

En revanche, ne ferme pas les yeux quand, chaussée de sandales à lanières, tu grimpes un sentier pierreux dans l'obscurité.

Sous la latitude X et la longitude Y, la flore desséchée se désagrège sous tes pieds.

Une voix provenant d'en haut suggère qu'on attendait ton arrivée et qu'on t'observe.

Ce n'est pas parce qu'un rivage est désert qu'il n'est pas surveillé.

Les meilleures patrouilles sont imperceptibles.

24

Une poignée de main protocolaire entre ton nouvel hôte et ta Cible révèle qu'il s'agit d'une nouvelle rencontre.

Chez certains hommes riches et puissants, la minceur donne l'impression d'être source de force.

L'indifférence de ton nouvel hôte à ton endroit indique que les femmes ne s'inscrivent pas dans son champ de vision.

Être invisible signifie qu'on ne te surveillera pas de près.

Ta mission est de te faire oublier tout en étant présente.

Une villa blanche, éblouissante, au sein d'épaisses ténèbres surgira comme un mirage.

Un homme pour qui les femmes sont transparentes peut néanmoins avoir beaucoup de beautés dans sa propriété.

Autant de beautés négligées qui se disputent son attention éphémère.

Parmi les beautés négligées, une femme alpha prend souvent le pouvoir.

Lorsque tu entreras dans la villa, son regard scrutateur influencera les autres et te transpercera.

La sensation te rappellera des moments de ton enfance où tu devais te rendre dans une école ou un country club où tu ne connaissais presque personne.

La sensation d'être à la merci des enfants qui t'entouraient suscitait en toi une réaction cataclysmique.

C'était plus fort que toi, tu voulais t'intégrer et t'épanouir parmi ces inconnus.

Même enfant, tu n'étais pas puérile.

Une maturité que ton mari a toujours aimée.

Une fois que les autres enfants étaient devenus tes alliés, les quitter te brisait le cœur.

25

Une petite table et des chaises sculptées dans la pierre au sommet d'une falaise sont incontestablement conçues pour une conversation d'ordre privé.

Si ta Cible t'y emmène, cela signifie sans doute que ton nouvel hôte le met mal à l'aise.

Quand ton nouvel hôte congédie sa beauté alpha, une affaire importante est probablement en cours de négociation.

Une beauté alpha ne tolérera pas son exclusion si une autre beauté est autorisée à rester.

Si ton nouvel hôte manifeste qu'il est conscient de ton existence en te congédiant d'un geste, regarde ta Cible.

Tu n'as d'ordres à recevoir que de ta Cible.

Si ta Cible continue de t'enlacer bien que ton nouvel hôte t'ait congédiée, tu es devenue l'enjeu d'une épreuve de force.

Si ton nouvel hôte s'adresse à toi en collant son visage au tien, c'est probablement pour s'assurer que tu ne parles pas sa langue.

Si ta Cible se raidit à côté de toi, les paroles que ton nouvel hôte profère sont sans doute insultantes.

Un gloussement et un air interdit sont les armes les plus fiables pour désamorcer le conflit.

Si les hommes se renversent sur leur siège, tu y as réussi.

Les insultes à ton endroit de ton nouvel hôte atteignent, par ricochet, ta Cible.

Ta Cible est parvenue à le convaincre que tu es trop inoffensive pour qu'il prenne la peine de te congédier.

Félicite-toi d'avoir préservé ta proximité et active le micro de ton oreille.

26

Lors d'une discussion d'affaires, affiche une absence totale d'intérêt ou de curiosité.

Observe minutieusement ton environnement.

Du haut d'un étroit promontoire, sous la latitude X et la longitude Y, le miroitement de l'océan et du ciel est omniprésent.

Au cours de ta mission, il y aura des moments, très peu sans doute, où tu percevras l'imminence d'une information cruciale.

Cela peut prendre la forme d'un transport de joie.

Une telle joie peut être déclenchée à la vue de la lune et de son éclat dans le ciel.

Ou parce que tu as le sentiment d'avoir pénétré dans le monde fantastique des contes de ton enfance.

Elle peut être déclenchée par la certitude que, une fois ta mission terminée, tu retrouveras le mari que tu adores.

Ou par la beauté absolue de la nature qui t'entoure et le bonheur de te sentir vivante à cet instant précis.

Ou par ta conviction d'avoir réalisé tous les objectifs que tu t'étais fixés dans ton enfance.

Ou celle d'avoir enfin trouvé un but digne de ta prodigieuse énergie.

Ou celle d'avoir contribué à la perpétuation du mode de vie américain tel que tu le connais grâce à cette mission.

27

Quand on est inondé de joie, il est difficile de rester calme.

Méfie-toi de tes états d'âme – positifs ou négatifs – car ils éclipsent ce qui se passe autour de toi.

Lorsque deux sujets se mettent à dessiner des croquis, des projets concrets sont peut-être en cours.

Il suffit de presser sur le conduit lacrymal de ton œil gauche pour faire fonctionner la caméra qui y est implantée.

En cas de lumière insuffisante, tu peux activer un flash en appuyant sur le bout externe de ton sourcil gauche.

Quand tu te sers du flash, n'oublie pas de fermer l'œil dépourvu de caméra pour éviter une cécité temporaire.

Ne l'utilise jamais en présence d'autres personnes.

28

Sauter de ton siège, dans une exclamation, les yeux rivés sur la villa, attirera l'attention des autres.

Si ta Cible s'approche de ton visage et souffle « Quoi ? Qu'est-ce que tu as entendu ? », cela signifie que tu as réussi ta manœuvre de diversion.

Attends que leur impatience de savoir vire à la colère, puis dis-leur d'une voix faible : « J'ai entendu des cris. »

Les hommes violents vivent dans la peur du châtiment.

Ton nouvel hôte sera le premier à foncer vers sa maison.

Le coup d'œil que jette ta Cible sur la jetée, en contrebas, suggère que ton nouvel hôte et lui n'ont pas forcément d'intérêts communs.

S'il se focalise sur son téléphone, cela peut vouloir dire qu'il convoque le capitaine du hors-bord.

Les violents ont toujours un plan d'évasion.

29

Il y a des chances pour qu'un téléphone brillamment éclairé empêche son utilisateur de se rendre compte d'un flash à faible distance.

Approche-toi des croquis à photographier afin qu'ils remplissent ton champ de vision.

Reste parfaitement immobile.

Un flash est bien plus spectaculaire dans une obscurité absolue.

Une épithète suivie de « Putain, c'était quoi ? » indique que tu as surestimé la focalisation de ta Cible sur son téléphone.

Un éclair aveuglant signifie que tu as oublié de fermer l'œil dépourvu de caméra.

Sors de ton rôle en t'écriant, honnêtement : « Je ne vois plus rien ! »

Il est périlleux de dévaler du sommet d'une falaise quand on est atteint de cécité.

Il est difficile de reporter ladite descente lorsque ta

Cible te tire violemment par la main.

Un ronflement annonce l'approche d'un hors-bord.

La progression dans les éboulis d'un sentier à travers bois, en état de cécité (et en talons), mène aux faux pas et à la chute.

Un bruit décroissant de pas indique que tu as épuisé la valeur limitée que tu représentes pour ta Cible.

La désorientation t'empêchera peut-être d'avoir d'autre réaction que de l'appeler de l'endroit où tu es tombée.

Le départ d'un bateau à grande vitesse fera vibrer le sol.

30

La cécité temporaire ravive la gratitude que l'on ressent de ne pas être aveugle.

À la suite d'une cécité, les formes solides qui t'environnent ont presque un côté sensuel.

La certitude d'être seule, sans ta Cible, s'emparera lentement de toi et te glacera.

Plus ton sentiment de solitude s'intensifie, mieux tu comprends que tu étais moins seule que tu ne le croyais jusqu'à présent.

Cet isolement peut tout d'abord te paralyser.

Si cela t'apaise de t'allonger sur le sol, ne t'en prive pas.

La lune répand partout sa lumière.

La lune peut paraître aussi expressive qu'un visage.

Les êtres humains sont farouchement, essentiellement résilients.

Les exploits mythiques décrits dans les livres qui ont enchanté ton enfance sont médiocres au regard de ceux des êtres humains ici-bas.

31

La découverte qu'il y a quelqu'un près de toi, alors que tu te croyais seule, peut t'effrayer.

Passer d'un bond de la position couchée à la position debout donnera le vertige.

« Je vous vois. Sortez », est à intimer calmement en adoptant la posture adéquate.

Lorsqu'on s'attend à ce que ce soit un homme, l'apparition d'une femme a de quoi donner un choc.

« Qu'est-ce que tu fiches ici ? » lancé par la beauté alpha de ton nouvel hôte est vraisemblablement hostile.

Il faut répondre aux questions abstraites le plus littéralement possible : « Il est parti sans moi. »

« Le salaud » marmotté avec amertume suggère une habitude du phénomène de l'abandon.

L'empathie provenant d'une source inattendue peut provoquer une bouffée d'émotion.

Évalue les risques potentiels de fondre en larmes avant de les laisser couler.

Le parfum émanant des bras d'une beauté peut infuser en toi espoir et force.

32

Une somptueuse villa au sommet d'une falaise peut paraître un mirage encore plus grand la seconde fois qu'on s'en approche.

Créer une atmosphère de luxe dans un lieu isolé exige d'énormes sommes d'argent.

La violence coordonnée également.

Ton boulot consiste à suivre l'argent jusqu'à sa source.

Il y a peu de chances pour qu'un homme puissant dont l'associé a déguerpi après une fausse alerte soit de bonne humeur.

La réapparition de la beauté larguée par l'associé le prendra sans doute de court.

Sur n'importe quel visage, la stupéfaction réjouit.

« Où est-ce qu'il est parti, bordel ? » est clair comme de l'eau de roche, même dans une langue qu'on ne connaît pas.

Tout le monde comprend un haussement d'épaules.

L'indifférence d'une beauté alpha face à l'accablement de son partenaire signifie peut-être qu'il y est fréquemment sujet.

Et aussi qu'il n'est sans doute pas son partenaire.

33

En tant que beauté, il est possible que tu doives changer de mains.

Tu passeras en général des mains d'un homme puissant à celles d'un homme qui l'est davantage.

Quel que soit l'homme, ta mission ne change pas.

C'est un progrès d'être plus proche de la source d'argent et de pouvoir.

Si ta vulnérabilité et ton impuissance éveillent l'intérêt d'un ennemi, exagère-les.

Des genoux sales, couverts de sang, risquent d'accentuer ta vulnérabilité au point de susciter le dégoût.

Cela peut toutefois te donner droit à une douche.

34

Il y a d'excellentes pharmacies de premiers secours chez les hommes riches et violents.

Si, après avoir été soignée, tu te retrouves dans un espace aquatique avec une cascade, déduis-en que tu ne resteras pas longtemps seule.

Qu'un homme t'ait ignorée puis insultée ne signifie pas qu'il n'ait pas envie de te baiser.

Les hommes minces et puissants se déplacent souvent avec une souplesse féline.

Commence ton décompte dès qu'il entrera dans le bassin.

Au moment où il saisit ton bras, tu devrais être à cinq.

Au moment où ton front est plaqué sur un rocher, tu devrais ne percevoir ton corps que vaguement, et d'en haut.

35

Si, en réintégrant ton corps, tu as l'impression que beaucoup de temps s'est écoulé, ne t'y appesantis pas.

Si tu as les membres perclus de douleur, le front écorché et à vif, ne te demande pas pourquoi.

Au sortir d'un bain chaud, bouillonnant, où tu es restée pendant une période indéterminée, attends-toi à te sentir fragilisée et faible.

Remémore-toi que tu n'es payée ni en devises ni en nature, que ce soit pour cela ou pour toute autre initiative de ta part.

Ces initiatives sont une forme de sacrifice.

Une profusion de peignoirs diaphane suggère que des femmes viennent souvent dans cet espace aquatique.

Une simple robe de plage sale et abîmée peut

prendre une étrange valeur quand on n'a rien d'autre.

Garde les choses essentielles avec toi – tu n'auras pas l'occasion de les récupérer.

36

Si on t'emmène dans une pièce minuscule où trône un immense lit, ton nouvel hôte n'en a peut-être pas fini avec toi.

Tu peux quelquefois éprouver l'envie de te dérober à la lune.

Tu peux quelquefois avoir l'impression que la lune est un mouchard qui surveille tes faits et gestes.

Dors dès que c'est possible sans te mettre en danger.

37

Ton réveil en sursaut peut sembler être une réaction à un bruit.

Dans des moments de solitude, tu peux croire avoir entendu ton nom.

Convoquer dans nos rêves ceux que nous aimons et qui nous manquent nous rassure.

En découvrant leur absence à notre réveil, la sensation de leur avoir parlé peut perdurer en nous.

Au cœur de la nuit, même les maisons les plus sécurisées sont plongées dans une inconscience relative.

Une beauté vêtue d'un léger peignoir lavande peut se déplacer où bon lui semble, dans la mesure où elle donne l'impression d'être prête à se livrer.

Un principe universel d'architecture permet de deviner quelle porte donne sur la chambre principale.

Un placard à linge aux portes closes peut ressembler à une chambre principale.

De même qu'une salle de bains.

Des pieds nus ne font aucun bruit sur un sol dallé.

Même un homme mince à l'allure féline peut ronfler.

Lorsque tu t'introduis subrepticement dans la chambre d'un homme endormi, approche-toi aussitôt de son lit comme si tu le cherchais.

38

Une beauté alpha qui ne semblait pas avoir de liens avec ton nouvel hôte peut, en fin de compte, se révéler très proche de lui.

L'enchevêtrement de leurs corps peut contredire la perception que tu avais eue de leur relation.

Les êtres humains sont hermétiques ; ce qui donne au partage des consciences tout d'un pacte faustien.

Un berceau près du lit suggère la présence d'un bébé.

Ne t'appesantis pas sur ta stupéfaction : une perte de temps.

39

Les ennemis rangent leur téléphone loin de l'endroit où ils dorment.

On repère aussi facilement la penderie d'une beauté qu'un carquois aux couleurs vives.

Une fois que tu as repéré le domaine de l'homme, cherche l'Endroit Idéal où il vide ses poches en fin de journée.

Si son téléphone se trouve dans l'Endroit Idéal, envisage d'utiliser un Collecteur de données pour en saisir le contenu.

Un Collecteur de données ne doit s'employer que si tu es sûre d'en tirer un profit exceptionnel.

Débrouiller et exploiter
la quantité d'informations
saisies exigera un travail
considérable.

Le moindre moniteur
ennemi captera sa
transmission.

Nous ne pouvons garantir
son efficacité qu'une seule
fois.

40

Enlève la clé du port
USB qui se trouve
entre les quatrième et
cinquième orteils de
ton pied droit (si tu es
droitière).

Introduit le câble
magnétique dans
n'importe quel port du
téléphone du sujet.

Assieds-toi par terre, loin
de tout ce qui est pointu,
et plaque ton dos contre
un mur.

Un ruban rouge est inséré
dans ton port USB ;
tiens-le au creux d'une de
tes paumes.

Écarte tes orteils et
réintroduis doucement la
clé, à présent aimantée
au téléphone de ton sujet,
dans ton port USB.

Tu sentiras le flux,
tandis que les données
déferleront dans ton corps.

Le flux peut contenir des
souvenirs, des sensations
de froid ou de chaud, des
désirs, des douleurs, voire
des joies.

Bien que les données
te soient étrangères, les
souvenirs extraits seront
les tiens :

Une orange que tu
épluches pour ton mari,
un dimanche matin, au
lit, dont les draps sont
éclaboussés de soleil ;

L'odeur d'humus fumé de
la fourrure du chat de ton
enfance ;

Le goût des pastilles à la
menthe que ta mère gardait
pour toi dans son bureau.

L'impact d'un flux de
données peut provoquer

un évanouissement ou un trou de mémoire temporaire.

Le ruban rouge sert à t'orienter ; si tu découvres que tu en agrippes un quand tu reviens à toi, regarde ton pied.

Une fois que ton corps a recouvré son calme, débranche le téléphone du sujet et remets-le à sa place.

41

Le Collecteur de données laisse dans l'oreille un bourdonnement susceptible de masquer le bruit de l'arrivée de quelqu'un.

Un visage qui t'a rassérénée par le passé peut te procurer de nouveau la même sensation.

Si une beauté alpha t'injurie dans une langue étrangère, cela signifie peut-être qu'elle est trop ensommeillée pour se rappeler qui tu es.

Ou peut-être qu'elle appelle du renfort.

Le statut de beauté ne sera pas une excuse de ton apparition là où tu n'es pas censée être.

Prépare-toi à te défendre au premier signe d'agression physique.

Ton nouvel hôte qui se rue vers toi en criant « Qu'est-ce que tu fous, bordel ! » constitue une agression physique.

Un coup de coude dans la région sous-maxillaire le fera tomber à la renverse.

Les vagissements d'un nourrisson détourneront l'attention de la mère des douleurs physiques de son partenaire.

Un homme affaibli par un coup de coude réagit à peine aux pleurs d'un nouveau-né.

42

En découvrant ta maîtrise des arts martiaux, un homme qui t'a perçue comme une simple beauté changera d'avis sur tes véritables motivations.

Il est recommandé de filer immédiatement.

Un homme mince à l'allure féline peut tout à fait rebondir avant qu'une sortie précipitée soit effectuée.

Observe ses yeux : il évaluera la distance le séparant de son arme à feu la plus proche.

Un coup de pied même déchaussé sur son front obstruera provisoirement sa trachée.

La beauté alpha d'un homme violent saura où se trouve son arme à feu et comment s'en servir.

Une femme armée d'un pistolet avec un bébé dans ses bras n'a plus les qualifications d'une beauté.

Aucune beauté n'est réellement une beauté.

Il est probable que désarmer une femme qui brandit un bébé blessera le bébé qu'elle porte.

En tant qu'Américains nous plaçons les droits humains au-dessus de tout et nous ne pouvons approuver leur violation.

Quand quelqu'un menace les nôtres, toutefois, une plus grande marge de manœuvre est indispensable.

Fie-toi à ton intuition sans oublier que nous devons rester fidèles à nos principes et que nous n'y dérogerons pas.

Une femme tenant, dans un bras, un bébé qui se débat peut avoir du mal à viser son arme avec l'autre.

Les balles sifflent effectivement dans un espace clos.

Si une personne t'a tiré dessus et ratée, réduis-la à l'impuissance avant qu'elle ne recommence.

Nous éprouvons une grande réticence à attaquer les êtres qui nous ressemblent.

43

Il existe un laps de temps entre le moment où on a reçu une balle et celui où on s'en rend compte.

À condition qu'aucune artère ne soit touchée, il est préférable que les blessures se situent sur les membres supérieurs.

Les parties du corps avec os et tendons saignent moins mais leur reconstruction est plus difficile si elles sont brisées.

Il y a des os et des tendons dans l'épaule droite.

Des coups de feu tirés dans la maison d'un homme puissant ne laissent que quelques minutes, voire quelques secondes, avant l'irruption des agents de sécurité.

Ta personne physique est notre Boîte Noire ; sans elle, nous n'aurons aucun rapport sur ce qui s'est passé lors de ta mission.

Il est impératif que tu ne tombes pas aux mains des ennemis.

44

S'ils sont nombreux et que tu es prise au piège, tu peux, en dernier ressort, pousser ton Rugissement primal.

Le Rugissement primal, l'équivalent humain d'une explosion, est l'association d'un cri, d'une vocifération et d'un hurlement.

Il faut accompagner le Rugissement de grimaces et de mouvements frénétiques afin de suggérer un état de sauvagerie délirante.

Le Rugissement primal doit te transformer de beauté en monstre.

Il s'agit d'épouvanter tes adversaires de la même manière que des personnes de confiance, changés en démons, terrifient les enfants dans les contes et les cauchemars.

Utilise sans arrêt le flash de ta caméra tout en rugissant.

Une femme portant un nourrisson s'écartera bien vite à l'approche d'un monstre hurlant, secoué de spasmes, traversé d'éclairs.

Cesse de rugir dès que le danger n'est plus imminent.

Ceux qui se lancent au secours d'un homme puissant ne feront pas vraiment attention à une beauté échevelée croisée dans l'entrée.

Si tu as de la chance, cela te permettra de gagner du temps et de t'échapper de la maison.

Reprends alors ton rôle de beauté, recoiffe-toi, recouvre tes blessures sanguinolentes avec la robe froissée dans ta poche.

Que tu n'entendes pas / ne sois pas en mesure d'entendre les alarmes ne signifie pas qu'elles n'ont pas été déclenchées.

45

Après un déchaînement de violence dans une pièce fermée, la fraîcheur de l'air nocturne aura un effet bénéfique.

Dévale le chemin escarpé par tous les moyens à ta portée, glissades et roulades comprises.

Dans les résidences des hommes riches et violents, il y aura au moins un agent de sécurité posté à chaque issue.

En pleine nuit, si la chance te sourit (et que tu ne fais aucun bruit), cet agent de sécurité dormira.

Adopte de la façon la plus convaincante possible l'allure d'une beauté qui batifole.

Si courir pieds nus sur une jetée te ramène à ton enfance, la douleur risque de te donner des hallucinations.

Être allongée sur un ponton chaud, à proximité d'un country club, tenant pour la première fois la main d'un garçon : une sensation qui te revient après de nombreuses années.

Un flash-back crée l'illusion qu'il était inéluctable que tu en arrives là.

C'est plus facile à croire que d'accepter que le hasard régit nos vies.

Se pointer à un cours de robotique au lieu de ton cours sur Homère, à cause d'une erreur d'attribution de salle de classe, est le fruit du hasard.

Trouver une place libre à côté d'un jeune homme au teint sombre et aux mains magnifiques est le fruit du hasard.

Lorsqu'un être est devenu essentiel, l'idée même de s'être allongé sur un ponton sans encore le connaître paraît étonnante.

Attends-toi à ce que la réinsertion dans ton existence soit difficile.

La moindre expérience laisse des traces, quels que soient les raisons et les principes qui la sous-tendent.

Le plus souvent nos Agents civils souhaitent simplement que le temps passe.

Nos agents thérapeutes sont disponibles à n'importe quelle heure les deux premières semaines d'une réinsertion, puis aux horaires de bureau.

Évoquer le moindre aspect de ta mission, même à des professionnels de santé mentale ou à des conseillers spirituels, est strictement interdit.

Sache que nous avons toutes les ressources nécessaires pour répondre à tes besoins.

46

Même une force surnaturelle en natation ne peut te propulser dans une mer bleu nuit.

L'ardeur farouche du regard que tu lances du bout de la jetée ne peut te propulser dans la mer bleu nuit.

Lorsqu'un corps a été doté de pouvoirs exceptionnels, le fossé entre désirs et capacités est exaspérant.

Depuis des millénaires, les ingénieurs permettent aux êtres humains d'accomplir des exploits mythiques.

Ton mari est un ingénieur.

Les enfants qui ont grandi parmi les bêtes sauvages apprennent à déceler des mouvements suspects dans leur environnement.

L'intimité avec un autre peut t'inciter à scruter ton environnement comme il le ferait.

Sur un rivage rocheux éclairé par la lune, la forme suspecte se trouve à un angle de tangage avec les vagues, sous un surplomb envahi de broussailles.

Ton nouvel hôte a vraisemblablement caché un hors-bord, pour fuir rapidement en cas de danger.

La clé sera à l'intérieur.

47

Faufile-toi entre les branches et monte à bord ; détache les amarres et mets le moteur à l'eau.

Pense avec gratitude aux lacs du nord de l'État de New York où tu as appris à piloter des bateaux à moteur.

Fais bouffer tes cheveux avec ton bras libre et affiche un grand sourire insouciant.

Un sourire est comparable à un bouclier ; il fige ton visage en un masque derrière lequel tu peux te cacher.

Un sourire est une porte à la fois ouverte et fermée.

Mets le contact, fais ronfler le moteur un grand coup avant de te lancer dans la mer bleu nuit et d'appuyer sur l'accélérateur.

Agite le bras et ris aux éclats à l'intention de l'agent de sécurité abasourdi et somnolent.

Navigue en zigzags jusqu'à ce que tu sois hors de portée des tirs.

48

Une douleur atroce succédera presque aussitôt à la jubilation de l'évasion.

La villa, ses occupants, même les coups de feu sembleront fantasmatiques au regard de cet impératif prégnant.

Si tu souffres trop pour penser, concentre-toi sur la navigation.

Nous ne pouvons intervenir qu'à des lieux stratégiques.

Alors que tu te diriges vers un lieu stratégique, signale une urgence en pressant le bouton derrière ton genou pendant trente secondes d'affilée.

Tu ne dois pas perdre connaissance.

Si cela t'aide, imagine que tu es dans les bras de ton mari.

Si cela t'aide, imagine que tu es dans votre appartement où le couteau de chasse de son grand-père est exposé dans une boîte en plexiglas.

Si cela t'aide, imagine-toi en train de cueillir les

petites tomates que tu fais pousser l'été sur le rebord de votre fenêtre.

Si cela t'aide, imagine que le contenu du Collecteur de données contribuera à contrecarrer une attaque qui aurait anéanti des milliers d'Américains.

Même sans stimulations, tu es capable de piloter un bateau en état de semi-conscience.

Les êtres humains sont surhumains.

Laisse-toi guider par la lune et les étoiles.

49

Une fois aux environs du lieu stratégique, coupe le contact.

Tu seras plongée dans une obscurité absolue, un silence absolu.

Si tu le souhaites, allonge-toi à même le sol du bateau.

Que tu aies l'impression d'être en train de mourir ne signifie pas que ce soit le cas.

Si tu devais mourir, souviens-toi que ton corps fournira un trésor de données cruciales.

Si tu devais mourir, souviens-toi que ton Manuel d'Intervention nous fournira un rapport sur ta mission et des leçons pour tes successeurs.

Si tu devais mourir, souviens-toi que tu auras remporté la victoire simplement en nous livrant ta personne physique.

Les oscillations du bateau sur l'eau te feront penser à celles d'un berceau.

Tu te rappelleras ta mère te berçant dans ses bras quand tu étais bébé.

Tu te rappelleras qu'elle t'a toujours aimée d'un amour passionné et inconditionnel.

Tu découvriras que tu lui as pardonné.

Tu comprendras qu'elle t'a caché l'identité de ton père parce qu'elle était persuadée que son immense amour serait suffisant.

Le désir de dire à ta mère que tu lui as pardonné te donne une raison de plus pour rentrer saine et sauve.

L'idée que ton père ne saura jamais ce qu'il a perdu te donne une raison de plus pour rentrer saine et sauve.

L'envie de lui dire ce qu'il a failli perdre te donne une raison de plus pour rentrer saine et sauve.

L'attente aura beau être une épreuve quasi insupportable, tu devras la supporter.

Nous avons toujours récupéré, mort ou vif, un agent civil qui a réussi à atteindre un lieu stratégique.

50

Il ne fait pas chaud dans les lieux stratégiques.

Même une nuit chaude devient glaciale au fond d'un bateau mouillé.

Regarder les étoiles scintillantes disséminées dans le ciel peut donner la sensation de flotter au-dessus d'elles et de les contempler de là-haut.

L'univers semblera déployer le mystère chatoyant de sa Voie lactée sous toi.

Tu ne comprendras ce qui s'est passé qu'en apercevant une femme qui te ressemble, recroquevillée et en sang, au fond d'un bateau.

Sans t'en rendre compte, tu as eu recours à la technique de la dissociation.

Ce n'est pas grave.

Délivrée de la souffrance,
tu vogueras librement
dans le firmament.

Délivrée de la souffrance,
tu concrétiseras le rêve
de voler que tu caressais
dans ton enfance.

Ne perds jamais ton corps
de vue ; si ton esprit
n'est plus relié à lui,
il sera difficile – voire
impossible – de les
réunir.

En voguant librement
dans le ciel nocturne, tu
percevras peut-être un
brassage régulier dans les
rafales de vent.

Un bruit d'hélicoptère
est intrinsèquement
menaçant.

Tous feux éteints, un
hélicoptère a tout l'air
d'un croisement entre
une chauve-souris, un
oiseau et un insecte
monstrueux.

Ne cède pas à l'envie
irrésistible de fuir cette
apparition ; elle est venue
te sauver.

51

Sache qu'en
réintégrant ton corps,
tu consens à être
pourfendue par la
douleur physique.

Sache qu'en réintégrant
ton corps, tu consens
à entreprendre une
réinsertion pénible dans
une vie différente.

Certains agents civils
ont choisi de ne pas
revenir.

Ils ont abandonné leur
corps et, désormais, ils
répandent un éclat sublime
dans les cieux.

L'objectif du
nouvel héroïsme est
de transcender la vie
individuelle avec son
lot dérisoire de joies
et de peines, au profit
du merveilleux collectif.

Tu peux te représenter les
étoiles palpitantes comme
les âmes héroïques
d'anciennes beautés
infiltrées.

Tu peux imaginer le paradis comme un immense écran constellé de leurs points lumineux.

52

Si tu veux réintégrer ton corps, il est primordial de le faire avant que l'hélicoptère ne le retrouve.

Si cela t'aide, compte à rebours.

À huit, tu devrais être assez proche pour voir tes pieds nus et crasseux.

À cinq, tu devrais être assez proche pour voir la robe maculée de sang autour de tes épaules.

À trois, tu devrais être assez proche pour voir les fossettes qui te valaient des compliments dans ton enfance.

À deux, tu devrais t'entendre haleter.

53

Une fois dans ton corps, intéresse-toi à la lente et vibrante descente de l'hélico.

Il peut te donner l'impression d'être l'instrument d'un monde purement mécanique.

Il peut te donner l'impression d'être venu t'écrabouiller.

Il te sera peut-être difficile de croire que des êtres humains se trouvent à l'intérieur.

Tu n'en auras la certitude que lorsque tu les verras au-dessus de toi, le visage crispé par l'espoir, prêts à sauter.

Le Périmètre :
Avant

— Comment sait-on que cet homme est vraiment son frère ? demande maman un soir après le dîner.

Brian et Molly sont montés faire leurs devoirs, je l'aide à charger le lave-vaisselle.

— Quel homme ? Le frère de qui ? l'interroge papa du bureau près de la cuisine où il est installé dans son fauteuil inclinable.

— La coïncidence semble… un peu trop parfaite. Il emménage et neuf fois plus tard, *ouste*, le mari s'en va.

— Ah, dit papa.

Non qu'il soit d'accord avec la dernière théorie complotiste en date de maman – il ne l'est jamais, aucun de nous ne l'est –, il a simplement compris de qui elle parlait : des Salazar, nos voisins.

Maman sort de la cuisine et, debout devant le fauteuil de papa, le regarde.

— Ils ne se ressemblent absolument pas, affirme-t-elle. Tu trouves qu'ils ont l'air de frère et sœur ?

— Je ne l'ai pas observé, puisque nous le connaissons à peine, répond papa.

— Je crois qu'il a renoncé au journalisme. Il reste souvent chez lui.

— Toi aussi.

— Je le surveille, déclare maman.

Papa pose son journal avec soin – ce qui pour lui correspond à se lever et à plonger ses yeux dans ceux de maman.

— Respecte la limite de propriété, Noreen. Si tu l'empiètes de nouveau, je ne pourrai pas te protéger. Tu écoutes, Hannah ? me lance-t-il par la porte de la cuisine. (J'écoute toujours.) Je te prends à témoin.

— Et si c'est lui qui empiète ? insiste maman.

Quelques mois après l'installation du frère de Stephanie Salazar chez sa sœur et son beau-frère, ma mère, qui l'avait surpris en train d'entrer par une fenêtre chez eux (il avait oublié ses clés), avait appelé la police pour signaler un cambriolage. Bien qu'elle sache exactement qui il était, elle n'avait pas confiance en lui, avait-elle expliqué à papa (qui m'en fit part) en raison des regards hostiles qu'il lui décochait, tandis qu'elle jardinait devant la clôture en bois séparant notre jardin de celui des Salazar. Maman ignorait que le frère de Stephanie était en liberté conditionnelle, de sorte que les policiers l'emmenèrent menotté. Ce soir-là, les Salazar vinrent à la maison pour parler à papa et maman de la santé mentale du frère de Stephanie. Bennie Salazar avait découvert le groupe préféré de papa, les Conduits, et produit tous leurs disques, alors papa sortit le bourbon et opina avec compassion, maman, elle, regardait par la fenêtre comme si un bruit que personne n'entendait retenait son attention. Effectivement, pendant la conversation, une partie de la clôture entre nos deux jardins se pencha carrément de notre côté, violant notre « espace aérien », « attaquant », selon les dires de maman, une parcelle de ses phlox roses. Quelques semaines plus tard, maman déterra un des piquets avec une pelle électrique louée à la quincaillerie pour le déplacer de douze centimètres dans la propriété des Salazar. À notre retour de l'école, elle était grisée. Elle faisait la cuisine en chantant, pliait le linge en gloussant. Ce soir-là, on sonna à la porte ; j'allai ouvrir et je découvris le frère de Stephanie blême, tremblant de rage, un mètre serré dans son poing. J'appelai papa. Ils allèrent ensemble vérifier le piquet. Papa convint qu'on l'avait déplacé et il embaucha un homme de main pour le remettre à sa place.

Cela se passa il y a deux ans, quand j'étais en seconde. On fut tous peinés au moment de la séparation des Salazar, surtout papa. Bennie Salazar partit à Manhattan, de sorte qu'on ne le voit plus que les jours où il vient chercher ou déposer leur fils, Christopher, qui a un an de plus que Molly. Bennie Salazar nous fait signe de la main par la fenêtre de sa voiture de sport. « Quelle perte ! » s'exclame toujours papa.

Après que maman et moi avons tout rangé, je reste en bas avec papa, pour réviser mes examens d'AP[1] ; maman monte aider Brian et Molly, il y a beaucoup de choses pour lesquelles ils ont besoin d'elle. Comme la coquille de Brian n'est pas confortable et qu'il a un match de base-ball demain, maman prend la voiture pour en chercher une d'une taille supérieure au magasin de sport à quelques kilomètres de là et qui reste ouvert tard le soir ; ensuite elle donne un coup de main à Brian pour ses exercices de maths (maman est anormalement douée en maths). Plus tard, j'entends Molly, en larmes, raconter les sagas sans fin avec ses copines. J'ai cessé de confier mes problèmes à maman depuis quelques années, ainsi qu'elle me l'avait prédit. « Je ne pourrai t'aider que jusqu'au lycée, Hannah, et encore, après tu devras te débrouiller seule », répétait-elle, quelles que soient mes objections et mes dénégations. En fait, elle avait raison : une fois au lycée, je ne voyais plus maman de la même manière. Je m'adresse à papa maintenant.

Petite, j'avais peur de mourir dans mon sommeil. Maman ne m'avait jamais dit : « C'est idiot. Tu vas vivre éternellement, ma chérie, moi aussi, de même que toute notre famille et tous ceux que nous aimons. » Au lieu de quoi, elle sortait son stéthoscope, un thermomètre à usage hospitalier, un brassard de tensiomètre et vérifiait mes constantes.

« Normales, me rassurait-elle. Tu ne mourras pas cette nuit. »

1. Advanced Placement : cours de haut niveau pour préparer l'université.

D'après maman, mieux vaut se montrer prudent sinon les forces du malheur se liguent contre soi. Les choses ont plus de rapport entre elles qu'il n'y paraît. Le monde est cruel, irrationnel, les forts s'épanouissent au détriment des faibles, et les fins heureuses ne sont qu'une mise en scène. Elle insistait sur ce dernier élément et concluait ainsi les contes de fées qu'elle nous lisait :

« Nous verrons si le prince l'aime toujours quand elle aura une cinquantaine d'années et des vergetures ou s'il la remplacera par une mannequin plus jeune. »

« Oui, le prince hérite légitimement de son royaume… jusqu'à ce qu'un prince ennemi l'envahisse et massacre tout le monde. »

« Et ils seront heureux pour toujours tant que des centaines de serfs trimeront dans les champs et que des vingtaines de serviteurs s'escrimeront à rendre leur château habitable. »

« Dans le monde réel, il n'y a qu'une fin, qui n'est pas heureuse », nous répétait maman d'aussi loin que je me souvienne. Quand ces déclarations désespérées nous faisaient pleurer, elle nous serrait dans ses bras et murmurait : « Mes enfants adorés, les choses s'entremêlent d'une façon que nous ne comprenons pas. Il y a des complots. Je suis votre mère. Je n'hésiterai pas à tuer pour vous défendre. »

Aujourd'hui, je trouve pénible d'avoir une mère perçue d'une façon générale comme déséquilibrée – une mère dont mes amis se moquent. En revanche, quand j'étais enfant et qu'elle représentait tout ce que je connaissais, je vivais au cœur d'un champ de forces qui me protégeait de tous les dangers sans les cacher. Je lui dois ma force.

Je pense parfois que maman ressemble à un personnage de contes de fées : captivant jusqu'à ce que, plus grande, je cesse de m'intéresser à ce genre d'histoires. J'ai envie de lire autre chose à présent.

Le lendemain soir, Brian et Molly sont à table avec nous lorsque maman annonce :

— Il ne m'aime pas.

— Personne ne t'aime, commente papa avec ce demi-sourire qui est sa version d'un grand sourire. À part nous.

— Nous, on t'adore, renchérit Molly.

Dans l'univers des mères, la nôtre est solitaire. Elle n'est pas invitée aux réunions ou soirées entre mères ; elle ne fait pas partie des groupes de lecture ou de dégustation de vin ; on ne l'invite pas à des ventes privées, ni à des virées au théâtre, ni à des week-ends de thalasso, ni même à participer à des tournois toutes rondes, alors qu'elle était une très bonne joueuse de tennis dans sa jeunesse.

— C'est un criminel condamné, ajoute maman.

— Ne commence pas, la reprend papa. C'est un être normal qui a déraillé. Tu devrais être la première à comprendre ça.

— Je n'ai jamais déraillé.

— Tu n'as sans doute jamais été sur les rails, lance papa en me faisant un clin d'œil.

— Bruce, c'est blessant, dit tout doucement maman.

Elle se lève de table et vogue à l'étage, emportant son panier à couture rempli de pelotes duveteuses prévues pour la fête des bonnets à oreilles de chat qu'elle organise afin que Molly récupère sa monstrueuse meilleure amie, et de plusieurs chemises de Brian dont il faut enlever les étiquettes qui lui grattent la nuque. Il ne s'agit pas seulement de les couper avec des ciseaux normaux : ça laisse un bout encore plus rêche qui gratte encore plus. Maman retire le moindre point microscopique, presque invisible, à l'aide d'une paire de ciseaux minuscules qu'elle fait livrer spécialement d'Allemagne et range dans un cylindre en verre déionisé, faute de quoi ils perdraient leur tranchant en l'espace d'une nuit.

Brian, Molly et moi, nous débarrassons la table et nettoyons tandis que papa lit le *Wall Street Journal* dans son fauteuil. L'absence de maman rend le silence oppressant.

Je me plante devant lui.

— Papa, il faut que tu ailles lui présenter tes excuses.

— Ne me parle pas sur ce ton, s'il te plaît, Hannah, répond-il calmement.

Un peu plus tard, Molly grimpe sur ses genoux, froisse son journal, pose un bisou sur sa joue – le genre de choses qu'on peut se permettre à neuf ans.

— S'il te plaît, dis à maman que tu regrettes, gazouille-t-elle.

— Je vais y réfléchir, ma puce.

Brian, un taiseux qui le devient de plus en plus, se campe à un mètre du fauteuil de papa et pousse le tapis du pied. Il finit par marmonner :

— Papa.

— Oui, Brian.

— Allez…

— Pardon ?

— Tu sais.

— Qu'est-ce que je sais ?

— Fais-le.

— Le sujet de notre conversation m'échappe, Brian.

— Maintenant, papa.

— Maintenant quoi ?

Brian prend une profonde inspiration et hurle au visage de papa :

— VA DIRE À MAMAN QUE TU ES DÉSOLÉ !!!

Papa redresse lentement son fauteuil – ce qui correspond pour lui à bondir de son siège.

— Je m'apprêtais à le faire, fiston, certifie-t-il en se dirigeant tranquillement vers l'escalier. Merci de me l'avoir rappelé.

Maman impute son exclusion par les autres mères à l'influence toxique de celle qu'elle qualifie de Grande Prêtresse des Garces : Kathy Bingham. Kathy a cinq enfants, tous scandaleusement délaissés (selon maman) par leur mère, tandis que celle-ci joue d'une manière obsessionnelle au tennis au Country Club de Crandale, où elle est championne des simples dames et des doubles depuis huit ans. À en croire maman, Kathy régente toutes les facettes du tennis femmes du CCC avec une brutalité digne d'un baron de la drogue. Kathy n'accorde pas un seul regard à maman, ne lui adresse évidemment pas la parole, or celle-ci affirme n'avoir rien fait justifiant pareille aversion.

— Je crois que c'est à cause de mes cheveux, suppute-t-elle.

Certes, elle se les décolore en une teinte infiniment plus claire que les mèches aux nuances subtiles des autres mères.

— Je vais casser ma pipe un jour, ne vous y trompez pas, nous a-t-elle dit. Et vu ce qu'il y a dans l'eau oxygénée que j'utilise, ça risque d'arriver plus tôt prévu.

Lorsqu'on l'a suppliée de ne plus en mettre, maman a objecté :

— Aucune chance. La vie est une affaire de négociations, je suis prête à renoncer à deux ou trois ans pour avoir les mêmes cheveux que Marilyn Monroe.

Quelques soirées plus tard, maman s'adresse à papa tandis qu'il corrige mon examen blanc pour le SAT[1] sur la table après le dîner.

— Bruce, ton indifférence à la menace à laquelle je suis confrontée me perturbe.

Papa repousse sa chaise. Papa est avocat.

— Il t'a menacée ?

— Il me fusille du regard de l'autre côté de la clôture.

Papa enlève ses lunettes, lève les yeux vers maman.

— Pourquoi es-tu si souvent devant cette clôture, Noreen ?

— Je jardine. Nous sommes en mai, le meilleur mois pour ça.

— Reste dans notre jardin, je t'en prie. C'est valable pour toi et pour la clôture.

— Tu répètes bien souvent cette phrase, Bruce. (Maman appelle papa par son prénom quand il la contrarie.) Je ne l'entends même plus.

1. Scholastic Aptitude Test : examen d'entrée à l'université.

— Fais ce que bon te semble. N'empiète pas sur la propriété voisine, voilà tout.

— Tu le répètes encore.

— Je ne le répéterai jamais assez.

— Oh que si, Bruce ! C'est déjà trop en ce moment.

Ils se dévisagent. Maman fait volte-face et passe par la porte de service pour aller dans le jardin. Papa se penche de nouveau sur mon examen blanc, feignant l'indifférence. Sans succès. À peine a-t-il regardé par la fenêtre de la cuisine qu'il sort d'un pas vif – ce qui correspond pour lui à piquer un sprint. Par la même fenêtre, je vois maman : elle a sauté par-dessus la clôture séparant notre jardin et celui des Salazar et se tient sur leur pelouse. Ses cheveux platine brillent dans l'obscurité.

— J'ai franchi la limite de propriété, Bruce, s'écrie maman. Qu'est-ce qui va arriver ?

— Ça ne dépend pas de moi, rétorque papa, debout de notre côté de la clôture. Tu es au-delà de mon champ de protection.

— De toute façon, tu ne me protégeais pas.

— Tu n'as aucune idée de la façon dont je te protège. Mais je ne peux pas te protéger de toi-même.

Stephanie se profile à l'extérieur, je m'écarte de la fenêtre sauf que je ne peux pas résister et, me faufilant, je m'accroupis derrière le barbecue recouvert d'une bâche de papa. Avec ses cheveux noirs coupés court, Stephanie ne ressemble à aucune des autres mères. Quelques mois après leur emménagement, elle a été la partenaire de double de Kathy Bingham, la Grande Prêtresse des Garces. Elles ont gagné beaucoup de matchs jusqu'au départ de Bennie Salazar, puis elles ont cessé de jouer ensemble, et même de se parler. Ce qui a suscité des rumeurs sur le rôle qu'aurait joué Kathy dans la rupture des Salazar qui ne se sont pas ébruitées parce que (d'après maman) personne ne souhaite courir le risque d'être anéanti par Kathy.

Il y a ensuite eu le simple entre Stephanie et Kathy pour le championnat de tennis féminin au Country Club de

Crandale. Le match a duré presque cinq heures. Chaque jeu était interminable, chaque set donnait lieu à un tie-break exigeant un autre tie-break. Des tous les coins du club, les spectateurs ont commencé à se rassembler. Lorsque Kathy a fini par gagner, Stephanie s'est effondrée sur le court, le visage dans ses poings, lâchant un cri bestial avant d'éclater en sanglots. À la surprise générale, Kathy a contourné le filet, s'est agenouillée à côté de Stephanie sur la terre battue et l'a enlacée – personne ne pouvait y croire, si bien que tout le monde a fini par être convaincu de ne pas l'avoir vu : c'était sûrement une illusion d'optique due au crépuscule. Or cela a bien eu lieu, j'en ai été témoin. Kathy a aidé Stephanie à se relever et, ensemble, elles se sont dirigées vers le vestiaire. Puis elles sont redevenues partenaires de double. Elles n'ont jamais perdu un match.

— Salut, Noreen, lance gentiment Stephanie, qui traverse la pelouse. Tout va bien ?

— Je prouve simplement à Bruce que j'ai raison, rétorque maman.

— Quelle belle soirée !

— En effet, acquiesce papa de l'autre côté de la clôture.

C'est vrai : le ciel noir est dégagé, l'air embaume après un orage plus tôt dans la journée.

— Tes lilas perdent la tête, dit Stephanie à maman. Mon Dieu, ce parfum ! J'aimerais vivre à l'intérieur.

Elle sait s'y prendre avec maman – fait-elle particulièrement attention ou se montre-t-elle simplement gentille ?

— Merci, répond-elle.

Sur ce, elle commence à reculer vers la clôture.

C'est alors que la porte de la maison des Salazar s'ouvre à toute volée et que Jules, le frère criminel, se rue sur la pelouse avec Chris, le fils de Stephanie, et une petite fille, Lulu, qui habite chez eux pour une raison ou une autre. Jules n'a pas beaucoup changé depuis que j'ai l'ai vu sur le pas de notre porte il y a deux ans : blafard, trop gros, débraillé. À l'exception de ses yeux fous, il a l'air normal.

— Qu'est-ce que tu fais ici ? demande-t-il à sa sœur. Pourquoi est-ce qu'elle est dans notre jardin ?

— Nous parlons des lilas, lui répond Stephanie.

— Elle est sur notre pelouse sans aucune raison.

— Noreen, appelle papa, pourquoi ne…

— Fiche le camp de notre propriété. Immédiatement, ordonne Jules à maman.

Stephanie virevolte vers son frère.

— Ne lui parle pas comme ça, Jules. Nom de Dieu, c'est notre voisine !

— Ce n'est pas ta propriété, rectifie maman à l'intention de Jules. C'est celle de ta sœur et de son mari.

— Nous avons divorcé. C'est donc la mienne, dit Stephanie.

— Je suis son frère, intervient Jules. Fiche le camp.

— Jules, arrête !

— Vous ne vous ressemblez pas comme un frère et une sœur, commente maman.

— Elle est cinglée, s'énerve Jules. Tu laisses une frappadingue occuper notre pelouse. Pourquoi ?

Chacun d'un côté de la clôture, papa et Stephanie s'adressent à maman.

— Noreen, reviens ici, je t'en prie.

Dans la voix de papa, je perçois l'anxiété qui le saisit dès qu'il pense qu'une infraction va être commise.

— Je vous présente mes excuses pour la grossièreté de mon frère.

— Même s'il est impoli, il a raison, constate papa.

— Une personne saine d'esprit ! s'exclame Jules. Merci.

— Tu es incorrigible, reproche maman à papa.

— Est-ce que tu cherchais quelque chose ici, Noreen ? demande Stephanie.

Je comprends qu'elle manipule maman et que si elle s'y prend si bien, c'est parce qu'elle doit le faire avec son frère au quotidien.

— Sinon, je crois que Jules serait plus à l'aise si tu…

— FICHE LE CAMP D'ICI ! braille Jules à tue-tête.

Le cri ricoche entre nos deux maisons.
— Je refuse qu'on me hurle dessus, s'échauffe maman.
— Laisse-la tranquille, dit Stephanie à son frère. Quelle importance ?
— Tu as perdu la boule, Steph. Pourquoi tu la traites avec tellement d'indulgence ?
— Bon Dieu, Jules, il ne s'agit que d'une putain de clôture, s'agace Stephanie haussant le ton pour la première fois. Le Moyen-Orient explose, des réfugiés s'efforcent d'élever leurs enfants sous des tentes en plastique sans eau courante – il y a des conflits territoriaux partout dans le monde bien plus importants que notre petite clôture ridicule !

J'écoute Stephanie Salazar et je la vénère. Papa aussi. De même que son fils Chris et que Lulu. Stephanie est publiciste pour des rock stars, mais c'est elle qui devrait être une rock star.
— Si davantage de personnes respectaient les limites, on n'aurait pas ces problèmes, vitupère Jules.
— Je laisse tomber, cède Stephanie. Chris, Lulu, venez, on rentre.
Ils obéissent. Stephanie ne se retourne pas. Elle fait ce qu'elle a dit.
Un silence tombe, s'éternise. Papa, maman et Jules restent immobiles, tels des pions sur leurs cases respectives de l'échiquier.
En fin de compte, papa se décide.
— Je m'en vais, Noreen.
Je le devance au pas de course.
Dans le bureau, papa regarde les informations de 23 heures ; en réalité, il attend maman. Par la fenêtre de la cuisine, je la distingue. Jules et elle se font face sans desserrer les lèvres. Ils sont sinistres dans l'obscurité, on dirait des statues. Jules ne s'est pas approché de maman. Il a peur d'elle, et elle de lui.
— Il y a une sitcom avec la même histoire. On l'a peut-être déjà vue, dis-je à papa.

— Les sitcoms omettent beaucoup de choses, c'est ce qui les rend amusantes.

— Qu'est-ce qui va se passer ?

— Je n'en sais rien, Hannah. Mais je suis fatigué.

Au moment où papa et moi disons bonne nuit à maman par la porte de derrière, Jules est rentré. Maman est debout, seule dans le jardin des Salazar éclairé par la lune.

Le lendemain matin, maman secoue la tête devant l'évier pour faire tomber les feuilles emmêlées dans ses cheveux, avant de préparer nos omelettes au fromage et les déjeuners que Brian et Molly emportent pour l'école.

— Tu as dormi dans leur jardin ? Tu t'y es allongée ? demande papa.

— J'ai somnolé.

— Tu as de la chance qu'il n'ait pas appelé la police.

— Les criminels n'appellent pas la police.

— Tu es contente de toi ? C'est une victoire à tes yeux ?

— Tu n'as plus à te préoccuper de mes opinions, Bruce, assène maman.

Soudain, elle est débordée. Les non-sens au sujet de Jules Jones ont disparu, en revanche un léger sourire flotte de temps à autre sur son visage lorsqu'elle jette un regard à la maison des Salazar.

— Quoi ? veut savoir papa après avoir aperçu un de ces sourires.

— Quoi ? répète maman en levant les yeux avec une mimique d'une innocence exagérée.

— Je sens qu'il se prépare quelque chose qui risque de ne pas être autorisé par la loi.

— Si c'est vrai, et je ne le suggère en aucun cas, ne vaut-il pas mieux que… en tant qu'avocat, tu ne sois pas au courant, riposte maman, fine mouche.

Un soir, après être venue nous chercher tous les trois, Molly (chez les éclaireuses), Brian (au terrain de base-ball) et moi (à la préparation de l'album de fin d'année), maman fait un détour par un des centres commerciaux et annonce :

— Je dois récupérer un truc à la quincaillerie.

— Je peux t'accompagner ? (Brian adore ce magasin.)

— Je préférerais que tu restes dans la voiture cette fois-ci.

Au bout d'un très long moment, elle sort en portant un paquet volumineux, à l'aspect bizarre, tellement bien emballé que l'intérieur est invisible. Elle me demande de m'asseoir derrière, pose le paquet sur le siège passager, attache la ceinture de sécurité autour.

— Qu'est-ce que tu as acheté ? demande Brian.

— Des objets personnels.

— Tellement personnels qu'il leur faut une ceinture de sécurité ? lancé-je.

— C'est pour éviter que ça bipe.

— Tu ne nous racontes plus jamais rien, s'interpose Molly.

— Je ne l'ai jamais fait. C'est vous qui me racontiez des choses.

— On se sent seuls, geint Molly. Abandonnés.

— C'est vrai, approuve Brian.

Maman pivote pour nous faire face sur la banquette arrière.

— Le monde est un lieu de solitude. Je ne vous l'ai jamais caché.

Une semaine après mes examens d'AP, maman regarde par une fenêtre pendant le dîner et affirme :

— Il nous observe.

Nous suivons son regard. Les jours rallongent, le ciel est encore clair, des rouges-gorges s'égaillent sur la pelouse. Je lui demande :

— Où est-il ?

— Dans la maison, il nous observe de l'intérieur.

— Il n'en a pas le pouvoir, certifie papa. C'est physiquement impossible.

— Peut-être qu'il utilise des appareils.

Papa pose sa fourchette – ce qui correspond pour lui à se lever et à s'éclaircir la voix.

— Je crains de ne pas te reconnaître, Noreen. Plus rien n'est fait. Le linge sale s'entasse. Je n'ai pas de chaussettes.

L'allusion aux chaussettes retient manifestement l'attention flottante de maman, aussi papa enfonce-t-il le clou et nous associons-nous à lui : mon sweat à capuche vert clair n'est pas dans mon placard, les marionnettes de Molly sont trouées à la tête, maman n'a pas appelé l'équipe des Seahawks de Seattle pour demander s'ils veulent bien signer le maillot de Brian et le renvoyer, si elle doit ajouter une enveloppe pré-adressée, port payé, les tranches de pain de nos burgers n'étaient pas grillées, elle n'a pas acheté de pépites de chocolat pour faire des cookies géants pour la fête des Éclaireuses de Molly, elle a raté deux rendez-vous chez le véto de sorte que faute d'avoir été stérilisée Fizzy a l'air d'être en chaleur, il manque une ampoule dans les toilettes du rez-de-chaussée, il n'y a pas de piles AA pour les manettes de la Wii, la table de ping-pong s'affaisse, est-ce qu'elle avait l'intention de faire venir le jardinier pour qu'il jette un œil à ces carrés jaunis, est-ce qu'elle comptait découvrir l'origine des vis que Molly avait trouvées sur le sol de la cuisine ? Les plans de travail de la cuisine sont censés être réétanchés tous les six mois – ça a été fait ? parce qu'ils se tachent plus facilement quand on y renverse du liquide comme du café ou du jus, et on n'a plus de fromage, presque plus de litière, le panier à couture est vraiment plein, la colle à bois dont elle s'est servie pour aider Brian à faire le plan incliné pour le cours de SVT n'a pas tenu, ils auraient dû se servir de clous comme il le lui avait dit au début, est-ce qu'ils pourraient le réparer ce soir avec de vrais clous ?

Maman se redresse sur sa chaise, les pupilles dilatées.

— Oui, on peut, répond-elle.

— Cela fait deux ans qu'elle a flanqué son merveilleux mari à la porte, constate maman en ouvrant l'invitation. C'est quelque chose à fêter ?

— Tu n'en sais rien, objecta papa. Il l'a peut-être claquée, cette porte. Elle donne peut-être cette réception pour se récompenser après deux années pénibles.

— Crois-moi, on l'a foutu dehors. Et son soi-disant frère est derrière.

— Tu n'es pas une source fiable.

Deux jours plus tard, c'est papa qui revient à la charge, tandis que maman réorganise les placards de la cuisine et que je fais mes devoirs sur l'ordinateur du bureau.

— Noreen, compte tenu de tout ce qui s'est passé, je pense que nous devons y aller, c'est important.

— Où ça ?

— À la réception de Stephanie.

— Moi aussi ?

— C'est ce que j'entends par « nous ».

— Bruce, tu ne comprends pas que c'est un piège ?

— Tu t'exprimes d'une façon qui me préoccupe.

— Tu n'as pas tort !

— Cela me préoccupe non seulement parce que c'est délirant, mais parce que nous avons tendance à projeter notre état d'esprit sur les autres. Alors ta conviction que nos voisins complotent contre nous suggère que tu es peut-être en train de comploter contre eux.

— L'électrification de notre clôture ne leur fera mal que s'ils la touchent, déclare maman.

— Tu ne peux pas électrifier notre clôture.

— Pas encore… il faut que je me renseigne davantage sur l'énergie électrostatique, répond maman. Mais j'ai acheté tout ce qu'il faut.

Papa baisse les paupières – ce qui correspond pour lui à enfouir son visage dans ses mains.

— Vas-y, toi. Les enfants et moi, on restera à la maison.

— Ah non, maman, m'écrié-je depuis le bureau d'où je tendais l'oreille. Nous aussi, on ira. Nos amis seront là.

— Tu considères que ce sont tes amis, Hannah, fulmine maman, qui s'est approchée pour me défier, les mains sur les hanches. Mais c'est une relation situationnelle. Quand tu regarderas en arrière dans des années, tu te demanderas ce que la plupart d'entre eux avaient pour t'intéresser.

— Tu as sans doute raison, concédé-je, parce que les prédictions de maman se sont avérées un incroyable nombre de fois. Sauf qu'ils seront encore nos amis dans trois semaines, au moment de la fête.

Le cocktail de Stephanie a lieu mi-juin, par une chaude soirée proche de la fin de l'année scolaire. J'ai passé mes examens, même si je n'en connais pas encore les résultats ; le ciel est toujours d'un bleu pastel estival. De tout temps, j'ai adoré les fêtes où les âges se mélangent, déjà bien avant de commencer à me soûler avec mes amis à côté des parents. Voici le monde qui m'a façonnée : un fantasme auquel, au dire de maman, j'ai cru une année supplémentaire. Encore un conte de fées ; une fois adulte, ces fêtes feront partie du pays perdu et mythique de mon enfance.

Maman nous attend à la table de la cuisine, vêtue d'une robe noire à gros pois blancs – un étrange choix pour une femme qui prétend ne pas vouloir être remarquée. Dans chaque main elle tient une bouteille d'eau pétillante.

Papa descend l'escalier. Il a mis un de ses élégants nœuds papillons, comme toujours quand il sort.

— Ils ont sûrement de l'eau pétillante là-bas.

— C'est peut-être lui qui fera le service, riposte maman. Et je refuse d'accepter un verre de cet homme.

À notre façon de sortir de chez nous, on dirait que nous nous rendons à l'église. J'ouvre la marche avec papa, bras dessus, bras dessous ; après avoir emprunté notre allée gravillonnée, nous rebroussons parallèlement chemin sur les dalles blanches menant chez les Salazar.

— On aurait pu grimper par-dessus la clôture, ironise maman. (Papa la fusille du regard.) Je plaisante.

La porte d'entrée est ouverte et les gens sont rassemblés à l'intérieur. Les femmes portent des tenues d'été aux couleurs vives et les hommes des shorts en crépon de coton ou des pantalons de golf à carreaux, un gin-tonic à la main. Ils travaillent en ville ; chacun sait qui est le mieux nanti. À en croire maman, nous ne serons jamais richissimes parce que les avocats facturent à l'heure. « En revanche, quand la bulle éclatera, et ça ne saurait tarder, votre père aura toujours un boulot », assurait-elle ces derniers temps.

Il est difficile d'imaginer Bennie Salazar avec son teint sombre et ses cheveux en bataille dans cette assemblée, pourtant c'était sa maison ne serait-ce que deux ans auparavant. Quel dommage !

Stephanie nous accueille sur le seuil, vêtue d'une robe rose saumon sans manches. Ses épaules sont musclées et hâlées : le tennis.

— Je suis vraiment contente que tu sois venue, Noreen, dit-elle, ôtant les bouteilles d'eau pétillante des poings serrés de maman. Je peux les emporter au bar et te servir un verre.

— Avec plaisir, merci, répond maman avec raideur.

Papa s'éclipse. Je l'entends rire au bout de quelques minutes, il doit être en train de boire du bourbon. Brian et Molly sont montés à l'étage retrouver les enfants. La Grande Prêtresse des Garces, Kathy Bingham, plastronne devant une fenêtre dans une robe blanche sans manches, ses épaules charpentées sont plus claires que celles de Stephanie. Maman la fuit des yeux en tressaillant, je n'arrive pas à la laisser seule.

— Je ne vois ton frère nulle part, lance maman à Stephanie tandis qu'un serveur remplit un verre avec son eau pétillante.

— Ah, je crois que Jules ne viendra pas.

Je sens maman se tendre de la même manière que Fizzy lorsqu'un rapace atterrit sur l'arbre derrière notre maison.

— Pourquoi ça ? demande maman avec ménagement.

Stephanie baisse le ton.

— J'ai fait l'erreur d'inviter son ex.

— Non ! s'exclame maman, fascinée. C'est laquelle ?

Sans tourner la tête, Stephanie désigne quelqu'un du coude.

— Là-bas, dans l'ensemble en maille bleue. Elle s'appelle Janet Green – Kramer à présent. Son mari et elle se sont récemment installés dans le quartier, alors elle ne connaît pas grand-monde. Jules était d'accord mais il est très malheureux depuis qu'elle est là.

Très hâlée, Janet Green / Kramer a un buste long, des cheveux châtains striés de mèches blondes, un sourire en coin. Elle a beau ressembler à n'importe quelle autre mère, je ne peux m'empêcher de penser en la regardant boire à petites gorgées son verre de vin blanc : Jules le Cinglé était amoureux de cette femme. Ils étaient ensemble. Voilà qui la rend profonde, mystérieuse.

— Une rupture difficile ? s'enquiert maman.

— Dévastatrice pour lui. C'est la cause de tout : sa dépression nerveuse, l'agression... (Stephanie hoche la tête.) Qu'est-ce qui m'a pris ?

— Jules est ici ?

Stephanie est aussitôt sur ses gardes.

— Il veut être seul, Noreen.

Une foule de gens entre par la porte ; maman et moi, nous suivons Stephanie qui se dirige vers eux. À peine leur adresse-t-elle la parole que maman se tourne vers l'escalier.

— Maman ! m'écrié-je.

Je réussis à accrocher le regard de Stephanie, qui se rue vers maman. Celle-ci a déjà monté quelques marches, mais Stephanie lui attrape le bras, la force à pivoter.

— Noreen, l'interpelle-t-elle, levant les yeux de la marche inférieure. Tu mets les nerfs de Jules à vif pour je ne sais quelle raison. Il peut être dangereux, sortir de ses gonds quand il est à cran. Laisse-le tranquille, je t'en prie.

Après avoir dévisagé maman, elle retourne accueillir ses invités sans regarder en arrière.

J'emboîte péniblement le pas de maman qui continue de grimper l'escalier.

— Tu viens de promettre.

— Je n'ai rien promis, je n'ai pas ouvert la bouche.

Au premier étage, elle entreprend de taper à des portes qu'elle pousse aussitôt.

— Tu dois attendre après avoir frappé, sifflé-je. Sinon ça ne sert à rien.

Elle ne ralentit pas.

— Tu ressembles de plus en plus à ton père, Hannah.

— Tant mieux, je veux être avocate.

Maman s'élance dans un escalier plus étroit menant au deuxième étage, lequel vibre sous les pas des enfants courant dans le grenier. Il n'y a que deux portes. Maman tambourine à la première. Nous entendons un cri rauque.

— Non !

Elle ouvre. Jules Jones est en équilibre, pieds nus, au milieu de la pièce dans ce qui semble être une posture d'art martial. Dès qu'il aperçoit maman, il pousse un cri perçant comme s'il faisait face à un démon.

— Toi ! Dehors.

Il porte un pantalon de toile et une chemise couleur lavande dont les plis du pressing sont toujours visibles, comme s'il s'était habillé pour le cocktail avant de changer d'avis. Un lit une place est poussé dans un des coins de la chambre. Devant la fenêtre, un ordinateur trône sur un grand bureau jonché de livres et de documents.

— Tout doux, je viens en amie, affirme maman.

— C'est ça, tu parles ! Jules se précipite vers la fenêtre et, les yeux plissés, examine nos deux jardins. Il commence à ressembler aux pères de Crandale, mais seulement jusqu'à un certain point, de même que maman ressemble aux autres mères sans jamais vraiment s'intégrer.

— Je n'ai pas touché à la clôture, je le jure.

— Ton serment ne signifie rien pour moi, lui lance-t-il. Rien du tout.

Il jette de nouveaux regards scrutateurs par la fenêtre comme si c'était plus fort que lui. Je remarque un mètre sur le rebord – le même que celui qu'il avait apporté le jour où maman avait déplacé le piquet il y a deux ans.

— Descendons prendre les mesures, propose maman. Viens.

Jules secoue la tête.

— Je ne peux pas maintenant.

— Bien sûr que si. Qu'est-ce que ça fait que ton ex soit là ? Tu as une nouvelle vie devant toi.

— Pas moi, elle.

— Allons, allons, les années ont passé depuis votre vie commune. Et franchement, elle vieillit mal.

Un silence tombe. Jules finit par le rompre.

— Je voulais qu'on ait des enfants, mais elle en a eu avec un autre.

— Et alors ? Toi aussi tu peux en avoir avec une autre.

— Tu te moques de moi ?

— Jules, écoute-moi. Ce que j'ai à te dire est important.

Elle s'approche de lui. Il l'examine non sans méfiance, le front perlé de sueur. Entre le martèlement des pas au-dessus et les rires au-dessous, le calme qui règne dans la pièce est étrange.

— J'ai trois enfants, continue maman. Voici Hannah, mon aînée. Dans un an, elle sera partie et les autres suivront son exemple dans peu de temps. Ils sont la seule et meilleure chose que j'ai faite dans ma vie. Je n'ai pas d'amis, et Dieu sait combien de temps Bruce restera après le départ de Hannah. Je ne suis plus la femme qu'il a épousée, il ne cesse de me le rappeler.

— Arrête, maman, la supplié-je.

Percevant sa sincérité, je suis terrifiée.

— Si j'en suis capable, n'importe qui peut le faire. Donc, toi aussi. Tu as des compétences, un métier, un rôle dans le monde.

Jules semble s'apercevoir de ma présence dans la pièce pour la première fois. Puis il tourne de nouveau les yeux vers maman. Je l'observe en train de la regarder : une femme mince, angoissée, aux cheveux blond platine, en robe à pois.

— Tu as déplacé la clôture, toute la question est là, assène-t-il.

— Allons-y, propose maman.

Jules prend son mètre et ils sortent côte à côte. Je les suis. Pour rompre le silence de plomb, je pose une question :

— Vous écrivez… un article ? Il y a plein de feuilles sur votre bureau.

— Un livre, répond-il sèchement. Sur Bosco Baines, le chanteur des Conduits. Il fait une tournée de concerts censée le tuer, mais il ne meurt toujours pas.

— Tu pourrais l'assassiner, suggère maman. (Jules la scrute, bouche bée.) Je plaisante.

Au premier étage, je les laisse continuer sans moi. Ils n'ont pas l'air de s'en rendre compte. J'ai fait tout ce que j'ai pu, comme Stephanie. J'abandonne, comme elle.

Dans la salle de jeux de la maison, il y a un immense poste de télé, une barre de son multicanal. Bennie Salazar y organisait des concerts d'artistes avec lesquels il avait travaillé. Il avait plusieurs fois invité papa à des spectacles des Conduits, d'où papa revenait, le sourire aux lèvres, l'haleine exhalant le bourbon. À présent, Chris Salazar, Brian et les autres garçons jouent à la Wii sur l'écran et les filles à des jeux de société. Mes amis sont vautrés sur un canapé en forme de L, une bande de garçons et de filles qui boivent des canettes de soda dans lesquelles ils ont versé du gin et de la vodka piqués au bar. L'un d'eux me tend une canette, puis nous discutons de choix d'université et de stages d'été. Nous serons bientôt étudiants.

Je ne cesse de m'approcher de la fenêtre pour surveiller maman, mais le jardin est tellement loin que je dois me hisser sur la pointe des pieds pour la distinguer.

— Qu'est-ce que Hannah regarde ? demande quelqu'un.

— Ma mère.

Ma réponse les fait tous rire.

La première fois, maman et Jules sont accroupis, le mètre ruban déroulé par terre devant eux.

La deuxième, ils sont debout, un verre d'eau pétillante à la main.

La troisième, adossés à la clôture, côte à côte, ils contemplent le ciel que le crépuscule embrase.

« Le secret d'une fin heureuse, c'est de savoir quand renoncer », nous disait maman.

Maintenant que j'ai aperçu maman appuyée à la clôture avec Jules, je m'oblige à ne plus jeter un seul regard.

Cf. ci-dessous

1

Joseph Kisarian → Henry Pomeranz
CLASSÉ SECRET

Cher monsieur Pomeranz,

Comme mon congé arrive à son terme, il m'incombe de rendre compte de la préoccupation que suscite en moi l'état de santé mentale et physique de mon épouse Lulu Kisarian (Agente civile 3825) dont la mission s'est terminée il y a deux ans.

Certaines difficultés proviennent des opérations de chirurgie réparatrice que Lulu a subies à la suite d'une blessure par balle à l'épaule (elle est droitière), un obstacle aux soins qu'elle doit donner à nos jumeaux de huit mois qu'elle a du mal à porter. Mais c'est surtout son état psychique qui m'inquiète. Convaincue de la présence d'un logiciel espion dans son corps, elle énumère les symptômes suivants en guise de preuves :

- Une tendance à penser par aphorismes à la deuxième personne, comme c'était exigé dans le Manuel d'Intervention de sa mission (par ex : « Des chaussettes lavées disparaîtront quels que soient tes efforts pour les retrouver » ; « La lecture d'ouvrages sur le sommeil des bébés n'améliorera pas obligatoirement celui des tiens »).

- Une envie permanente de reprendre sa mission, malgré les souffrances inhérentes, comme s'il s'agissait d'un retour au pays mythique d'un rêve ou d'un livre.
- La conviction qu'il aurait mieux valu pour elle – et pour moi – qu'cllc ait péri à la fin dc sa mission au lieu d'en être revenue.

Nous avons eu recours à toutes les ressources internes en matière de thérapie et de pet-scans, mais la méfiance actuelle de Lulu envers notre institution prive ces recours de toute utilité. Après la révélation de l'automne dernier et la suspension du programme des Agents civils qui en a découlé, je comprends qu'il est encore plus impossible de consulter à l'extérieur. Nous sommes par conséquent dans une impasse.

Le doute et l'angoisse de Lulu nous empêchent de faire appel à la moindre forme de garde d'enfants. La garantie la plus fiable sur des approbations et références à propos de baby-sitting ou de crèches la pousse à citer des passages de son endoctrinement : « Grâce à ton manque de formation à l'espionnage, ton casier est vierge et neutre. » Elle a raison bien sûr.

La mission secrète de Lulu l'a éloignée de ses vieux amis et elle évite les autres mères de fraîche date. Autant de raisons pour lesquelles mon retour ne peut se faire que sous conditions. Ni la sécurité de mes enfants ni celle de Lulu ne m'inquiète – serait-ce le cas, je ne reviendrais sûrement pas. En revanche, si sa souffrance et son malaise ne s'amenuisent pas, je serai obligé de prendre un congé indéfini pour la soutenir.

Cordialement,
Joseph Kisarian

Henry Pomeranz → Joseph Kisarian
Quel merdier, Joe. Je suis vraiment désolé.

Joe → Henry
Nous passons de merveilleux moments avec les bébés, mais je ne reconnais pas Lulu.

Henry → Joe
Que puis-je faire pour t'aider ? À part faire suivre cette lettre.

Joe → Henry
J'aimerais qu'elle ait un moyen de communiquer avec d'autres Agents civils. Je pense que son isolement est préjudiciable.

Henry → Joe
Trop de pare-feux de sécurité à traverser, tu le sais très bien.

Joe → Henry
J'ai contribué à leur création, mais je ne peux pas les supprimer.

Henry → Joe
Elle croit qu'on se sert d'elle pour t'épier, c'est bien ça ?

Joe → Henry
Elle en parle avec circonspection, comme si un ennemi écoutait. Et cela instaure une distance entre nous.

Henry → Joe
Nom de Dieu !

Joe → Henry
J'espère que Lulu trouvera une solution par elle-même. Elle en est incapable si je suis jour et nuit près d'elle. Mais ma confiance en ses ressources est immense.

Dolly Peale → Joseph Kisarian
Cher Jojo,

J'ai hâte de me trouver dans l'appartement et de prêter main-forte à Lu avec les bébés pendant les deux premières semaines de ton retour au travail. Par ailleurs, j'aimerais beaucoup avoir ton avis sur la meilleure façon de me rapprocher de Lu. Le fossé qu'il y a entre nous doit avoir un rapport avec sa mission dont elle ne peut parler, je le sais. Rétrospectivement, cependant, j'ai l'impression qu'il existait avant son départ. Taraudée par l'inquiétude et les remords à propos de mes choix du passé, je me demande que faire pour aider Lu – et nous aider.

J'ai confiance en ton intuition et je suivrai tes conseils.

Je t'embrasse,

Dodo

Joseph Kisarian → Dolly Peale
Chère Dodo,

Lulu a baigné dans ton amour toute sa vie, c'est la seule chose qui compte. Ne t'inquiète pas trop, je t'en prie. L'aide que tu vas apporter avec les bébés est inestimable, elle permettra à Lulu (je l'espère) de reprendre contact avec d'anciens amis sur Internet et peut-être en personne. Je t'en suis extrêmement reconnaissant. Omar et Festa adorent leur grand-mère, et nous aussi.

Je t'embrasse,

Jojo

2

Lulu Kisarian → Kitty Jackson
Chère Kitty Jackson,

Même si cela fait des décennies que nous ne nous sommes pas vues, nous nous connaissons. Peut-être vous souviendrez-vous de moi comme de la petite fille de neuf ans qui vous a accompagnée, il y a 26 ans (!), dans un voyage clandestin à X, gouverné à l'époque par le général B, avec sa mère, Dolly Peale. Ma mère et moi, nous nous sommes réjouies de vos nombreux succès professionnels depuis ce périple rocambolesque et surnaturel.

Je vous écris d'une manière complètement fortuite, j'en ai conscience. Le désir de reprendre contact avec vous date de mon retour d'une difficile équipée secrète à l'étranger qui m'a rappelé notre voyage à X, au point d'imaginer ce qu'il avait dû être pour vous. En outre, la semaine dernière, j'ai regardé votre dernier film, *Dazzle Me Sideways*, avec Jazz Attenborough. Il me faut de toute urgence correspondre avec M. Attenborough. Auriez-vous l'obligeance de m'aider à le joindre ?

Dans l'attente de votre réponse,

Lulu Peale Kisarian

Ashleigh Avila → Lulu Kisarian

Chère madame Kisarian,

Mme Jackson vous remercie de votre e-mail. Faute malheureusement d'être en mesure de vous présenter à ses collègues acteurs, elle vous suggère d'écrire à M. Attenborough par l'intermédiaire de son agent ou, peut-être, via ses réseaux sociaux.

Avec tous mes vœux de réussite,

Ashleigh Avila

Lulu Kisarian → Kitty Jackson

Chère Kitty,

Je ne suis pas une de ces fans cinglées qui n'a droit qu'à une réponse de l'assistante. Je suis la fille de Dolly Peale, la publiciste qui a relancé toute seule votre carrière en 2008. Je suis également une professionnelle de trente-cinq ans avec de nombreuses années de réussite dans le domaine de l'industrie de la musique, dont une contribution à la production du concert de

Scotty Hausmann au Footprint Center il y a quatorze ans.

Je vous prie poliment et respectueusement de m'aider à joindre M. Attenborough. Étant donné ce que ma mère a fait pour vous, ce n'est pas trop demander.

Dans l'attente de votre réponse,

Lulu Kisarian

TR : Ashleigh Avila → Kitty Jackson
Cf. ci-dessous. Un « refus » poli ?

Kitty → Ashleigh
Je viens de me rendre compte de qui il s'agit. M'en occupe.

Kitty Jackson → Lulu Kisarian ; cci : Ashleigh Avila
Chère Lulu,

Oh là là là là !!! C'est vraiment toi ?!? Désolée que tu sois tombée dans le piège de ma manager/publiciste/assistante/mère poule, qui s'évertue à faire disparaître les choses (et les gens) sans que je sois au courant de leur existence.

Je viens de passer quinze minutes à retracer tous tes exploits. Le concert de Scotty Hausmann au Footprint Center… Quoi ????? TELLEMENT IMPRESSIONNÉE !!! J'ai prétendu avoir assisté à ce concert, mais je vais me garder de le faire avec toi ! J'espère que ta mère est encore en vie et en bonne santé ? Donne-moi des nouvelles ! Et bien sûr dis-moi ce que je peux faire pour t'aider.

Je t'embrasse xxx

Kitty

Lulu → Kitty
Chère Kitty,

Trop heureuse d'avoir de tes nouvelles et de reconnaître ta voix ! Je récupère encore d'une mission à l'étranger qui m'a laissée avec une épaule droite reconstruite. D'où une prise de conscience que tu reconnaîtras sans doute : je ne peux pas reprendre le cours de ma vie telle qu'elle était mais je dois, pour avancer, régler certains problèmes personnels restés en suspens.

Voilà qui me mène à Jazz Attenborough. Pour commencer, tu pourrais peut-être me le décrire ? Comme il ne donne apparemment pas d'interviews, c'est difficile de se faire une idée sur lui en ligne. Vu votre passé commun, tes impressions auraient beaucoup de sens pour moi.

Dans l'attente de ta réponse,

Lulu

Kitty → Lulu ; cci : Ashleigh Avila

Chère Lulu,

Tu m'as fait penser à ce voyage dément pour la première fois depuis une éternité ! Attends un peu… comment est-ce que j'aurais pu être déjà adulte il y a vingt-six ans alors que je n'ai que vingt-six ans maintenant ? 😉 C'est indéniable, ta mère m'a sauvée. Fais-lui une grosse bise de ma part.

Bon, Jazz. C'est un sale type notoire, tu dois le savoir. Pas vraiment un perdreau de l'année, mais toujours séduisant et en pleine forme. Comme la plupart des dragueurs purs et durs, c'est un menteur : il m'a assuré qu'on m'avait proposé d'être sa partenaire grâce à LUI (j'ai découvert plus tard qu'il avait fait pression pour qu'Anne Hathaway soit choisie). Et aussi qu'il tentait depuis des années de travailler avec moi (un bobard). Une fois les conneries évacuées, je l'ai adoré. On a tous les deux une passion pour les Conduits. Quel que soit le nom de la chanson que je lui citais, il en connaissait les paroles et la mélodie à la perfection !

Tu veux en savoir plus ? Tu peux peut-être me dire POURQUOI tu veux le connaître ? Quelle merde pour ton épaule. Au fait, est-ce que tu as des enfants ?

Xxx

Kittty

Ashleigh Avila → Kitty Jackson

À moins que tu ne sois suicidaire, N'ENVOIE PLUS JAMAIS UN E-MAIL COMME CELUI-CI. Même si cette « Lulu » est celle qu'elle dit être – et nous n'avons aucune certitude –, Dieu seul sait ce qu'elle manigance ! Une « mission à l'étranger » ? Une « épaule reconstruite » ? Bordel de merde !!! Bref : elle transfère tes commentaires sur JA à cinq amis et c'en est fini de ta carrière.

Kitty → Ashleigh

Calme-toi. Il faut plus que ça pour saborder une carrière. N'oublie pas que ça m'est déjà arrivé.

Ashleigh → Kitty

Justement ! Tu avais vingt-deux ans et tu étais sublime. Tu as, quoi, cinquante et un ans à présent et tu es sublime. [Prière d'insérer : vaines flatteries sur ton physique incroyable pour ton âge.]

Kitty → Ashleigh

Très touchée, merci. Maintenant, va te faire foutre.

Ashleigh → Kitty

À propos, je viens de faire des recherches sur ton voyage à X en 2008. Aucune référence à une Lulu, en revanche il y en a sur la « publiciste Dolly Peale ». Tu savais que c'était elle qui avait fait de la prison en 2007 après qu'un système d'éclairages qu'elle avait imaginé avait fondu en renversant de l'huile bouillante sur 700 personnes ???

Kitty → Ashleigh
Réveille-toi. C'est POUR ÇA qu'elle a accepté un boulot qui consistait à blanchir les atrocités du général B. Une gamine à nourrir, etc.

Ashleigh → Kitty
T'as jamais envisagé de faire un livre/documentaire de cette histoire ?

Kitty → Ashleigh
J'ai signé une kyrielle d'accords de confidentialité. Sans compter ma mauvaise mémoire (je picolais à l'époque).

Ashleigh → Kitty
Le général B est mort depuis deux ans, ces accords sont donc nuls et non advenus. OwnYourUnconscious résoudrait tes problèmes de mémoire. Cela vaut la peine d'y réfléchir, non ? L'histoire inédite de la liaison amoureuse de Kitty Jackson avec le général B, et le changement pour la démocratie de X qu'elle a suscité ??? De quoi te donner un énorme coup de pouce !!!

Kitty → Ashleigh
Ah oui, un an a déjà passé depuis ton éclair de génie pour un documentaire. J'aurais dû m'attendre à une nouvelle idée. [Prière d'insérer : vaine assurance de mon soutien à tes rêves de création et de ma confiance totale en ton génie de réalisatrice.]

Kitty Jackson → Jazz Attenborough
Salut Jazzy,

Alors qu'est devenu notre projet de manger des huîtres et de boire du vin blanc quand le tournage serait terminé ? J'imagine que c'est ce que tu proposes à toutes les filles que tu dragues ?

Une autre demande sans aucun rapport : une amie productrice de musique m'a demandé de la mettre en contact avec toi. Je peux ?

Je t'embrasse xxx

Kitty

Jazz Attenborough → Kitty Jackson

S'il te plaît chérie, dis-lui que ce n'est pas possible. Quand tu veux pour des huîtres et du vin blanc. Au Belize jusqu'à fin mai. Bises, JA

Lulu Kisarian → Kitty Jackson

Chère Kitty,

En réponse à ton autre question, j'ai des jumeaux de huit mois, un garçon et une fille : Omar et Festa. Ce sont de merveilleux êtres qui me font beaucoup pleurer, sans doute parce qu'ILS pleurent beaucoup, puisque ce sont des bébés, et aussi à cause de ma blessure à l'épaule.

Accepterais-tu de me transmettre les coordonnées de Jazz Attenborough afin que je m'adresse directement à lui ? Il ne saura pas que tu me les as données, c'est promis.

Dans l'attente de ta réponse,

Lulu

Kitty → Lulu ; cci : Ashleigh Avila

Des jumeaux !!! MON DIEU ! J'espère que tu as des super nounous. Quant à moi, je m'occupe de huit chevaux. On pourrait les appeler mes bébés. Ne suis pas sûre d'avoir l'e-mail de JA, je vais chercher mais je n'y crois pas trop.

Je t'embrasse xxx

Kitty

Ashleigh Avila → Kitty Jackson

S'il te plaît, Kitty, file-lui les coordonnées de JA. Si tu décides de concrétiser l'idée du documentaire, on aura besoin de sa collaboration et surtout de celle de sa mère.

Kitty → Ashleigh
Impossible. J'ai demandé à JA et il a refusé.

Ashleigh → Kitty
Il ne fera pas le lien. Tu es moins dans ses pensées que tu ne le crois.

Kitty → Ashleigh
Je le suis peut-être plus que TU ne le crois !

Ashleigh → Kitty
!!!! Qu'est-ce qui m'a échappé ?

Kitty → Ashleigh
J'ai mes SECRETS, tu devrais le savoir depuis le temps.

Ashleigh Avila → Lulu Kisarian
Chère madame Kisarian,

Ma cliente, Kitty Jackson, m'avait mise en cci de votre correspondance, j'espère que vous n'en prendrez pas ombrage. Voici les coordonnées personnelles de Jazz Attenborough, mais vous ne les avez pas obtenues par mon intermédiaire ! Kitty serait furieuse si elle apprenait que je l'avais court-circuitée, alors ne lui en parlez pas, je vous en prie !

Bien à vous,
Ashleigh Avila

Lulu → Ashleigh
Merci infiniment ! Par la présente, je nie avoir eu la moindre connaissance de la provenance de ce renseignement.

Avec toute ma reconnaissance,
Lulu

Ashleigh → Lulu
Chère Lulu,

Maintenant que nous avons une ligne de communication directe et que j'ai découvert l'incroyable aventure que vous avez vécue avec Kitty, je me permets de vous poser une question qui n'a aucun rapport : qu'est-ce que votre mère et vous penseriez de l'idée d'un documentaire sur votre équipée à X, la liaison de Kitty avec le général B et ses conséquences géopolitiques ?

Bien à vous,
Ashleigh

Lulu → Ashleigh
Chère Ashleigh,

Je ne suis pas sûre du tout que ma mère soit partante car c'était une période TRÈS difficile pour elle. Cela fait des années que nous ne l'avons pas évoquée.

Lulu

Ashleigh → Lulu
Compris. Tenez-moi au courant de votre prise de contact avec JA et faites-moi signe si je peux vous aider d'une façon ou d'une autre.

Bien à vous,
Ashleigh

Lulu Peale → Jazz Attenborough
Cher monsieur Attenborough,

Il est urgent que je m'entretienne avec vous pour des raisons qui se préciseront dès que je m'expliquerai. Il faut que ce soit en personne. J'habite New York, mais je suis prête à me rendre où cela vous convient. Donnez-moi votre accord, je vous en prie.

Dans l'attente de votre réponse,
Lulu Peale

Eric Platt → Lulu Peale
Chère madame Peale,

M. Attenborough n'est malheureusement pas en mesure de répondre aux nombreuses personnes qui souhaitent avoir un contact direct avec lui. Au nom de son équipe, je vous adresse tous mes vœux pour vos futurs projets.

Bien à vous,
Eric Platt
3e assistant de Jazz Attenborough

TR : Lulu → Ashleigh Avila
Chère Ashleigh,

Cf. ci-dessous. Je pense qu'on peut qualifier ceci de « fin de non-recevoir ». Si tu as des idées sur un moyen de joindre M. Attenborough, merci de m'en faire part. Mes raisons sont d'ordre privé, voilà pourquoi je ne te les explique pas.

Dans l'attente de ta réponse,
Lulu

Ashleigh → Lulu
Comment est-ce que tu envisagerais les choses, dans l'idéal ?

Lulu → Ashleigh
Une conversation en tête à tête avec lui.

Ashleigh → Lulu
Que dirais-tu de l'interviewer en tant que journaliste ? Ton parcours musical rendrait cela crédible.

Lulu → Ashleigh
J'y ai pensé, mais il ne semble pas donner d'interviews ?

Ashleigh → Lulu
Il a eu soixante-dix ans la semaine dernière : une étape difficile pour une vedette de cinéma. Je me demande si on pourrait suggérer une interview autour d'un « thème » (vin, cigares, par ex.) qui conviendrait. Je vais creuser la question. En attendant, aurais-tu la gentillesse d'interroger ta mère au sujet du documentaire sur le général B ?

Amitiés,

Ash

Lulu Kisarian → Dolly Peale
Salut maman,

Je te remercie du fond du cœur de ta visite et de ton aide. Tu manques déjà à Omar et à Festa. Au fait, une agente de Kitty Jackson m'a contactée à l'improviste pour me demander si j'accepterais de participer à un documentaire sur ton voyage à X avec Kitty en 2008. Une idée bien sûr horrible, mais comme elle m'aide pour autre chose (un éventuel boulot), j'aimerais faire semblant de donner notre accord pour l'instant. Ça t'embête que je te mette en relation avec elle pour un petit coup de bluff ?

Je t'embrasse fort,

Lu

TR : Dolly Peale → Joseph Kisarian
Cf. ci-dessous, Jojo. Tu as une idée sur ce que pourrait être cet « éventuel boulot » ?

Joseph Kisarian → Dolly Peale
Aucune. Mais Lulu est en bien meilleure forme depuis ta visite ! Si la duplicité ne te gêne pas trop, elle serait peut-être justifiée ? ☺

Dolly → Joe
Je n'ai aucun problème avec la duplicité (n'oublie pas que j'ai été publiciste). À samedi, je viens garder les enfants pendant votre sortie en amoureux.

Je t'embrasse,
Dodo

Lulu Kisarian → Ashleigh Avila
Chère Ashleigh,

Ma mère accepte de discuter du documentaire avec toi. Avant que je ne te présente à elle toutefois, je tiens à être très claire : ma mère ne sait pas, et ne doit EN AUCUN CAS savoir, que j'essaie de rencontrer Jazz Attenborough. Je veux que tu me garantisses à 100 % que son nom ne sera pas prononcé entre vous.

Dans l'attente de ta réponse,
Lulu

Ashleigh → Lulu
Je te le garantis. Et pour que la boucle soit bouclée en matière de secrets, un rappel que Kitty ne se doute pas de notre stratégie pour que tu rencontres JA et qu'elle serait furieuse contre nous deux si elle le découvrait.

Amitiés,
Ash

Ashleigh → Lulu
Autre sujet : les hors-bord !! JA en fait collection et adore les piloter à une vitesse excessive au large du littoral de Caroline du Sud (trois rencontres avec des gardes-côtes ces dix dernières années). Un entretien/article sur les hors-bord a une vague chance de susciter l'intérêt d'une star septuagénaire de fraîche date qui s'efforce de conserver du sex-appeal et d'éviter de jouer les papis. Qu'en dis-tu ?

Ashleigh Avila→ Kitty Jackson
Kit Kat chérie : Lulu, Dolly, etc. sont complètement d'accord pour participer à un doc sur ta liaison avec le général B et ton impact positif sur l'humanité ! S'IL TE PLAÎT réfléchis-y. Petit rappel : je n'ai rien à gagner. Je ne m'intéresse qu'à ton avenir et à ton souhait de refuser des rôles de grand-mère.

Kitty → Ashleigh
Espèce de menteuse, ne prétends pas cracher sur un crédit à la production.

Ashleigh → Kitty
C'est que je produis le film.

Kitty → Ashleigh
Petite mise au point : il n'y a pas de film. Il n'y a pas de « liaison » dont je sois disposée à parler. Je suis une actrice de seconde zone sur le retour et toi une diplômée de plus de l'école de cinéma de la NYU qui n'a jamais rien accompli.

Ashleigh → Kitty
De troisième zone. Va te faire foutre, toi aussi.

Ashleigh → Kitty
Salope je t'en veux vraiment.

Kitty → Ashleigh
Préviens-moi quand tu auras fini de bouder. Je me demande si j'ai vraiment besoin d'une assistante, surtout d'une ignare en dressage.

Kitty → Ashleigh
Helloo. Toujours furax ?

Kitty → Ashleigh
Petite question : pourquoi est-ce que je te paye si on ne se parle même plus ?

Ashleigh → Kitty
Parce que personne ne te supporterait, pauvre conne.

Kitty → Ashleigh
Moi aussi, je t'aime.

3

Lulu Kisarian → Jules Jones
Cher Jules Jones,

J'admire ce que tu fais depuis longtemps, notamment *Suicide Tour*, un extraordinaire travail de journaliste sur le rock and roll. Par ailleurs, je suis une amie de la famille : ta sœur, Stephanie Salazar, a longtemps travaillé avec ma mère, Dolly Peale, et tu m'as appris à jouer à Donjons & Dragons avec Chris et Colin (RIP). J'ai géré l'équipe de marketing de Bennie Salazar dès l'université, contribuant entre autres à la production du concert de Scotty Hausmann au Footprint Center.

Je me permets de t'écrire avec une demande un peu inattendue : serais-tu intéressé par le fait d'interviewer Jazz Attenborough, l'icône de Hollywood, sur sa passion pour les hors-bord ? Je sais que tu as horreur du vedettariat mais Attenborough est apparemment un grand fan des Conduits, dont il connaît tous les morceaux, et il a sûrement lu *Suicide Tour*. Je te laisse me dire ce que tu en penses.

Dans l'attente de ta réponse,

Lulu Peale Kisarian

Jules Jones → Lulu Kisarian
Chère Lulu,

Je me souviens de toi – et de tes fossettes, je crois ? Ton personnage, c'était celui d'une espionne, n'est-ce pas ?

Deux questions :

1. Quelle publication souhaite une interview de Jazz Attenborough ?

2. Qui représentes-tu ?

Bien à toi,

JJ

Lulu → Jules

Cher Jules,

Je ne t'ai pas fourni ces informations de crainte que mes réponses te déplaisent. Pour tout te dire, il n'y a pas encore de publication. Je compte présenter ce projet à Jazz Attenborough APRÈS que tu auras donné ton accord. En d'autres termes, ton nom et ton influence sont essentiels à la réussite de l'entreprise.

Avec l'espoir que la flatterie et la curiosité l'emporteront sur la frustration et l'impatience.

Dans l'attente de ta réponse,

Lulu

Jules → Lulu

Tu n'as toujours pas répondu à ma deuxième question. Quel est ton rôle dans tout ça ? Est-ce un moyen de gagner de l'argent pour toi ? (J'ai du mal à le croire.)

Pour ma part, je vais être franc : une investigation sommaire révèle que ton mari est Joseph Kisarian de la NSA. Si cette « idée d'article » est un stratagème pour fouiner dans ma vie, je te prie de bien vouloir me le dire. J'ai des problèmes de santé mentale qui me portent à la paranoïa, de sorte que des incertitudes dans ce domaine sont ingérables pour moi. Si des agents du gouvernement veulent m'interroger, ils sont les bienvenus quand bon leur semble.

Bien à toi,

JJ

Lulu → Jules
Cher Jules,

Désolée de t'avoir inquiété. Cela n'a de rapport ni avec la NSA ni avec Joe, qui vient de reprendre son travail après un congé de neuf mois pour la naissance de nos jumeaux (huit mois à présent). Mon projet de journalisme est un travail « au noir » (tu remarqueras qu'il est 3 heures du matin, il fait encore nuit !) et Joe n'est même pas au courant. Il a bien d'autres choses en tête.

Si mes raisons de vouloir rencontrer Jazz Attenborough sont personnelles, elles ne rimeront à rien pour ce dernier, d'où ce chemin extrêmement détourné pour l'aborder.

Dans l'attente de ta réponse,
Lulu

TR : Jules Jones → John Hall
Cf. ci-dessous. Au cas où Jazz Attenborough serait partant, est-ce que j'en tirerai quelque chose ? Mon livre sera terminé dans les temps, ça ne me gênerait donc en rien.
JJ

John Hall → Jules Jones
Bien sûr : un rappel au monde avant publication que t'es capable de tout, comme faire du hors-bord avec des stars (malgré ta peine de prison pour cause de haine/agression envers certaines). Acteur prétentieux/magazine haut de gamme donc meilleure visibilité, si tu veux mon avis. C'est tout bon.

Jules → John Hall
Risque d'hypocrisie ?

John Hall → Jules
T'es trop vieux pour l'hypocrisie. Je jouerais la carte de la flatterie avec un peu de distance et d'ironie.

Jules → John Hall
Tu m'as assuré que les écrivains ne vieillissent pas.

John Hall → Jules
Seulement jusqu'à soixante-dix ans. Après, tout le monde est vieux.

Jules Jones → Lulu Kisarian
Chère Lulu,

Mon agent est disposé à présenter cette idée à des magazines haut de gamme une fois que Jazz Attenborough aura donné son assentiment. Tu sais comment le joindre, j'imagine ?

Bien à toi,

JJ

Lulu → Jules
Cher Jules,
J'ai les coordonnées de Jazz A et de son 3e (!) assistant, mais une demande de ma part ne mènera à rien. J'ai déjà essayé.

Une idée d'insomniaque : Bosco des Conduits aurait-il envie de participer au projet ? J'ignore ce qu'il fait en ce moment (il est encore en vie, n'est-ce pas ?), mais comme Jazz A est un fan absolu des Conduits, l'implication de Bosco pourrait le convaincre. Ou s'agit-il d'élucubrations de 4 heures du matin d'une femme qui déraille à cause d'une puce laissée dans son cerveau par une agence gouvernementale pour laquelle elle a failli mourir ? Je tape sur « envoi » avant de supprimer.

Jules → Lulu
Chère Lulu,

SUPPRIME la prochaine fois. Je ne supporte pas d'entendre parler de puces. Un « nettoyeur » clandestin m'a scanné de multiples fois en quête de matériel intrusif. Même sous forme de plaisanterie, ça m'angoisse trop de lire ce genre de vaticinations, et j'imagine automatiquement un complot gouvernemental dont tu ferais partie prévoyant d'envahir mon cerveau.

À propos de Bosco : drôle d'idée. Il faut que j'y réfléchisse. Oui, il est en vie.

JJ

Lulu → Jules

Cher Jules,

Comment te convaincre de mes bonnes intentions tout en te promettant que je ne plaisanterais pas sur une chose pareille ?

Dans l'attente de ta réponse,

Lulu

P.-S. Serais-tu disposé à partager les coordonnées du « nettoyeur » que tu as évoqué ? J'ai une robe maculée de taches et je meurs d'envie de la retrouver dans son était initial.

Jules → Lulu

Je crois qu'on devrait se rencontrer en personne (dans la mesure où tu ne livres pas ta conscience au collectif). Tu habites New York, n'est-ce pas ? Je serai content de t'y retrouver la semaine prochaine, quand cela t'arrange.

JJ

Ashleigh Avila → Dolly Peale

Chère Dolly Peale,

J'ai été absolument ravie d'apprendre par votre fille, Lulu Kisarian, que vous seriez prête à participer à un documentaire sur la liaison de Kitty Jackson avec le général B et ses conséquences historiques. Combien de personnes ayant joué un rôle en 2008 est-il possible de réunir ? Voici ce que j'imagine : vous, Kitty, Lulu, les photographes qui ont capté des instantanés du général B et de Kitty ensemble, des experts militaires et politiques susceptibles d'évoquer le virage vers la démocratie pris ensuite par le général B.

Il nous manque un membre du cercle du général B en mesure de décrire les événements de son bord. Pourriez-vous exhumer vos contacts de l'ancien régime et vérifier si certains sont encore vivants et joignables ?

Bien à vous,

Ashleigh Avila

Lulu Kisarian → Ames Hollander

Cher Ames Hollander,

Le journaliste Jules Jones m'a transmis votre e-mail. Je crois comprendre que vous êtes propriétaire d'une teinturerie spécialisée dans le nettoyage de taches incrustées. Un de mes amis a vraiment besoin de ça. Comment puis-je le mettre en relation avec vous ?

Dans l'attente de votre réponse,

Lulu Kisarian

Ames Hollander → Lulu Kisarian

Chère Lulu,

Je vous prie de demander à votre ami de prendre contact avec moi via Mondrian, un réseau plus fiable qui lui évitera plusieurs démarches pour garantir la confidentialité de notre communication.

Ames Hollander

Lulu → Ames VIA MONDRIAN

Bonjour Ames, c'est Lulu Kisarian. Comment mon ami peut-il décrire ses problèmes de nettoyage à sec s'il est surveillé de l'intérieur ?

Ames → Lulu VIA MONDRIAN

S'il vous plaît demandez à votre ami de FERMER LES YEUX pendant qu'il tape ses besoins en matière de nettoyage et d'appuyer sur la touche « envoi » AVANT de les ouvrir.

Ames Hollander

Lulu → Ames VIA MONDRIAN
OK version courte dézolée des erreurs j'ai été six mois agent cvile, cad collecte de données blessure par balle et sauvtge suspect à lieu stratégique et je pense que je suis tjrs contrlée je sens des autres yeux regarder par les miens des gens écouter ds ma tête c'est insupportable je frai nimporte quoi pour arrêter ça même suicide ms trop affreux pour les autres ns avons jumeaux de huit mois besoin d'un nettoyage svp mari Joseph Kisarian travaille pour NSA c'est peut-être lui qu'on espionne

Ames → Lulu VIA MONDRIAN
Chère Lulu,

Je peux tout à fait aider ton ami pour ces taches, mais je suis moi-même dans l'État de New York et ne viens à New York que quelques jours par mois. Mon entreprise de nettoyage est difficile à trouver mais, comme Jules y est déjà passé, je vais fixer le rendez-vous directement avec lui. Je te laisse demander à ton ami de s'entendre directement avec Jules désormais.

Merci pour la recommandation !

Ames Hollander

Jules Jones → Bosco Baines
Cher Bosco, ça fait un bail. Avec du retard, merci pour la glace que j'attends chaque Noël avec une impatience que j'ai du mal à avouer. Comment fais-tu pour obtenir des pépites de chocolat fondantes mais pas fermes ? Ah, les merveilles et leurs mystères !

Et ta santé ? Je la suppose bonne, alors je me demande si une virée de journalisme gonzo t'intéresserait, avec hors-bord et une icône du cinéma qui connaît apparemment toutes tes chansons par cœur. Qu'en penses-tu ?

Bien à toi,

JJ

Bosco → Jules
En parfaite santé. Grâce à de nouvelles hanches et de nouveaux genoux, je me sens fringant. J'ai perdu trente-cinq kilos en dix ans. La virée est tous frais payés, si je comprends bien ? Ce serait sympa de te revoir, mon vieux, même dans un hors-bord.

Jules → Bosco
Je me mets au régime mode famine. App pour abdos téléchargée.

La virée est pour l'instant une promesse en l'air, mais les bonnes choses commencent toujours comme ça, non ?

Je t'embrasse, mon vieux,

JJ

4

Eric Platt → Jazz Attenborough
Cher monsieur Attenborough,

Nous avons reçu une demande d'interview trop intrigante pour être rejetée d'emblée comme à l'ordinaire. Éléments convaincants : Bosco des Conduits ; Jules Jones (auteur de *Suicide Tour*), hors-bord. Cela vous intéresse ?

Bien à vous,

Eric Platt

3e assistant de Jazz Attenborough

Jazz Attenborough → Eric Platt
Cela m'a tout l'air d'un canular. Tu as vérifié ?

Eric Platt → Jazz
Cher monsieur Attenborough,

Je vous prie de m'excuser, je me suis emballé. Je vérifie de ce pas.

Bien à vous,
Eric Platt
3e assistant de Jazz Attenborough

Jazz Attenborough → Carmine DeSantis
Nouveau 3e assistant catastrophique. En trouver un autre stp.

Carmine → Jazz Attenborough
Je vais chercher, mais la vérification des antécédents prend du temps.
Tu as lu les scénarios ?

Jazz → Carmine
Rafraîchis-moi la mémoire ?

Carmine → Jazz
Grand-père ; Père Noël ; Démoniste de grotte sous-marine.

Jazz → Carmine
Non, non et non. Trouve-moi des rôles plus sexy.
Que faut-il faire pour avoir des jeunes stars comme partenaires ?

Carmine → Jazz
Grand-père ; Père Noël, Démoniste de grotte sous-marine !!

Jazz → Carmine
Un lifting ?

Carmine → Jazz
Trop flagrant. Garde ton visage buriné.

Eric Platt → Jazz Attenborough
Cher monsieur Attenborough,

Tout est confirmé. Les personnes sont bien réelles. J'ai parlé à Jules Jones, l'auteur, resté proche de Bosco Baines (des Conduits) depuis qu'il a écrit sur lui dans *Suicide Tour*. Ce pourrait être une formidable publicité pour vous.

Bien à vous,
Eric Platt
3e assistant de Jazz Attenborough

Jazz → Eric
Transférez à Carmine, il s'en occupera. 1er et 2e assistants débordés.

TR : Eric Platt → Carmina DeSantis
Cher monsieur DeSantis,

Veuillez trouver ci-dessous ma correspondance avec M. Attenborough concernant la possibilité d'une interview dans un ou plusieurs de ses hors-bord. Je me suis entretenu avec l'auteur et tout est confirmé. Je crois que ce serait une façon géniale de rehausser l'image de M. A. en tant que mâle Alpha grisonnant.

Bien à vous,
Eric Platt
3e assistant de Jazz Attenborough

Carmine → Eric
Mâle Alpha grisonnant, ça me plaît. Je n'ai pas vu le septuagénaire Jazz en maillot de bain ces derniers temps, toi si ?

Eric → Carmine
Oui, il revenait tout juste de la piscine quand je suis arrivé pour mon entretien d'embauche. Il est superbe pour un senior : bronzé, musclé, poils de torse gris abondants, abdos saillants/peau ferme.

Carmine → Eric
Les poils de torse, ça se teint ?

Eric → Carmine
Oui. Ma petite amie est maquilleuse. Elle fait ça avec une brosse à dents.

Carmine → Eric
Réponds à l'auteur qu'on est d'accord. Il y a un problème : Jazz veut que je te trouve un remplaçant. Si tu supervises la logistique, je me l'attribuerai.

Eric → Carmine
Sauf votre respect, monsieur DeSantis, pourquoi est-ce que je devrais accepter ?

Carmine → Eric
D'accord, accouche : tes espoirs et rêves en cinq mots, voire moins.

Eric → Carmine
Scénariste/Réalisateur.

Carmine → Eric
Je m'engage par la présente à lire ton prochain scénario et à te représenter si je le trouve bien.

Eric → Carmine
Merci, monsieur DeSantis ! Pourriez-vous ajouter une signature de témoin ?

Carmine → Eric
Tu apprends vite.

Jules Jones → Ames Hollander VIA MONDRIAN
Cher Ames,

Aussi sensible que je sois à ta confiance, je suis obligé de me retirer. Pour la première fois depuis un an, j'ai peur des puces électroniques et trop de choses à gérer pour pouvoir me permettre une dépression en ce moment.

Ames → Jules VIA MONDRIAN
Cher Jules,
Le taux d'incidence de la peur des puces l'emporte de 5 000 sur 1, d'où sa classification en tant qu'*Arme terroriste* plutôt qu'en *Outil de Surveillance.* Cela dit, il peut y avoir une infime possibilité d'infraction pour l'affaire de notre amie, de sorte que je la mets en tête de ma liste de NYC. J'ai un peu connu son mari en raison de mes relations avec NSA (un type bien), mais le règlement du gouvernement est tellement strict à l'endroit des nettoyeurs externes qu'il n'est sûrement ni impliqué ni au courant. Tu es celui qu'il faut, Jules. Je vais lancer un scan de « mise au point » pour toi, si ça peut aider.
Ames Hollander

Jules → Ames VIA MONDRIAN
Merde. Je vais courir, là. Trop angoissé pour continuer cette conversation et j'essaie de perdre du poids.

Carmine DeSantis → Jazz Attenborough
Jazzy, je te conseille fortement d'accepter qu'on fasse ton profil en hors-bord avec Jules Jones (SUICIDE TOUR) et Bosco (CONDUITS) et j'ai pris la liberté de répondre positivement en ton nom.

Jazz → Carmine
Nous travaillons ensemble depuis combien de temps, Carmine ?

Carmine → Jazz
Vingt-trois ans, toute ma carrière.

Jazz → Carmine
Et quelle est la devise que j'ai toujours eue, depuis le premier jour ?

Carmine → Jazz
Je sais je sais, « Pas de retrouvailles ». Mais je croyais que ça ne concernait que des ex-épouses en colère ou une progéniture inepte.

Jazz → Carmine
Cela concerne tout le monde.

Carmine → Jazz
Comme tu n'as jamais rencontré Bosco Baines ou Jules Jones, les retrouvailles seront pour EUX, pas pour toi. Par ailleurs, pourquoi virer le 3e assistant, alors que sa suggestion s'est avérée bonne ?

Jazz →Carmine
Je n'aime pas changer d'avis. Remplace-le.

Eric Platt → Jules Jones
Cher monsieur Jones,

J'ai le plaisir de vous informer que M. Attenborough accepte de participer à l'interview en hors-bord avec Bosco Baines et vous-même, après son retour du Belize le mois prochain. Vu les mesures de sécurité en vigueur dans sa propriété, pouvez-vous me donner une idée du nombre de personnes qui seront présentes ? L'équipe doit être réduite au minimum et il nous faudra des déclarations écrites sous serment de chaque personne présente que la journée sera éradiquée du moindre téléchargement vers la Conscience Collective.

Avec toute ma considération,
Eric Platt
3e assistant de Jazz Attenborough

Jules → Eric
Cher Eric,

Excellente nouvelle. Notre équipe n'a rien de superflu, elle sera composée de Bosco, d'un photographe/vidéographe, de ma copine Lulu, une productrice de musique chevronnée touche-à-tout et de moi-même.

Bien à vous,
JJ

Eric → Jules
M. Attenborough m'a viré, par caprice, mais M. DeSantis m'a officieusement laissé à mon poste pour veiller au déroulement de ce projet. Une question d'ordre général : votre amie Lulu serait-elle par hasard disposée à endosser le rôle de nouvelle 3e assistante de M. Attenborough jusqu'à la fin du tournage, pour libérer M. DeSantis de celui d'intermédiaire ? M. DeSantis garantira à M. A. la vérification des antécédents, etc.

Avec toute ma considération,
Eric Platt
3e Assistant de M. Attenborough

5

Lulu Kisarian → Jazz Attenborough
Cher monsieur Attenborough,

Lulu Kisarian, votre nouvelle 3e assistante. J'ai hâte de m'acquitter des tâches que vous voulez me confier – et, bien sûr, de vous rencontrer en personne à votre retour du Belize. Je suis très honorée de travailler pour vous et vous en remercie vivement.

Avec toute ma considération,
Lulu Kisarian

Jazz → Lulu
Tu es embauchée à l'essai. J'espère que tu connais mon travail sur le bout des doigts ?

Lulu → Jazz
J'ai vu tous vos films.

Jazz → Lulu
Ci-joint trois scénarios que tu dois lire et analyser. Transmets-moi ton évaluation s'il te plaît, plutôt qu'aux 1er ou 2e assistants, de façon que je puisse évaluer ton travail personnellement.

Dolly Peale → Arc
Cher Arc,

Je me demande si mon e-mail te parviendra – notre dernier contact doit remonter à dix ans ! De plus en plus de gens choisissent de s'installer dans l'État de New York et ils aiment manifestement le fromage. J'ai une question très précise pour toi, mais la poser maintenant, alors que nous ne communiquons plus depuis si longtemps, paraît, même à mes yeux, de l'ordre de la transaction. À la pensée des conséquences de notre opération démente pour le général B, la tendresse et les bons souvenirs me submergent, sans oublier l'envie de savoir ce que tu deviens. Donne des nouvelles si, par miracle, tu reçois ceci !

Avec toute mon affection,
Dolly Peale

Arc → Dolly Peale
Oh, Dolly, quel plaisir de te lire ! Des souvenirs, en effet.

Je suis ravi de pouvoir te dire que ma famille et moi-même allons bien. Mes deux filles sont mariées et je suis trois fois grand-père. Les récents changements politiques dans notre pays, salutaires d'une manière générale, ne m'ont rien apporté personnellement. On m'associe trop aux crimes du général, et je n'ai plus le droit de voyager : c'est la principale raison de mon silence. J'ai beau regretter de ne plus faire partie du gouvernement, mon activité industrielle reste saine, tandis que la paix durable et la stabilité économique de notre nation profitent à tous.

Comment va Lulu ? À propos… ta question ?

Mes pensées les plus affectueuses,

Arc

Dolly → Arc

Cher Arc,

Quel bonheur d'avoir de tes nouvelles ! Lulu va bien. Je suis la grand-mère de magnifiques jumeaux de huit mois, Omar et Festa.

Tu as plus ou moins répondu à ma question, la voici malgré tout : un documentaire sur la « relation » de Kitty Jackson avec le général B retient l'intérêt. Le but serait de donner un coup de pouce à la carrière de Kitty (elle a cinquante et un ans, pour t'épargner le calcul) en la représentant comme une héroïne dans la transition vers la démocratie de X. Nous serions les traîtres, toi et moi ; notre plan de redorer le blason du général grâce à leur fausse liaison devrait être dévoilé, ainsi que le côté vraiment fortuit de la « prise de conscience » politique du général. Tout cela m'inspire beaucoup de crainte, comme tu peux l'imaginer. En outre, tu serais obligé de venir aux États-Unis. Quelle est ta réaction viscérale ?

Avec toute mon affection,

Dolly

Arc → Dolly

Dolly chérie,

« Réaction viscérale », une expression tellement américaine : grotesque et pourtant intelligente. Dans la mienne, il y a une réminiscence du silence profond et sépulcral en lisière du lac où tu vis, ainsi que des sapins fuselés qui l'entourent. Ils dégagent une fragrance douce et salée que je n'avais jamais sentie auparavant et n'ai jamais retrouvée.

Tout cela pour préciser que je retournerais sur-le-champ aux États-Unis – y serais déjà retourné – si je n'étais entravé comme je le suis. Cela m'est hélas impossible. Les cinéastes auraient-ils le droit de venir à X (c'est plus qu'improbable) que je serais enchanté de participer.

Dolly, avec le plus grand respect, je tiens à corriger gentiment ton récit de nos motifs communs pour organiser une rencontre entre le général B et Kitty Jackson en 2008. N'avons-nous pas manigancé une relation amoureuse entre eux à la manière d'un « cheval de Troie » pour imposer une fin aux malversations du général ? C'était mon plan, bien évidemment – et le tien aussi, je me rappelle t'avoir entendue l'expliquer sans fard. Si tu sondais le tréfonds de ta mémoire (peut-être l'as-tu externalisée comme tant d'autres ?), je ne doute pas que ces admirables détails te reviendraient à l'esprit.

Une vaste reconnaissance de notre plan peu orthodoxe et couronné de succès pour instaurer la démocratie dans mon pays améliorerait ma réputation au sein du régime actuel, et l'occasion d'en parler « officiellement » me ravirait.

Mes pensées les plus affectueuses,

Arc

Dolly Peale → Ashleigh Avila

Chère Ashleigh,

J'ai pris contact avec l'homme qui a assuré la liaison entre le régime du général B et moi. En théorie, il serait partant sauf qu'il n'a malheureusement plus la cote auprès du régime actuel, de sorte qu'il ne peut pas sortir du pays. Il va amorcer le processus de demande de visa, mais cela risque d'être long. Reste aux aguets.

Amitiés,

Dolly

Ashleigh → Dolly
Chère Dolly,

INCROYABLE que tu aies déniché cet homme et qu'il soit partant !!! Ne perds pas espoir : un de mes proches amis a émigré de X enfant et il a de la famille dans le régime actuel ! Je vais lui demander de s'enquérir de la permission de tourner à L'INTÉRIEUR de X, ce qui serait mille fois mieux en termes de lieux et d'atmosphère d'origine. Je ne sais pas si je t'ai précisé que j'ai une formation de réalisatrice de documentaires (master en Beaux-Arts/NYU) ? J'ai de l'expérience en matière de logistique d'autorisations et suffisamment de bailleurs de fonds intéressés pour que le voyage à l'étranger soit envisageable.

Avec espoir et dans l'attente,

Ash

TR : Dolly Peale → Joseph Kisarian
AU SECOURS, Jojo ! Cf. ci-dessous : j'ai fait une épouvantable gaffe en reconnaissant qu'Arc est en vie et partant. L'idée de faire un faux mouvement, de contrarier Lu a beau me terrifier, il faut mettre un terme à ce « documentaire » avant que d'autres mesures ne soient prises ! Un conseil, s'il te plaît !

Je t'embrasse,

Dodo

Joe → Dolly
Je t'en prie Dodo, ne t'affole pas ! Rappelle-toi ma devise : « S'il n'y a pas mort d'homme, il y a toujours une solution. »

Tu t'en rendras compte ce week-end au vu des énormes progrès de Lulu. Elle dort bien. Je l'ai entendue rire, vraiment rire, pour la première fois depuis son retour de mission. Il y a des lueurs de l'ancienne Lulu :

enjouée et brillante, un brin stratège. Elle a quelque chose en tête, notre Lulu, qui la rend heureuse.

Je t'embrasse,

Jojo

6

Bosco Baines → Bennie Salazar

Salut mon pote,

Jules m'a impliqué dans un plan journalistique concernant Jazz Attenborough (un grand fan des Conduits, qui l'eût cru ?). Jazz et moi dans son hors-bord supersonique lancé à grande vitesse dans la baie de LA le mois prochain ; Jules écrira dessus ; les gens le prendront en vidéo, le répliqueront, le diffuseront en streaming, puis les anciens transmettront leurs souvenirs de notre splendeur datant d'un millénaire et nous redeviendrons célèbres. Je me demande si on pourrait profiter de cette virée pour relancer les Conduits sur un mode mineur : une nouvelle interprétation de vieux airs, ce genre de choses ? Je te pose simplement la question !

Je t'embrasse fort mon grand,

Bosky

Bennie → Bosco

Bosky, mon gars !! Super d'avoir de tes nouvelles. Encore merci pour la glace, même si l'ado et ses copines gloutonnes en ont dévoré la plus grande partie. Je vais regarder les chiffres de ventes des Conduits et y réfléchir. Les morceaux les plus mélodieux rendraient super bien en acoustique. Comment est ta voix ?

B.

Bosco → Bennie

Franchement, je ne sais pas trop. Je vais faire quelques vocalises pour avoir une meilleure idée. J'ai mené une vie saine, c'est déjà ça.

Bosky

Bennie → Bosco
Je viens de vérifier : les ventes sont incroyablement bonnes sur les classiques des Conduits. Le timing est bon : la plupart de tes fans d'origine sont encore en vie, et il paraît qu'il existe une myriade de souvenirs des Conduits dans le collectif. Une nouvelle interprétation d'anciens morceaux pourrait attirer les plus jeunes. Organisons une visioconférence dans un ou deux jours pour que Melora et moi écoutions un peu ta voix.

Bosco → Bennie
Besoin d'un peu plus de temps pour me préparer.

Bennie → Bosco
D'accord, mais que ce soit bien clair, Bosky, un ré-enregistrement doit être GÉNIAL pour que ça marche. Sinon, ce sera comique, mais pas dans le bon sens du terme.

Bosco → Bennie
Melora était en cci de nos échanges ?

Bennie → Bosco
Très drôle. Melora est une associée ingénieuse avec qui j'ai une collaboration d'une grande richesse créatrice, et c'est la plus jeune fille de Lou Kline, mon mentor adoré.

Bosco → Bennie
Alors pourquoi t'a-t-elle piqué ta boîte et obligé à t'installer à LA pour être son larbin ?

Lulu Kisarian → Jazz Attenborough
Cher monsieur Attenborough,

Veuillez trouver ci-joint l'analyse et l'évaluation des trois scénarios, les fichiers sont en fonction de leur qualité croissante :

1. *PAPI RONCHON*, comédie. Vous jouez un grand-père grognon qui, lors d'un week-end rempli de farces, est amadoué par cinq petits-enfants qui vous aident à dissiper le mystère d'un homicide non résolu. Un film vu et revu. Comme vous n'avez jamais joué un rôle de grand-père, je déconseillerais de vous enfermer dans cette catégorie qui plus est pour un projet aussi stéréotypé.

2. L'ÉMOTION DU PÈRE NOËL, comédie. Vous jouez un Père Noël alcoolique qui travaille chez Macy's. Il reconnaît dans une femme qui pose son petit-fils sur ses genoux la jeune fille qu'il a aimée au lycée – devenue veuve, ça tombe bien. S'il y a quelques scènes bien écrites des retrouvailles du Père Noël soûl avec son grand amour (pour laquelle il cessera évidemment de boire), vous avez l'air d'un pitre la plus grande partie du film.

3. MERMANCE, fantaisie. Un titre horrible, mais le rôle de Démoniste d'une grotte sous-marine a du potentiel. Vous êtes un puissant sorcier qui a une idylle avec une SiReine susceptible d'être passionnante pour peu que l'actrice soit douée. Si c'est bien fait, les paysages subaquatiques peuvent être beaux et surnaturels. Envisageable.

Bien à vous,
Lulu Kisarian
3e assistante de Jazz Attenborough

Jazz → Lulu
Test réussi. Je jetterai un œil au Démoniste. En attendant, briefe-moi s'il te plaît sur l'interview prévue à mon retour. On m'a parlé de hors-bord (j'en fais collection).

Lulu → Jazz
Vous en avez plus de quarante, me semble-t-il.

Jazz → Lulu
Tu as bien fait tes devoirs, c'est impressionnant. Je discute rarement de ma collection de hors-bord.

Lulu → Jazz
Sincèrement, je n'ai pas eu l'impression de travailler.

TR : Jazz Attenborough → Carmine DeSantis
Cf. ci-dessous. Je crains que la nouvelle 3e assistante soit cinglée. Beaucoup trop enthousiaste. Qui a vérifié ses antécédents ?

TR : TR : Carmine DeSantis → Eric Platt
Cf. ci-dessous.

TR : TR : TR : Eric Platt → Jules Jones
Cher Jules,
Cf. ci-dessous s'il te plaît. Peux-tu demander à ton amie Lulu de baisser d'un cran (non qu'il en sera plus satisfait) ?
Merci,
Eric

Bennie Salazar → Alex Applebaum
Salut Alex,
Ça fait un bail, mon grand. Écoute, il est possible que Bosco et moi on enregistre une version acoustique de quelques classiques des Conduits pendant un voyage qu'il fait à LA dans quelques semaines. J'ignore l'état de sa voix – et, franchement, celui de son physique ! Pourrais-tu te rendre bientôt là-bas pour bosser un peu avec lui ? Il est réticent et refuse que je l'écoute, peut-être parce qu'il chante comme un pied. Je dois le savoir avant de chercher des musiciens, etc.
Amitiés,
Bennie

Alex → Bennie
Cher Bennie,

Quelle joie d'avoir de tes nouvelles !

Bosco… Seigneur il est toujours là ? Apparemment, le *Suicide Tour* a été une véritable tournée de longévité ! Content d'être impliqué, d'autant que ça tombe à pic… Le dernier semestre arrive à son terme.

Je te tiens au courant,
Alex

Alex Applebaum → Bosco Baines
Cher Bosco (si je peux me permettre),

J'enseigne l'analyse des sons au Queens College de l'université de la ville de New York et je suis un collaborateur de longue date de Bennie Salazar, notamment sur le concert de Scotty Hausmann à Footprint il y a quatorze ans. Bennie m'a annoncé que vous alliez peut-être enregistrer une version acoustique des classiques des Conduits ; je l'ai supplié de me compter parmi vous. Je joue correctement du piano et de la guitare, si bien que je serais heureux de vous aider d'une façon ou d'une autre.

Votre fan,
Alex

Bosco → Alex
Un timing parfait. Votre aide serait la bienvenue. La voix est un peu chevrotante, je l'avoue.

Jules Jones → Ames Hollander VIA MONDRIAN
Je me suis résigné à accompagner notre amie dans votre clinique la semaine prochaine. Mais comment ?? Elle a des jumeaux de huit mois et se méfie des baby-sitters. J'ai peur des nourrissons. Ils sont imprévisibles. Ils ne m'aiment pas.

JJ

Ames → Jules VIA MONDRIAN
Avez-vous, dans votre entourage, quelqu'un en qui vous avez une confiance absolue et qui pourrait s'occuper des bébés ? Qui aurait des enfants de préférence ?

Jules → Ames VIA MONDRIAN
Deux possibilités : mon amie Noreen, un peu instable mais grand-mère d'une flopée de petits-enfants. Ou ma sœur Stephanie, solide comme un roc, dont le seul petit-enfant habite loin d'elle.

Ames → Jules VIA MONDRIAN
Va pour Stephanie.

Alex Applebaum → Bennie Salazar
Cher Bennie,

Ce week-end, j'ai pris le temps d'aller voir Bosco avant qu'il ne change d'avis. Il vit dans une petite ferme laitière (de belles vaches jaunes aux longues cornes recourbées). Je ne l'ai pas reconnu – il est mince, je ne plaisante pas, et dans une forme olympique ! Il m'a montré son équipement d'haltérophilie installé dans une vieille grange. Il ressemble plus au Bosco d'autrefois qu'à tous les Bosco depuis 2000 (malgré ses rides et ses cheveux gris).

Voici le plus extravagant : le timbre rauque (à cause de polypes, j'imagine) de sa voix plus aiguë qu'auparavant ajoute de la profondeur au quasi-falsetto de son chant.

Bref : superbe, démarche élégante, voix un peu trop de tête mais on peut travailler dessus. Ci-dessous le lien de l'enregistrement.

Alex

Bennie → Alex
Quasi-falsetto ? Bon sang, qu'est-ce que ça veut dire ? J'écoute.

7

Stephanie Salazar → Bennie Salazar

B.,

Le seul être capable d'apprécier la journée que je viens de passer est l'homme dont j'ai divorcé il y a presque trente ans, qu'est-ce que cela révèle sur ma vie ? Peu importe, j'ai trop envie de te raconter.

Jules m'envoie un texto pour me demander de le rejoindre dans deux jours à Lower Manhattan pour l'aider sur un « projet ». C'est urgent, mais rien de louche. Il travaille à son nouveau livre, il est en bonne santé (il a perdu 6 kg). J'accepte sans poser de questions.

Quand il me retrouve le surlendemain devant un immeuble de Tribeca, il est en sueur : visage gris, col trempé. Je l'interroge : Jules, est-ce qu'on doit foncer à l'hôpital ? Il répond non, tout va bien, il est simplement angoissé. Il ajoute qu'il n'y a rien de louche, même si les deux heures suivantes risquent de me paraître étranges. Ah, et mon boulot sera de m'occuper de jumeaux de huit mois !

Nous entrons dans l'immeuble, prenons un ascenseur. Jules ouvre la porte d'un appartement : je découvre un garçon et une fille adorables installés dans une poussette double. Ils geignent. Des jouets jonchent le sol. Je m'accroupis, j'agite un hochet, ils se taisent aussitôt. Dans l'intervalle, Jules se rend dans une autre pièce d'où il revient en tenant par la main (loin des regards des bébés) une femme à cagoule noire et au bras en écharpe. Elle semble calme, elle me salue même de son bras valide – la seule raison qui me pousse à ne pas appeler les secours.

D'un signe, Jules me demande de sortir de l'appartement avec la poussette. Il a commandé une voiture équipée de deux sièges bébé. La femme garde ses distances le temps que j'installe les petits. Puis elle se glisse à l'avant, coiffée d'un chapeau à large bord, des lunettes noires sur le nez, de sorte que la cagoule fait l'effet d'un masque facial. Personne ne parle. Les jumeaux s'agitent un peu mais il me suffit de secouer un hochet pour les distraire.

Nous nous arrêtons devant un bar louche près de Penn Station. J'entends la respiration sifflante de Jules comme s'il était en train de faire une crise de panique. J'installe de nouveau les jumeaux dans leur poussette. Jules m'indique d'entrer dans cet établissement minable. Ce n'est pas possible, suis-je en train de penser quand le barman attire mon attention et, du menton, désigne le fond de la pièce. Je fais rouler la poussette jusqu'à une porte crasseuse, immonde, donnant à mon sens sur des toilettes rien moins qu'hygiéniques, dont l'odeur me parvient presque. Malgré tout, je me colle contre la porte et la pousse.

Et là, c'est comme si nous avions franchi un portail dans un de ces vieux jeux vidéo de Chris : nous sommes dans une clinique médicale où un spécialiste à l'allure militaire portant un masque chirurgical nous accueille dans un silence cordial. Nous le suivons dans une pièce plongée dans l'obscurité à l'exception d'un anneau violet lumineux au milieu du sol. Je m'efforce d'interpréter cette scène : s'agit-il d'un jeu ? D'un spectacle ? D'un test ? Mais Jules est d'une gravité morbide et personne ne prononce le moindre mot, de sorte que j'encaisse sans ouvrir la bouche.

Jules et moi nous asseyons sur un banc contre le mur avec la poussette. L'anneau violet fascine les jumeaux. Le type à l'allure militaire emmène la femme cagoulée au milieu du cercle, lui ôte lunettes et chapeau, laisse la cagoule. Il s'éclipse. J'entends un bourdonnement, tandis qu'un bras mécanique soulève lentement l'anneau. Il passe des pieds de la femme à ses tibias, à ses hanches et, enfin, à sa tête. La lumière violette a un effet anesthésiant ; les jumeaux s'endorment sur-le-champ, je sens Jules s'affaisser sur moi, tandis que, comme envoûtée, je la fixe.

À peine l'anneau a-t-il balayé le corps de la femme que la lumière violette s'éteint. Le type à l'allure militaire réapparaît et emmène la femme jusqu'à une chaise. Puis il s'assied derrière un écran qu'il scrute longuement. Seule la lueur bleu-vert sur le visage du type, dont je ne vois que les yeux, éclaire la pièce.

Enfin, tout se rallume peu à peu. Le type se lève, jette un regard circulaire, s'aperçoit que je suis éveillée : « Vous ne souffrez pas du mal des transports », constate-t-il. Je me rends compte que c'est la première voix que j'entends depuis que j'ai retrouvé Jules ce matin. « Jamais », je lui réponds.

Il s'approche de la femme et baisse doucement sa cagoule. Elle aussi dort. Il s'accroupit près de sa chaise, déclare : « Vous êtes clean, Lulu. Il n'y a rien. »

Elle se redresse brusquement. À ce moment-là, je la reconnais : Lulu. NOTRE Lulu, la fille de Dolly. C'EST LULU !!

Après quoi, un charme est en quelque sorte rompu : les jumeaux se mettent à pleurnicher, Lulu se penche sur la poussette, les embrasse, en larmes également, la mine défaite ; à la façon dont elle laisse pendre un de ses bras, on dirait qu'elle a du mal à s'en servir. Jules présente le type à l'allure militaire comme « A », un « nettoyeur », un de ceux qui scannent à la recherche de puces. Il a promis à Jules de lui faire passer un scan (ce n'est apparemment pas le premier), lequel ne révèle évidemment rien.

Lulu et moi avons ensuite attendu avec les jumeaux dans une autre pièce, tandis que Jules passait à son tour dans l'anneau violet. Je l'ai interrogée sur son bras blessé, mais elle est restée vague et évasive. Son incapacité à refréner ses pleurs me semblait étrange. Pour moi, Lulu représente la compétence et le stoïcisme.

Pauvre petite, elle a manifestement vécu une terrible épreuve, mais je ne voulais pas être indiscrète. Chris est-il au courant ?

Voilà ma journée. Comment était la tienne ?

S.

Bennie → Stephanie
Steph, tu es sûre que ce n'était pas un rêve ?

Stephanie → Bennie
Quelle est la règle d'or que j'ai énoncée la première fois que tu m'as entraînée dans ton lit ? ET qui faisait partie de nos vœux de mariage ?

Bennie → Stephanie
Je sais : ne pas obliger l'autre à écouter ses rêves. N'empêche… Lulu et Jules ? Quand ont-ils repris contact ?

Stephanie → Bennie
Ils collaborent manifestement pour l'interview d'une célébrité dans laquelle Bosco est impliqué, à Los Angeles… ?!

Bennie → Stephanie
Intéressant. Bosco en personne m'a parlé de ce projet. J'ignorais que Lulu en était. Une coïncidence, à moins que tous les chemins convergent après l'âge de soixante-dix ans ?

Jules Jones → Stephanie Salazar
Que dire sœurette ? La vie n'est pas possible sans toi.
Ton frère qui t'aime,
Jules

Stephanie → Jules
Quand tu veux, tu le sais bien.

Jules → Stephanie
J'aurais aimé que tu acceptes la proposition de scan d'Ames. C'est TRÈS difficile à obtenir.

Stephanie → Jules
Je ne crois pas risquer quoi que soit, à moins que quelqu'un cherche à infiltrer le Westchester Senior Ladies' Tennis Circuit.

Jules → Stephanie
Ça ne t'est jamais venu à l'esprit qu'une autre entité pouvait regarder par tes yeux ou écouter par tes oreilles ou parler par ta bouche ?

Stephanie → Jules
Non. Mais il m'est venu à l'esprit qu'acheter un anneau fluorescent et proposer des « scans » pourraient être une arnaque lucrative. « Ames » a-t-il jamais trouvé une puce ?

Jules → Stephanie
Il en a eu une implantée dans son cerveau !

Stephanie → Jules
Quoi ???!

Jules → Stephanie
Je l'ai vue. On dirait un petit cloporte au corps couvert d'écailles synthétiques flexibles.

Stephanie → Jules
Si seulement je pouvais effacer ça de ma mémoire !

Jules → Stephanie
Il était membre des forces spéciales, puis il est devenu entrepreneur et se chargeait de trucs que l'armée refusait

de faire. L'essentiel : s'il t'arrive un jour de te dire qu'une extinction humaine massive serait un bon moyen de contrôler la population, pense à te faire examiner.

Stephanie → Jules
Oh là là, je n'arrête pas d'y penser.

8

Ashleigh Avila → Dolly Peale
Chère Dolly,

EXCELLENTE NOUVELLE. Mon ami de X m'a mise en relation avec un chargé de communication qui évolue dans l'entourage du régime actuel. Ils sont disposés à nous laisser tourner le documentaire là-bas. C'est officiel : c'est une réussite !!!!!! Le financement est bouclé – sursouscrit, en fait. Discutons emploi du temps.

Génial, non ?!

Ash

TR : Dolly Peale → Joseph Kisarian
Cf. ci-dessous, Jojo. Je suis en panique. Ashleigh sera furieuse quand je me retirerai et, s'il est une chose que je ne veux en aucun cas, c'est saper la perspective, quelle qu'elle soit, qui se présente à Lulu. Est-ce que j'ai le choix ? Attendre ne fera que tout empirer. Aide-moi !!

Je t'embrasse,

Dodo

Jo → Dolly
Hier soir, Lulu a semé des graines de tomates dans des petits pots sur le rebord de notre fenêtre pour la première fois en trois ans. Cela m'a ému aux larmes quand elle me les a montrées. Nous ne devons pas perturber ce germe de bonheur en elle.

Dolly → Joe
D'accord, alors comment mettre un terme au projet sans irriter ou perturber qui que ce soit ? Pourrait-on dire que c'est interdit par la Sécurité intérieure… ??

Joe → Dolly
C'est tout le contraire. Se rapprocher du régime actuel plairait à notre pays.

Dolly → Joe
Attends un peu – tu es en train de me dire que Lulu et moi devrions ALLER À X et faire ce documentaire ?

Joe → Dolly
Je pourrais facilement prendre un autre congé pour m'occuper des jumeaux pendant votre absence.

Dolly → Joe
Joe, C'EST HORS DE QUESTION. Le rôle que j'y ai joué était lamentable, sans compter que je serais obligée de me replonger dans l'histoire de la catastrophe de l'huile bouillante.

Joe → Dolly
N'est-ce pas toi qui m'as expliqué que les Américains adorent les histoires de rédemption précisément à cause de la souillure irréversible du péché originel ?

Dolly → Joe
Il ne s'agit pas d'une historie de rédemption ! C'est celle d'une chute tellement abyssale que j'ai été obligée d'accepter un boulot consistant à camoufler les atrocités d'un dictateur génocidaire.

Joe → Dolly
N'est-ce pas toi qui m'as expliqué qu'une bonne publiciste est capable de faire passer un coup d'État violent pour une mission de sauvetage humanitaire ?

Dolly → Joe
Je ne suis plus publiciste – je suis la propriétaire d'une épicerie fine qui tient avant tout à sa réputation.

Joe → Dolly
N'est-ce pas toi qui m'as expliqué la neutralité de la célébrité ? Positive ou négative, son amplification a le même impact.

Dolly → Joe
Ça alors, Jojo, je suis stupéfaite que tu aies retenu tant de mes déclarations. Et flattée, je l'avoue.

Joe → Dolly
J'ai senti qu'il serait primordial, un jour, de te les rappeler.

9

Ashleigh Avila → Kitty Jackson
Une nouvelle incroyable, Kit Kat :

Tous les éléments sont en place pour le documentaire, dont le plus important est la coopération, voire – oserais-je le dire – l'ENTHOUSIASME du régime actuel à X. Tu as de nombreux fans parmi les membres du premier cercle du gouvernement. Non seulement ils aiment tes films, mais ils considèrent que tu as joué un rôle essentiel dans la « conversion » du général B (ou dans sa « castration » ou sa « révélation », selon la traduction). Bien sûr, ils espèrent que tu seras prête à livrer de nouvelles informations « intimes » sur le général B, maintenant que tes entraves juridiques sont levées – plus elles seront scandaleuses, mieux ce sera, de toute évidence, mais LOIN DE MOI l'idée de te pousser à l'exagération ou au mensonge ! Cela dit, le général ne peut te contredire puisqu'il est mort. Et il n'y a pas de Cube Mandala dans le tableau, j'ai vérifié…

Enfin, ils veulent savoir si tu serais intéressée par le fait de monter un des rares chevaux sauvages d'une harde qui vagabonde sur leurs plages. Ci-dessous la petite vidéo ; remarque les ondulations naturelles des crinières !

S'il te plaît, dis-moi que je peux avancer sur le projet.

Xxx

Ash

Kitty → Ashleigh
Si je résume : on me demande de donner des détails salaces sur le général B, donc de me présenter comme une prostituée, en échange de la possibilité de monter un cheval à la crinière ondulée. Et la personne à la manœuvre n'est PAS un ennemi cherchant à me détruire, mais ma camarade de confiance, ma confidente, mon agente de longue date que je PAYE pour défendre ma réputation et mes intérêts.

Je n'ai rien oublié ?

Ashleigh → Kitty
Si, espèce de sale garce, tu oublies deux choses qui tourneront à TON avantage (puisque personne d'autre ne compte à tes yeux) grâce à :

1. Une très forte exposition médiatique en tant que personne prête à faire N'IMPORTE QUOI pour la démocratie – une agente civile avant l'heure, pour ainsi dire –, une femme tellement séduisante qu'elle a été capable de convertir/éclairer/castrer un despote tueur en série et a ainsi transformé une région instable et sauvé la vie de millions de gens.

2. Une éventuelle hausse de statut exponentielle qui te hissera parmi ces stars tellement appréciées qu'on les appelle par leur prénom, dont tu n'aurais autrement eu aucune chance de rejoindre les rangs parce que a) tu es trop vieille, b) tu n'as jamais été une excellente actrice.

Voici les occasions que j'ai créées pour toi. Rejette-les si ça te chante, mais en ayant conscience de ce à quoi tu renonces, pauvre conne.

Kitty → Ashleigh
Tu m'as fait pleurer. Je te déteste.

Ashleigh → Kitty
Oui ou non ?

Kitty → Ashleigh
Oui, à condition que je sois le plus loin possible de toi.

Ashleigh → Kitty
Je le garantis.

Lulu Kisarian → Jazz Attenborough
Cher monsieur A.,

Pourriez-vous s'il vous plaît me préciser combien de personnes peuvent être confortablement installées dans un de vos hors-bord, afin que nous finalisions le planning pour l'article et la séance photo avec Bosco des Conduits et Jules Jones, l'auteur de *Suicide Tour* ?

Bien à vous,
Lulu Kisarian
3e assistante de Jazz Attenborough

Jazz → Lulu
Rien n'est « confortable » dans une virée en hors-bord, à moins qu'on n'aime enfourcher avec violence la crête des vagues, ce qui est mon cas. Voici la véritable question : ces messieurs d'un certain âge seront-ils en

mesure de le supporter ? Mes bateaux sont extrêmement longs, la place n'est donc pas un problème.

Lulu → Jazz
Cher monsieur A.,

Je préviendrai ces messieurs d'un certain âge mais leurs difficultés mettront en avant votre aisance. Et puis paraître à son avantage dans un environnement aquatique pourrait être une pré-publicité utile pour le rôle du Démoniste de la Grotte sous-marine, si vous décidez de le jouer.

Bien à vous,
Lulu Kisarian
3e assistante de Jazz Attenborough

Jazz → Lulu
Ce rôle te plaît pour moi ? Pourquoi (en cinq mots max.) ?

Lulu → Jazz
Vous jouerez le héros romantique.

Jazz → Lulu
En quoi est-ce romantique si la SiReine n'est pas jeune ?

Lulu → Jazz
Cela dépend de l'actrice. Kitty Jackson est dans une forme physique phénoménale (une cavalière primée), et j'ai cru comprendre que sa réputation allait bientôt bénéficier d'un gros coup de pouce.

TR : Jazz Attenborough → Carmine DeSantis
Cf. ci-dessous. De quoi parle la 3e assistante à propos de Kitty Jackson ?

Carmine → Jazz
Un bruit court sur un docu de Kitty Jackson au sujet de ces événements de 2008. Cf. lien ci-dessous.

Jazz → Carmine
Pourquoi ne m'a-t-on pas informé des antécédents de Kitty AVANT que je ne travaille avec elle dans *Dazzle* ?

Carmine → Jazz
C'est de notoriété publique, je te croyais au courant.

Jazz Attenborough → Lulu Kisarian
Il me faut un nouveau manager. Carmine est nul. Je ne veux pas impliquer le 1er ou 2e assistant, car ils le connaissent bien. Renseigne-toi et donne-moi des noms.

Lulu → Jazz
Cher monsieur A.,

Je suis désolée mais, comme M. DeSantis m'a embauchée, chercher à le remplacer serait délicat pour moi.

Bien à vous,
Lulu Kisarian
3e assistante de Jazz Attenborough

Jazz Attenborough → Carmine DeSantis
Il me faut un nouveau 3e assistant. Lulu est nulle.
Et merci de prendre note que j'accepterai le rôle de Démoniste de la Grotte sous-marine dans MERMANCE uniquement si Kitty Jackson joue le rôle de la SiReine.

10

Alex Applebaum → Bennie Salazar
Cher Bennie,

D'abord, les bonnes nouvelles : le travail de la voix avec Bosco s'est bien passé. Le lait chaud, abondant ici (plus de vaches que de gens, pour reprendre leur formule), semble apaiser la raucité. J'ai refait les arrangements des quinze meilleurs tubes des Conduits pour les adapter à son registre plus aigu.

La mauvaise nouvelle : si Bosco est seul, le résultat sera au mieux correct (voire moyen).

D'après Bosco, Jazz Attenborough (l'acteur) a l'intention d'assister à sa séance d'enregistrement. Apparemment, c'est un grand fan. Attenborough, qui a joué dans des comédies musicales au début de sa carrière, a une voix claire et puissante (cf. liens vers ses enregistrements ci-dessous). Si on l'invitait à chanter avec Bosco ?

Même si Attenborough accepte, même s'il est bien (beaucoup de si), la moindre chance de succès dépendra de l'accompagnement et du contexte / moment, comme pour le concert à Footprint de Scotty Hausmann. À propos, où sont Scotty et Lulu quand on a besoin d'eux ?

Alex

P.-S. Où se trouvent VRAIMENT Scotty et Lulu (c'est une question sérieuse) ?

Bennie Salazar → Jocelyn Li

Salut Joc,

Écoute, j'ai une proposition pour Scotty – en réalité pour vous deux. Bosco va venir enregistrer quelques versions acoustiques des grands classiques des Conduits, à Los Angeles : est-ce que Scotty serait partant pour l'accompagner à la guitare slide ?

Xx

B.

Jocelyn → Bennie

Salut Bennie, il est d'accord. On est fans des Conduits ! J'avais un ÉNORME béguin pour Bosco à l'époque (mais ne le dis pas à Scotty).

Xx

Joc

Bennie → Jocelyn
Super. C'est d'accord si Jazz Attenborough (ouais, CELUI-LÀ) chante aussi ?

Bennie Salazar → Jocelyn Li ; Alex Applebaum
Joc, Alex,

Je vous mets en contact pour la mise au point des détails de cette séance d'enregistrement. Jocelyn et moi nous sommes des copains de lycée (de même que Scotty) du groupe culte les Flaming Dildos. Joc a une belle voix, comme me l'a rappelé notre récente session de karaoké. Associé passif au concert de Footprint, Alex a ainsi joué un rôle déterminant dans la renommée mondiale de Scotty et la résurrection de la carrière de votre humble serviteur.

Nous voici une fois de plus complice en vue de propulser la réputation de Scotty, celle de Bosco, et – soyons honnête – la mienne, ainsi que celle de tous ceux âgés de plus de soixante ans en mal de reconnaissance dans un monde où tout semble se produire dans un lieu « inexistant », inaccessible pour nous sans l'aide de nos enfants (ou petits-enfants !). À notre âge, la seule voie pour susciter l'intérêt est une forme de nostalgie empreinte d'ironie, bien que ce ne soit pas – je tiens à être très clair – notre ambition ultime. Cette nostalgie empreinte d'ironie n'est que le portail, la maison en pain d'épices, si vous préférez, grâce à quoi nous espérons attirer une nouvelle génération et l'envoûter.

L'événement qui changera tout : n'est-ce pas encore et toujours l'objectif absolu ?

Bon, trêve de rhétorique, je peux vous laisser prendre le relais ?

B.

11

Bennie Salazar → Stephanie Salazar
Steph,

Je suis dans la même situation que toi il y a quelques semaines : tenaillé par l'envie de te raconter l'histoire d'une journée dont toi seule est capable d'apprécier les rebondissements. Est-ce que cela signifie qu'on aurait dû rester mariés ? (Je plaisante, si cela avait été le cas, tu n'aurais pas réussi ta carrière de championne de tennis, et il semblerait que Lupa me supporte.)

On a décidé de procéder à l'enregistrement dans l'ancienne maison de Lou Kline (qui est devenue celle de Melora, qui était en voyage) en raison de sa plage privée et de son ponton, ce qui permet de passer directement d'une virée en hors-bord à une séance d'enregistrement. Je n'étais pas sûr que Jocelyn accepte de retourner dans la maison de Lou – une histoire de mauvaises ondes – mais elle a accepté de le faire, en tant que survivante. Scotty et elle arrivent vers midi ; Lupa et moi, on est déjà là avec Alex, un preneur de son avec qui je bosse par intermittence depuis le Footprint. On sort la liqueur Jägermeister en l'honneur de Lou. On trinque à la grande table couverte de tas de cire (ils sont toujours là, tu te rends compte ?) sous le lustre aux innombrables bougies. Scotty est en pleine forme – ses nouvelles dents sont vraiment mieux que ce dentier d'un blanc éblouissant, et il est heureux avec Joc. Même si je pressentais déjà que ce serait bien avant que Scotty joue les nouveaux arrangements sur sa guitare, j'ai pensé dès que je les ai entendus : putain de merde, ils sont meilleurs, plus modernes que les originaux, supérieurs de toutes les manières. Et j'ai su que ce serait génial, quelle que soit la qualité des voix de

Bosco et de Jazz Attenborough. Notre réussite était déjà assurée.

On a emmené l'ado et ses copines. Elles se prélassent en bikini autour de la piscine de Lou parce que le nom de Jazz Attenborough évoque toujours quelque chose chez les jeunes de quinze ans (c'est bon signe !). Nous finissons par sortir sur la terrasse donnant sur l'océan et, en effet, un long bateau cigarette noir surgit, le genre qu'on s'attendrait à voir livrer des briques de cocaïne dans les environs de Miami. Il file à une telle vitesse qu'il est flou, mais Lupa a apporté la caméra dont elle se sert pour filmer des vols d'insectes ; elle prend des tas de vidéos du bateau, puis elle les met sur pause afin qu'on puisse voir les occupants en zoomant. Les clichés sont éloquents : sur l'un, Bosco projeté en l'air semble pousser le cri de Munch ; sur un autre, Jules vomit par-dessus bord avant de disparaître. Je ne le trouve nulle part !

Une sorte de sourire carnassier étire les lèvres de Jazz Attenborough, comme s'il se réjouissait de précipiter les gens au seuil de la mort ou peut-être au-delà (bon sang, où est passé Jules ?). Au bout d'un moment, ils ont embarqué sur un autre bateau jaune canari et démarré en trombe. Dans celui-ci, Lulu et Jazz Attenborough entament une conversation sérieuse qui détourne l'attention de ce dernier au point de le faire ralentir, ce qui nous permet de distinguer tout le monde. De nouveau visible, Jules est pâle comme un linge. Attenborough passe la barre à Lulu et s'assied, le visage dénué d'expression. Lulu sait piloter un hors-bord, aussi font-ils quelques tours de plus avant de se diriger enfin vers le ponton de Lou.

Je me demande si on va devoir porter Bosco et Jules pour les aider à sortir du bateau, et si Bosco n'aura plus de voix à force d'avoir crié. Or l'un et l'autre descendent, gonflés à bloc, en maillot de bain (Jules porte un tee-shirt, tu as raison il a maigri !), hurlant à tue-tête. C'est une fiesta d'anciens. Le photographe et le vidéaste les suivent, et les ados chuchotent en pouffant, un peu intimidées par ces vieux mâles dominants. Tout le monde attend Jazz.

Il est le dernier à se montrer, accompagné de Lulu. J'ai beau savoir qu'elle est trentenaire et mère, à côté de ces anciens, elle a l'air d'avoir de nouveau vingt et un ans. Jazz se tourne sans arrêt vers elle, s'assure qu'elle va bien, s'inquiète de son bras blessé, au point de me soulever le cœur (tu connais sa réputation). Quand il prend la main de Lulu pour l'aider à descendre du bateau, leurs visages se rapprochent l'espace d'une seconde et je m'aperçois qu'ILS SE RESSEMBLENT COMME DEUX GOUTTES D'EAU. Fossettes, pommettes, menton. Réfléchis-y, Steph. C'est son clone.

Et ce n'est pas tout, j'imagine que Jules t'en a parlé. Mais je vais m'arrêter là et te laisser digérer cette information.

Je t'embrasse,

B.

12

Lulu Kisarian → Chris Salazar et Molly Cooke, VIA MONDRIAN

Salut vous deux,

Je crois que je ne vous ai pas vus depuis l'office religieux en souvenir de Colin (il y a dix ans, comment est-ce possible ?), cela ne m'empêche pas de penser beaucoup à vous, surtout à ce jour où on est partis à vélo du Country Club et où on s'est endormis sur la jetée. C'est une des périodes de ma vie qui me revient sans cesse en mémoire, à cause de Colin peut-être. Je n'arrive toujours pas à croire qu'il soit parti.

Quoi qu'il en soit, c'est sur la suggestion d'Ames Hollander, qui m'a récemment aidée pour un nettoyage inestimable, que je vous contacte. Le monde est petit, les grands esprits se rencontrent, etc. À quoi sert une Conscience Collective ?

À trente-cinq ans, au chômage, je suis en quête d'un moyen de rendre le monde meilleur, et non pire. J'ai entendu parler de votre travail grâce à Ames Hollander, au téléphone arabe, aux ondes et à ta mère, Chris, qui m'a apporté un déjeuner il y a peu. Si vous voulez bien de moi, j'adorerais travailler pour vous.

Dans l'attente de votre réponse,

Lulu

Lulu Kisarian → Joseph Kisarian

Joseph, mon amour,

Bien que la résidence du général soit une ruine, on nous a laissés la parcourir.

Un arbre aux énormes feuilles cireuses s'est infiltré au milieu de la chambre où maman et moi avons dormi.

Ils ont baptisé un jour férié du nom de Kitty ; ils l'ont filmée montant un cheval sauvage au coucher de soleil ; ils vont la faire figurer sur un timbre.

Kitty et mon père comptent faire un western ensemble. Les chevaux et les hors-bord ont apparemment plus de choses en commun qu'on ne l'imagine.

Quand j'écoute les bruits de la forêt vierge au cœur de la nuit, j'ai l'impression d'être de nouveau en mission.

Les paysages ne sont absolument plus les mêmes.

Je me rends compte que le lieu auquel j'aspirais est ma propre imagination.

Il était en moi avant et le sera toujours. Il est dans tous les livres d'enfants.

Couvre de baisers nos bébés pour moi, et n'oublie pas d'arroser les semis.

Je compte les secondes jusqu'à nos retrouvailles la semaine prochaine.

CONSTRUCTION

Eureka Gold

1

On l'avait annoncé comme l'un de ces blizzards d'autrefois, le genre prévu tout au long de la vie de Gregory, vingt-huit ans, mais qui ne se concrétisait jamais (au dire de son père), se muait systématiquement en pluie, crachin, verglas, ou se transformait prématurément en neige fondue, suscitant, lors des dîners de famille dominicaux auxquels Gregory se rendait de manière sporadique, les rêveries nostalgiques de son père – il avait beaucoup marché dans New York avant de devenir célèbre – qui aimait à rappeler ce qu'était une véritable tempête de neige : la douceur, le silence, la métamorphose d'une ville frénétique en un paysage velouté, assourdi.

— Tu répètes chaque fois la même chose, papa, s'énervait Gregory. Mot pour mot.

— Ah bon ? s'étonnait toujours son père.

À présent, depuis son matelas à eau, Gregory entendait son colocataire préparer dans leur petite pièce commune des livraisons de dernière minute de cannabis destiné à réconforter les gens pendant une quarantaine imposée par la neige.

— Devine qui est sur ma liste ! cria Dennis. Athena.

— Pas possible.

— C'est la troisième fois. Elle aime beaucoup les produits de l'ancien temps.

Dennis vendait de l'herbe vintage : de l'Eureka Gold, cultivée par ses soins, datant de l'époque où la marijuana était feuillue, coriace, pleine de graines, mais offrait une défonce qui égalait celle procurée par le vinyle : « verticillée », « hachurée », « sonore » et « charnue » (le master en poésie de Dennis s'avérait très utile pour ces descriptions commerciales) – en d'autres termes *authentique*, contrairement aux teintures mères incolores et inodores que l'on vendait aujourd'hui comme du cannabis.

— Comment va notre Athena ? lança avec effort Gregory en direction de sa porte.

Une mystérieuse fatigue le confinait au lit depuis des semaines, de sorte qu'ils avaient perfectionné l'art de la conversation entre les pièces.

— Fidèle à elle-même. *Mordue d'actualité. Redoutable*, répondit Dennis, passant un instant par la porte de Gregory.

— *Poison*, enchaîna ce dernier.

— *Miiip !* (Dennis imita le bruit d'un buzzer.) Un mot-casier.

— C'est vrai, réfléchit Gregory. « Poison » ne signifie plus toxique.

— « Toxique » n'est pas toxique, renchérit Dennis.

— « Toxique » est bénin, convint Gregory. « Robuste » est faible. « Catalyse » ne provoque pas de réaction.

— Les « silos » et les « seaux » sont vides, ajouta Dennis.

— Et le « vide » ? Est-ce que le « vide » est vide ?

— Le « vide » est censé être vide, assura Dennis. L'échec du « vide », c'est d'être plein.

— Mais est-ce que « vide » évoque suffisamment le vide ?

Ils auraient pu continuer de la sorte toute la journée.

Athena était la première à leur avoir fait prendre conscience, dans l'atelier où ils s'étaient rencontrés, de l'existence des mots-casiers, des phrases-casiers : une langue évidée qu'elle comparait au phénomène des proxies : « Trouvez le déserteur », enseignait-elle à ses étudiants captivés, les regardant de l'autre côté de la table en plissant ses yeux pailletés d'or. « Je veux des mots toujours vivants, palpitants. Des mots torrides, les mecs ! Donnez-moi la balle, pas la douille – visez-moi en plein cœur. Je serai ravie de mourir pour une langue nouvelle. »

Elle parlait de leur prose pas de leur conversation, mais Gregory et ses pairs s'efforçaient lors de ces ateliers de trouver de nouveaux qualificatifs pour un texte qu'ils jugeaient puissant (« torsadé », « obsidional », « hégémonique ») ou plat (« exsangue », « noyauté », « du marc de café »). Athena était l'autrice de *Gush*[1], un recueil d'essais érotiques qui projetait ses étudiants, quel que soit leur genre, dans un état de concupiscence frénétique avant même qu'ils ne fassent sa connaissance. Elle avait la réputation de coucher avec ceux dont elle admirait le travail. Gregory fut le premier de leur atelier à être oint ; après avoir couvert de compliments son roman en cours de rédaction, Athena l'avait récompensé par une fellation au milieu de toiles empilées d'une galerie d'art où se déroulait une soirée de débauche où elle dédicaçait un de ses livres. Cet épisode, glauque et alcoolisé, avait suffi à convaincre Gregory qu'il était amoureux d'Athena, même s'il savait, par des amis qui avaient suivi son cours le semestre précédent, que cela ne se reproduirait pas. Gregory avait supporté de ne pas être l'exception avec dignité, espérait-il, contrairement à un destinataire ultérieur de la générosité d'Athena qui s'était effondré, lui avait déclaré sa flamme en plein cours, avant de prendre un avion pour rentrer chez lui à Stockholm. L'incident était parvenu aux oreilles de l'administration de l'université de New York, qui avait viré Athena en catimini. Puis son nouveau recueil d'essais, *Flout*[2], avait figuré sur plusieurs listes de meilleures ventes, et Gregory avait appris qu'elle avait décroché un poste de professeur à Columbia.

La neige commença à tomber peu après le départ de Dennis pour ses livraisons, autant d'amas pâteux passant devant la fenêtre de Gregory à la manière de tas répugnants qu'on aurait balancés. Il imagina les critiques de son père, avant de ressentir un léger choc – comme s'il

1. Flot, jaillissement.
2. Bafouer.

s'était adossé à un mur inexistant. Son père était mort de la maladie de Charcot deux mois auparavant. Les doléances sur la neige dénaturée par le climat étaient terminées ; les dîners dominicaux aussi ; la maison de famille de Chelsea appartiendrait bientôt au passé, sa mère ayant déjà annoncé son intention de la vendre. « Je ne suis pas conservatrice de musée », avait-elle expliqué.

Cela faisait un an que Gregory et Dennis partageaient un appartement du dixième étage d'une tour de l'East Village. De son matelas à eau, Gregory voyait un pan de ciel et les baies vitrées du septième de l'immeuble d'en face. Depuis le début de son épuisement, il suivait – souvent entre la veille et le sommeil – une palette d'existences humaines se déployant derrière ces vitres. Il avait regardé un homme se masturber devant son portable, pendant que son épouse/compagne nourrissait leur fille dans la pièce contiguë : le Branleur ; la Jardinière s'occupait de douze globes en verre disposés devant ses fenêtres, chacun contenant un plante ; les Cocaïnomanes, un couple de lesbiennes sur le retour, sniffaient des rails le soir et nettoyaient frénétiquement leur appartement jusqu'à ce que le Rouage du Capitalisme, qui dormait avec une arme sous son oreiller dans une chambre adjacente, tape sur le mur pour qu'elles s'arrêtent.

À cet instant, on ne voyait que les Peaux : un homme et une femme de l'âge de Gregory environ. Ils passaient des heures assis dans un canapé en cuir blanc avec des écouteurs Mandala. Ils se tenaient par la main, le signe qu'ils devaient se servir de SkinToSkin[1] ™, le nouvel équipement de Mandala, donnant accès à la conscience de l'autre à condition de le toucher. « La fin de la solitude », proclamait la pub – on pouvait désormais partager la souffrance, le désarroi ou la joie d'un autre immédiatement et sans prononcer une parole. Mais comme les Peaux avaient tendance à brailler de concert, Gregory en concluait qu'ils utilisaient SkinToSkin pour regarder des streamers qui transmettaient

1. Peau à peau.

leurs perceptions en temps réel, par l'intermédiaire de puces auto-implantées. Tout le monde s'accordait à dire que les réseaux sociaux étaient morts ; le narcissisme ou la propagande ou les deux étaient inhérents aux mises en scène de soi et d'un manque d'authenticité scandaleux.

On attribuait au père de Gregory – on le lui reprochait – l'inauguration de ce nouveau monde, bien que Mandala renie et déconseille fortement l'usage des puces (des dispositifs militaires recyclés vendus au marché noir). Gregory avait même refusé le téléchargement rituel « de référence » à un Cube Mandala, désormais d'usage à l'âge de vingt et un ans en guise de protection contre les lésions cérébrales. Il faisait partie d'une résistance morcelée dont le dirigeant symbolique était Christopher Salazar, un personnage énigmatique de la côte Ouest, qui avait dix ans de plus que Gregory. Mondrian, l'organisme non lucratif de Salazar, gérait un réseau de jeux de rôle dans les centres de désintoxication de Bay Area. On lui attribuait aussi la responsabilité – et on le lui reprochait – de la coordination d'un réseau d'imposteurs et de proxies permettant aux gens de déserter leur cyber-identité, parfois pendant des années. La rivalité passionnait tout le monde ; les médias avaient qualifié la lutte qui opposait Mandala à Mondrian de lutte existentielle dont les conditions étaient déterminées par le camp auquel on appartenait : Surveillance contre Liberté (Mondrian) ; Collaboration contre Exil (Mandala). L'année précédente, Richard, le frère aîné de Gregory, l'héritier présomptif de Mandala, avait convaincu leur père d'organiser une campagne médiatique pour rappeler au monde les miracles que OwnYourUnconscious avait accomplis en dix-neuf ans : l'élucidation de dizaines de milliers de crimes ; l'éradication de presque toute la pornographie infantile ; la forte diminution d'Alzheimer et de la démence grâce à la réinjection de consciences saines conservées ; la préservation et le rétablissement de langues en voie de disparition ; une hausse mondiale de la compassion accompagnant le déclin sensible des orthodoxies puristes – dont, à force de parcourir les couloirs bizarres et tortueux de l'esprit des uns des autres, les gens connaissaient désormais l'hypocrisie.

Le retour prématuré de Dennis réveilla Gregory en sursaut. Il avait dérapé en vélo dans la neige et, tombant dans une flaque, il avait trempé son sac à dos. La beuh des boîtiers hermétiques était au sec, en revanche il devait changer certains sachets en velours rouge, sa marque de fabrique. Dennis était énervé et pressé ; il devait terminer ses livraisons pour être à l'heure au restaurant végane où il travaillait le soir. Le week-end, il avait un troisième boulot consistant à trier des livres donnés à la bibliothèque municipale. Au cours de l'année qui avait suivi leur master, Dennis était devenu maigre, fébrile, miné par sa dette étudiante. Il n'avait le temps d'écrire des poèmes que tard, après la fermeture de l'établissement. Gregory l'entendait parfois arpenter leur séjour plongé dans l'obscurité, allumant de temps à autre la lampe de son téléphone pour gribouiller une strophe.

— Je vais me charger de la livraison d'Athena, déclara Gregory.

Dennis apparut dans l'encadrement de la porte, l'air abasourdi ; Gregory n'était pas sorti depuis plus de deux mois.

— Vraiment ? Tu me sauverais la mise !

Gregory se réjouissait d'aider son ami, bien sûr, mais c'était l'envie soudaine, incoercible, de revoir leur ancienne professeure qui l'avait incité à faire cette ambitieuse proposition. Rien de sexuel. Il était trop laminé, fût-ce pour fantasmer, en outre une rumeur perturbante lui était parvenue (il n'en avait pas parlé à Dennis) qu'Athena aurait été un homme. C'était plutôt parce que les deux années d'atelier d'écriture et de cours de littérature à la fac avaient été les plus heureuses de sa vie. Il avait travaillé pour une entreprise de déménagement, lisait deux livres par semaine et avait même commencé un roman qu'Athena et quelques autres avaient aimé. Le samedi soir, il préférait rester seul et écrivait devant une fenêtre ouverte de son studio, en proie à une sorte d'euphorie : une passion dévorante, inextinguible, ardente qui avait quelque chose de commun avec le désir mais englobait le monde, des fêtards à l'extérieur à ceux du couloir. Il était là où il voulait être, il n'avait besoin de rien d'autre.

— Ça va lui faire un choc de te voir. Elle a demandé de tes nouvelles et je l'ai tenue au courant, reprit Dennis. J'espère que ça ne te dérange pas.

— Athena t'a demandé des nouvelles ?

— Tout le monde, mon vieux. (C'était évidemment vrai. L'identité du père de Gregory avait été révélée, même si ce dernier n'en avait jamais parlé.) Elle voulait savoir si tu écrivais.

— Qu'est-ce que tu lui as dit ?

— Que je ne savais pas. Tu écris ?

Dennis semblait sceptique. Gregory n'écrivait plus depuis le diagnostic de son père. Ce qui avait commencé comme un intermède s'était transformé, huit mois plus tard, en renoncement. Il était loin d'être sûr de s'y remettre un jour. De temps à autre, il n'en prétendait pas moins être le narrateur omniscient des scènes qu'il voyait derrière les fenêtres de l'autre côté de la rue : un roman sur les vies secrètes de voisins new-yorkais. Il l'avait intitulé *Contiguïté.*

— Je rédige dans ma tête, répondit-il.

Dennis éclata de rire.

— N'essaie pas de faire gober ça à Athena.

Gregory s'extirpa de son matelas à eau, chancela, le temps de s'habituer à la verticalité. Dans la salle de bains, il se stabilisa en s'appuyant au lavabo pour se brosser les dents et se rincer le visage à l'eau froide. Il s'était douché le matin même en se servant d'une « chaise de douche » que Dennis avait achetée dans un magasin de fournitures médicales, puis assemblée (« Tu pues », lui avait-il balancé). Gregory se trouva plus ou moins normal en s'observant dans le miroir : un homme de grande taille, athlétique auparavant (plutôt émacié maintenant), d'une ethnicité ambiguë en mal d'une coupe de cheveux. Gregory avait le Charme de l'Affinité, d'après son père, une façon élaborée de dire qu'on l'avait déjà pris pour un Grec, un Latino, un Italien, un Amérindien, un Juif, un Asiatique ou un Moyen-Oriental, ainsi qu'un mulâtre, en fonction d'une alchimie de celui qui perçoit et du contexte. À ceci près, insistait toujours son père, qu'il ne s'agissait pas d'alchimie – c'était prévisible en raison des algorithmes créés par Miranda Kline, une anthropologue qu'il invoquait avec une fréquence pénible au cours de ce qui se révélerait être les dernières années de sa vie. Même Richard en avait eu assez d'entendre parler d'elle (Gregory le pressentait, bien que son frère ne l'exprime pas). On aurait dit que Kline était une défunte parente que leur père voulait à tout prix qu'ils vénèrent. Un fait à son sujet, sans rapport avec ses théories, intéressait Gregory : elle avait réussi à déserter, dix ans plus tôt, au milieu des années 2020, à une période où déserter était encore une nouveauté. On ne l'avait jamais retrouvée.

La parka de Gregory était accrochée à une patère près de la porte, son bonnet en laine toujours dans une poche – celui qu'il portait quand il s'était effondré dans la rue cinq jours avant la mort de son père. Dennis le regarda lacer ses souliers.

— C'est aussi facile que ça ? demanda-t-il.

— Tu ne ressens pas ce que je ressens.

Ils rirent – c'était une blague récurrente entre leurs amis : la conscience de Gregory était un mystère insondable, puisqu'elle était échouée au tréfonds de son être.

Le jour où il s'était évanoui, Gregory faisait une petite promenade pour échapper à la veillée dans la maison de son enfance. Une version racornie, fripée de son père était couchée, inerte, sur le lit king size de ses parents, à peine plus qu'une tête où étaient fixés des capteurs pour télécharger sa conscience vers un Cube Mandala bleu. Les autres avaient manifestement un rôle à jouer dans la crise : que ce soit les deux sœurs de Gregory, Sasha, la vieille amie de sa mère venue de Californie, qui prenait des messages, préparait du thé, ou Drew, son mari, qui intervenait auprès des médecins. Gregory semblait le seul à n'en avoir aucun. Chaque jour, il feignait être très occupé avant de s'éclipser, malheureux, dans son ancienne chambre où il triait de vieilles cartes magiques. Et, le matin, il appréhendait de plus en plus de retourner jouer cette comédie à Chelsea. Trop de gens aimaient son père. Il y avait trop de frères et sœurs, trop de pièces dans la maison, trop de visiteurs : un interminable défilé déférent d'amis, de collègues, de journalistes triés sur le volet et d'adeptes en quête de sagesse, d'idées, de consolation. Personne ne voulait le laisser partir. Des admirateurs se rassemblaient devant la maison de Chelsea sous la neige fondue et sous la pluie ; ils chassaient les ennemis (dont la plupart firent silence dès le début de la veillée) et brandissaient des bannières en tissu que l'on voyait par les fenêtres. « On t'aime, Bix », « Merci, Bix », « Ne nous quitte pas, Bix ». Sans compter les douzaines de peintures complexes de mandalas.

Gregory venait d'acheter une bouteille de jus de mangue qu'il vidait devant une bodega de la Septième Avenue quand il remarqua qu'un cercle brillant tremblotait dans son champ de vision central. L'instant d'après, allongé sur le trottoir, il fixait le visage inquiet d'inconnus. Au St Luke's Roosevelt Hospital, où on l'avait emmené en ambulance, on lui diagnostiqua une tension artérielle basse, due sans doute à une sous-alimentation. Dennis vint le chercher ; ils prirent le métro pour rentrer chez eux – la famille de Gregory avait suffisamment de sujets d'inquiétude. Mais le lendemain matin, à son réveil, il était trop faible pour traverser la pièce. La distance de son matelas à eau jusqu'à la maison de Chelsea semblait se diviser et se subdiviser à l'infini, tandis qu'une accumulation d'obstacles le tétanisait. Il se persuada que sa présence là-bas ne changeait rien – un de plus ou un de moins –, en revanche il savait que seule la paralysie pourrait justifier son absence au chevet de son père mourant. Aussi fut-il paralysé, au point de devoir uriner dans des bouteilles pendant les deux premières semaines, incapable de se rendre aux obsèques. Dennis s'occupait de lui lorsqu'il était là.

Dans la foulée de l'enterrement, des médecins débarquèrent : le genre à faire des prises de sang et à interroger sur d'éventuelles idées suicidaires (le simple fait d'y penser l'épuisait). Ses sœurs, Rosa et Nadine, arrivèrent, s'affalèrent sur un côté du matelas à eau, créant des vagues de fond qui faillirent l'éjecter de l'autre côté. Elles prononcèrent de longs discours se résumant à : « Nous sommes inquiètes », puis d'autres se résumant à : « Tu es déprimé ».

— J'ai simplement besoin de me reposer, leur affirma Gregory.

Son frère Richard était trop plongé dans les affaires de Mandala pour lui rendre visite (traduction : il punissait Gregory pour son absence). Sa mère vint, bien sûr. Gregory était son dernier-né et elle l'avait allaité tellement longtemps qu'il était en mesure de s'en souvenir. Elle le dévisagea longuement, son regard scrutateur diminuait la distance respectueuse à laquelle elle se tenait.

— Qu'est-ce qu'il y a, maman ?

— Pardon ?

— Tu me fixes ?

— Qu'est-ce que je devrais faire d'autre ?

— Je ne sais pas, lire ou consulter ton téléphone.

— Je suis ici pour te voir.

— « Voir » ne veut pas dire qu'il faille le faire en permanence. Ou le prendre à la lettre.

— Je suis une femme qui prend tout à la lettre. Bien, je vais regarder par la fenêtre. (Elle le fit. Gregory se détendit, ferma les yeux, les ouvrit : elle l'observait de nouveau.) Ton père t'aimait. Et il savait que tu l'aimais. Je crains que tu n'aies perdu ça de vue.

Gregory hocha la tête. Aussi bien intentionnées qu'elles fussent, les paroles lui rappelaient d'une façon déchirante ce dont ils avaient tous conscience et qu'aucun d'eux ne formulait : Gregory n'avait pas été proche de son père. La technologie, l'aisance financière, la célébrité – autant d'éléments d'un monde où ce qui comptait pour lui, à savoir lire et écrire, était dérisoire. Il avait pris de la distance depuis sa jeunesse. Les sœurs et le frère de Gregory étaient passés d'établissements privés aux universités de l'Ivy League, mais lui avait insisté pour aller dans une école publique dès la sixième. Il employait son troisième prénom, Cyrus, comme nom de famille, d'abord sur ordre des membres du service de sécurité de son père (cela réduisait le risque de kidnapping), ensuite parce qu'il le préférait. Il avait réglé lui-même ses frais de scolarité du Queen's College de l'université de New York, dont il avait suivi les cours à temps partiel pendant six ans, tout en travaillant sur des chantiers. Des choix qui avaient blessé son père, il le savait. Lors du lancement de OwnYourUnconscious, Gregory avait neuf ans et il avait annoncé à son père qu'il ne s'en servirait jamais. (« Ne le prends pas au sérieux, avait-il entendu dire sa mère. C'est un petit morveux. ») Mais son père accordait de l'importance à ce que pensait Gregory. « J'aime les livres, tu l'as bien compris, n'est-ce pas ? » répétait-il à l'envi à son fils au fil des années, brandissant de temps à autre un exemplaire de poche écorné d'*Ulysse* comme preuve de son sérieux en matière de littérature. Sauf que rien ne pouvait faire changer d'avis Gregory, persuadé que OwnYourUnconscious était une menace existentielle pour la fiction.

Pourtant, durant tout ce temps, Gregory avait nourri la conviction que son père et lui finiraient par devenir proches. Il avait même une image mentale de cette communion : son père et lui riant comme deux amis, parlant d'une pièce qu'ils venaient de voir. Puis, sans crier gare, son père était tombé malade – se mourait d'une maladie qu'il sentait depuis des mois et ne pouvait plus cacher. Gregory s'était efforcé de ne pas se demander quand Richard l'avait appris. Pendant le déclin télescopique de son père, Gregory et lui s'étaient dit toutes les choses essentielles – Tu sais que je t'aime, Oui et moi aussi je t'aime – mais elles avaient été contraintes, hâtives, et le soulagement sur le visage de son père à l'arrivée de Richard dans la pièce était chaque fois indéniable. Gregory avait attendu trop longtemps. Il avait laissé passer sa chance, qui s'était évaporée.

2

Il arriva dans l'Upper West Side après trois changements. Sur la ligne 2, un mauvais sort le priva d'une place assise et il s'agrippa à une barre en tanguant jusqu'à ce qu'il s'en libère une. Au croisement entre la 110e Rue et Broadway, il sortit dans un univers bétonné où l'abondance de la neige accentuait l'absence d'arbres. L'adresse que Dennis lui avait donnée était sur la 107e, vers Central Park. À mesure qu'il avançait, les imposants immeubles qui le dominaient et l'entouraient lui semblaient étrangement familiers – une familiarité qui ne venait pas de sa mémoire, se rendit-il compte non sans tressaillir, mais de celle de son père ! Il était arrivé que celui-ci dévoile certains fragments de sa conscience à Gregory et à sa fratrie pour illustrer un propos ou leur donner une leçon – ces derniers temps, cependant, Gregory avait compris que leur père voulait peut-être simplement qu'ils le connaissent mieux. Dans un de ses souvenirs, il décrivait la nuit où il avait conçu OwnYourUnconscious. L'inspiration pouvait surgir de n'importe où, telle était la conclusion à tirer ; il ne fallait jamais renoncer. Ils avaient regardé, en famille, vautrés sur l'immense lit des parents, chacun portant un casque individuel. Gregory avait dix ans. Son père leur avait d'abord montré ce qu'il appelait l'Anti-Vision : un vide où une nouvelle idée refusait de germer. L'espace de quelques instants, celui-ci avait rempli l'écran, sans profondeur et d'une blancheur absolue. Gregory avait été fasciné : était-ce vraiment vide ?

Des rues de l'Upper West Side remplacèrent ensuite l'Anti-Vision, tandis que son père cherchait une adresse et que des feuilles mortes tombaient sur ses chaussures.

— Tu pourrais repasser l'Anti-Vision ? avait demandé Gregory.

Ce n'était pas le sujet. Leur père avait accéléré dans les moments où l'on voyait des réunions de professeurs et ses interactions embarrassantes avec Rebecca, la jolie étudiante de troisième cycle d'abord dans le métro, puis dans l'East Village, où ils se poursuivaient et se fuyaient dans l'obscurité. Les sœurs de Gregory, horrifiées, en ôtèrent leur casque.

— Mon Dieu, papa, quel débile tu étais !

— Quel « dragueur », vous voulez dire, intervint leur mère, plantant un orteil dans le corps de leur père. Je n'en avais aucune idée !

Leur père activa les sections pensées et émotions de sa conscience précédant l'instant de la révélation. Gregory perçut ses efforts pour se remémorer un garçon en train de se noyer, sa frustration face à l'inaccessibilité de ses souvenirs. Au cœur de cette déception, toutefois, une pichenette – presque de l'ordre d'un hoquet – dégagea l'accès à une possibilité.

— Voilà, c'est ça ! s'écria leur père, tandis qu'ils scrutaient par ses yeux l'eau noire et ondoyante de la rivière. Est-ce que vous sentez l'instant où c'est arrivé ? Je ne l'ai compris que plus tard.

Gregory l'éprouva – une sensation de basculer dans une trappe sans se rendre encore compte que plus rien ne serait pareil.

— Je peux revoir l'Anti-Vision ? demanda-t-il, ce qui fit grogner tout le monde.

Un autre soir, leur père leur montra son retour dans l'appartement du professeur. La leçon à tirer, c'était l'importance d'avouer et d'exprimer de la gratitude, aussi difficile que ce soit et – dans ce cas précis – litigieux. Une professeure qui s'appelait Fern ne cessait de l'interrompre pendant qu'il tentait d'expliquer pourquoi il s'était déguisé le premier soir. « Tu nous as déjà menti une fois, pourquoi est-ce qu'on te ferait confiance ? »

— La ferme ! hurlèrent les sœurs de Gregory sous leur casque. Laisse-le terminer.

Le père de Gregory conclut en remerciant le groupe d'avoir été à l'origine d'une idée susceptible d'orienter la prochaine étape de son travail. L'hôte, Ted Hollander, qui se révéla être un oncle de Sasha, l'amie de leur mère, s'exclama :

— C'est extraordinaire, nous t'avons aidé à changer de paradigme sans savoir qui tu étais ou avec quoi tu te débattais ! Tu as eu raison de ne pas nous le dire, la célébrité est un divertissement.

— Il y a un petit côté biblique, non ? commenta un type à l'accent anglais. Nous avons accueilli un voyageur fatigué, et voilà qu'il est le Christ Notre Seigneur. Quelle chance nous avons !

— Nous ne l'avons pas accueilli, aucun de nous ne le connaissait, tu te rappelles, déclara Kacia, la professeure d'éthologie brésilienne.

Quelques mois plus tard, le père de Gregory avait embauché Kacia, qui avait fini par diriger une branche de Mandala.

— On a presque l'impression d'avoir été un groupe de discussion juste pour Bix, plutôt qu'une réunion de pairs, commenta Portia, la femme de Ted.

Rebecca prit la parole, un peu timidement :

— L'expérience m'a permis de finaliser le sujet de ma thèse. L'authenticité telle qu'elle est problématisée par la numérisation. Alors je vous remercie tous.

Leur père et Rebecca ne s'étaient jamais revus. En revanche, Rebecca Amari avait écrit de nombreux ouvrages – en fait, c'était elle qui avait inventé le terme de « mot-casier » dans *Se mordre la queue : le besoin d'authenticité dans un monde hypermédiatisé*, qu'Athena leur avait demander d'étudier dans son atelier.

— Tu devrais interroger mon fils, Alfred, dit Ted à Rebecca. L'authenticité l'obsède. Il hurle en public juste pour observer la réaction des gens.

— Waouh, quelle idée géniale ! s'exclama Rebecca.

— Qu'est-ce que tu attends de nous ? lança d'un ton comminatoire Fern au père de Gregory.

— Il voulait participer à un groupe de discussion, assura Ted. Et, après une simple réunion, il a réussi à surmonter un blocage psychologique. Tant mieux pour lui.

À cet instant, Gregory sentit la joie de son père : une infusion prometteuse à donner le vertige, rythmée par cette pensée : *Ça y est, ça y est, ça y est.* Il était de nouveau sur le point de tout changer, mais personne ne s'en doutait encore.

— Ce qui m'ennuie, dit alors le père de Gregory, c'est d'avoir peut-être fait dérailler ce groupe.

— Si c'est le cas, nous en sommes responsables. Nous sommes censés être des professionnels, répliqua le type aux lunettes cassées.

— Nous sommes censés être des professeurs d'université ! ajouta le type à l'accent anglais, lançant un coup d'œil condescendant à Rebecca.

— Je peux partir sans rancune. Voulez-vous terminer la séance de ce soir sans moi ?

Un silence tomba, s'éternisa.

— Pourquoi est-ce que vous me regardez tous ? demanda Fern.

— Reste, répondit Ted. Je t'en prie.

3

Athena ouvrit la porte, vêtue d'un long kimono violet foncé. L'apparition de Gregory au seuil de chez elle perturba à peine son impassibilité, à la manière d'un infime tintement de verre.

— Il marche. Il bouge. Il vit, constata-t-elle.

— Bonjour, Athena.

— Il parle.

Gregory lui tendit le sac rouge de Dennis.

— Dis, ça te dérange si je m'assieds une minute ?

Pendant qu'il marchait, il avait eu la sensation que sa tête flottait comme un ballon au-dessus de son corps.

— Tes chaussures, s'il te plaît.

Sur cette injonction, Athena rentra.

Après avoir laissé ses chaussures dans le vestibule imprégné d'une odeur d'oignon, il pénétra dans l'appartement, petit, haut de plafond, dont les murs étaient décorés d'huiles abstraites aux couleurs délavées. Un radiateur sifflait dans un coin. Debout derrière un îlot, elle leur servit un verre de scotch. Dave Brubeck passait sur une vieille platine. Comme il se baissait pour s'asseoir sur la banquette capitonnée devant la fenêtre, Gregory eut un flash qui lui sembla être un souvenir : des Blancs en col roulé des années 1950, décontractés, buvant des martinis dans un appartement du même genre, et discutant vivement de littérature. L'image le fit frissonner comme s'il avait entrevu un rayon de lumière d'une autre dimension.

Son verre et un cendrier à la main, Athena s'installa à côté de lui, ses longues jambes apparurent entre les plis de son kimono. Un tatouage des Sept Nains encerclait ses chevilles. Elle n'avait pas changé : d'épais cheveux teints en noir, une frange courte, des yeux bridés papillonnants. Ses lèvres foncées, couleur mûre, une teinte si invariable que Gregory soupçonnait qu'elles étaient tatouées. Elle ne se présentait que par ce prénom, qui n'était sans doute pas celui qu'on lui avait donné à sa naissance, si bien qu'il la considérait déracinée, partie de rien. Les rumeurs qui circulaient autour de son sexe ne faisaient qu'intensifier le côté époustouflant de l'autogenèse d'Athena.

— Comment ça va à Columbia ? demanda-t-il.

— Je suis aux anges. Mes étudiants ont un don inné.

— Pour l'écriture ?

Ce fut plus fort que lui. Les yeux étrécis, Athena répondit :

— Oui. J'ai dû signer un contrat de comportement pour obtenir le poste. En outre, j'ai une liaison monogame.

Gregory exprima son étonnement.

— Il s'appelle Barney. Il a soixante-deux ans. J'ai dû renoncer à partager avec le collectif, la condition pour qu'il accepte de coucher avec moi.

— C'était dur ?

— Oh là là, oui. Il m'a semblé que ma vie était constituée de brins en voie de désintégration. Désormais, j'en suis contente. Incognito. J'en ai terminé avec le collectif. Navrée, Bix, dit-elle, levant les yeux au ciel.

— Oh, il approuverait, certifia Gregory. Son Cube est programmé pour s'effacer de lui-même au cas où quiconque tenterait de le livrer à la Conscience Collective.

— Pourtant, c'est lui qui l'a inventé !

— Oui, mais uniquement comme une extension destinée à résoudre des problèmes spécifiques. Je ne crois pas qu'il ait imaginé que les gens choisiraient de transmettre leur esprit aux chiffreurs ou de diffuser leurs perceptions en streaming grâce à des puces.

— Quel âge ? s'enquit Athena songeuse.

— Il n'était pas si vieux que ça. Soixante-six ans.

— Je suis vraiment désolée pour ton père. J'aurais dû commencer par te dire ça. Ce doit être tellement difficile. Zut, de la compassion-casier. Je n'en suis pas moins sincère.

Athena prit la main de Gregory et la garda à dessein, examinant ses doigts, ses phalanges, sa paume comme si elle était en train d'y lire son avenir. Lisses et chaudes, les siennes avaient des doigts aux ongles pointus, laqués d'un rose magenta. Chaque fois qu'un d'eux l'effleurait, Gregory ressentait une infime excitation, analogue en quelque sorte à l'image qu'il avait eue des martinis et des cols roulés. Le désir – voilà ce que sa lassitude avait éradiqué. Toute forme de désir.

Lâchant sa main, Athena ouvrit le sac en velours rouge.

— Tu es partant ?

Ce n'était pas vraiment une question.

Gregory n'aimait pas se défoncer : cela désentravait trop son esprit, le clivait de son entourage, voire de lui-même. Mais son désir fugace – son désir d'éprouver du désir – plaidait en faveur de l'expérience.

Le joint pétilla et crépita à la manière d'un bois de chauffage humide lorsque Athena prit une première longue bouffée.

— Nom de Dieu ! s'exclama Gregory, chassant des étincelles de ses yeux.

— Des graines, expliqua Athena d'une voix rauque en lui passant le joint. De l'Eureka Gold. C'est cloné d'une culture initiée par la Beat Generation en Californie dans les années 1960. Toute la forêt avait flambé au début des années 1920. Un voyage dans l'espace : nous allons visiter un véritable endroit qui n'a jamais existé.

Intrigué, Gregory porta le joint à sa bouche et inhala une vapeur tellement nocive que ses poumons mis à mal la rejetèrent en une violente quinte de toux.

— Tu as payé pour ça ? s'étrangla-t-il en s'essuyant les yeux.

— Il est âpre, concéda Athena. Mais attends de planer. C'est… tellement simple. Chaleureux. Comme des pêches mûres.

Il associa les pêches mûres aux griffes magenta d'Athena pressurant la peau du fruit au point qu'il éclatait presque et que le jus jaillissait, mais pas tout à fait. Elle passa de nouveau le joint à Gregory, dont les poumons acceptèrent à contre-cœur une petite dose.

— Ton père s'est enregistré ? À la fin ?

Ce n'était pas le sujet qu'il espérait.

— Bien sûr.

Des milliers de personnes avaient téléchargé (et, plus récemment, diffusé en streaming) leur mort, dans l'espoir de gratifier leurs survivants d'un aperçu de l'au-delà. Peine perdue. Les tentatives « réussies » s'étaient toutes révélées fausses.

— … Et ?

— Rien. La lumière s'est éteinte.

Sa mère l'avait mis au courant de ces faits, car il dormait sur son matelas à eau au moment du décès de son père. Il y avait cependant eu une sorte d'au-delà – des conséquences inattendues. Le mois précédent, l'avocate de longue date de son père, Hannah Cooke, un personnage imperturbable que leur père surnommait avec admiration la « Chambre Forte », avait convoqué la famille dans son cabinet de Midtown. Gregory avait assisté à distance à la réunion au cours de laquelle Hannah annonça que Bix Bouton avait fait un énorme legs à Mondrian, l'organisme sans but lucratif de Christopher Salazar. En réaction aux objections véhémentes émises par la fratrie de Gregory, Hannah expliqua en peu de mots que pendant sa dernière année, alors que personne à part Lizzie ne savait qu'il souffrait de la maladie de Charcot, il avait été saisi par le besoin impérieux de contacter Miranda Kline, l'anthropologue. On n'avait aucune nouvelle d'elle depuis sa désertion dix ans plus tôt. Bix avait assisté au mariage du fils de Sasha, Lincoln, un chiffreur de haut niveau à qui il avait demandé de l'aider à retrouver Miranda Kline. Lincoln avait localisé la piste numérique de celle-ci au Brésil, où elle était morte l'année précédente, en 2034, à quatre-vingt-quatre ans. Lincoln avait ensuite retrouvé Lana Kline, la fille dont Miranda était restée proche jusqu'à sa mort. C'était Lana qui avait organisé un rendez-vous avec Christopher Salazar, qui avait aidé sa mère à déserter à l'époque où c'était encore inédit. Bix avait vu Salazar à plusieurs reprises au cours des derniers mois de sa vie, sans que personne ne le sache, fût-ce Lizzie.

Les sœurs et le frère de Gregory braillèrent leur scepticisme, bombardèrent de questions pièges la Chambre Forte (qui affirma calmement ne rien savoir de plus que ce qu'elle leur avait dit) : Plusieurs fois où ? Plusieurs fois quand ? Salazar était-il entré dans la maison de Chelsea ? Quels intérêts communs leur père et lui avaient-ils ? Est-ce que cela signifiait que Bix travaillait contre ses intérêts – les leurs, ceux de Mandala ? Qu'il regrettait l'existence de OwnYour-Unconscious ? Avait-il renié la Conscience Collective ? De quoi Salazar et lui avaient-ils parlé ? Salazar avait-il lavé le cerveau de leur père afin de le rouler ? Richard, qui était d'ordinaire le plus modéré d'eux quatre, exigea une preuve, à cor et à cri, le visage ruisselant de larmes.

Leur mère avait gardé le silence tout du long. Elle se leva brusquement, faisant sursauter jusqu'à Gregory, qui regardait la scène sur son téléphone. À soixante et un ans, elle s'habillait à la mode. En effet, elle s'était mise à concevoir des vêtements quand Gregory était encore au lycée.

— Vous dépassez les bornes, les enfants. Votre père était un homme secret. Aucune explication pour ses décisions ne nous est due.

— C'est des conneries, tout ça ! hurla Richard (la première fois que Gregory l'entendait jurer). Papa n'aurait jamais pu rencontrer Salazar sans me le dire. Impossible.

— Apparemment si, objecta leur mère. Et compte tenu de ta réaction, je comprends qu'il ne se soit pas confié à toi.

Gregory était content de ne pas être dans la pièce. Lui aussi avait pleuré en écoutant la Chambre Forte, pas pour la même raison que Richard toutefois. Ce qui le peinait, c'était l'idée d'un homme à l'agonie tentant de se racheter et d'expier ses torts d'avoir forgé par inadvertance ce monde-là. Un homme qu'il regrettait de ne pas avoir connu.

Ces réminiscences, alors qu'il était lové dans l'orbite chaleureux de l'Eureka Gold, émurent de nouveau et profondément Gregory. Au cœur des vibrations du silence rêveur qui régnait à présent dans la pièce, il découvrit une vérité : son père et lui se ressemblaient.

— Tu écris, en ce moment ? demanda Athena, le faisant sursauter.

— Pas beaucoup. (Cela lui semblait mieux que de répondre « pas du tout ».) J'étais trop crevé.

— Peut-être que c'est ne pas écrire qui te crève. Tu as peut-être tari ta source d'énergie.

— J'ai énormément réfléchi, assura-t-il pour clore le sujet.

Athena se tourna vers lui.

— Finis ce putain de roman, Gregory, dit-elle avec douceur. Merde, tu es dessus depuis des lustres !

— Tu veux me faire chier ? Ou est-ce juste une coïncidence ?

— Je suis ta professeure de création littéraire, à quoi t'attendais-tu ?

Il y avait nombre de réponses possibles à cette question, dont certaines n'étaient pas particulièrement aimables. Gregory convoqua le souvenir provoquant d'Athena en train de le sucer sur des piles de toiles, mais, rétrospectivement, ses yeux dorés et taquins semblaient proférer une injonction similaire : *Finis ton livre.*

Pour l'heure, elle consulta son téléphone et se leva.

— Barney est là. File.

Dans le hall, il croisa un mâle alpha grisonnant qui enlevait la neige d'une baguette de pain. Il décida de prendre la ligne C du métro et progressa difficilement sous le blizzard en direction de Central Park West. À peine entra-t-il dans le parc que le vent tomba comme par magie. De délicates grappes blanches accrochées à chaque ramure, à chaque branche, se détachèrent dans le paysage figé. La neige essaimait à la manière d'abeilles dans la lueur dorée des lampadaires désuets ; elle recouvrait les troncs et scintillait comme des diamants broyés à ses pieds. Gregory entendit un murmure : deux personnes glissaient en ski de fond entre les arbres. Le parc baignait dans une clarté lunaire couleur lavande. Le monde de l'enfance : châteaux et forêts, lanternes magiques, princes escaladant des murs de ronces. Ce monde-là.

Il le raconterait à son père !

Non. Avec ce refrain sourd, l'épuisement de Gregory revint en force. Cherchant du regard un banc, il ne distingua que des congères et quelques silhouettes que les flocons métamorphosaient en ombres ou en fantômes.

Deux personnes allongées faisaient des anges dans la neige. Bonne idée : Gregory bascula en arrière sur un amas, un lit de plumes, lui sembla-t-il, tellement impondérable et sec qu'il n'en sentait pas le froid.

Il contemplait un vide d'une blancheur nuancée de gris. Il fut désorienté : regardait-il le ciel ou le sol ? Cela ne se précisa que près de son visage, des spirales d'atomes glacés lui picotaient les yeux, raclant sa gorge à chaque inspiration. Il y avait quelque chose de familier, comme s'il l'avait fait auparavant : observer un ciel sans profondeur, vacant. Quand ? Une impression de déjà-vu. La compréhension surgit soudain quand Gregory reconnut l'Anti-Vision de son père : cette perspective désolée, béante qui l'avait obsédé et tourmenté, poussé à venir, déguisé, dans ce quartier vingt-cinq ans plus tôt. L'Anti-Vision n'avait jamais été une absence – au contraire ! C'était un tourbillon de particules denses. Son père ne s'en était pas assez approché, tout simplement.

Gregory, pétrifié, regardait la neige tomber sur lui comme s'il s'agissait de débris spatiaux, de vols d'oiseaux anarchiques, comme si l'univers se déversait. Le sens de cette vision lui fut dévoilé : des vies humaines du passé et du présent, autour de lui, à l'intérieur de lui. Il ouvrit la bouche, les yeux, les bras, et les attira en lui, en proie à une révélation – à un ravissement – qui sembla le soulever de la terre enneigée. Il avait envie de rire ou de crier. *Finis ton livre !* Voilà le cadeau d'adieu de son père : une galaxie de vies humaines projetées vers sa curiosité. De loin, elles se fondaient dans l'uniformité, pourtant elles se déplaçaient, chacune propulsée par une force singulière, inexhaustible. Le collectif. Il sentait le collectif sans le truchement du moindre équipement. Et ce serait à lui d'en raconter les histoires, de l'infini au particulier.

Le cadet
(agrandissement d'un détail)

Aucun mystère n'entoure cet être humain : un garçon. Onze ans, plutôt menu dans son uniforme beige, il n'a rien pour accrocher le regard à moins d'être votre frère ou votre fils, tous les yeux sont cependant rivés sur lui parce qu'il est à la batte, les bases sont occupées, ses parents et ses deux frères dans les gradins, sa mère tordant une pelote de laine tant c'est une souffrance de le regarder frapper (ou essayer de frapper, il n'a jamais de coup sûr), ses émotions relèvent du cliché pour quiconque a lu un livre ou vu un film avec des enfants participant à une compétition sportive et ce que ressentent leurs mères, mais n'en sont pas moins – comment est-ce possible ? – extrêmement précises : l'envie de l'enlever et de l'embarquer dans un lieu où elle le protégerait ; le besoin fou de le prendre dans ses bras comme lorsqu'il était encore un nouveau-né à la douce odeur de lait (son premier sourire, une infime lueur sur son visage, qui lui revient souvent en mémoire) ; l'espoir qu'il ne sera pas éclipsé à jamais par son frère aîné, qui évolue dans le monde comme s'il était en position de réception de balle ; une supplique adressée à quelqu'un ou à quelque chose que l'originalité de son fils, tellement évidente à ses yeux pleins d'amour, se révèle à tous : une singularité qui, s'il y avait une justice en ce monde, aurait réaménagé la scène actuelle et créé un rayon lumineux qui tomberait droit sur sa tête.

Hélas, aucun rayon – même de soleil. Au lieu de cela, un crépuscule nuageux de fin de printemps, dans l'un de ces faubourgs de l'État de New York connectés les uns aux autres autour d'une ville semblable à tant d'autres. Le soir, par le hublot d'un avion, leurs lumières ressemblent à des filons d'or dans une roche noire. Et parmi les dizaines de milliers de faubourgs situés autour de quelque trois mille grandes villes américaines, peut-être se trouvait-il, à partir du mois d'avril, sept ou huit cents garçons campés sur le marbre à un moment donné, chacun adoptant la position du héros, quel qu'il soit, figurant sur le poster accroché au-dessus de leur lit, ainsi qu'une foule de parents, certains agitant des cloches de vache, d'autres s'énervant – les histoires de parents se comportant mal font partie d'un tableau qui devient générique dès qu'on cesse de s'y intéresser, par exemple lorsque le garçon à la batte est le vôtre.

Il s'appelle Ames Hollander. Un cadet, coincé entre la perfection au-dessus de lui et l'excentricité au-dessous. Les gens oublient son nom. Ils oublient qu'il existe – qu'il voit, entend et se souvient comme eux. Sa mère se tracasse en tricotant un pull au col en V qu'il rejettera quand, l'hiver venu, elle le lui donnera (« Personne ne porte des pulls tricotés, maman ! ») : comment concrétiser l'amour et la peur que lui inspire son cadet en quelque chose de tangible, susceptible de l'aider ? Un des tourments de la maternité provient de sa perception à la fois du côté merveilleux de son enfant et de son insignifiance aux yeux des autres. Il y a tant de garçons dans le monde. De loin, ils se ressemblent tous, même pour elle, surtout en uniforme.

En 1991, nombre de choses qui vont se produire ne se sont pas encore produites. Les écrans que tout le monde aura en main vingt ans plus tard n'ont pas été inventés, tandis que leurs volumineux et léthargiques prédécesseurs n'ont pas encore fait de percée dans la vie quotidienne. Dans cette foule, personne n'a vu de téléphone portable, ce qui confère à ce moment la qualité d'une pause. Aucune lueur bleuâtre n'éclaire le visage de ces parents rassemblés dans la lumière déclinante ! Ils sont tous vraiment là, dans un seul endroit, brûlant de passion et concentrant toute leur attention sur le marbre où se tient Ames Hollander, l'air plus petit que d'ordinaire, comme écrasé par les faits pénibles qui ont convergé sur lui : deux retraits, les bases occupées, la fin de la neuvième manche, l'équipe adverse qui a marqué trois points de plus. Le match est certainement perdu, pourtant il est encore possible de le gagner, à condition que le batteur – c'est-à-dire Ames – réussisse un coup de circuit. Et bien qu'Ames soit le dernier joueur de l'équipe locale susceptible d'accomplir un tel exploit (il n'a pas eu un coup sûr de la saison), les membres de l'équipe locale et les parents des membres de l'équipe locale sont en proie à la conviction folle et irrationnelle qu'il en est capable. Il a beau avoir été éliminé de trois matchs dans la saison, ils crient son nom et tapent du pied sur les gradins métalliques gelés, unis dans une ferveur collective.

Première prise. Sans élan. N'a sans doute même pas vu la balle.

Comme toutes les équipes, la sienne a une histoire qui ennuierait quiconque n'est pas un fervent supporter ; en revanche pour les autres, les moindres détails sont matière à discussions aussi complexes que passionnées autour de bières (surtout pour les pères) ou au moyen de téléphones fixés au mur, dont les cordons en caoutchouc se nouent et s'enchevêtrent quand ils sont tirés sur toute leur longueur afin de permettre aux mères de parler derrière des portes closes sans que leurs fils entendent quoi que ce soit. Autour de bières ou au travers de cordons entortillés, ces conversations ont certains refrains identiques :

1. Les fils des personnes présentes n'ont pas suffisamment de temps de jeu et/ou évoluent aux mauvais postes.
2. Le coach privilégie son fils au-delà de ses capacités.
3. En dehors des personnes présentes, les parents sont beaucoup trop investis dans l'équipe et ses résultats.

Deuxième prise. Avec élan, au moins.

Ames n'est pas au courant de ces discussions entre parents. En revanche, il ressent sous forme de malaise et d'apathie son état précaire en suspens entre l'enfance et ce qui lui succède, entre deux frères qui le bousculent, lui laissant à peine la place de respirer. Les yeux des gens glissent sur Ames et se posent sur Miles, qui a deux ans de plus que lui, dont les qualités sont tellement indéniables (meilleur athlète, meilleur élève, meilleur physique) qu'il est adorable avec Ames, lequel ne le menace pas davantage qu'un valet menacerait son roi. Ou sur Alfred, le « bébé », déjà capable de transformer son étrange insatisfaction en art. Il est des moments où, dans le miroir de la salle de bains, son propre visage étonné semble à Ames inexpressif d'une manière déroutante, comme s'il n'était rien. Devrait-il exister ? Quelle valeur pourrait-il avoir s'il a l'impression de n'être rien ? Autant d'idées périlleuses qui précipitent dans une apesanteur vertigineuse semblable à ce qu'on ressent en lâchant la corde fixée au bord de la falaise avec laquelle tous se balancent au-dessus du lac du camp de vacances à l'abandon – fermé définitivement après qu'un garçon était mort *en se balançant depuis cette même falaise* (le mythe nettement plus amusant que la vérité : baisse des inscriptions, détournement de fonds par un comptable). De son tréfonds, cependant, une réponse vient à son secours : il est différent, et cette différence est un secret. Le vide de son reflet dans la glace est un masque d'invisibilité qui cache une force volcanique. Les doutes que sa voix intérieure doit étouffer sont tellement immenses que sa propre défense frise le titanesque. Il est génial au sens assourdissant du mot – non au sens que ce mot prendra bientôt, une vague positivité omniprésente dans les conversations les plus banales. Il en est capable, de quoi qu'il s'agisse ! Bien sûr, pas toujours, mais quand il n'y parvient pas (frapper la balle par exemple), l'échec est causé par un obstacle à la puissance cataclysmique de son élan : le vent, une lueur dans l'œil, une main qui le démange – il y a toujours une raison qui empêche Ames de frapper (ce qui arrive à chaque fois), faisant de chaque coup raté l'exception monstrueuse d'une norme qu'il est le seul à prévoir.

Lorsque la balle jaillit de la main du lanceur, Ames éprouve cette exacerbation de la conscience au ralenti qui suit systématiquement un lancer : la progression de la balle ; ses parents côte à côte sur les gradins, pourtant loin l'un de l'autre ; le regard scrutateur de Miles en train de peaufiner sa liste des faux pas d'Ames ; Cecilia, la sœur d'un coéquipier et son béguin secret, soufflant à proximité de la première base des bulles de savon qui flottent dans le ciel du crépuscule où l'infime croissant de lune peut à peine se maintenir au sein du firmament vibrant au-delà ; les squelettes des Onondaga, Indiens qui avaient régné sur la forêt et dont le dernier vestige est désormais occupé par ce terrain de base-ball, pelotonnés et fredonnant dans les profondeurs. Ames prend son élan et se connecte : il frappe la balle comme prévu (par lui), *explose la balle avec fracas* (la voix de son père dans sa tête), un événement saturé d'émotions bouleversantes – non parce qu'il est parvenu à frapper, puisqu'il s'y attendait, mais en raison de cette sensation inédite : la violence, la douleur lui cisaillant les bras, le bruit : un craquement de pierre qui se fissure. L'éclair blanc d'une balle projetée un instant vers la lune (même si Ames ne le voit pas, il est trop concentré sur sa course) avant sa disparition derrière le terrain pour un chelem grandiose qui vide les bases et ramène trois coureurs, outre Ames, et le match est gagné 5-4. Ames n'en sait encore rien – *Continuez de courir*, les harangue souvent leur coach, *Ne vous arrêtez pas pour admirer le spectacle*, si bien qu'Ames continue de galoper, sans se rendre compte que le vacarme qu'il entend vaguement correspond à des acclamations.

Ce coup sûr devint mythique, un élément topographique gravé dans certaines psychés pour le restant de leurs jours, associé aux paysages de contes de fées. Les coéquipiers d'Ames en parlaient au collège ; Miles, qui s'appropriait la victoire (une famille est une équipe !), s'en vantait au lycée ; Alfred, qui ne pouvait trouver aucun angle pour attaquer la pureté d'une batte frappant une balle, la dédaignait. Il est tentant d'inventer une version de la vie d'Ames où ce coup aurait été « un point de bascule », *l'émancipation à un moment crucial*, etc. (stockblock 3M*iis*), mais ce serait hypocrite, comme Alfred aimait déjà le dire à neuf ans. La portée mondiale du coup ne dura que le temps de la saison, quatre semaines pendant lesquelles les coéquipiers d'Ames psalmodièrent vainement son nom dès qu'il était à la batte. Un nouveau coach arriva le printemps suivant ; il n'avait pas assisté au coup sûr d'Ames, il ne voyait que ce qu'il avait sous les yeux – pas grand-chose –, si bien qu'il vira Ames de l'équipe. Le coup était le fruit d'un hasard extraordinaire, la manifestation aléatoire d'un pouvoir qu'Ames était le seul à savoir qu'il possédait. Cette conscience continua de l'habiter au lycée, puis à l'armée (il s'était enrôlé malgré les objections de ses parents) où, au camp d'entraînement, il parvenait à atteindre le cœur des mannequins qui leur servaient de cibles bien plus souvent que les autres recrues. On pourrait considérer qu'Ames était, depuis l'enfance, une arme attendant de tirer.

Quelques jours après les attentats du 11-Septembre, il eut vingt et un ans. Déjà tireur d'élite, il devint membre des forces spéciales. Puis, alors qu'il avait une trentaine d'années, fatigué de constater l'ascension des as de l'informatique et désireux de gagner vraiment sa vie, il prit sa retraite de l'armée afin de travailler pour une société privée spécialisée dans les « assassinats ciblés » – opportuns d'un point de vue tactique, difficiles à justifier d'un point de vue militaire. Autant de missions exigeant une endurance surhumaine, seul ou en petits groupes ; navigations sous-marines, plongées jusqu'au rivage ; escalades de montagnes, rappels ; sauts d'hélicoptères s'évanouissant dans la nuit dès l'instant où il lâchait prise. Il opérait dans les déserts, les forêts, les villes, dormait dans un hamac tendu dans la carlingue d'avions de transport vidés au cours de vols internationaux. Le bourdonnement du danger auquel succédait la fugacité d'un triomphe clandestin – aucun frisson terrestre n'égalait ce cycle. Ames n'avait droit qu'à un coup de feu voire deux, avant le blocage par le cran de sécurité ; en cas d'échec de l'issue prévue : la capture. La mort. Sa propre extermination était une partenaire de l'ombre qui ne le quittait pas. La chance ne durait jamais toute la vie.

Ceux qui menaient un autre mode de vie le déroutaient : Mark Tucker avec qui il avait joué à la Nintendo, père de trois enfants à présent, qui écartait du pied des balles en caoutchouc chaque fois qu'il recevait Ames dans son séjour. Ames s'ennuyait, avait sommeil. Il buvait un verre de limonade dans le canapé déchiqueté par le chat, se demandant quoi dire à un homme qui passait ses week-ends à entraîner des filles au hockey sur glace. Ames n'avait pas d'épouse, pas de liaisons durables ; il était triste de se sentir loin, fût-ce de sa mère, la personne dont il était le plus proche. Et elle partageait ce sentiment. Divorcée depuis longtemps, agente immobilier dont la vie sociale impliquait son lot d'amants (parfois mariés), Susan était hantée par le fossé entre la sensation de trois petits garçons qui grimpaient sur son buste comme sur un arbre, passaient leurs doigts poisseux dans ses cheveux, marmonnaient au creux de son oreille – et la réserve propre à l'âge adulte : *Comment vas-tu, mon cœur ? Tu as l'air un peu fatigué. Est-ce que je peux faire quelque chose ? Et si tu serrais ta vieille mère dans tes bras* ? Si elle s'était doutée à l'époque à quel point cette réserve la rendrait malheureuse, elle n'aurait jamais – pas une seule fois – dit : « Lâchez-moi, les garçons, rien qu'une minute », avant de se débarrasser d'eux. Elle n'aurait pas bougé, elle les aurait laissés la dépouiller, consciente du fait qu'eux seuls mériteraient jamais son dévouement.

Lorsqu'il fermait les yeux, Ames se représentait une succession de corps, le bruissement des ultimes instants de leur existence : savonnant un dos flasque sous la douche ; épluchant soigneusement une mangue ; jetant des miettes de pain à des moineaux en train de se chamailler ; remontant difficilement un store, le ventre exposé sous la chemise légèrement relevée. Sur le moment, ce genre d'images n'avaient pas plus de sens pour Ames que le choix d'une cible. À son insu, néanmoins, ces lueurs d'humanité s'accumulaient en lui. Jusqu'au jour où, en 2023, accroupi dans un arbre depuis plusieurs heures, à l'affût du moindre reflet dans les vitres de sa cible, il avait attendu sa sortie avec une patience reptilienne. L'homme avait fini par franchir sa porte. Il s'était assis au soleil avec un recueil de poèmes, un petit chat gris pelotonné sur ses genoux. Ames avait hésité. Il avait distingué une goutte de sueur brillante dans les cheveux clairsemés de l'homme et, soudain, il ne fut plus en droit de lui ôter la vie. Cette révélation tomba plus rapidement que la nuit : une prise de conscience, à quarante-trois ans, de ce que son travail avait fait de lui.

Aussi retourna-t-il dans l'État de New York, où il avait grandi. Sa mère venait de mettre en vente leur ancienne maison pour la troisième fois depuis son divorce plus de vingt ans auparavant. Sur un coup de tête, Ames se rendit dans la maison alors ouverte aux visites : de jeunes couples avec enfants, des professeurs à l'université où son père enseignait. Évoluer parmi des inconnus dans les pièces de son enfance était comparable à un retour au pays d'Oz ou dans la caverne d'Ali Baba : le vide-linge où ses frères et lui envoyaient des messages de haut en bas au moyen d'un panier accroché à une corde ; l'odeur de coquilles de noix et d'essence du garage ; sa chambre où les « x » qu'il avait gravés au canif dans la porte du placard étaient toujours visibles sous les couches de peinture. Qui d'autre que lui pouvait habiter ici ? Ames décida sur-le-champ d'acheter ce palais de la mémoire (il connaissait bien le courtier, après tout) et de commencer sa nouvelle vie là où sa première avait débuté.

Ames se réinstalla donc dans la maison familiale, se maria, eut des enfants – qui remplirent le séjour de balles en caoutchouc que les visiteurs devaient écarter d'un coup de pied afin de s'approcher du canapé en bout de course, et les années filèrent telles les pages de calendrier soufflées par le vent dans de vieux films, sa femme essuyant son front moite lorsqu'il se réveillait en hurlant. Mais cet heureux dénouement a un double fond, voyez-vous ; les mots sonnent creux. Il n'y avait pas de femme (bien qu'il ait retrouvé sur Internet Cecily, son béguin de jeunesse : une mère méconnaissable de quatre enfants vivant désormais à Tucson). Ni d'enfants, hormis ceux qu'Ames imaginait entendre quand il s'asseyait dans le vieux cabinet de travail de son père : un reniflement et un soupir dans le couloir le poussant à se demander si une maison conservait les souvenirs de ce qui s'était passé entre ses murs – en l'occurrence, trois garçons curieux rôdant devant la porte de ce bureau, leurs doigts sales zébrant les murs, tandis qu'ils écoutaient, encore et encore, les battements du cœur de leur père. Il y a un stade où les attributs de la vie conventionnelle deviennent difficiles à adopter, et Ames l'avait dépassé. Sa mère le comprenait. Dans la cuisine où elle avait emballé ses déjeuners pour l'école trente ans plus tôt, ils jouaient désormais au Scrabble et au rami ; dans la salle de télé familiale, ils regardaient des émissions sur les macareux moines et les pandas, tandis qu'elle lui tricotait des pulls – qu'il mettait. Même si elle regrettait la vie qu'il aurait pu avoir, Susan était soulagée de l'avoir de nouveau auprès d'elle et elle embrassait les cheveux clairsemés de sa belle tête quand ils se disaient au revoir. Peut-être devrions-nous terminer ici, à cette *conjonction d'amour et de tristesse entre une mère et son cadet* (P2l*iv*), mais ce serait trop facile – un autre double fond – l'histoire ne s'arrête pas là.

Quatre ans après son retour, en 2027, Ames décida de faire enlever de son cerveau la puce qui y avait été implantée par le gouvernement. Le dispositif ne fonctionnait plus – il savait, comme tout initié à l'univers du renseignement, que trop de ressources sont nécessaires à la surveillance pour les gaspiller sur des personnes sans intérêt. Il ne tenait pas moins à s'en débarrasser. Une petite opération suivie par vingt-quatre heures d'observation et dans la foulée une Régénération ! Un renouveau galvanisant qui pourrait s'expliquer psychologiquement par le fait d'avoir été charcuté et recousu. Sur Internet, les forums étaient remplis de témoignages d'anciens soldats ou d'espions sur les effets salutaires du retrait des puces défuntes pour soigner une dépression ou un TSPT. Au cours des années ayant succédé à la pandémie, la terreur des puces était devenue endémique parmi les civils, un fantasme de la psychose de masse caractéristique de cette période sombre. Ames passa des mois à concevoir un appareil d'imagerie à basse fréquence. Avec l'aide de Drew, le mari de sa cousine Sasha, il construisit un prototype : une machine destinée à apaiser la terreur des paranoïaques et à soulager les gens qui n'étaient plus eux-mêmes, dont les rêves étaient devenus bizarres, qui se croyaient épiés de l'intérieur ou épiaient leur entourage, qui ne parvenaient plus à se concentrer ; chaque fois qu'il apportait du réconfort (et parfois qu'il détectait quelque chose), Ames avait le sentiment de se rapprocher un peu plus de l'absolution.

Peut-être devrions-nous terminer ici – Ames régénéré, Ames avec une compagne rencontrée sur le terrain, Ames recevant ses frères et leurs familles dans la maison de leur enfance, où ils faisaient rôtir un cochon de lait dans le jardin. Pourquoi suivre le dernier survivant des frères Hollander jusqu'aux ultimes années de sa vie dans une maison de retraite de l'État de New York ? Voici les faits portés à notre connaissance – des épinards à la crème, des tournois de Go, une infirmière jamaïcaine, Annelise, qui aurait pu être le véritable amour d'Ames n'étaient les cinquante ans qui les séparaient (ce qu'elle confirmait en serrant les mains tremblantes d'Ames dans les siennes si fermes), un nid de rouges-gorges avec quatre œufs bleus, aperçu devant sa fenêtre un printemps, J-O-Y-E-U-X A-N-N-I-V-E-R-S-A-I-R-E en lettres pailletées découpées dans du carton sur la porte de la salle commune, le jour de ses quatre-vingt-dix ans. Grâce à Bix Bouton, ce génie, tout cela nous est accessible.

Des brèches existent toutefois : celles laissées par des déserteurs dissidents déterminés à engranger leurs souvenirs et à garder leurs secrets. Seule la machine de Gregory Bouton – fictionnelle en l'occurrence – nous permet de vagabonder en totale liberté dans le collectif humain.

L'omniscience correspond néanmoins trop à l'ignorance : sans une histoire, il ne s'agit que d'informations. Revenons donc au début de la nôtre : Ames faisant le tour des bases sous un tonnerre d'acclamations proche du météorologique. Les gens se ruent sur le terrain, tandis qu'il traverse le marbre : une foule de parents aux anges, de coéquipiers, de frères et sœurs se presse autour de lui d'une manière qui serait effrayante sans leur expression euphorique. Ses coéquipiers le hissent comme des fourmis soulevant une brindille et le portent autour des bases une seconde fois avant de le poser à terre et de verser le contenu d'une glacière de Gatorade, une boisson énergétique, sur sa tête.

Avec une serviette, Miles essuie les cheveux d'Ames, imprégnés d'une odeur de citron vert : Miles est amoureux de la victoire ; une famille est une équipe ; le coach s'adresse aux garçons rayonnants et à leurs familles rayonnantes avec un discours sur la patience, l'effort, la confiance en soi ; les parents grisés s'étreignent, se disent au revoir, mais Miles insiste sur l'impossibilité de partir sans avoir trouvé la balle – *Mais c'est notre trophée !* Alors, la famille Hollander reste après le départ des autres. Dans le silence, ses membres arpentent le terrain jusqu'à son périmètre le plus éloigné, puis se dispersent parmi les murmures des pins, vestiges d'une forêt primaire. Ils cherchent, chacun de leur côté, parmi les aiguilles dans l'obscurité qui s'épaissit jusqu'à ce que leur mère la trouve – elle a le don de retrouver ce qu'ils ont perdu (elle trouve même deux balles de base-ball, à quelques mètres l'une de l'autre, et s'empresse d'en fourrer une sous un buisson avant de s'écrier « J'ai trouvé ! »).

Une fois le trophée récupéré, ils se dirigent vers leur break, la seule voiture encore garée sur le parking, foulent l'asphalte qui scintille à la manière d'étoiles sous les lumières. Miles a réquisitionné la balle chanceuse, il la jette en l'air, la rattrape. Ames marche entre ses parents, les tenant l'un et l'autre par la main, Miles et Alfred les suivent et, nimbés d'une auréole de bonheur, ils avancent ensemble dans la nuit noire, sonore, aqueuse.

Devant la voiture, le père d'Ames enlève la casquette de base-ball de son fils et embrasse son crâne moite.

— Et maintenant, mon champion ? Rien ne t'est impossible.

Remerciements

À chaque livre, je deviens plus dépendante de ceux qui m'ont aidée à l'écrire – ou peut-être simplement plus consciente de l'avoir toujours été !

David Herskovits, encore et toujours – pour des décennies de lectures, de conversations, et de tout.

Nos fils, Manu et Raoul Herskovits, pour avoir attiré mon attention dans des domaines essentiels à ce livre.

Ma mère et mon beau-père, Kay et Sandy Walker, pour leur constante confiance en moi.

Mon agente et partenaire, Amanda Urban, et ses équipes chez International Creative Management et Curtis Brown : Sophie Baker, Ron Bernstein, Felicity Blunt, Daisy Meyrick et Charlie Tooke.

Mon éditrice, Nan Graham, et tout le monde chez Scribner : Dan Cuddy, Ashley Gilliam, Erich Hobbing, Jaya Micely, Katherine Monaghan, Mia O'Neill, Sabrina Pyun, Stuart Smith, Kara Watson et Brianna Yamashita.

Alex Busansky, Ken Goldberg, Barbara Mundy et le Dr George Carlo pour leur expertise juridique, militaire, en histoire de la technologie, et leur érudition.

Enfin, mes lecteurs, depuis des années je compte sur la perception et la sincérité de certains d'entre eux. Outre les membres de mon atelier d'écriture auxquels j'ai dédicacé ce livre, il y a Monica Adler, Genevieve Field, James Hannaham, David Herskovits, Don Lee, Gregory Pardlo, Gregory Sargeant, Ilena Silverman, Deborah Treisman, Kay Walker et Stephanie Weeks.

Ce livre existe grâce au travail de toute une équipe.

Communication : Caroline Babulle, Sandrine Perrier-Replein, Typhaine Maison, Inès Paulin, Adélaïde Yvert.

Coordination administrative : Martine Rivierre.

Studio : Pascaline Bressan, Barbara Cassouto-Lhenry, Joël Renaudat.

Fabrication : Muriel Le Ménez, Céline Ducournau, Bernadette Cristini, Sophia Paroussoglou, Isabelle Goulhot.

Commercial, relation libraires et marketing : Laetitia Beauvillain, Perrine Therond, Ombeline Ermeneux, Élise Iwasinta, Morgane Rissel, Arthur Rossi, Aurélie Scart.

Cessions de droits : Isabelle Votier, Benita Edzard, Lucile Besse, Sonia Guerreiro, Costanza Corri.

Gestion : Sophie Veisseyre, Chloé Hocquet, Isabelle Déxès, Camille Douin.

Services auteurs : Viviane Ouadenni, Jean-François Rechtman, Catherine Reimbold.

Ressources humaines : Mylène Bourreau.

Juridique : Laëtitia Doré, Anaïs Rebouh, Valérie Robe, Lucie Bergeras, Julia Crosnier.

Avec le soutien des équipes d'Interforum et d'Editis qui participent à la création, la diffusion et la distribution de ce livre.

Canoros Vehit Canentes

Imprimé en France par CPI
en septembre 2022

Composition et mise en pages
Nord Compo à Villeneuve-d'Ascq

MIXTE
Papier issu de
sources responsables
FSC® C003309

L'éditeur de cet ouvrage s'engage dans une démarche
de certification FSC® qui contribue à la préservation
des forêts pour les générations futures.

Pour en savoir plus :
www.editis.com/engagement-rse/

N° d'édition : 64200/01
N° d'impression : 171389